ALAIN DEMOUZON

Das gestohlene Kind

Buch

Es ist eine trübe, kalte Winternacht. Daher bringt Kommissar Jean-François Melchior wenig Begeisterung auf, als er in die ehemaligen Docks von Fontenay, einem Vorort von Paris, gerufen wird. Man hat dort eine junge Frau gefunden, der das ungeborene Kind aus dem Leib gestohlen wurde. Sie ist nackt, der Kaiserschnitt nur notdürftig versorgt – und sie hat das Gedächtnis verloren. Im Stadtpark, so hört man, treibe sich ein Vergewaltiger herum. Ist er der Kindsräuber? Oder geht das Verbrechen auf das Konto eines kaltblütigen Serienkillers? Und woher hat der Täter das chirurgische Know-how für sein perfides Verbrechen? Während sich die Spurensicherung mit modernsten Methoden fieberhaft an die Untersuchung des Tatorts macht, schlüpft Kommissar Melchior widerwillig in seinen zu großen Dufflecoat und macht sich – seinen kleinen Enkel im Schlepptau – auf seine ganz eigene Weise an die Lösung des Falls. Unterstützt von seiner rechten Hand, Inspektor Chemineau, der jungen, ehrgeizigen Inspektorin Ariane Mariani und der attraktiven Journalistin Edith Mulot, nähert sich Melchior der Lösung. Und je tiefer er in die Ermittlungen um den mysteriösen Kindsraub eintaucht, desto unausweichlicher begegnet der Kommissar – der die Polizei eigentlich hasst, aber nicht von ihr lassen kann – sich selbst und seiner eigenen Herkunftsgeschichte …

Autor

Alain Demouzon, geboren in Lagny, schrieb Drehbücher, Jugendbücher und Kriminalromane. 1992 wurde ihm für sein Gesamtwerk der »Prix Paul Féval«, der renommierteste Preis für populäre Literatur verliehen. Er gilt in Frankreich als einer der größten zeitgenössischen Kriminalautoren; sein Werk wurde in alle Weltsprachen übersetzt. Der vorliegende Roman ist der erste Band einer Serie von Kriminalromanen, in deren Mittelpunkt der eigenwillige Kommissar Melchior steht.

»Melchior ist zweifellos einer der sympathischsten Kommissare der modernen Kriminalliteratur!«
magazine littéraire

ALAIN DEMOUZON

Das gestohlene Kind

Ein Fall für Kommissar Melchior

Roman

Aus dem Französischen
von Roland Vouillé

BLANVALET

Die französische Originalausgabe erschien 1995
unter dem Titel »Melchior«
bei Editions Calmann-Lévy, Paris.

Umwelthinweis:
Alle bedruckten Materialien dieses Taschenbuches
sind chlorfrei und umweltschonend.

Blanvalet Taschenbücher erscheinen im
Goldmann Verlag, einem Unternehmen
der Verlagsgruppe Random House GmbH.

1. Auflage
Deutsche Erstausgabe Oktober 2003

Umschlaggestaltung: Design Team, München
Umschlagfoto: Photonica
Satz: DTP Service Apel, Hannover
Druck: Elsnerdruck, Berlin
Verlagsnummer: 35890
Lektorat: Linda Walz
Herstellung: Heidrun Nawrot
Made in Germany
ISBN 3-442-35890-7

www.blanvalet-verlag.de

Für alle, die in tiefster Finsternis
ein Lichtlein brennen lassen.

Dienstagabend

Die Nacht des Bauchaufschlitzers

1

Melchior dachte daran, wie man ihn zum ersten Mal als Scheißbullen beschimpft hatte. Es regnete an diesem Tag wie an so vielen anderen, und …

… das Telefon klingelte.

Melchior sah sich verwirrt um. Da er völlig in Gedanken versunken war, hatte er nicht bemerkt, dass Chemineau das Büro verlassen hatte. Das Telefon klingelte immer noch.

Melchior entschloss sich, den Hörer abzuheben.

»Fontenay-Central, ich höre! … Sie sind mit Kommissar Melchior verbunden … Ja, das bin ich … Weil ich es Ihnen sage«, beschwichtigte er den Anrufer.

Er hörte zu und murmelte ab und zu ein zurückhaltendes »Hmhm!« Sein Gesicht drückte nur die routinierte Aufmerksamkeit eines Beamten aus, der entschlossen war, seine Arbeit gut zu machen, vorausgesetzt, man verlangte von ihm kein übermäßiges Interesse für das, was man ihm immer wieder als erstaunliche Neuigkeit präsentierte. Er wünschte, er könnte anderen diese Reaktion verständlich machen, aber er glaubte kaum noch an die Verständigung zwischen menschlichen Wesen. Überdies war er nicht sicher, ob all diese Wesen wirklich so menschlich waren, wie sie selber dachten.

Während am anderen Ende der Leitung berichtet wurde, was vorgefallen war, machte Melchior sich ein paar Notizen. Ansonsten kaute er auf dem Radiergummi seines Bleistiftes oder biss kleine Kerben in das weiche Holz. Der Lack splitterte ab. Das dabei entstehende Geräusch gefiel ihm. Melchior ließ seinen Blick über die Wände schweifen (die seit der Bewilligung der Mittel 1989, also seit sechs Jahren, immer noch nicht gestrichen worden waren) und hielt bei dem abgelaufenen Kalender mit dem barbusigen Mädchen inne, das trotz all der Zeit, die dahinschwand, ohne etwas Beruhigendes zu hinterlassen, stoisch weiterlächelte. Die einsetzende Dunkelheit kroch langsam über die Fensterscheiben, man hörte ferne Geräusche, der Himmel über dem Boulevard Périphérique, der Pariser Ringautobahn, war von orangefarbenen Schlieren durchzogen.

Das Rauschen der Klospülung kündigte an, dass Chemineaus Rückkehr unmittelbar bevorstand.

»Wir kommen«, sagte Melchior, bevor er auflegte.

Das waren die Worte, die der Anrufer von ihm erwartet hatte.

»Was ist los?«, fragte der Inspektor, während er immer noch mit dem Reißverschluss seiner Hose kämpfte.

»Ich glaub, da klemmt was«, meinte Melchior.

»Das hab ich nicht gemeint! … Wohin müssen wir?«

»Zu den Lagerhäusern am Hafen. Nimm deinen Mantel mit, die Luft ist noch ganz schön kalt … Scheißbulle!«

Während Chemineau mit argwöhnischer Miene seinen Regenmantel vom Haken nahm, schielte er unausgesetzt nach dem Kommissar.

»Schau mich nicht so an!«, grunzte Melchior. »Du siehst aus wie ein Huhn, das so tut, als ob es ein Korn aufpicken wollte und dabei vor Neugier die Augen verdreht … Ich erklär dir alles im Wagen.«

Der Kommissar schlüpfte in seinen zu großen Dufflecoat und bedeckte seinen Haarkranz mit dem kleinen, ein wenig lächerlichen Hut, von dem er behauptete, er sei ein Souvenir aus Connemara in Irland. Chemineau hatte genau solche allerdings im Kaufhaus um die Ecke gesehen.

Die beiden Polizisten gingen den Gang hinunter, ohne ein weiteres Wort zu wechseln. In der Wartehalle war es feucht, und aus den Fahrstuhltüren strömte ein Geruch von rohem Fleisch.

Fontenay-Charbon lag am Ufer der Marne, gegenüber von der Ile des Singes. Es war ein ziemlich verlassenes Viertel mit wenigen Wohnhäusern und vielen Lagerhallen. Die meisten waren Ruinen oder standen zumindest leer. Früher hatten hier die Binnenschiffe Kohle abgeladen. Die riesigen Kohlenberge wurden schnell von den Förderbändern abgetragen, die das Heizkraftwerk und die Dampfturbinen der Fabriken von Fontenay-Charbon antrieben. Die gelöschten Frachtkähne brachten immer weitere Berge zur Welt, unaufhörlich. Heute war das alles vorbei, und Melchior sah auf die düstere Wasseroberfläche, pechschwarz wie in Rauch aufgegangene Kohle, als wolle der Fluss die Erinnerung an die Vergangenheit bewahren. Wild wucherndes Gras fröstelte auf dem großen Lagerplatz neben dem stillgelegten Elektrizitätswerk vor sich hin. Weiter hinten spiegelten sich im Wasser die grelleren, tanzenden Farben vom Quai de Verdun und die Scheinwerfer der Autos auf dem Autobahnzubringer.

»Es riecht immer noch nach Kohle«, sagte Melchior und atmete mit offenem Mund ein. Er schob Chemineau, der vor ihm gehen wollte, beiseite und betrat den Cour Lachaux, wie man es ihm am Telefon beschrieben hatte.

Feuerwehrleute rannten unbeholfen hin und her, sie wirkten stumpfsinnig und erschöpft, als hätten sie stundenlang eine riesige Feuersbrunst bekämpft. Aber es roch nicht nach ersticktem Feuer und verdampftem Löschwasser, sondern nach Blut und Krankenhaus, nach den Rückständen von Desinfektions- und Narkosemitteln.

»Es riecht nach Apotheke«, meinte Chemineau. Auch er hatte eine feine Nase.

Ein Blaulicht schleuderte ein paar Blitze in die Stille und erlosch dann. Aus einer schmutzigen Ecke des Lagers hörte man leises Flüstern, und die Lichtkegel starker Taschenlampen beleuchteten auf dem Boden niederkauernde Männer.

Melchior sah einen Hoffnungsschimmer auf einem Transfusionsbehälter. Ein junger Feuerwehrmann hielt ihn mit ausgestrecktem Arm hoch, wobei er sich bemühte, so still wie möglich zu stehen. Dabei sah er mit seinem erhobenen Arm wie eine antike Statue aus, die im Begriff war, den Tod in die Flucht zu schlagen.

»Haben Sie mich angerufen?«, fragte Melchior. Der Feuerwehrhauptmann erhob sich. Melchior und er kannten sich. Von Zeit zu Zeit trafen sie sich nachts unter solchen Umständen und reichten sich über dem Elend die Hände.

Melchior sah eine nackte Frau. Sie lag auf einer Tragbahre, die zum Operationstisch umfunktioniert worden war. Chemineau streckte seinen Kopf über die Schulter des Kommissars, und Melchior musste einen Schritt zur Seite machen, da der Schatten des Inspektors ihm die Sicht nahm. Dann fiel sein Blick auf den Unterleib der Frau, der vom Bauchnabel bis zum Schamhaar aufgeschlitzt war. Ein ordentlich ausgeführter, gerader und sauberer Schnitt.

Es gab nur wenig Blut – fast gar keines. Die bräunlichen Flecken auf der Haut stammten vom Antiseptikum. Der Bauch war dick aufgebläht, und am Wundrand glänzten Metallstücke. Sie sahen aus wie kleine verchromte Pinzetten.

»Was sind das für Metallteile?«, fragte Melchior.

»Klammern«, sagte der Arzt. »Der Einschnitt wurde geklammert, da der Täter ihn nicht wieder zunähen konnte …

oder wollte. Anscheinend keine inneren Blutungen. Aber das kommt vielleicht noch.«

Den Arzt kannte Melchior auch. Ohne wirklich einen Grund dafür zu haben, hielt er den kleinwüchsigen Mediziner für einen Schwachkopf. Vielleicht wegen der Fliege, die er sich immer um den Hals band. Obwohl er sich offensichtlich für die Gerichtsmedizin und für grausige, nächtliche Einsätze begeistern konnte, hatte Doktor Lemercier keine gerichtliche Zulassung. Aber die Feuerwehrleute riefen ihn gerne herbei – ihre Tätigkeit galt ja nicht als Polizeiarbeit. Sie schätzten Lemerciers Kompetenz, und seine Einsatzbereitschaft überzeugte sie mehr als die mürrischen Ausflüchte der alten Amtsärzte. Während die vereidigten Fachleute gähnend zum Ausdruck brachten, dass sie keine große Lust hatten, sich mitten in der Nacht hinauszubegeben, bestätigte die muntere Stimme Lemerciers immer, dass er sogleich kommen würde.

»In welchem Zustand ist das Opfer?«, fragte Melchior. »Lebt sie noch?«

Die Frau schlug die Augen auf. Ihre dunkelroten Lider zitterten wie kleine Vögel, die staunend entdeckten, dass das Leben ein Himmel voller Sterne war, der nach Kohle roch und den ein Kreis besorgt dreinblickender Männerköpfe umringte.

Melchior und die Unbekannte sahen sich in die Augen. In ihrem Blick stand der flehentliche Wunsch, etwas zu fragen. Mit einer schwachen Handbewegung versuchte sie, die Sauerstoffmaske wegzuschieben, die ein Feuerwehrmann auf ihre schmerzverzerrte untere Gesichtshälfte drückte.

»Lasst sie reden«, sagte der Hauptmann.

Der Feuerwehrmann hob die Maske an.

Melchior bemerkte, dass die Frau jünger war, als er gedacht hatte. Aber wenn er es genau nahm, hatte er eigentlich gar nichts gedacht. Es war vielmehr ein oberflächlicher Eindruck: das alte Klischee, dass ein Leichnam niemals jung und hübsch, sondern immer hässlich und abstoßend zu sein hatte. Es kam ihm der Gedanke, dass der Tod im Grunde etwas viel Erhabeneres wäre, wenn sich die Dinge systematisch ins Gegenteil verkehrten. Im Augenblick des Verscheidens sollten wir alle in unserer schönsten Jugend erscheinen. Wie es stand, hatte man jedoch nur bei der Wiederauferstehung das Recht auf seinen unversehrten Körper. Und im Moment glaubte Melchior nicht an die Wiederauferstehung.

Die Frau stammelte Wörter, die wie Seifenblasen über ihrem Gesicht zerplatzten, bis schließlich alle deutlich hören konnten: »Mein Kind? ... Wo ist mein Kind?«

Sie tastete ihren Bauch ab, der noch geschwollen war, aber sie verstand zweifellos, was geschehen war. Und ihr Blick, der auf die Männer gerichtet war, wandelte sich von Ungläubigkeit in einen alles umfassenden Vorwurf.

Der Rettungswagen wurde rückwärts so dicht wie möglich an das Opfer herangefahren. Die roten Türen öffneten sich wie ein klaffendes Maul, und die Auspuffabgase rechtfertigten, dass die Sauerstoffmaske wieder auf den Mund der Frau gedrückt wurde, die Fragen stellte, auf die zu antworten niemand Lust hatte. Feuerwehrleute, die froh waren, endlich wieder etwas tun zu können, hoben die Tragbahre aus ihren Leitschienen.

»Warum er wohl die Feuerwehr angerufen hat?«, sagte Chemineau wie zu sich selbst.

»Weil er weiß, dass die Feuerwehr kommt«, antwortete Melchior. »Schnell und ohne Fragen zu stellen, ohne in Frage zu stellen, was man ihr sagt, selbst wenn das wie ein böser Scherz klingt. Die Aufgabe der Feuerwehrleute besteht darin, im Notfall einzugreifen, ohne Zeit damit zu verschwenden, zu überprüfen, ob an der Sache was dran ist. Der Typ, der angerufen hat, wusste das. Und dann, die Polizei ... Dieser Schweinehund war bestimmt nicht scharf darauf, Kontakt mit der Polizei aufzunehmen!«

»Aber wir, wir greifen doch auch ein!«, bemerkte der Inspektor.

»Ja, schon«, sagte Melchior, ohne den Eindruck zu erwecken, davon überzeugt zu sein. »Wenn wir gut drauf sind, und wenn der Einsatzwagen sich in der Funkzentrale meldet! Wenn Blut fließt, brauchen wir eine Dreiviertelstunde. Die Feuerwehr ist in fünf Minuten da. Dieser Irre hat gut daran getan, so zu handeln ...«

Melchior trat an den Krankenwagen heran, als ob er den Körper der Frau verabschieden wollte, wenn er eingeladen wurde.

»Im Grunde ist er gar nicht so irre. Diese Art zu handeln zeigt, dass er intelligent ist und weiß, worauf es ankommt. Wenn ich in der Scheiße stecken würde, käme ich als Letztes darauf, bei den Bullen anzurufen! Und dann, dieser Kerl wollte, dass man so schnell wie möglich kam und die Frau wieder zunähte, die er gerade aufgeschlitzt hatte. Eine humanitäre Ausgabe von Jack the Ripper!«

Als die Frau an Melchior vorbeigetragen wurde, machte sie erneut ein Zeichen. Man hatte den Tropf an einem Aufhänger befestigt, und es sah so aus, als ginge es ihr schon besser. Sie hob die Atemmaske hoch.

»Es kommt mir so vor, als ob ich Sie kenne ... Ihr Gesicht ... Wie ist Ihr Name?«

»Melchior ... Ich bin Polizeikommissar in Fontenay-Central.«

»Melchior? ... Wie einer der Heiligen Drei Könige?«

Die Frau lächelte.

Sie war allein, in der allertiefsten Einsamkeit. Voller Schmerz und Verzweiflung. Und das Leiden, das nach dem seelischen kommen würde, würde noch schrecklicher sein. Und trotzdem hatte sie die Kraft zu einem Lächeln gehabt und einen Platz unter den Menschen gesucht, indem sie ihren Blick an ein Gesicht heftete, das sie zu kennen glaubte.

Melchior legte eine Hand auf die Schulter der Frau. »Ja … Melchior, wie einer der Heiligen Drei Könige.« Und auch er versuchte zu lächeln, was ihm jedoch nicht gelang.

Der Himmel war voller Sterne, dieser Winkel des Lagerplatzes war sanft erleuchtet wie eine Weihnachtskrippe, und im Rettungswagen lag diese junge Frau, die man aufgeschlitzt hatte, um ihr Kind zu stehlen …

2

Auf dem Lagerplatz und in seiner Umgebung trieben sich Leute herum, die aussahen als seien sie Schneemänner, die akribisch nach Ostereiern suchten.

Melchior stand etwas abseits und lehnte sich auf ein kaputtes Betongeländer, aus dem hier und da rostige Eisenstangen herausragten. Hinter dem Kommissar waren die Kriminaltechniker an der Arbeit. Ihre in weißes Tuch gehüllten Stiefel erzeugten das dumpfe Geräusch von Wischlappen, mit denen eine Pfütze aufgenommen wurde. Am späten Nachmittag hatte es einen kurzen, aber heftigen Regenguss gegeben. Ein Aprilschauer kurz vor Weihnachten.

Melchior atmete die feuchte Luft tief ein und warf einen langen Blick auf das Ende der weiter hinten liegenden Insel, dorthin, wo sich die beiden Flüsse vereinigten. Zwei große, dunkle Schlangen, glatt wie Autobahnen, die friedlich nebeneinander zum Meer glitten. Der Himmel über Paris war orange. Ein Leuchtfeuer, das vom Eiffelturm oder zumindest aus dessen Richtung kam, fegte im Zickzack durch die tief hängenden, wie eine Schafherde zusammengedrängten Wolken, in denen sich die Lichter des Boulevard Périphérique, der Wasserstraßen, der geschichtsträchtigen und baumgesäumten Avenuen widerspiegelten.

»Sieh mal, Möwen!«

Ein dunkler Schwarm flog kreischend über den Zusammenfluss hinweg. Melchior drehte sich um. Der Schauplatz des Verbrechens war jetzt mit Halogenscheinwerfern erleuchtet. Ein unruhig zuckendes, signalrotes Plastikband, auf dem in schwarzen Buchstaben POLIZEI stand, markierte die Grenze der Sperrzone. Innerhalb dieses Bereichs kennzeichnete ein schmaleres, rot-schwarzes Plastikband den eigentlichen Tatort. Jeder Kriminaltechniker trug einen weißen Einwegoverall aus Papier, eine Kappe, eine Schutzmaske, Sicherheitsstiefel und Latexhandschuhe. Mit Beuteln für eventuelle Beweisstücke ausgerüstet, schritten diese bizarren Raumfahrer alle Ecken und Winkel des Cour Lachaux ab.

»Was treibst du denn da? Du siehst ja aus wie ein Idiot!«, raunzte Melchior, als er Chemineau entdeckte, der in drei Metern Entfernung untätig dastand, als wartete er auf einen Bus.

Chemineau hob einen Plastikbeutel ins Licht, in dem eine wabbelige Masse schwamm. Auf dem glänzenden Plastik tanzten im Licht der Scheinwerfer Sterne.

Melchior ärgerte sich, dass er die Szene so schön fand, so befremdlich schön in ihrer Zirkusbeleuchtung, mit ihrem Glanz, ihren Reflexen und dem stillen Ballett dieser Zauberlehrlinge, die den Spuren des Todes folgten.

»Was soll ich mit diesem verdammten Ding machen?«, schimpfte der Inspektor.

»Was schleppst du denn da mit dir herum?«

»Die Nachgeburt.«

»Was?«

»Hat mir der Arzt gegeben, als er ging. Er meinte, das könnte die Ermittlungsbehörden interessieren. Ein Beweisstück. Er sagt, sie sei beschädigt, durch das Aufschlitzen, und das sei der Beweis für einen Kaiserschnitt ... wie er sagt.«

Chemineaus Stimme erstarb in der Dunkelheit. Ein Knistern und eine kleine Rauchwolke deuteten darauf hin, dass auf der Glühlampe des Halogenscheinwerfers mit dem Buchstaben D gerade die Feuerbestattung eines Nachtfalters stattgefunden hatte.

Ein Beweis! Man hatte den Bauch dieser Frau aufgeschnitten, um ihr Kind zu stehlen, und ...

Melchior versuchte, der Beweisführung seines Kollegen etwas Brauchbares abzugewinnen. Dann rümpfte er die Nase und ließ es dabei bewenden.

»Gib diese Scheiße den Marsmenschen dahinten!«, sagte er und deutete mit dem Kopf in Richtung der Kriminaltechniker.

Die Stimmung war nicht gut. Keine kollegiale Atmosphäre. Das Ganze hatte mit Vorwürfen begonnen ...

»Man hätte uns viel früher holen müssen ... Sofort ... Was für ein Saustall! Alles zertrampelt! ... Habt ihr gesehen, wie spät es ist? ... Lasst uns nur machen ... Ihr macht erst mal gar nichts!«

Der Kommissar hatte versucht, die Sache zu erklären. Man hatte die Feuerwehr alarmiert; er selbst sei erst viel später dazugekommen. Dann habe er sich einen Überblick verschaffen müssen, um den Vorfall richtig *einzuschätzen* ... Was diese Frau betraf, *Körperverletzung ohne Tötungsabsicht?* ... Sie war ja nicht tot ... Jedenfalls noch nicht ... Und dann ... Was? ... *Schwerer Diebstahl?* ... *Entführung und Freiheitsberaubung von Minderjährigen?* ... Und das Gesetz hatte seine Feinheiten, was die Definition eines Neugeborenen betraf.

Vom Tatbestand der *Kindestötung* war zum Beispiel nur innerhalb von drei Tagen auszugehen, vorausgesetzt, die Geburt war noch nicht ins Standesregister eingetragen. Danach handelte es sich um Mord ... Aber das hier, was war das? ... War die Existenz dieses namenlosen Kindes, das niemand gesehen hatte, nicht einmal die Mutter, überhaupt erwiesen?

Der Staatsanwalt, der per Funk angerufen worden war, hatte nach kurzem Schweigen erst mal geschluckt und dann gesagt: »Ich werde die Kripo in Paris informieren. Die werden sich um die Sache kümmern. Bleiben Sie am Tatort. Übergeben Sie denen den Fall.« Das Sonderdezernat für Schwerverbrechen der Polizeipräfektur von Paris war zuständig für die Hauptstadt, die Bereiche Hauts-de-Seine, Seine-Saint-Denis und Val-de-Marne ...

Natürlich hätte sich auch die örtliche Polizei mit dem Fall beschäftigen können, aber der Staatsanwalt hatte anders entschieden. Melchior war die Angelegenheit los ... warum auch nicht? Er war nicht besonders scharf auf blutige Rätsel – aber es nervte ihn, den Hausmeister des Sonderdezernats spielen zu müssen, der die Aufgabe hatte, das Licht auszumachen und sorgfältig die Tür abzuschließen, wenn alle anderen gegangen waren, um sich woanders zu amüsieren! Außerdem hatte man ihn von Anfang an wie einen Vorstadttrottel behandelt, der keine Ahnung von der hohen Kunst moderner Ermittlungsbehörden hatte! ... Die berühmten Kriminaltechniker waren nur diplomierte Grünschnäbel, die meinten, dass nichts ohne sie ginge. Melchior war nicht einmal wütend auf sie ... aber dennoch ließ er seine schlechte Laune an Chemineau aus.

»Was stehst du eigentlich so blöde rum, Chemineau! ... Wie ein dummes Huhn! Unglaublich!«

Chemineau wusste seit dem Kindergarten, dass sein Kopf Ähnlichkeit mit dem eines Huhnes hatte. Vielleicht war er zur Polizei gegangen, um nicht mehr gehänselt zu werden. Aber die Bullen waren auch nicht besser als die Gören in der Vorschule.

Chemineau näherte sich dem Tatort mit äußerster Vorsicht, indem er einen Fuß vor den anderen setzte und ruckartige Kopfbewegungen nach links und rechts machte. Er sprach mit dem Leiter der Spurensicherung und kam ohne den Plastiksack zurück. Ein kindliches Lächeln der Befriedigung breitete sich auf seinem Gesicht aus.

Das zentrale Gemeindekrankenhaus lag am südlichen Ende des Rangierbahnhofs, auf den achteinhalb Hektar, die durch den Abbruch der alten Rotunden, in denen früher die Dampflokomotiven repariert wurden, frei geworden war.

Auf seinen nächtlichen Streifenfahrten hatte Melchior oft eine seltsame, geradezu beruhigende Traurigkeit verspürt, wenn er an diesen Kuppeln vorbeikam, die wie Stahl im Mondlicht glänzten. Heute war alles verschwunden: die Werkstätten mit ihren Scheddächern die einer langen Folge gezackter Wogen glichen, die Kantine der Eisenbahner mit ihrer merkwürdigen Fachwerkkonstruktion; die Abstellgleise, auf denen ausrangierte Triebwagen vor sich hin rosteten. Gnadenlos und ohne jede Poesie erhoben sich hier nun Wohnblöcke, trübselige Sozialbauten, in denen bis in die Morgenstunden das Licht brannte.

Melchior bat Chemineau, den Renault 19 zu fahren. Sie nahmen die endlose Avenue du Général-Leclerc-de-Hauteclocque, dann die von Maréchal-de-Lattre-de-Tassigny, die auch etwas zu lang geraten war. Sie durchquerten ihr Revier von Nordwesten nach Südosten. Chemineau erweckte nicht einmal den Anschein, den nostalgischen Ergüssen des Kommissars zuzuhören. Sein Blick war in die Ferne gerichtet, er wirkte völlig abwesend.

»Eines Tages wird der ganze Rangierbahnhof in die Luft fliegen!«, sagte Chemineau und zeigte damit, dass man sich nicht auf den Anschein verlassen darf.

»Meinst du?«

Ein Zug stieß einen schmerzhaften und schrillen Klageruf in die Nacht.

»Sie werden auch da Wohnblöcke hinsetzen!«, schlussfolgerte der Inspektor. »Das Krankenhaus wird vergrößert werden. Es gibt zu viele Patienten, und die Lebenserwartung steigt weiter an. Es ist schwer, ein freies Bett zu bekommen ... Manchmal wünsche ich mir, dass ich in Ausübung meines Dienstes über den Haufen geschossen werde. Im Krankenhaus zu sterben, ist bestimmt kein Vergnügen.«

Melchior hörte im Geiste den Lärm einer gewaltigen Explosion. Er stellte sich vor, wie es sich wohl angehört hatte, als der Rangierbahnhof 1944 explodierte. Züge mit deutschen Urlaubern neben Munitionszügen. Melchiors Onkel Bertrand wurde am folgenden Tag zwangsverpflichtet und musste an den spiralförmig verbogenen Gleisen mit einer Schubkarre die Fleischklumpen einsammeln ...

Der Wagen hielt an einer Schranke. In einem Pförtnerhäuschen aus Beton verlangte ein mürrischer Glatzkopf Erklärungen. Der Inspektor brüllte einige Sätze, die der feuchte Wind forttrug. Also musste er aussteigen, um direkt zu verhandeln. Währenddessen betrachtete Melchior die Schöße von Chemineaus Regenmantel, die wie Entenflügel um seinen spitzen Hintern flatterten.

»Sie ist im Mondor-Pavillon!«, schrie der Inspektor, während er sich wieder hinter den Lenker setzte. Seine Stimme schwankte zwischen routinierter Sachlichkeit und der Genugtuung eines Insiders, der sich bestens auskennt.

»Ich hab keine Lust«, stieß Melchior plötzlich aus. »Lass uns umkehren!«

»Hä?«

»Ich hab keine Lust, dort reinzugehen. Scheiß drauf! Im Krankenhaus krieg ich Depressionen. Und außerdem geht uns der Fall nichts an, wie der Staatsanwalt gesagt hat.«

»Rede keinen Unsinn! Wir müssen uns trotzdem ein bisschen darum kümmern! Es handelt sich um eine frisch begangene Straftat, und man kann sich nicht ohne die geringste Voruntersuchung aus der Affäre ziehen. Nur ein kleiner Bericht, wie es sich gehört! ... Wir können nicht einfach aufhören und sagen: ›Lieber Herr Staatsanwalt, nachdem es für gut erachtet wurde, den Fall dem Pariser Sonderdezernat anzuvertrauen, haben wir unsererseits beschlossen, dass wir nichts mehr damit zu tun haben.‹«

»Ich hab keine Lust«, wiederholte Melchior starrsinnig.

Chemineau trat aufs Gaspedal, als ob der Kommissar beschlossen hätte, einen schnellen Vorstoß zu machen. Die Fassaden der Gebäude und die spärlichen Rasenflächen, die an die Alleen grenzten, glitten im Scheinwerferlicht an ihnen vorbei. Wie fahle Blitze blinkten zwischendurch immer wieder Hinweisschilder auf die verschiedenen Abteilungen auf. Ein heftiger Tritt auf die Bremse wies darauf hin, dass sie unter dem Betonvordach des Pavillons angekommen waren.

»Soll ich allein reingehen?«, schlug der Inspektor vor.

Melchior starrte auf die Windschutzscheibe und lächelte gequält. »Chemineau, du siehst aus wie ein Polizist mit einem Hühnerkopf! ... Und ich, wie sehe ich aus?«

Chemineau warf ihm einen verstohlenen Blick zu.

»Geht es wirklich nicht, Jef? ... Dann bleib besser hier, in aller Ruhe. Ich mach die Heizung an. Keine Sorge, ich bin gleich wieder da!«

»Hör auf, mit mir wie mit einem Kranken zu reden, der in den letzten Zügen liegt!«

Chemineau war bereits ausgestiegen und stand im eisigen

Wind, in dem sich dicke Regentropfen mit Schneeflocken vermischten. Der Inspektor breitete seine dünnen Arme aus, und Melchior hatte den Eindruck, er würde gleich abheben und zum pausbackigen Gedränge der orangeroten Wolken emporfliegen.

»Los, gehen wir!«, sagte Melchior und schlug die Wagentür hinter sich zu.

Im Gleichschritt betraten sie den unheilvoll riechenden Gang. Ihre Schuhe quietschten auf dem Kunststoffboden, der mit Bedacht ausgewählt worden war, um für den ungestörten Schlaf der Patienten zu sorgen. Auf beiden Seiten des endlosen Ganges waren verschlossene Türen, und ganz am Ende der Unendlichkeit sortierte eine farbige Frau hinter einem Schalter Akten.

Die beiden Polizisten traten den langen Marsch an, der sie vielleicht zur Wahrheit führen würde. Als sie an einem Spiegel vorbeikamen, der zwischen zwei Automaten mit Süßigkeiten und Getränken angebracht war, blieb Melchior stehen.

»Wie sehe ich aus? Kannst du mir das sagen?«

Chemineau deutete diese plötzliche Unterbrechung falsch. »Wollen wir uns einen kleinen Kaffee genehmigen?«, fragte er und kehrte zu den Automaten zurück.

Er wühlte bereits in seinen Taschen, warf Münzen ein und drückte mit seinen spillerigen Fingern auf die Tasten.

»Ohne Zucker, ist doch richtig, oder? Das wird uns gut tun. Das bringt uns wieder auf die Beine.«

Melchior drehte sich um und nahm den Becher, den ihm sein Kollege reichte.

»Ich ertrage es nicht mehr, mich im Spiegel zu sehen«, erklärte Melchior. »Ich gefalle mir nicht, ich weiß nicht, wem ich ähnlich sehe … Kennst du das auch? Wahrscheinlich eine Frage des Alters …«

»Solange man sich noch sehen kann, ist es nicht so schlimm«, meinte Chemineau. »Auch wenn man sich nicht wiedererkennt. Wenn man sich allerdings nicht mehr sieht, muss man sich langsam Sorgen machen.«

Sie waren beide der Meinung, dass sie sich ausreichend die Finger an den dünnen, schlaffen Plastikbechern versengt hatten. Nun war die Zeit gekommen, sich die Lippen und die Speiseröhre zu verbrennen. Sie tranken drei Schlucke Kaffee, schnappten gleichzeitig nach Luft und schauten aneinander vorbei.

»Du siehst aus wie ein schwergewichtiger Bulle mit einem Allerweltsgesicht«, erklärte Chemineau nach reiflicher Überlegung.

»Ja, das ist es«, stimmte Melchior zu. »Ich sehe aus wie jedermann und habe zehn Kilo zu viel auf den Rippen.«

Nachdem sie ihren Kaffee ausgetrunken hatten, warfen die beiden Polizisten die Becher in den vollen Mülleimer. Sie sprangen jedoch wieder heraus und landeten auf dem spiegelglatten Bodenbelag, den sie mit einer Reihe von Kaffeespritzern verzierten. Der weiße Kittel der schwarzen Gestalt hinter dem Schalter erbebte vor Missbilligung. Doch bevor sie etwas sagen konnte, hielten ihr die beiden Polizisten bereits die Dienstausweise unter die Nase.

3

Im Bereitschaftsraum wurden Melchior und Chemineau von einem Assistenzarzt empfangen, der Nachtdienst hatte. Auf einem Tisch aus Edelholzimitat waren klebrige Tassen verteilt. Eine fast leere Weinflasche stand am äußersten Rand eines Untersetzers und drohte, beim Vorbeifahren des nächsten Zuges herunterzukippen. Ein Kilo verschütteter Zucker lag bereit, um den Sturz abzudämpfen, vorausgesetzt, er erfolgte zur richtigen Seite hin. Fasziniert von dem Schicksal, das diesem alltäglichen Gegenstand drohte, ließ der Inspektor die Flasche nicht aus den Augen und vergaß dabei seinen Vorsatz, die Dinge in die Hand zu nehmen. Melchior fand sich also schmunzelnd damit ab, die Fragen selber stellen zu müssen.

Der Assistenzarzt antwortete mit einer Ruhe, in der sich Erschöpfung mit jener abschätzigen Gereiztheit mischte, mit der Melchior es immer wieder zu tun hatte. Schließlich lebte er in einem Land, in dem es der Bürgersinn selbst dem Unbescholtenen gebot, immer wieder durchblicken zu lassen, dass er die Existenz der Polizei eigentlich verabscheute.

Melchior machte sich Notizen in einem Spiralheft, dessen meiste Blätter herausgerissen und bereit waren, ungehemmt davonzufliegen.

Auf dem Fußboden waren die fehlenden PVC-Fliesen nicht wieder ersetzt worden. Reste des ausgetrockneten Klebers zeichneten gelbliche Archipele auf den Estrich, die keine Abenteuer und Traumreisen versprachen. Eine Unebenheit bildete eine unangenehme Aushöhlung unter dem Schuh des Kommissars. Er spürte, wie ihn ein seltsames Missbehagen befiel.

Als er einen Schritt beiseite trat, um wieder festen Halt zu finden, verlor er den Faden dessen, was der Arzt erzählte, da er nun unter seinem anderen Fuß eine ähnliche Vertiefung spürte. Ein erneuter Stellungswechsel. Melchior stabilisierte sich wieder. Er lächelte den Arzt an, der gerade zu Ende gesprochen hatte, und setzte die Befragung fort.

»Aber ... diese Frage haben Sie mir schon gestellt ... ich habe sie doch gerade beantwortet!«, sagte der Arzt erstaunt. Er hatte ein langes Gesicht, das im Neonlicht bläulich schimmerte. Eine struppige Haarsträhne hing über seine müden Augen.

Melchior strich sich mit seiner schwitzigen Hand über das Gesicht. »Was für eine Nacht, und was für eine Geschichte!«, knurrte er mit kaum wahrnehmbarer Stimme, bevor er in einem Ton, der keinen Widerspruch duldete, weitersprach. »Wiederholen wir also! ... Diese junge Frau wurde nach allen Regeln der Kunst mit einem Kaiserschnitt operiert.« Er blätterte ungeduldig mit den Fingerspitzen in seinen Notizen, als suche er in einem Handschuhfach voller Abfall einen Manschettenknopf. »Ah ja, da ist es! Ich zitiere Sie: ›Ein medianer, subombilikaler Einschnitt‹ ... Also vom Bauchnabel aus, ist das richtig?«

»Das ist der obere Einschnitt, den man nur noch im äußersten Notfall vornimmt«, wiederholte der Assistenzarzt ruhig. »Das ermöglicht einen schnelleren Zugang zum Uterus, wenn das Leben des Kindes oder das der Mutter in Gefahr ist. Heute wird im Allgemeinen eher der Pfannenstielschnitt vorgenommen, der horizontal verläuft und in etwa der Oberkante des Schamdreiecks folgt ... er ermöglicht die sowieso schon viel unauffälligere Narbe durch die Schamhaare zu verbergen.«

»Aber das ist hier nicht der Fall ... Warum?«

»Wie ich schon sagte, um schneller voranzukommen. Der Pfannenstielschnitt ist nicht so einfach auszuführen. Nicht kompliziert, aber er braucht Zeit ...«

»Und wie viel Zeit wurde in unserem Fall benötigt?«

Der Arzt blies die Wangen auf. Dadurch wirkte er noch jünger, als er ohnehin war.

»Etwa eine halbe Stunde ... aber es kommt darauf an ...«

»Nennen Sie mir eine Zeitspanne! ... Die Gerichtsmediziner bitte ich auch immer um eine Zeitspanne.«

»Ich bin kein Gerichtsmediziner.«

»Das ist mir klar ... Gerichtsmedizin wird ja auch nicht mehr an der Uni gelehrt. Unsere Gerichtsmediziner müssen in der Schweiz oder in Kanada studieren. Haben Sie das gewusst?«

»Ich habe dieses Fachgebiet nie in Betracht gezogen«, gestand der Assistenzarzt in nüchternem Ton.

Melchior nickte. Er konnte verstehen, dass es Leute gab, die das nicht mochten.

»Also, was ist mit der Zeitspanne?«

»Zwischen zwanzig Minuten und einer Dreiviertelstunde.«

»Das ist ja ein ziemlicher Unterschied.«

»Alles ist von den Umständen abhängig, vom operativen Umfeld, vom Anästhesieprotokoll ... Wenn das, was man sich erzählt, richtig ist, fand der Eingriff auf einer Holzplanke in einer Garage statt?«

»Und wurde von jemandem ausgeführt, der sich auskannte, nicht wahr? ... Von jemandem wie Ihnen.«

»Ich?« Die müden Augen weiteten sich bestürzt.

»Ich meine, von einem Arzt«, sagte Melchior und wedelte mit zwei Fingern wie ein Scheibenwischer, um sich zu korrigieren. »Irgendeinem Arzt ...«

Der Assistenzarzt verzog das Gesicht. »Wer das gemacht hat, wusste jedenfalls, was er tat«, sagte er abschließend.

»Haben Sie sie wieder zugenäht?«, fragte Chemineau schroff, nachdem er wieder aus seiner Versunkenheit aufgetaucht war – kein Zug war durch die Nacht gedonnert, die Flasche stand immer noch am Rande des Abgrunds, und der Inspektor wirkte schrecklich enttäuscht.

»Zusammen mit Professor Zerbib, ich habe nur assistiert.«

Chemineau hakte nach.

»Und wie ist Ihr Name?«

»Rodier ... Yves ... Yves Rodier.«

Der Inspektor suchte hektisch in allen Taschen seines Regenmantels und seines Anzuges nach einem Notizbuch. Er hatte zuvor einen Stift hervorgezogen, der nun zwischen seinen Zähnen klemmte, so dass er mit beiden Händen wühlen konnte.

»Lass sein! Das ist schon notiert«, sagte Melchior, der nichts aufgeschrieben hatte.

»Und wo ist er, dieser Zerbib?«, beharrte Chemineau.

»*Doktor* Zerbib ist in seine Klinik zurückgekehrt. Er hatte heute Abend hier keinen Dienst. Aber da der Fall ungewöhnlich war, hab ich ihn lieber angerufen. *Professor* Zerbib muss in anderen Häusern weitere Geburten überwachen.«

Chemineau hatte in der Tiefe einer Tasche einen zerknitterten Reklamezettel gefunden. Er legte ihn auf den Tisch, strich ihn mit der Handkante glatt und faltete ihn zusammen, um die nicht bedruckte Seite zum Vorschein zu bringen. Dann griff er wieder nach seinem Stift – der diesmal hinter das linke Ohr geklemmt war – und befeuchtete die Spitze mit den Lippen.

»Wie lautet der Name dieser Klinik?«, fragte er in einem Ton, der seine Überzeugung verriet, hinter dieser ehrenwerten Fassade verberge sich ein Stundenhotel oder ein Stripteaseschuppen.

»Sainte-Cécile«, stieß der Assistenzarzt genervt aus.

Melchior warf seinem Untergebenen einen Blick zu, der das unmittelbare Bevorstehen einer Erdrosselung mit seinem Hemdkragen, gefolgt von ein paar kräftigen Ohrfeigen ankündigte. Chemineau deutete die Botschaft völlig richtig, sackte in sich zusammen und verfiel wieder in die Betrachtung des so faszinierenden Stilllebens auf dem Tisch.

»Das Auto steht bestimmt im Weg«, sagte der Kommissar. »Sieh mal nach … Und warte auf mich, ich komme gleich.«

Chemineau knüllte seinen Zettel zusammen und verschwand wortlos in der Dunkelheit.

»Der Inspektor hat manchmal Ermüdungsanfälle, man muss ihn entschuldigen«, sagte Melchior. »Er hatte schon Tagesschicht und hängt nun noch die Nacht dran. Wir haben nicht genug Leute, und es gibt Ausfälle im Dienstplan.«

Der Arzt zuckte mit den Augenlidern. »Das ist offenbar genau wie bei uns!«, versetzte er mit unerwartetem Verständnis.

Die beiden Männer nahmen sich gegenseitig ins Visier. Sie hatten abgespannte Gesichter und die eingefallenen Augen derer, die arbeiten mussten, während die anderen schliefen. Und das nicht etwa, um ein Vermögen zu machen, sondern weil sie ihren Lebensunterhalt verdienten, indem sie den Regeln ihres Berufs gehorchten. Das Leid und der Tod brauchten sie beide, jetzt und hier.

In der Stille war das Zischen einer Kaffeemaschine zu vernehmen, deren rotes Auge in einer Ecke des Raums leuchtete.

»Möchten Sie einen Schluck Kaffee?«, fragte Rodier.

Ohne die Antwort abzuwarten, nahm er zwei Tassen aus dem Schrank. Ein würziger Kaffeegeruch zog durch den Raum.

»Ich mache ihn ganz stark«, betonte der Assistenzarzt. »Um Tote zum Leben zu erwecken … Aber das klappt nie. Wenn man hier tot ist, dann für immer!«

Er versuchte zu lachen, wobei er seine nikotingefärbten Zähne enthüllte. Die Art von Arzt, dachte Melchior, die einen davon überzeugen wollen, mit dem Rauchen aufzuhören, während sie fiebrig nach ihrer Zigarettenschachtel suchen.

Der Kommissar schob die Tasse zwischen seinen Fingern hin und her. Und die Untertasse. Sie war dick und robust, rief ein Gefühl von Sicherheit hervor und nicht den Verdacht, vorzeitig kaputtzugehen. Eine Tasse, die sich für unsterblich hielt.

»Solche Tassen werden allmählich rar«, sagte Melchior. »Die echten, nicht die aus Plastik. Inzwischen gibt es überall diese Plastikbecher. Unzerbrechlich, unverrottbar, ohne Metaphysik. Das ist Amerika … Die drehen uns ihren Kram an, und wir nehmen alles gehorsam an. In hundert Millionen Jahren wird es diese Plastikbecher immer noch geben. Vielleicht werden sie dann die ganze Erde bedecken … Das wäre eine großartige Reklamefläche! Ich verstehe nicht, warum noch keiner auf die Idee gekommen ist, die ganzen Plastikbecher zu bedrucken. Von oben bis unten, Fläche in Hülle und Fülle. Wir könnten Reklame lesen, während wir in aller Ruhe unseren Kaffee trinken: für Damenbinden oder Haftcreme für Zahnprothesen. Was meinen Sie?«

»Sehr interessant«, sagte Rodier mit einer Miene, die zeigte, dass ihn das nicht die Bohne interessierte. Er schenkte Kaffee ein, während Melchior seinen Monolog fortsetzte.

»Als ich Kind war, trank man Kaffee aus dem Glas …« Er hob die Tasse mit einem bitteren Lächeln vor sein Gesicht. »Die Tasse, das ist die Zivilisation. Und erst recht die Untertasse! … Diejenigen, die an einer Untertasse sparen, wissen nichts von den wahren Freuden des Lebens.«

Er trank seinen Kaffee mit Genuss, wie einen guten Wein.

»Haben Sie eine Ahnung, wer diese Person ist?«, fragte er, ohne den Ton zu ändern. »Kennen Sie die junge Frau? Sollte sie hier ihr Kind zur Welt bringen? Gibt es eine Akte auf Ihrer Station? In welchem Monat war sie? Hat sie mit Ihnen gesprochen?«

Rodier strich seine Haarsträhne zurück. »Wir mussten sie betäuben, um sie wieder zuzunähen. Sie hatte keine Kleidung bei sich. Haben Sie schon in der Aufnahme nachgefragt?«

Melchior sah wieder vor sich, wie der Rettungsdienst die nackte, aufgeschlitzte Frau an ihm vorbeitrug. Er versuchte, sich an einen Haufen Kleider auf dem Lagerplatz zu erinnern, irgendwo. Aber er hatte nur das Bild eines großen, betonierten Platzes vor Augen, der mit Öl und Kohle beschmutzt war und wo in einem Umkreis von drei Metern alles in der Dunkelheit versank. Vielleicht hatten die Kriminaltechniker etwas gefunden.

»Wann wird sie wieder aufwachen?«

»Sie wird so lange schlafen, wie es notwendig ist«, antwortete der Arzt. »Und mit Sicherheit bis morgen. Es hat keinen Sinn, darum zu bitten, sie jetzt zu sprechen. Erlaubnis abgelehnt!«

»Ich habe nicht darum gebeten ...«

»Ich habe gesehen, wie es sie gejuckt hat ... Sie wollten es gerade tun.«

»Das ist mein Job.«

»Also morgen ...«

»Wenn Sie irgendetwas erfahren, rufen Sie mich bitte an.«

Der Kommissar schrieb sorgfältig auf eines der Blätter seines Notizbuches, das nur noch an zwei Löchern hing: *Kommissar Jean-François Melchior, Fontenay-Central*, gefolgt von zwei Telefonnummern. Er riss das Papier heraus und reichte es Doktor Rodier, der es in eine Tasche seines weißen Kittels steckte, ohne einen Blick darauf zu werfen.

Melchior sah das Dunkel der Nacht durch das Fenster. Es drängte ihn nach draußen. Ein Windstoß klatschte die Regentropfen gegen die Scheiben, wo sie zu Sternen zerplatzten, bevor sie wie Tränen hinunterliefen. Drinnen war es viel zu warm, viel zu feucht, und es stank nach Krankenhaus-Chemie, Gemüsesuppe und Äther. Melchior machte vier Schritte in Richtung Gang.

»Trotzdem, um einen so sauberen und makellosen Schnitt hinzukriegen, muss man wissen, was man zu tun hat ... und man braucht ein sehr gutes Skalpell!«

»Es genügt, einfach loszulegen«, meinte der Arzt. »Mit einer tadellosen Klinge, die gut schneidet. Skalpell ... oder Cutter, das spielt keine Rolle.«

Melchior blieb abrupt stehen.

»Cutter?«

»Sie wissen schon, so ein Ding mit auswechselbarer Klinge, um Plastik oder Teppichboden zu schneiden ...«

»Übrigens«, sagte Melchior, »Sie sollten die Fußbodenfliesen erneuern lassen.«

Rodier starrte begriffsstutzig auf den Boden.

Der Kommissar entfernte sich, während er mit seinem Hut wie mit einem Fächer wedelte.

Ohne zu wissen warum – denn das Ergebnis war das Gleiche –, fand Melchior die Idee mit dem Cutter besonders entmutigend.

4

Das *Blue Moon* hieß früher *Midi-Minuit*, von Mittag bis Mitternacht. Ein besonders verlogener Name, denn das Lokal öffnete seine Tore mit den letzten Strahlen der untergehenden Sonne und schloss erst in der Morgendämmerung, kurz bevor das Tageslicht zu schmerzhaft in die Augen der letzten Gäste stechen würde. Dann sah man auf dem Gehsteig, dicht an die Mauern gedrückt, Gestalten mit langsamen Bewegungen und geröteten Augen entlangtapsen, die sich mit belegten oder rauen Stimmen voneinander verabschiedeten, bevor sie schwankend in verschiedene Richtungen verschwanden.

»Früher war hier ein Tanzlokal«, erklärte Melchior. »Mit Live-Musik. Die Musiker waren Eisenbahner, Schiffsarbeiter aus dem Kohlenhafen und Leute vom Elektrizitätswerk. Sie waren meist Mitglieder im Musikcorps der Feuerwehr und der städtischen Blasmusikkapelle. Musiker von diesem Schlag findet man heute selten, aber sie sind Gold wert! Wenn ihre Kameraden beerdigt wurden, spielten sie Trauermärsche. Dabei marschierten sie in kleinen Schritten, während über ihnen die roten Fahnen flatterten.« Chemineau ging noch einmal um den Wagen herum.

Melchior seufzte. »Was treibst du da?«

»Ich überprüfe, ob du deine Tür verriegelt hast«, sagte der Inspektor.

»Das hast du schon dreimal überprüft!«

»Ja, aber von Innen kann man sich täuschen ... Es kommt vor, dass es auf der einen Seite klickt und auf der anderen wieder aufgeht.«

Chemineau rüttelte am Türgriff, als ob er ihn herausreißen wollte. Er klammerte sich mit beiden Händen daran fest und zog wie ein Irrer. Die Tür war fest verschlossen.

»Einmal hab ich das Autoradio rausgerissen, erinnerst du dich noch, wie dumm wir da geguckt haben?«

»Du, du hast dumm aus der Wäsche geschaut!«

»Wir mussten eine Meldung machen. Die Gendarme haben sich halb totgelacht: ›Welche Marke war es noch Herr Inspektor, Philips oder Radiola?‹«

»Das ist lange her! Heute würden sie fragen: ›Akai oder JVC?‹ Hab ich dir erzählt, dass der Tanzschuppen – er hieß *La Marine* – an schönen Tagen ein Ausflugslokal war? Hinter dem Haus standen Tische, direkt am Ufer der Marne. Es gab Walzer-Wettbewerbe. Ich war noch ein kleines Kind. Aus Pommes-frites-Schalen hab ich damals Konvois zusammengestellt ... wie die Frachtkähne in Fontenay-Charbon ... Ich sah zu, wie sie in Richtung Charenton verschwanden ... Hab ich dir das schon mal erzählt?«

Chemineau runzelte die Stirn und tat so, als ob er in den

tiefsten Abgründen seines Gedächtnisses suchte, dann sagte er: »Höchstens hundertmal!«

Melchior antwortete ihm mit einem Stoß in die Rippen, der den Inspektor durch die Türen des *Blue Moon* trieb. Pendeltüren, die mit zwei großen Bullaugen aus getöntem Glas versehen waren und in einen Vorraum führten. Wie früher in den Kinos. Drei Glühbirnen, zwei davon durchgebrannt, erleuchteten den Raum. Hier musste man an eine weitere Tür klopfen. Ein Guckfenster öffnete sich. Melchior nahm seinen Hut ab.

Der Türsteher erkannte den Kommissar. Die Klappe wurde für eine Weile geschlossen, Zeit genug, um zu überprüfen, ob innen alles den Vorschriften entsprach.

»Was haben wir hier eigentlich zu suchen?«, fragte Chemineau mit ratloser Miene.

»Ich weiß nicht. Ich, ich werd in Ruhe etwas trinken und mich ein bisschen unterhalten. Wir kommen noch früh genug nach Fontenay-Central zurück.«

»Hängt das mit dem Fall zusammen? Verfolgst du eine Spur?«

»Welcher Fall?«, knurrte Melchior. »Der Staatsanwalt hat gesagt, dass wir die Finger davon lassen sollen. Wir haben Dienst, und das ist alles. Es ist unsere Pflicht zu überprüfen, ob es nächtliche Ruhestörungen gibt, und für die öffentliche Ordnung zu sorgen«, sagte er achselzuckend, während der Inspektor ihn argwöhnisch anstarrte. Es war Marcel, der die Tür weit aufriss und dabei eine Freude an den Tag legte wie ein Vetter aus der Provinz, der ein heiß geliebtes Mitglied seiner verschollenen Familie wiederfindet.

»Herr Kommissar? Das ist ja eine Ewigkeit her!«

»Ich war erst letzte Woche hier.«

»Da war ich nicht da.«

Melchior begrüßte Marcel mit einem mehr als festen Händedruck, während Marcel versuchte, sich zu revanchieren, indem er mit aller ihm zur Verfügung stehenden Muskelkraft Melchiors Hand zusammenquetschte. Marcel trug einen Schnurrbart und hatte einen gelblichen Teint.

»Marcel und ich waren auf derselben Schule«, sagte Melchior. »Eine Zeit lang ... Danach hat Marcel seine Studien in den Vollzugsanstalten von Fresnes und Fleury fortgesetzt, und dann im Hauptgefängnis von Melun ...«

»Aber, aber, Herr Kommissar ... all diese Erinnerungen ...«

»Nenn mich nicht Kommissar, verdammt!«

»Ich kann dich aber auch nicht Jef nennen ... Es könnte den Eindruck erwecken, dass wir zu vertraut miteinander sind!«

»Es stimmt schon, du hast eine Visage wie ein Spitzel«, sagte Melchior und ging zur Bar.

Abschätzig musterte er die Örtlichkeit und die Gesichter. Unter einer grellen Lichtorgel, die dem Rhythmus der dröhnenden Popmusik folgte, hampelte eine junge Frau herum und zog sich dabei aus. Sie hatte tief liegende Augen, und auf ihrem Gesicht war von einem Ohr bis zum anderen ein bemerkenswertes Lächeln eingefroren. Die meisten Typen, die ihre Getränke schlürften, sich unterhielten oder einfach nur dort herumhingen, wandten den Kopf ab, wenn der Blick des Kommissars bei ihnen hängen blieb. Einige Gewohnheitsverbrecher, die immer wieder kleine Straftaten begingen, wagten es, die Andeutung eines Lächelns zu riskieren: Die Verhöre und Zeugenaussagen schufen letztlich doch ein gemeinsames Band. In dieser Atmosphäre allgemeiner Gleichgültigkeit ließ die Tänzerin die letzten Hüllen fallen. Sie zog nur wenige Blicke auf sich und bekam dementsprechend spärlichen Beifall. Dann rettete sie sich hinter den Vorhang, um ihr Lächeln abzunehmen und in einen Bademantel zu schlüpfen.

»Um diese Zeit sollte sie längst im Bett liegen«, meinte Melchior. »Sie muss bestimmt noch Hausaufgaben machen, bevor sie morgen früh in die Schule geht.«

Marcel schien sehr pikiert über diese Bemerkung zu sein. »Ich schwöre dir, sie ist kein Kükenfleisch! Sie hat das gesetzlich vorgeschriebene Alter, um den Herren ihre Möse zu zeigen. Ich habe alle notwendigen Papiere!«

Hektisch kramte er eine Aktenmappe hervor, die mit einem Bändchen verschnürt war, um kurz darauf dem Kommissar Zahlungsbelege, Aufstellungen von der Sozialversicherung und Steuerquittungen unter die Nase zu halten. Melchior wischte den Papierkram mit einer Handbewegung beiseite.

»Was nimmst du?«, fragte Marcel.

»Weinbrand mit Wasser.«

»Du hast dich nicht geändert«, sagte Marcel mit einem bewundernden nostalgischen Lächeln.

»Nicht seit letzter Woche«, murmelte Melchior. »Wo warst du?«

»Bei meiner Familie.«

»Man sieht dich nicht sehr oft. Wenn ich vorbeikomme, bist du nie da.«

»Ich muss mich um meine Geschäfte kümmern.«

Melchior nickte. Seine großen, klaren Augen richteten sich forschend auf Marcels Frettchenaugen, die sogleich nervös nach einem sicheren Bau Ausschau zu halten schienen.

»Wie viele Jahre Knast hast du auf dem Buckel?«

»Oh ... fast zwanzig. Wenn man alles zusammenzählt.«

»Ein ganz schönes Konto für einen Mann deines Alters! Sieh zu, dass du ab jetzt sauber bleibst. Du wirst doch deinen Einsatz nicht verdoppeln wollen, indem du die Handschuhe wieder vom Haken nimmst? ... Ein letzter Bruch vor der Rente – so was gelingt nur Jean Gabin. Und das nicht mal in allen Filmen!«

Marcel stieß ein gequältes Lachen aus.

»Du bist nicht mehr auf dem Laufenden, Jef ... Ich verwalte meine Geldanlagen und mache Gewinne, indem ich auf den Fall unserer Währung setze.«

»Wenn das so ist, frage ich mich, warum du dich damit abquälst, diesen Laden zu betreiben, in dem sich junge Schlampen entblättern, ohne dass es ihnen damit gelingt, die Kundschaft aufzuwecken!«

»Du weißt, man kann nicht aus seiner Haut ... In dieser Umgebung fühle ich mich wohl.«

Melchior ließ die Erklärung gelten. Sein Blick schweifte erneut durch den Raum. Es waren ein paar kleine Drogendealer da, die selten mehr als zwei oder drei Päckchen bei sich hatten. Kleine Scheißer! Dann gab es noch andere, Taschen- und Reifendiebe, Typen, die Telefonzellen aufbrachen, Straßenräuber und Schläger aus den Sozialbauvierteln ... Der Bodensatz des Verbrechens, Feilspäne der Kriminalität, aber unerträglich und grausam, wenn man sie näher unter die Lupe nahm. Es war nicht mehr wie früher beim organisierten Verbrechen mit seinen strengen Hierarchien. Da gab es noch Ganoven, die davon träumten, endlich respektiert zu werden. Ihr Ehrenkodex war zwar verlogen, doch er sorgte immerhin dafür, dass der Krieg fair verlief und der Feind kontrollierbar war. Heute gab es keinerlei moralische Grundlagen mehr, diese Typen schreckten vor nichts mehr zurück: von kleinen Dummheiten bis zu großen Schweinereien – sie waren fähig, für einen Fünfziger zu töten.

»Es muss heute seltsam sein, wenn man Profi ist«, merkte der Kommissar an.

Die anderen sahen ihn an, ohne zu verstehen. Aber er verstand sich.

Eine neue Mieze erschien kokett auf der Bildfläche. Zwischen ihren Hinterbacken klemmte ein Paillettenslip, und zwei dicke, runde Brüste sprangen aus ihrem Büstenhalter. Sie schien sich von ihrer Kollegin das bereits bekannte Lächeln geliehen zu haben, nur hing es etwas schief auf ihrem Barbiepuppengesicht. Marcel gab ihr mit den Fingerspitzen ein Zeichen zu verschwinden. Das Mädchen runzelte beleidigt die Stirn und verschwand wütend hinter den Kulissen.

Melchior trank seinen Weinbrand aus, indem er den Kopf mehrfach weit nach hinten lehnte, und bestätigte dabei für sich seine eigenen Gedanken. Chemineau – der fand, dass der Kommissar einem angriffslustigen Vogel ähnelte, der kurz davor war loszuhacken – wartete geduldig auf das Ende dieser Szene. Er wusste, wie sehr es der Kommissar liebte, von Zeit zu Zeit kleine Kammerspiele aufzuführen: eine kleine Nachtbar, ein alter Schulkamerad als reuiger Ganove, die Konventionen einer Gaunersprache, die bald wahrscheinlich nur noch die alten Polizisten untereinander sprachen – die neue, aufstrebende Polizistengeneration hatte ihren eigenen Jargon; Melchior passte sich nur widerwillig an; er liebte die Sprache seiner Jugend.

Und überdies waren solche Lokale allmählich vom Aussterben bedroht. Das Ende der Kleinkrämerei mit nackten Hintern und billigem Schnaps stand kurz bevor. Im Château-Paillard-Park – der bis dahin aus unverständlichen Gründen den alles vernichtenden Renovierungswellen entgangen war – hatte man kürzlich eine Diskothek mit dem Ambiente eines Flughafenparkhauses eröffnet: ein ausgehöhlter, grabesähnlicher Bau, der mehrere Etagen tief in die Erde versank. Der Laden war anscheinend so konzipiert worden, um tausend auf der Stelle stampfende und schwitzende Tänzer aufzunehmen. Auf Säulenstümpfen, die in schwindelerregenden Höhen angebracht waren, hüpften barbusige Mädchen herum, die laut Werbeprospekt aus Las Vegas kamen.

»Vielleicht sollten wir einen Blick ins *Vegas* werfen«, schlug Chemineau vor.

»Hä? ... Warum sagst du das?«

»Nur so ... Ich dachte ... In so einer ruhigen Nacht.«

»Ruhig?«

»Wir haben keinen einzigen Anruf bekommen ... Vielleicht ist unser Funkgerät im Eimer!«

Ein Hauch von Schreck huschte über das Gesicht des Inspektors: »Kann ich eine Telefonmünze haben?«

Marcel sagte, dass es ihm ein Vergnügen sei, das Telefon und die Getränke zu spendieren.

»Das Getränk«, stellte Chemineau richtig.

»Wenn der Herr Inspektor einen Wunsch hat ...«

»Geben Sie mir einen Beutel Körner«, sagte Chemineau. »Ich meine: Erdnüsse!« Er grinste vor sich hin, als er die Nummer von Fontenay-Central wählte.

Zwei Verkehrsunfälle, ein Streit zwischen Nachbarn, ein misslungener Selbstmord, drei ältere Personen ins Krankenhaus eingeliefert, ein Brieftaschenraub mit Körperverletzung, ein Sittlichkeitsverbrechen ...

»Wo das? Wie üblich?«

Ja, wie üblich. Und die junge Frau, die eine Anzeige erstatten wollte, konnte nicht erklären, warum sie sich zu so später Stunde in der Nähe dieses Brachlandes am Verlaine-Park aufgehalten hatte, wo sich, wie alle Einwohner von Fontenay wussten, gewisse Herren herumtrieben, die scharf darauf waren, jungen Frauen ihre Schwänze zu zeigen ...

»Na also!«, bestätigte Melchior. »Wir haben zwar hie und da eine Überdosis Drogen, eine Hand voll Betrunkene, die auf der Straße herumpöbeln, einen Einbruch in ein Fernsehgeschäft oder einen Ehemann, der seine Frau schlägt ... Aber im Grunde ist es bei uns friedlich; wir sind schließlich nicht in Amerika!«

Marcel ging fort, um einen Kulissenvorhang zurechtzuziehen, und machte ein Zeichen in die Dunkelheit. »Madeleine, komm doch mal kurz her!«

»Madeleine, die Barfrau« hatte vor langer Zeit von Melchior den Spitznamen *Barmado* bekommen. Seitdem nannten sie fast alle so.

Barmado kam aus den Kulissen und begab sich hinter die Bar. Sie lächelte Melchior zu, der auf die gleiche Weise antwortete, allerdings ein wenig zu diskret, mit übertriebener Höflichkeit, als wolle er ihre alten Geheimnisse vertuschen.

Barmado hatte die Dreißig überschritten, war schön und gut gebaut. Auf ihren Körper und alles drum herum verwandte sie eine Menge Mühe, um die entschwindende Jugend und Anmut zu erhalten.

Ohne etwas zu sagen, stellte sie Melchior einen Weinbrand hin. Dann goss sie sich einen Fingerhut Gin in ein Glas. Sie setzte sich in eine dunkle Ecke – eine jener gepolsterten Nischen für unzüchtige Rendezvous und lüsterne Hände. Es war ein ruhiger Abend, im Lokal waren nur wenige Plätze besetzt.

Melchior nahm sein Glas und folgte der jungen Frau. Marcel und Chemineau blieben ohne Murren an der Bar sitzen. Offenbar gab es ein festgeschriebenes Ritual, das einfach respektiert wurde.

»Wie geht es dir?«, fragte Barmado.

»Es geht so … Und du, wie steht's bei dir? Du siehst gut aus.«

»Das ist mein neues Make-up. Ich habe die Marke gewechselt. Die Parfümerie Ormeaux hat geschlossen … Und so habe ich auch die Parfümerie gewechselt!«

»Daran hast du gut getan … goldbraun … ganz sanft … Das steht dir gut.«

»Du bist sehr lieb … Ich …« Barmado trank einen Schluck

Gin, ohne ihren Satz zu beenden. Ihre dunklen Augen blickten Melchior zugleich vertrauensvoll und verzweifelt mit der Intensität eines unterdrückten Kummers an. Melchior sah plötzlich wieder all jene Abende, all jene Nächte vor sich, die mit einem Fingerhut voll Gin begonnen und mit einer ganzen Flasche geendet hatten. Eine Flasche, die man mit den Tränen hätte füllen können. Leidensgeschichten, die im Mittelpunkt all dieser Nächte gestanden hatten und wiedergekäut wurden und die leider Gottes nie endeten, sondern immer wieder von vorn anfingen!

Barmado nuschelte, die Lippen immer noch an den Rand ihres Glases gedrückt. *Ich bin schwanger*, verstand Melchior.

»Ah?«, sagte er mit dem unbeholfenen Erstaunen eines Liebhabers, der von einer unerwarteten Nachricht überrascht wird. Dann runzelte er die Stirn: »Du? Schwanger?«

»Ich doch nicht! *Jessica ist schwanger!* … Hast du nicht gehört, was ich zu dir gesagt habe?«

Melchior seufzte.

»Ja … ich höre … Was kann ich da machen?«

»Sie ist sechzehn … Noch nicht mal … Ich habe mich die ganze Zeit abgerackert, um zu verhindern, dass sie dieselben Dummheiten macht wie ich! Das ist doch zum Kotzen, oder nicht? Sie, sie ist fleißig zur Schule gegangen … hat sich sogar für Latein entschieden … und sie macht trotzdem dieselben Dummheiten wie ich!«

»Hast du ihr nicht gesagt, dass sie die Pille nehmen soll?«

»Natürlich! Seit sie vierzehn war. Ein junges Mädchen ganz allein in der Stadt … Kannst du dir vorstellen, wie das ist? … Und dann hat sie sich trotzdem herumgetrieben. Die Umgebung … Ist das vielleicht ansteckend? Sie hat ihren Vater nie kennen gelernt … Die Jungs interessieren sie, natürlich … aber das … Mist noch mal!«

Sie sah den Kommissar wütend an, als ob sie ihn für etwas

verantwortlich machte, das er nicht richtig verstand. Er wartete ruhig, bis die junge Frau ausgetrunken hatte, und nippte währenddessen nur an seinem Glas.

»Sie hätte die Pillensorte wechseln sollen«, sagte er unbeholfen.

»Diese dumme kleine Kuh hätte mir gestehen sollen, dass sie sie gar nicht genommen hat! Es ist wahrscheinlich mein Fehler, dass ich ihr etwas aufgezwungen habe, wofür sie sich nicht selber entschieden hat!«

»Das ist vorstellbar.«

»Bah! Früher passierte so was mit einundzwanzig! Heute mit achtzehn … aber nicht mit sechzehn!«

Barmado starrte in ihr leeres Glas.

»Die Orgametril-Pillen sind ins Klo gewandert … Wenn ich mir vorstelle, dass man in einer Welt voller Wunder lebt, dass man heute alle Möglichkeiten hat, nicht in der Scheiße zu landen wie früher … Was für ein Schlamassel!«

»Das stimmt, aber es gibt ja auch Wege, ein Kind nicht zu behalten … eine unerwünschte Schwangerschaft zu beenden … ohne dass einem wie früher dafür der Kopf abgehackt wird!«

»Du Dreckskerl! Aber so sind die Typen! Erst macht ihr uns schwanger, und dann, weil ihr uns nicht mehr guillotinieren könnt, überlasst ihr uns der Sozialhilfe! … Und immer kommt dieselbe Leier: ›Tut mir Leid, Liebling, sieh selber zu, wie du zurecht kommst!‹«

»Nun gut, aber warum erzählst du mir das? Was kann ich denn dafür? Wenn ich dir helfen kann, werde ich dir helfen. Also! … Kann ich etwas tun, deiner Meinung nach?«

Melchior warf einen Blick auf die Bühne. Ein neues Mädchen begann mit seiner Nummer; eine Professionelle, abgehärtet im Licht der Scheinwerfer; ein Körper, der nicht mehr zwanzig, aber fest und geschmeidig wie poliertes Holz war.

Seltsamerweise interessierten sich für sie mehr Gäste als für die letzte Tänzerin. Das Mädchen hatte Freunde im Raum, Bewunderer, die sich daran erfreuten, dass diese makellose Plastik gegen den Lauf der Zeit gefeit zu sein schien.

Melchior betrachtete sie und dachte an die sich wiegenden eingezogenen Bäuche von Stripteasetänzerinnen, die – selbst wenn man glaubte, alles zu sehen und über alles Bescheid zu wissen – ein Meer von Geheimnissen verbargen. Nichts ist schleierhafter als ein nackter Körper. Melchior hatte das bei den unbekleideten, namenlosen Leichen gelernt, deren Lebensgeschichte ermittelt werden musste. Das menschliche Wesen ist ein absolutes Rätsel. Deshalb war Striptease für den Kommissar genauso faszinierend wie das Leichenschauhaus.

»Du hörst mir nicht mal zu!«, sagte Barmado. »Du interessierst dich nur für die Hintern der Mädchen!« Und sie begann, lautlos zu weinen.

Immer dasselbe, dachte Melchior. Die Ginflasche füllte sich schon wieder.

5

Es war, als hätte sich das Schweigen auf dem Rücksitz niedergelassen, und zwar mit der Mission, jeden abzuknallen, der es brechen würde. Melchior und Chemineau fuhren eine lange Strecke, ohne miteinander zu reden. Dann schien der Kommissar plötzlich aus einem Traum zu erwachen. »Was kaust du da?«

»Erdnüsse.«

»Zeig mal!«

Chemineau reichte ihm ein Cellophantütchen, in dem sich

noch eine Hand voll gesalzene Erdnüsse befand. Melchior leerte es in seine ausgehöhlte Hand. Nach einem kurzen, vorwurfsvollen Blick aß er alles auf. Chemineau zog einen neuen Beutel aus seiner Tasche.

»Hast du das Lager vom *Blue Moon* geplündert?«

»Man hat es mir angeboten.«

»Beamtenbestechung ...«

Der Inspektor grüßte die Nacht mit einem breiten Lächeln. Er mochte die Phasen nicht, in denen Melchior in bodenlosen Meditationen versank. Manchmal tauchte der Kommissar so tief ab, dass sein Mitarbeiter befürchtete, er würde gar nicht mehr zurückkehren. Er wusste, dass Melchior in der Lage war, Leute, die in den tiefsten Tiefen ihrer persönlichen Abgründe verschwunden waren, wieder heraufzuholen, aber er, Chemineau, hatte diese Gabe nicht.

»Was, zum Teufel, hatten wir im *Blue Moon* zu suchen?«, fragte der Kommissar besorgt.

»Wie du gesagt hattest: Wir tranken ein Gläschen ... vertrieben uns die Zeit ... Dann dieses Mädchen, sie hatte eine Haut, so weiß, so weiß!«

»Nein, da liegst du falsch. Es gab einen Grund. Wir waren nicht nur da, um eine Telefonmünze und einen Schluck auf Kosten der Unterwelt zu bekommen ... Ich wollte etwas rauskriegen bei Marcel, und ich hab nicht mal mit ihm darüber gesprochen ... Das hing mit diesem Fall zusammen ...«

»Mit welchem Fall, Chef?«

»Nenn mich nicht *Chef*. Du weißt, dass mich das anwidert, also machst du das absichtlich! ... Die aufgeschlitzte Frau natürlich! Wovon soll ich sonst reden? Es kommt mir vor, als ob ich dort irgendetwas gesucht und etwas anderes gefunden hätte, nachdem ich vergessen hatte, was ich eigentlich suchte ...«

Chemineau warf ihm einen verdutzten Blick zu.

»Oder werde ich langsam verrückt?«, fragte Melchior.

»Ich glaube nicht. Das ist kein Wahn! Bei der Polizei heißt das Spürsinn oder Intuition.«

»Das sind doch Ammenmärchen«, meinte Melchior und versank wieder in seine Abgründe.

Die Klinik Sainte-Cécile war nicht weit von den Hafenanlagen von Fontenay-Charbon entfernt – wenn man die Sache eher geografisch als soziologisch betrachtete. Denn die Klinik stand mitten in einem Neubauviertel, das, bevor dieser Begriff aus der Mode kam, von sich behauptete, das beste *standing* zu haben. Viel älter als die terrassierten Wohnpyramiden, die es umgaben, hatte Sainte-Cécile sich seine Backsteinfassaden mit flämischen Giebeln und seine kunstvoll beschnittenen Bäumen bewahrt.

»Der Stifter dieser Einrichtung scheint ein musikliebender Menschenfreund gewesen zu sein«, bemerkte Melchior. »Damit es einen Ort gibt, wo die aufgeplatzten Lippen von Musikern, die zu stark in den Dudelsack geblasen haben, die Schwielen von Gitarristen, die ausgerenkten Unterkiefer von Geigern und die malträtierten Stimmbänder von Mezzosopranistinnen behandelt werden.«

»Nicht zu vergessen die Schwengel von Glöcknern«, meinte Chemineau hinzufügen zu müssen.

»Die Heilige Cäcilie ist die Schutzheilige der Musiker.«

»Auch von denen in den Tanzlokalen am Kohlenhafen?«

Während Melchior die Vorhalle der Klinik betrat, überhörte er Chemineaus verbale Sticheleien geflissentlich. Eine Doppeltür aus Glas öffnete und schloss sich schon bei der leisesten Erschütterung. Von den ausweichenden Augen, die sie kommen sahen, verlangte der Kommissar, Doktor Zerbib sprechen zu wollen.

»In welcher Angelegenheit?«, erkundigte sich die unscheinbare Blondine. Sie hatte genug Zeit gehabt, ihr Strickzeug unter einer Fernsehzeitung zu verstecken, die auf der Seite mit den Kreuzworträtseln aufgeschlagen war. Mit der abgebrühten Miene eines eiskalten Bullen, der gerade eine Rekordmenge von Drogen beschlagnahmt hat, hob der Kommissar die Zeitschrift hoch.

»Holen Sie schleunigst Doktor Zerbib, den Inspektor Chemineau, ›nämlich der dort‹, und Kommissar Melchior, ›nämlich ich‹, in einer Angelegenheit, die ihn etwas angeht, sprechen wollen.«

Die Stationsschwester drückte auf eine Taste am Telefon, die kurz aufleuchtete, bevor sie unter den hoffnungsvollen Blicken von drei erschöpften Gesichtern zu blinken anfing.

»Ich fürchte, man kann ihn im Moment nicht erreichen.«

»Gehen Sie ihn benachrichtigen! ... Machen Sie schon!«

Die Frau stand gähnend auf. »Setzen Sie sich bitte«, sagte sie und deutete auf eine Reihe von beinlosen Sesseln, die zwischen zwei riesige grüne Plastikpflanzen gequetscht waren.

Die Polizisten ließen sich nieder. Melchior verhielt sich instinktiv wie in einem Wartezimmer und blätterte in einer abgegriffenen Zeitung. Chemineau beobachtete die sich entfernende weiße Silhouette.

»Ich mag weiße Schuhe, weiße Strümpfe und etwas zu kurze Kittel«, sagte er. »Das ist erregend ... Wie in diesen Sitcoms.«

»Vor allem wenn sie dir eine Sonde in die Nase, Spritzen in die Arme und einen Schlauch in den Hintern stecken«, meinte Melchior, während er die Fotoseiten durch seine Finger gleiten ließ. »Da kriegst du einen unglaublichen Orgasmus!«

»Die schwarzen Perlen aus der Karibik, die für den Sozialdienst arbeiten, machen mich weniger an. Mit ihren nackten Füßen in Turnschuhen und ihren notdürftig in Kittelschürzen verpackten Brüsten ...«

»Die sind aber sehr kompetent«, betonte Melchior.

Seine Aufmerksamkeit blieb bei einer Doppelseite in Schwarz-Weiß hängen. Polizisten in kurzen Lederjacken und Jeans bei einer stürmischen Verhaftung von verängstigten Jugendlichen, deren Augen im Blitzlichtgewitter in sprachlosem Erstaunen weit aufgerissen waren. *Paris-Match war dabei!* stand darunter.

Melchior sah auf dem Umschlag nach dem Datum. Es handelte sich um eine uralte Nummer aus einer Zeit, als die Wochenzeitschriften sich noch für andere Dinge interessierten als für die Hormonschübe der Corgi-Hunde der Königin von England. Die Wartezimmer von Praxen und Krankenhäusern sind die Archive des journalistischen Erbes. Ein Arzt, der seinen Patienten eine Zeitschrift anböte, die jünger als sechs Monate war, liefe vermutlich Gefahr mit dem Ärzteverband Ärger zu bekommen.

Melchior dachte an eine Zeit zurück, als er davon geträumt hatte, ein Polizist wie dieser da zu sein, der mit einer Knarre in der Hand schreiend über die Straße rannte, gefolgt von einem Fotografen von *Paris-Match.* Er lächelte. Dann fiel ihm ein, dass er gehofft hatte, im *Blue Moon* die kleine Mulot zu treffen … Edith Mulot, die blonde Redakteurin vom *Parisien*, Lokalteil Fontenay …

»Professor Zerbib muss noch eine Episiotomie machen, dann kommt er zu Ihnen«, sagte die Krankenschwester, deren weiße Schuhe Chemineau so gefielen. Er sah ihnen nach, wie sie sich trippelnd entfernten und hinter dem Schalter verschwanden.

»Ist so etwas schlimm, Doktor?«, fragte der Inspektor und wandte sich zu Melchior um.

»Das ist ein Dammschnitt, ein Einschnitt, den man während der Geburt vornimmt, um zu vermeiden, dass der Scheideneingang reißt«, erklärte der Kommissar, während er seinen Blick über die veralteten Anzeigen schweifen ließ, die durch den Erwerb ihrer unentbehrlichen Produkte eine bessere Welt versprachen.

»Woher weißt du bloß immer all diese Dinge?«, muckte der Inspektor auf.

»Ich habe viel erlebt«, sagte Melchior.

Doktor Zerbib zeigte im Türspalt ein regloses Gesicht, das von einer grünen Leinenkappe gekrönt wurde.

»Ich komme sofort.«

»Lassen Sie sich Zeit«, sagte Melchior.

Er ließ sieben Sekunden vergehen, bevor er aufstand und zur halb offenen Tür ging. Zerbib wusch sich die Hände, eine Assistentin half ihm währenddessen, seinen Kittel auszuziehen, der auf dem Rücken zugebunden war.

»Ich hoffe, dass Sie mir heute Abend nicht noch so einen bizarren Fall bringen! Heute hat es alle erdenklichen Zwischenfälle gegeben. Ich dachte schon, es ist gar kein Ende mehr abzusehen!«

»Vielleicht weil heute Vollmond ist«, bemerkte Chemineau.

»Ach! Sie bei der Polizei glauben an solche Sachen?«

Zerbib hatte eine äußerst blasse Haut und tiefschwarzes Kraushaar. Sein Gesicht spiegelte eine Mischung aus Neugier und Missbilligung.

»Ich bin sicher, dass Ihre Krankenschwestern auch daran glauben«, antwortete Melchior. »Ehrlich gesagt, wir bei der Polizei glauben an gar nichts und akzeptieren alles … bis das Gegenteil bewiesen wird. Wenn Sie behaupten, gesehen zu haben, wie die Marne von ihrer Mündung zur Quelle hinauffließt, werden wir eine Untersuchung vornehmen, um zu erkennen, inwieweit man Ihnen glauben kann.«

»Wirklich?«

»Zumindest sollten wir das tun«, meinte Chemineau präzisieren zu müssen.

Melchior trat seinem Stellvertreter kräftig auf die Schuhspitzen. Das Gesicht des Inspektors verzog sich.

Zerbib ging zum Waschbecken und betrachtete den Kommissar im Spiegel. Und wenn Melchior den Doktor anschauen wollte, war er gezwungen, auch sich selber im Spiegel zu sehen. Das gefiel ihm nicht.

»Warum reden Sie mit mir über die Marne?«, fragte Zerbib mit leicht belegter Stimme.

»Nur so ... So ist es eben ... Das war ein Beispiel ... Rein zufällig.«

Zerbib glaubte nicht an Zufälle. »Rodier hat mich angerufen, müssen Sie wissen. Er sagte mir, dass Sie hinter mir her seien und dass Sie beide einen knallharten Eindruck machen.«

»Wir, knallhart? ... Aber nicht doch! ... Und warum sollten wir hinter Ihnen her sein?«

»Wegen der aufgeschlitzten Frau am Ufer der Marne, denke ich.«

»Wir haben nicht einmal mehr mit dem Fall zu tun.«

»Ach ja? Das ist gut!«, stieß der Arzt mit offensichtlicher Erleichterung hervor. Aber sein plötzlich entspanntes Gesicht verkrampfte sich sogleich wieder.

»Warum diese Begeisterung?«, wunderte sich Melchior. »Was haben wir Ihnen getan?«

»Nichts ... absolut nichts! Entschuldigen Sie mich! Das ist eine sehr anstrengende Nacht heute. Diese Frau musste genäht werden und ... und ... das ist eben Notfallchirurgie. Der blanke Horror! Ich bin Geburtshelfer ... Kein Gerichtsmediziner und kein Klempner!«

»Wie geht es ihr?«

»Wem?«

»Der Frau.«

»Gut, glaube ich ... Sie wird sich erholen. Sie wurde genäht, wie es sich gehört, keine Sorge. Rodier ist ein guter Assistent … Wenn Sie wollen, werde ich mich weiter um sie kümmern und morgen vorbeikommen, um nach ihr zu sehen.«

»Es wäre bestimmt gut, wenn sich jemand ihrer annähme … Kennen Sie sie? Wissen Sie, wie sie heißt?«

»Unbekannt.«

»Und der Typ, der ihr das angetan hat, hat er gute Arbeit geleistet?«

»Das könnte man so sagen.«

»Schlächterei oder die Arbeit eines Profis?«

»Einen Bauch von oben nach unten aufzuschneiden, ist nicht so schwierig, wie man denkt … Sie würden es sehen, wenn Sie es einmal versuchten! … Komplizierter hingegen ist das Nähen. Das braucht Zeit und verlangt einiges Know-how.«

»Doktor Rodier schätzt, zwischen zwanzig und fünfundvierzig Minuten.«

»Es geht schneller, wenn man beschließt, die langwierigste Arbeit jemand anderem zu überlassen.«

»Können Sie genauer sein?«

»In fünf Minuten kommt man mit dem Aufschneiden ziemlich weit …«

»Fünf Minuten!«

»Das Zäheste ist die Gebärmutter. Sie ist ein sehr widerstandsfähiger Muskel, denn sie hat die Aufgabe, die Menschheit zu schützen … das Überleben der Gattung … Wenn der Leichnam einer Frau fast vollständig verwest ist, bleibt als Letztes die Gebärmutter übrig. Sie ist der letzte Hoffnungsschimmer am Horizont des Todes!«

Während Professor Zerbib sprach, breitete sich ein gewisses Unbehagen aus. Schweiß stand auf der Stirn des Arztes, auf seinen Nasenflügeln und auf seinem Nacken. Wie bei einer regulären Operation tupfte eine eifrige Assistentin ihren Chef schweigend mit einer doppelten Kompresse ab.

»Man könnte glauben, einen Gerichtsmediziner sprechen zu hören«, meinte Melchior.

Zerbib drehte sich um und stieß die Hand der OP-Schwester zurück. »Ich habe mich dafür interessiert, in meinen Anfängen ... Eine Spezialisierung wie jede andere ... Man heilt nicht mehr die Leute, sondern sucht nach einer Wahrheit, die dazu beitragen kann, die Krankheiten der Gesellschaft zu behandeln ... Ja, das hat mich schon gereizt ... Aber das hätte bedeutet, mit dem Tod zu arbeiten ... Ich habe das Leben vorgezogen!«

Melchior sah den Arzt an, mit seinem mächtigen Schädel, seiner verkniffenen Miene und seinem Doppelkinn, mit seinem bitteren Mund und seinen düsteren Augenbrauen.

»Wo waren Sie in dieser Nacht zu der Stunde, die dem Anruf bei der Feuerwehr vorausging?«, fragte er.

Trotz der stickigen Hitze wurde es plötzlich frostig im Raum. Zerbib versuchte zu lachen. »Die Polizei ist wirklich unverbesserlich. Die ewig gleichen Fragen ... mit oder ohne Vollmond! Muss ich Ihnen antworten? Werden Sie mich im Schein einer Lampe verhören? Mich verprügeln?«

»Diese Klischees drohen Ihnen keineswegs ... aber nichts verbietet Ihnen, meine Frage zu beantworten.«

»Und nichts zwingt mich dazu!«

Melchior beschränkte sich auf ein Achselzucken.

»Also, Sie wollen mich vorladen, nicht wahr?«, sagte Zerbib aufgeregt. »Muss ich einer Vorladung der Polizei Folge leisten?«

Melchior zuckte nicht mit der Wimper, gut verschanzt hinter seiner Schmollmiene ...

»Nein, ich bin nicht dazu gezwungen! Ihre Vorladungen beeindrucken nur Hohlköpfe und Schwächlinge. Sie sind nicht amtlich, und insofern sind sie so verpflichtend wie die Einladung zu einer x-beliebigen Cocktailparty.«

»Darf ich daraus schließen, dass Sie früher auch schon einmal geneigt waren, Strafrecht zu studieren?«, fragte Melchior leise.

»Aber nein! Ich habe Freunde, die ausgezeichnete Anwälte sind, das ist alles! ... Sie gehen mir mit Ihren Fragen auf den Geist ... Und auf diese habe ich schon von Anfang an gewartet. Ich war mir sicher, dass Sie dem Vergnügen nicht widerstehen konnten, sie so spät wie möglich zu stellen.«

Melchior riss seine großen, klaren Augen auf. »Ich hab das überhaupt nicht vorgehabt. Sie haben mich darauf gebracht.«

»Ich? ... Das ist ja die Höhe!«

»Weil Sie bei mir den Eindruck erweckt haben, dass Sie sich gut mit unseren Methoden auskennen. Sie hätten sich hüten sollen, Dinge zu sagen, nach denen Sie nicht gefragt wurden ... und lieber den guten alten Spruch beherzigt: ›Kein Wort ohne meinen Anwalt!‹«

Zerbib verzog wütend das Gesicht.

»Regen Sie sich nicht so auf«, sagte Melchior. »Ich bedaure es, dazu beigetragen zu haben, dass eine sowieso schon schwierige Nacht noch anstrengender wird. Ich hab Ihnen bereits gesagt: Wir beschäftigen uns nicht wirklich mit dieser Angelegenheit. Ich bin Kommissar der städtischen Polizei in Fontenay-Central, und dieser Besuch hat nur das Ziel, ein paar grundlegende Tatsachen zu ermitteln. Ich wollte gern wissen, was Sie von diesem Fall halten. Wir müssen einen kleinen Bericht machen ... Danach kümmert sich die Kriminalpolizei um alles.«

Zerbib schien völlig aus dem Gleichgewicht geraten zu sein. »Die Kriminalpolizei? Und die werden mir dieselben Fragen noch einmal stellen?«

»Das ist möglich, wahrscheinlich, aber nicht gewiss«, sagte Melchior und setzte sorgsam seinen kleinen Hut wieder auf. »Wäre das so schlimm?«

Er reichte dem Doktor die Hand, der seinen Druck schlapp erwiderte, den Blick ins Leere gerichtet.

»Haben Sie gesehen, wie *sie* ihm das Gesicht abgetupft hat«, ereiferte sich Chemineau. »Wie *sie* ihm den Kittel geöffnet hat, mit Fingern voller Begierde? ... Er vögelt mit ihr, das ist mal sicher!«

»Aber sicher, Chemineau! Du weißt ja: Alle vögeln alle! ... Und du, wen vögelst du?«

»Hm ... Madame Chemineau.«

Melchior klopfte seinem Mitarbeiter auf die Schulter.

»Siehst du ... jeder wie er's mag.«

Mittwoch, vom Morgengrauen bis zum Abend

Die Geheimnisse des Verlaine-Parks

6

Ein bläulicher Schimmer zeichnete sich auf dem Drahtglas des großen Fensters im Kommissariat ab. Die Nacht ging ihrem Ende entgegen.

Melchior setzte seufzend den Hut ab und ging direkt zum Schalter. »Wie steht's?«, fragte er, während er sich das Dienstbuch schnappte. Er öffnete das große schwarze, leinengebundene Buch, suchte die richtige Seite und folgte mit klammem Finger der Auflistung der nächtlichen Ereignisse.

»Ich hab die Schnauze voll von Schaltern, Tresen und Theken!«, maulte Chemineau. »Erst im Gemeindekrankenhaus, dann in der Saint-Cécile-Klinik, im *Blue Moon* und jetzt die Bullentheke!«

»Das ist ein guter Titel: *Die Bullentheke* ... Hast du nicht Lust, einen Krimi zu schreiben?«

»Ich hab Lust, mich in die Falle zu hauen.«

»Na dann, los! Madame Chemineau wartet bestimmt schon.«

Chemineau gähnte und hob seine Armbanduhr dicht unter den weit geöffneten Mund. »Sie nimmt den Bus um sechs Uhr. Sie hat Schichtdienst.«

»Immer noch bei Schüffer & Verjoux?«

»Ja ... Als technische Angestellte.«

»Technische Angestellte? ... Glücklicherweise ist sie keine Buchprüferin! Da würdest du alt aussehen!«

Sie taten so, als ob sie über diesen abgestandenen Witz lachen müssten.

Melchior warf einen Blick auf die Wanduhr. Er fügte eine Stunde Winterzeit hinzu, auf die nicht umgestellt worden war, und zog dreizehn Minuten für chronisches Nachgehen ab. Die Uhr wartete schon seit Jahren vergeblich auf die Freigabe von Sondermitteln für ihre Reparatur.

»Na los, verzieh dich!«, sagte er. »Der Nachtdienst ist zu Ende. Bald wird die Tagesschicht anrücken.«

Chemineau drückte mit dem Zeigefinger vorsichtig auf den Fahrstuhlknopf. Die Türen öffneten sich mit einem Gähnen, das noch breiter war als das des Inspektors, um ihn kurz darauf mit Haut und Haaren zu verschlingen.

Melchior klappte das Dienstbuch zu. Die dabei entweichende Luft verursachte ein dumpfes Geräusch. Der Kommissar marschierte ebenfalls zum Aufzug. Erst jetzt bemerkte er das junge Mädchen, das sich in eine Ecke der Wartebank gedrängt hatte.

Die Haare hingen ihr ins Gesicht, und sie war schwarz gekleidet, wie alle Gymnasiastinnen von heute. Eine schwarze Jeans, ein übergroßer schwarzer Pullover über einem hellgrauen Sweatshirt. Als sie die Augen zu Melchior hob, stellte er fest, dass sie älter war, als er zunächst gedacht hatte. Eine Jugendliche, siebzehn oder achtzehn Jahre alt.

»Auf was warten Sie?«, fragte der Kommissar. »Wo ist der Brigadier vom Nachtdienst?«

»Ich bin hier!«, rief eine Stimme, die durch die angelehnte Tür des Umkleideraums kam.

»Man kann hier ja hereinspazieren, wie es einem beliebt!«

Unmittelbar danach erschien der Brigadier, ordnete seine Uniform und nahm die Haltung respektvoller Unterwerfung ein. Mit einer schneidenden Gebärde wischte Melchior alle Erklärungen beiseite, von denen er wusste, dass sie vor keinem Untersuchungsausschuss auch nur fünf Sekunden standhalten würden. Der Brigadier war gerade dabei gewesen, sich ein Bier zu genehmigen. Schwamm drüber.

»Was macht dieses Mädchen da?«

»Wir suchen ihre Eltern. Minderjährig. Bei einer Überprüfung der Personalien auf der Straße festgenommen.«

»Das ist nicht wahr!«, sagte das Mädchen. »Ich habe Sie angesprochen!«

Melchior runzelte die Stirn, als er fragend in Richtung des Brigadiers sah.

»Der Streifenwagen hat sie in der Nähe vom Park aufgelesen.«

»Ich habe Anzeige erstattet!«, schrie die junge Frau mit plötzlich sehr schriller Stimme.

»Eine Geschichte mit einem Exhibitionisten«, präzisierte der Brigadier in einem Tonfall, der die Sache herunterspielen sollte. »Erregung öffentlichen Ärgernisses ... Und keine Beweise ... Wir wollten die junge Dame nach Hause bringen, aber da war niemand.«

»Meine Mutter arbeitet!«

»Ach ja! Wurde auch langsam Zeit, dass du den Mund aufmachst. Denn bis jetzt hieß es: Klappe halten und nichts verraten, sich dumm stellen, und ich habe die Sprache verloren!«

»Ihr seid ja völlig bescheuert!«, sagte sie. »Wenn man mit euch spricht, hört ihr nicht zu, wollt ihr nichts hören und nichts begreifen. Verdammte Scheiße!«

»He, he, pass bloß auf! Achtung!«

Der Brigadier hatte fast geschrien, und er war nahe daran, dem Mädchen eine Ohrfeige zu verpassen. Aber sein Blick glitt zum Kommissar hinüber, dem es aufgrund seines Dienstgrades zukam, die Ehre der Polizei zu verteidigen.

»Mademoiselle, so dürfen Sie nicht mit uns reden«, sagte Melchior in einem ruhigen, eisigen Ton, der jedes Mal die Bewunderung seiner Kollegen hervorrief, wenn es darum ging, die Atmosphäre abzukühlen.

Er ging wieder zum Schalter und sah in das Dienstbuch. Dort fand er den Namen, über den er vorhin hinweggeglitten war, ohne dass ihm etwas aufgefallen war. Wieder ein Beweis dafür, dass Erschöpfung die Effektivität minderte. *Jessica Bonnet, siebzehn Jahre, Wohnsitz: Cité des Ormeaux, B4.*

»Bist du die Tochter von Barmado ... Madeleine Bonnet?«

Überraschtes Nicken, aber dennoch schmollend.

Melchior ging mit der Andeutung eines Lächelns zur Bank und wusste nicht so recht, ob er dem Mädchen die Hand reichen sollte. Daher fummelte er verlegen am Tweed seines irischen Hutes herum.

»Sie haben sich verändert ... Beim letzten Mal waren Sie erst so groß ... Erinnerst du dich nicht an mich? ... Jean-François Melchior ... Jef ... Ich kenne deine Mutter sehr gut!«

»Das kann schon sein. Sie hat mir schon mal von einem alten Freund erzählt, der Bulle ist. Das müssen Sie sein ... Der *alte Bullenfreund.*«

Melchior schielte zum Brigadier hinüber, dessen Augen für einen kurzen Moment spöttisch aufblitzten.

»Ich kümmere mich um sie. Trinken Sie in Ruhe Ihr Bier aus ... Es schmeckt nicht mehr, wenn es zu warm ist.«

»Ich hab doch nur einen Kaffee getrunken, Herr Kommissar.«

»Auch der schmeckt nicht mehr, wenn er kalt ist ... Kommen Sie, Jessica, ich bring Sie nach Hause.«

Melchior wollte seine Hand auf ihre Schulter legen, aber sie schreckte zurück. Mit eng an den Körper gelegten Armen stand Jessica auf und ging entschlossen zum Ausgang. Mit blasierter Miene und lässig wiegenden Hüften. In diesem Moment öffnete sich die Tür von außen.

»Ah, da sind Sie ja!«, rief Edith Mulot. »Ich hab Sie überall gesucht. Man hat mir gesagt, dass Sie im *Blue Moon* sind ... aber Sie waren schon weg.«

»Ich wollte gerade wieder los«, gestand Melchior konsterniert. »Auch ich hatte gehofft, Sie dort zu treffen ...«

Über das Gesicht der blonden Journalistin huschte ein kleines, verlegenes Lächeln. Melchior sah sie mit tiefer Traurigkeit an, in die sich ein wenig unterdrückte Wut mischte: Er stand zwischen zwei Frauen. Und war gezwungen, die aufzugeben, mit der er gern zusammen sein *wollte*, um sich um die zu kümmern, mit der er sich beschäftigen *musste*.

»Kann ich mitkommen? ... Was ist denn eigentlich dran, an dieser Geschichte von Fontenay-Charbon? ... Können Sie mir das sagen?«

Melchior zögerte. Er machte einen Schritt zur Tür und gab Jessica ein Zeichen, zwei Sekunden zu warten. Dann wandte er sich Edith Mulot zu und nahm ihren Arm, den sie nicht zurückzog.

»Kommen Sie!«

Sie gingen durch die Schalterhalle bis zum öffentlichen Telefon, das unter einer herausgerissenen Plastikhaube an die Wand geschraubt war. Die durchtrennte Kette, an der einst das Telefonbuch befestigt war, hing nutzlos herab. Hier wie anderswo sah man die Früchte der Privatisierung öffentlichen Eigentums.

Melchior fasste die Angelegenheit zusammen: die ersten Fakten, der entsetzliche Vorfall, den er am liebsten vergessen, verdrängt und in die Abstellkammer des Gedächtnisses verbannt hätte, wo schon ein Durcheinander von Gräueltaten angehäuft war. »Man muss sich einen Panzer dagegen zulegen!«, wiederholte er, wie alle seine Kollegen es sich immer wieder vorsagten. Manchmal musste man die Tür der verbotenen Abstellkammer allerdings doch öffnen ... Und die Leichen, die sich dort befanden, lauerten fröhlich auf die Rückkehr des *gepanzerten Bullen*.

Melchior wischte sich die Stirn mit seinem zerknüllten Hut ab. »Ich habe die ganze Nacht damit verbracht, Polizist zu spielen«, murmelte er und sah Edith Mulot an, mit ihrem feinen, kurz geschnittenen Haar, ihrem gebräunten, willensstarken Puppengesicht, ihren kleinen, runden Brüsten unter dem Pullunder in ihrer Fliegerjacke. Sie war schön, jung und wirkte zerbrechlich. Melchior wusste, dass sie siebenundzwanzig Jahre und robust wie ein Fels war.

»Darf ich mal telefonieren?«

»Dafür ist es ja da ... Aber ich bitte Sie bei dieser Angelegenheit um größtmögliche Diskretion ... Überdies ermittle ich nicht in diesem Fall ... Wir sollten nichts überstürzen. Die von der Kripo sind sehr empfindlich, und der Staatsanwalt versteht keinen Spaß, wenn man sich in seinem Gebiet zu schaffen macht ... Das Sainte-Cécile-Viertel ist nämlich sein Gelände.«

»Was hat das mit dem Cour Lachaux und dem Hafengebiet zu tun?«

»Ja, schon ... aber Zerbib wohnt ganz in der Nähe.«

»Der Gynäkologe? ... Was hat der damit zu tun?«

»Nun ... eigentlich nichts ... Das ist unwichtig ... Aber es wäre mir lieb, wenn Ihre Zeitung vorerst genauso diskret wäre, wie ich es mir für mich selber vorgenommen habe. Nicht wahr, Mulot, ich kann Ihnen doch vertrauen? ... Nur eine kleine Notiz.«

Edith Mulot machte eine beschwichtigende Handbewegung und unterstrich sie mit jenem entwaffnenden Lächeln – ihr Spezialpresseausweis, der ihr jede Polizeisperre öffnete.

»Hallo! ... Bernier? ... Kannst du mir drei Spalten auf der Titelseite reservieren? Und fünf Spalten im Innenteil ... Nein, ich hab noch nichts geschrieben! Ich bin gerade dabei ... Mein Informant ist ein bisschen störrisch.« Sie zwinkerte dem todmüden Kommissar verschmitzt zu. »Wenn du willst, kannst du schon den Titel setzen. Ja, ich hab eine neue Schlagzeile ...« Sie kaute auf der Zungenspitze, während sie kurz nachdachte: *»Jack the Ripper ist wieder da!«*, verkündete sie stolz.

Die Cité des Ormeaux wirkte wie eine Festung: drei Türme, die wie Bergfriede aussahen, umgeben von gedrungenen Wohnblöcken, deren Etagen schießschartigenartige Öffnungen hatten. Vor dem Hintergrund des durch die aufgehende Sonne gelb und violett gefärbten Himmels zeichnete sich der befestigte Stadthügel wie eine schwarze Pappmaché-Kulisse ab. Melchior fuhr langsam. Er überlegte, ob er einen Abstecher ins *Blue Moon* machen sollte, bevor er in die Cité fuhr, die man oben auf dem Hügel liegen sah, als Fluchtpunkt der endlosen Avenue Paul-Vaillant-Couturier. Ein gebrochener Sonnenstrahl erzeugte Schlieren auf der Windschutzscheibe. Es war kalt.

»Sie schläft, Ihre Freundin«, sagte Jessica.

»Das ist nicht meine Freundin ... Sie ist eine Journalistin.«

Melchior drehte den Rückspiegel so, dass er Edith Mulot sehen konnte, die auf der Seite liegend mit angezogenen Knien auf dem Rücksitz eingeschlafen war. Sie trug Cowboy-Stiefel und eine ausgewaschene Jeans mit ausgefransten Säumen. Ihr Mund war leicht geöffnet, sie hatte feuchte Lippen und eine Hand verdeckte ihre Augen.

»Sie ist sehr schön«, sagte Jessica.

Melchior stellte den Rückspiegel sofort wieder zurück. Er befand sich wieder im Einklang mit der Straßenverkehrsordnung, wenn man davon absah, dass im Spiegel nur noch der Mittelstreifen zu sehen war. Melchior korrigierte ihn, bis er die Ampeln an den Kreuzungen zeigte, auf denen sich die ersten Fahrzeuge des Morgens stauten – Lieferwagen und die Autos derer, die die Frühschicht vor sich oder die Nachtschicht hinter sich hatten.

»Sie gehen nicht mehr zur Schule?«

»Ab sechzehn ist das keine Pflicht mehr.«

»Deine Mutter sagt, du lernst Latein.«

»Das hat mir anfangs Spaß gemacht … aber nun: null Bock mehr!«

Melchior beschloss, die Heizung ein wenig aufzudrehen. Lauwarme, staubige Luft verbreitete einen muffigen Geruch im Inneren des Wagens.

»Jessica, sagen Sie mir bitte, was wirklich am Verlaine-Park passiert ist.«

»Warum *wirklich*?«

»Was Sie dem Polizisten hinterm Schalter erzählt haben, ergibt keinen Sinn.«

Das Mädchen setzte wieder seine Schmollmiene auf. Sie wandte sich ab und betrachtete ostentativ die herrliche Aussicht der am Straßenrand aufgereihten Mülleimer.

Melchior hakte nicht nach. Er wusste, dass die Geständnisse sonst kamen wie faule Früchte, die vom Baum fielen, bevor sie gereift waren.

»Ich hab schreckliche Angst gehabt«, sagte Jessica schließlich, als spräche sie mit dem Seitenfenster. »Echt Schiss!«

Der Kommissar sah im Augenwinkel nur einen zitternden Nacken und eine Haarsträhne, die hektisch hinters Ohr geklemmt wurde.

»Ich musste den Bullen, die mich ein Stück weiter aufgegriffen haben, einfach irgendwas erzählen … Dass ein Typ mir seinen Schwanz gezeigt hat … Das kommt in der Ecke andauernd vor … Was tut ihr eigentlich, um das zu verhindern? Ist das ein Reservat, oder was? Für eine geschützte Gattung?«

»Wir nehmen sie fest, sie bekommen eine Verwarnung …«

»*Eine Verwarnung* … wirklich?«

»Und man lässt sie wieder laufen. Es ist selten, dass sie gestehen … es gibt keine Beweise … keine Zeugen, außer der Frau, die Anzeige erstattet hat …«

»Das bin ich, oder?«

»Ja … Werden sie öfter aufgegriffen, bekommen sie schließlich eine Ordnungsstrafe, eine kleine Geldbuße … Sie zeigen ja immer nur ihren kleinen Bauchladen, und das hat noch nie jemanden umgebracht. An den vornehmen Stränden gelten sie als freie Wesen, die im Einklang mit dem Kosmos und der Natur leben. Es gibt genug Leute, die behaupten, die Freikörperkultur führe den Menschen zu seinen Grundwerten.«

»Sie sollten es unbedingt mal ausprobieren!«

»Ich habe nicht die Figur dafür. Und was man so hört, sind die Mitgliedsbeiträge der Nudistenvereine ziemlich hoch.«

»Bestimmt höher als eure Geldstrafen.«

»Okay, sobald die Gemeinde wieder Geld hat, werden wir diese Ecke des Parks mit elektrischem Stacheldraht einzäunen. Einverstanden? … Aber all das erklärt mir nicht, was Sie dort zu suchen hatten?«

Erneute Schmollmiene. Aber diesmal aus Furcht und Scham. Wegen einer schwer zu überwindenden Mauer … Und bis Jessica weitersprach, musste Melchior erst noch mehrere hundert Meter Avenue sowie einige rote Ampeln hinter sich lassen und einen Bus überholen.

»Ich hab den Mann gesucht, der mich geschwängert hat«, sagte Jessica.

»In einer seltsamen Gegend … Waren Sie verabredet?«

»Nein … ich hab ihn gesucht … weil ich ihn wiederfinden will … ich will wissen, wer er ist … ich will … wissen, verdammt!« Sie begann mit schmerzverzerrtem Gesicht lautlos zu weinen. »Ich bin verrückt, aber …«

Melchior hielt den Wagen am Mittelstreifen an, mit einem Rad auf einer Verkehrsinsel, direkt neben einer Ampel. Drei verkrüppelte Liguster schwankten aneinander geklammert trostlos im kalten Wind.

»Du bist bestimmt nicht verrückt, Jessica. Ich kann mir vorstellen, was du durchgemacht hast und dass bestimmte Geheimnisse ... Was ist genau geschehen?«

Sie starrte vor sich hin, hart, verschlossen und angespannt wie eine Feder. Melchior machte eine Handbewegung, als ob er sich anschickte, den Körper und die Seele eines Ertrinkenden festzuhalten, der gerade wie ein Stein versank.

Aber plötzlich wurde Jessica wieder zu einem kleinen, verlorenen und verletzten, verstörten Mädchen. Und die ganze Fassade vorzeitiger Reife und Abgebrühtheit löste sich in Tränen auf.

»Ich bin vergewaltigt worden!«, sagte sie mit einer eigenartig monotonen Stimme wie eine schlechte Schülerin, die eine katastrophale Note gestehen musste.

»Hast du deiner Mutter nichts davon erzählt?«

»Der? Ganz bestimmt nicht!«

»Und es ist dieser Mann, den du gesucht hast?«

»Ja.«

»Hast du ihn gesehen?«

»Ja.«

»Letzte Nacht?«

»Ja.«

»Und du hast Angst gehabt ... große Angst ... Hat er dir etwas angetan?«

»Nein ... er hat mir nichts angetan. Er hatte auch Angst. Ich hab erst gedacht, dass er sich auf mich stürzen wollte. Aber er stand wie erstarrt da. Er hat mich angesehen ... wir haben uns angesehen ... dann ist er in Richtung Wald verschwunden ... Es hat ihn vielleicht etwas daran gehindert, mir noch mal wehzutun. Ein weißes Bündel, das er in den Armen hielt, in seiner Armbeuge … Ich glaube, es war ein Baby.«

7

Man hatte den Verlaine-Park auf dem Gelände des ehemaligen Gaswerks angelegt. Früher schwebten dickbäuchige Behälter, aufgereiht wie in einem Salatbeet, über der Landschaft. Je voller sie waren, umso höher stiegen sie in den Himmel. Im Gaswerk haben nur wenige Menschen gearbeitet. Manchmal sah man, wie sie die Leitern und Querstege neben den Behältern erklommen. Abends kehrten sie wieder in die Cité-Fleur zurück, die einen Puffer zwischen den Hafenanlagen und Fontenay-Charbon und den hohen Ziegelschornsteinen der alten Kokerei bildeten. Und Tag für Tag stank es nach verfaulten Eiern, sogar am Sonntag.

Um den Verlaine-Park zu bauen, hatte man die Schlackenhalden abgetragen und eine Landschaft aus kleinen Hügeln und Kuppen geschaffen, die mit Gartenerde bedeckt wurde, aus der heute Birken, Kiefern und Bambus wuchsen. Am Rand war noch dichterer Wald gepflanzt worden, um den Autobahnzubringer abzuschirmen.

Melchior stand vor den Bäumen, die den Lärm der Autobahn kaum abdämpften.

»Hier entlang?«

»Es war dunkel«, sagte Jessica. »Ich war weiter weg, in der Nähe der Pappelallee … Er ist auf dieser Seite verschwunden, aber man konnte nicht viel sehen.«

Edith Mulot machte auf Verdacht einige Fotos. Sie beugte sich vor, ging in die Knie und kniff ein Auge zusammen. Sie versuchte, den Kommissar aus der Froschperspektive einzufangen, wie er auf einem kleinen Hügel stand, während sich sein Dufflecoat im Wind wie ein Segel aufblähte. Gleichzeitig hätte sie Jessica gern mit aufs Foto gebracht, *angeschnitten, am Bildrand*, das Ganze mit etwas mehr Tiefenschärfe und im Hintergrund den traurigen Stadtpark – den sie bereits in »Wald des Schicksals« und »Hain des Verbrechens« umgetauft hatte.

Melchior ärgerte sich über solche Mätzchen. Es ging doch nicht darum, ob die kleine Jessica auf der ersten Aufnahme traurig genug aussah, oder ob ihr auf der zweiten zu viel Haare vor der Nase hingen! Was wirklich wichtig war … Aber der Kommissar hatte nur wenig mit der Journalistin gesprochen, und er wollte lieber Stillschweigen bewahren. Als Edith Mulot aufgewacht war, in dem Moment, in dem er in der Pappelallee anhielt, wusste er nicht, ob sie das Gespräch mit Barmados Tochter mitgehört hatte. Die Journalistin hatte keine Fragen gestellt. Sie handelte so, als ob sie alles wüsste, tat aber so, als ob sie nicht auf dem Laufenden wäre.

»Glauben Sie nicht, dass das so einfach ist!«, sagte sie in dem Moment, in dem Melchior sie zurückwies, als sie ihm das Objektiv für eine Großaufnahme vor die Nase halten wollte. »Ich bin ja keine Fotografin! Ich bin Redakteurin! Es gibt kein Geld für einen Bildreporter, und deshalb muss ich alles selber machen! … Übrigens, man fragt uns bei der Einstellung nicht ›Können Sie schreiben?‹, sondern ›Sind Sie in der Lage, auf den Auslöser zu drücken, wenn man Ihnen zeigt, wo er sich befindet?‹« Sie schoss eine Reihe von Aufnahmen von Melchiors Visage. »Sie sind super so! Ein harter Kerl, ein alter Haudegen, echt knallhart …«

»Ich bin nicht knallhart!«, bellte Melchior. »Letzte Nacht hat man mich schon mal als knallhart bezeichnet, aber ich bin nicht so … Ich bin nichts weiter als ein kleiner Vorstadtkommissar … Jetzt reicht's mir langsam!«

Edith drückte noch einmal auf den berühmten Auslöser, und in schneller Folge wurden sieben Aufnahmen gemacht.

»Das war die beste Einstellung! Man könnte meinen, Churchill, fotografiert von diesem Nachkriegsreporter, Sie wissen schon.«

»Ein Bekannter von Ihnen? ... Sie sollten sich lieber mit Leuten Ihres Alters abgeben.«

Edith Mulot sah Melchior kalt an, doch er bemerkte ein zaghaftes Lächeln um ihre Mundwinkel.

»Ich mag junge Typen nicht besonders«, sagte sie ernst.

Melchior richtete seinen Blick auf die blau schimmernde Silhouette der Sozialbaukästen auf der anderen Seite des Tals.

Edith Mulot versuchte eine weitere Aufnahme zu machen, ließ es dann aber bleiben.

»Kennen Sie die Anekdote?«, fragte sie. »Churchill sah zu freundlich aus, der Fotograf war unzufrieden und ratlos. Plötzlich hatte er die Idee, sich Churchills Zigarre zu schnappen. Der böse Blick des alten Löwen war bereit für die Aufnahme. Klick, klack, danke Kodak! Dabei ist das beste Porträt entstanden, das von Churchill jemals geschossen wurde! ... Man könnte glatt meinen, man hätte Ihnen Ihre Zigarre gemopst!«

»Lassen Sie meine Zigarre zufrieden, und kümmern Sie sich um Ihren Auslöser!«, brummte Melchior.

Die Journalistin kräuselte die Nase. Der Schalk blitzte in ihren Augen, und ihr hübsches Schnüfflerinnengesicht war schöner denn je. Sie hatte rosige Wangen, und Melchior hatte nicht übel Lust, an ihnen zu knabbern.

Hinter dem Kommissar hielten Fahrzeuge, man hörte wie Autotüren zugeschlagen wurden. Doch Melchior drehte sich nicht sofort um, sondern blieb stoisch oben auf dem künstlich angelegten Feldherrenhügel stehen. Wer war ihm wohl als Verstärkung geschickt worden: *Blücher* oder *Grouchy*?

Er vernahm die Stimme von Belgrand, der schmatzend den unbestimmten Befehl gab auszuschwärmen: Also war es offensichtlich »Marschall Vorwärts« *Blücher*! ... Belgrand, dieser unordentliche, wankelmütige Inspektor. Seine Kollegen hatten ihm den Spitznamen »Vielfraß« gegeben.

»Nach wasch schuchen wir, Chef?«, fragte Belgrand durch die Reste seines Frühstücks, das ihm zwischen den Zähnen zu kleben schien wie ein Kaugummi unter der Schuhsohle.

Melchior erklärte in wenigen Worten die Zielsetzung: die Spur jenes geheimnisvollen Mannes finden, der in der Dunkelheit verschwunden war und ein Kind auf den Armen getragen hatte. Kein Beweisstück übersehen. Alles einsammeln.

Belgrand übermittelte den uniformierten Polizisten den Marschbefehl, den sie zwar schon aus dem Mund des Kommissars vernommen hatten, der ihnen aber nun in einem unverständlichen Gebrabbel mit Essiggurkengeruch noch einmal erläutert wurde. Eine Scheibe Ei löste sich aus dem Sandwich von Inspektor »Vielfraß«, rollte an seiner Jacke hinunter, streifte ein abgeschabtes Samtknie und landete am handgenähten Rand eines soliden Mokassins, der in seinem ganzen Leben noch nicht geputzt worden war. Melchior verfolgte fasziniert den Absturz und fragte sich, warum Edith Mulot das spektakulärste Motiv des Morgens nicht fotografierte.

Die Polizisten entfernten sich mit Harken und Rechen in Richtung Wald und untersuchten aufmerksam den Boden.

»Sie werden mir alle leeren Zigarettenschachteln des Parks bringen«, brummelte Melchior vor sich hin. »Alle Spritzen der Junkies und Präservative in allen Farben und Gerüchen ... Das wird zu derben Scherzen gegenüber den Polizistinnen führen ... und wenn all das unseren Fall nicht weiterbringt, so werden immerhin die Rasenflächen und das Unterholz wieder einmal gereinigt.

Belgrand wischte die Finger an seiner Jackentasche ab und machte sich daran, graue Plastiksäcke an die Kollegen zu verteilen. Der Wind verfing sich im ersten Sack, der im Zickzack in den blassen Himmel entschwand wie ein schlapper Luftballon. Mit einem Schulterzucken stieg Melchior von seinem Hügel herab und ging zu seinem Auto. Missmutig stellte er dabei fest, dass seine Truppe nicht die selbstbewusste Ausstrahlung absoluter Effizienz der Kriminaltechniker hatte, die er in der letzten Nacht beobachtet hatte. Er überlegte, ob es nicht doch besser gewesen wäre, die Typen von der Kripo zu alarmieren ... Diese Affäre ging ihn nichts an, und dennoch war er dabei, sich einzumischen. Aber das war schließlich auch sein Job. Und sein Revier.

Barmado hatte immer noch dieselbe Wohnung in der südwestlichen Ecke des 21. Stockwerks, was ihr eine gute Sonnenbestrahlung und wiederkehrende Schwindelanfälle brachte. Wenn man am Rande des viel zu großen Bettes auf dem Rücken lag, sah man die Wolken vorbeifliegen, und der gegenüberliegende Turm erweckte den Anschein, als ob er schwanken und bald wie ein Kartenhaus zusammenfallen würde.

Melchior war sehr lange nicht mehr dort gewesen. Das letzte Mal war Jessica noch nicht einmal auf der Welt ... Oder doch, gerade eben? ... Man hatte sie zu einer Amme aufs Land gebracht, zu einer angeblichen Cousine ... Nach der langen Zeit war Melchior zunächst froh, alles noch so vorzufinden. Er erkannte alles wieder, und das erzeugte ein eigenartiges Lächeln auf seinem Gesicht ... Dann erstarb dieses Lächeln. Denn, dass sich in so vielen Jahren nichts verändert hatte, machte ihn aus vielen Gründen, die er nicht so recht verstand, auch traurig ...

Das blau-weiß karierte Wachstischtuch rief keine Erinnerungen in Melchior hervor. Er setzte sich an den Tisch und begann, sich mit einem umherirrenden Fingernagel einen Weg durch das Labyrinth zu bahnen, indem er dem Rand der Vierecke folgte.

»Habt ihr diese Tischdecke schon lange«, fragte er, ohne aufzublicken.

Jessica drehte sich um. Sie war beim Kaffeekochen.

»Das ist mal wieder so eine Bullenfrage! Immer diese bekloppten Fragen, auf die man gar nicht antworten kann … Und die Journalistin, kennen Sie die schon lange?«

Sie grinsten sich beide idiotisch an.

Melchior sah wieder die verblüffte Miene von Edith Mulot vor sich, als sie feststellte, dass *ihre* Schlagzeile nicht auf der ersten Seite war und dass der Artikel, den sie am Telefon diktiert hatte, auf eine vorsichtige, kleine Meldung im Lokalteil zusammengestrichen worden war, spröde und wenig informativ. Sie hatte die Zeitung aufgeschlagen, die Seiten zerknüllt, überall nachgesehen, von hinten nach vorn, und dann noch mal in umgekehrter Richtung. Sie hatte sich ein zweites Exemplar geschnappt – ohne zu bezahlen – und ihm das gleiche zerstörerische Schicksal angedeihen lassen, bevor sie es auf den Haufen zurückwarf und in ein Taxi sprang, während sie wild die Adresse ihrer Zeitung schrie …

»Sie sehen genauso aus wie vorhin, als sie Ihnen durch die Lappen gegangen ist!«, amüsierte Jessica sich mit trauriger Miene. »Man hätte glauben können, Sie fangen gleich an zu heulen.«

Melchior biss die Zähne zusammen, verhärtete seinen Blick und ordnete seine Kleidung. Er lebte heute in einer Welt, in der die Kinder dank der Sitcoms, die um 18 Uhr über den Bildschirm flimmerten, viele Dinge über das Leben lernten. Zum Beispiel, dass man sich ungefragt in Angelegenheiten anderer einmischen konnte, die einen nichts angingen, vorausgesetzt, das geschah in einem flotten Dialog.

»Ich hab seit Jahren nicht mehr geweint«, sagte Melchior. »Und ich bin nicht besonders traurig darüber.« Ein beklemmendes Gefühl stieg langsam aus seinem tiefsten Inneren hoch und schnürte ihm die Kehle zu. Er versuchte zu lächeln, um es abzuschütteln, aber, was er sagen wollte, war nicht lustig. »Jessica ... wie ist das gewesen, für dich?«

»Was?«

Sie stellte zwei Tassen und die Glaskanne der Kaffeemaschine auf den Tisch.

»Nach diesem Überfall? Was hast du da gemacht?«

»Ich hab beim Frauen-Notruf angerufen ... Aber das war einige Tage danach ... Einige Wochen ...«

»Was ist das für ein Hilfsdienst?«

»*Frauen helfen Frauen* ... Man kann mit einer anderen Frau sprechen, die auch vergewaltigt wurde. Ein Verein von vergewaltigten Frauen. Es gibt alle möglichen Vereine ... die zum Teil vom Staat unterstützt werden. Wahrscheinlich gibt es auch eine Vereinigung von Vergewaltigern!«

Melchior spürte, wie mit dem provokativen Ton auch die Verzweiflung wieder hochkam. Er hätte gern seine Hand auf Jessicas Hand gelegt oder sie in den Arm genommen und an sich gedrückt. Aber das war das Letzte, was zu tun war. Er konnte nur ruhig sitzen bleiben, am anderen Ende des Tisches. Jessica setzte sich hinter ihre Tasse, und nun sahen sie aus wie zwei Leute im Besuchszimmer eines Gefängnisses.

»Haben sie bei *Frauen helfen Frauen* etwas für dich tun können?«, fragte Melchior mit krächzender Stimme.

Er trank einen Schluck Kaffee und hoffte, dass seine Stimmbänder sich wieder lockern würden.

»Wir haben überlegt, was wir zusammen tun können ... Ich bin hingegangen ...«

»Und du hast deiner Mutter nichts gesagt?«

»Ich konnte niemandem etwas sagen. Das hat mich völlig

zugemacht. Ich konnte einfach nicht mit Mado sprechen! Ich musste meinen eigenen Weg finden.«

»Hast du Anzeige erstattet?«

»Dafür war es zu spät … Bei *Frauen helfen Frauen* hat man mir davon abgeraten. Aber sie haben mir gesagt, dass sie mich bis zum Ende unterstützen würden, wenn ich es tun wollte … Ich hatte keine Lust dazu. Die Scherereien mit den Bullen. Man braucht Beweise … Beweise, dass man wirklich einem Verbrechen zum Opfer gefallen ist. Wenn man mich wenigstens gewürgt hätte, kein Problem! Meine Anzeige wäre plausibel … Aber dann, einen Monat später …«

»Trotzdem, du hast diesen Kerl wiedererkannt! Du würdest ihn noch einmal wiedererkennen! Du kennst ihn!«

»Ich kenne ihn nicht, aber ich würde ihn wiedererkennen. Letzte Nacht habe ich ihn wiedererkannt.«

Instinktiv streckte Melchior seine Finger nach Jessicas Hand aus, die leicht zitterte und sich am Tischrand festklammerte. Aber die Hand des Kommissars hielt auf halbem Weg inne …

»Wärest du einverstanden, dass wir ein Phantombild anfertigen? Auch ohne Anzeige. Nur für mich? Das könnte vielleicht wichtig werden für den anderen Fall, der letzte Nacht geschehen ist … Diese Vergewaltigung, wie ist die passiert?«, fragte Melchior ganz direkt, womit er sich jede Chance voranzukommen verbaute, wie ihm sogleich bewusst wurde und weswegen er sich selbst verfluchte, was aber nichts mehr nützte, da es nun zu spät war.

Jessica presste die Lippen zusammen. Sie schüttelte den Kopf, von links nach rechts und von rechts nach links. Sie sagte *Nein*! Brachte es aber nicht über die Lippen.

»Ich will nicht darüber sprechen«, sagte sie nach einer langen Pause. »Nicht so … Nicht mit Ihnen.«

Melchior seufzte. Er verstand. Doch er war auch ein unglücklicher Polizist, der bei seinen Ermittlungen behindert wurde.

»Aber dieses Phantombild wäre trotzdem wichtig …«

»Ich muss darüber nachdenken … und mit *Frauen helfen Frauen* reden … Wir denken jetzt über all diese Dinge gemeinsam nach. Ganz allein geht man unter.«

»Nun, das Leben geht trotzdem weiter, nicht wahr?«, fragte Melchior besorgt. »Wie geht es dir heute?«

»Innerlich bin ich tot«, sagte Jessica. »Aber abgesehen davon, geht es.«

8

Die vier Betonblöcke der zukünftigen Nationalbibliothek ragten jenseits der Tolbiac-Brücke träge in den diesigen Himmel. Blickdichte Glasplatten bedeckten bereits Teile der beiden ersten Türme, während die beiden anderen noch damit beschäftigt waren, die Höhe ihrer großen Brüder zu erreichen. Knallrote Kräne bewegten sich träge hin und her, verdammt dazu, vor sich hin zu werkeln, ohne jemals von der Stelle zu kommen.

Melchior, der mit all den Blechkisten, die zur Arbeit in die Hauptstadt fuhren, am Quai d'Ivry im Stau stand, hoffte, bald nach Hause zu kommen, um ein wenig zu schlafen. In der Zwischenzeit döste er am Lenker vor sich hin, ließ seinen Blick über die Baustelle des künftigen Monuments schweifen und versuchte, sich einzureden, dass diese vier Betonklötze einsame Klasse waren! Er fürchtete, den Sinn für die wahren Wunder seines Jahrhunderts zu verlieren.

Die Autoschlange rückte fünf Meter vor und blieb wieder stehen. Wildes Hupen gellte Melchior ins Ohr: Er hatte die entstandene Lücke noch nicht geschlossen, und schon kamen die gesellschaftlichen Regeln gefährlich ins Wanken. Melchior fuhr los, überwand seine fünf Meter und hing mit der Stoßstange am Heck seines Vordermanns. Dann dämmerte er wieder weg.

Einige Zeit später, in einem wattigen Traum, kam er zu Hause an, und zwar über den Quai de la Gare, den Boulevard Masséna und die Rue de Patay. Er wohnte in der Rue du Château-des-Renties im 13. Arrondissement von Paris. In einem quasi neuen Gebäude, das mit einem elektromechanischen Schloss versehen war. Er gab dreimal einen falschen Code ein und beschloss dann, den Schlüssel zu benutzen, der dazu vorgesehen war, ihn dieser Erinnerungsarbeit zu entheben. In seinem Briefkasten, der mit einem anderen Schlüssel geöffnet wurde, fand er mehrere Hilfeaufrufe, die ihn anflehten, einen Scheck an irgendein humanitäres Postfach zu schicken. Er warf den ganzen Kram sofort in den Altpapier-Container, den der Hauswart aufgestellt hatte – der zwar nichts bewachte, aber alles wegwarf, da seine Rolle sich darauf beschränkte, jeden Abend mit großem Getöse die grünen Plastikmülltonnen zurechtzurücken, um den Mietern seine gut bezahlte Anwesenheit zu beweisen. In der Hand voll Post befanden sich auch ein Abbuchungsbescheid von den Pariser Wasserwerken, eine Einladung zu einer Cocktailparty, bei der die Getränke selber bezahlt werden mussten, und ein schwerer Umschlag, auf dem in riesigen Buchstaben MONSIEUR MELCHIOR in einem Cellophanfenster stand. Melchior riss den Umschlag mit dem Daumen auf. Er las den ewig gleichen Text: *Glückwunsch MONSIEUR MELCHIOR! Sie haben bei unserem großen Glücksspiel gewonnen. Schon jetzt ist Ihnen, MONSIEUR MELCHIOR, ein wertvoller Preis sicher, und um an unserer märchenhaften Hauptverlosung teilnehmen zu können, brauchen Sie,*

MONSIEUR MELCHIOR, nur noch diesen Abschnitt zurückzuschicken …

Monsieur Melchior warf den Umschlag mit vollendeter Gleichgültigkeit in den Mülleimer. Auch wenn der Brief überflüssig war, erbrachte er immerhin einen Beweis für die gesellschaftliche Stellung und das gesicherte Einkommen des Kommissars. Während er auf den Fahrstuhlknopf drückte, fragte Melchior sich, warum die Werbestrategen der Versandhändler ihre potenziellen Kunden wie Schwachköpfe behandelten. Als er den Aufzug betrat, kam zu dem einfachen Schluss, dass wahrscheinlich nur ein ausgemachter Schwachkopf von einer Postwurfsendung Angebotenes kaufen konnte.

Melchiors Wohnungstür ließ sich mit Hilfe von zwei weiteren Schlüsseln öffnen. Einer, um die Sicherheitsriegel der gepanzerten Tür in Bewegung zu setzen, und der andere, um das Schnappschloss herumzudrehen. Es schien heutzutage unumgänglich, die Türen der Stadtwohnungen panzern zu lassen – zumindest rieten die Versicherungen dazu, die von ihren Kunden häufig diese kostspieligen Vorrichtungen verlangten, damit sie die Beiträge und Prämien erhöhen konnten, nachdem die Risiken auf diese Weise erst einmal verringert worden waren. Dennoch beharrten die Bauherren darauf, die Wohnungen mit Sicherheitsschlössern auszustatten, die der dilettantischste Einbrecher öffnen konnte, indem er sie fest anstarrte. In Melchiors Haus hatte der Verwalter der Eigentumswohnungen freundlicherweise die Einrichtung all dieser Sicherheitsmaßnahmen übernommen. Er erhob dafür eine gesalzene und völlig undurchschaubare Gebühr, welche allerdings durch einen vermurksten Einbau kompensiert wurde. Gegenwärtig hatten nur drei der fünfundsechzig Wohnungen »Besuch« gehabt, was einen akzeptablen Durchschnittswert darstellte. Die Einbruchsopfer hatten sich zusammengetan und einen Prozess angestrengt, den sie schließlich verloren:

Ein Hersteller von kostspieligen Panzertüren, die dazu bestimmt waren, Einbrüche unmöglich zu machen, hatte der Richter feierlich verkündet, könnte keinesfalls für die Leichtigkeit verantwortlich gemacht werden, mit der diese Einbrüche dennoch verübt worden waren …

Melchior ärgerte sich mehr und mehr über die Müdigkeit, die ihm in den Knochen steckte. In diesem Zustand erschien ihm jede Kleinigkeit als Affront gegen die Rechtschaffenheit und den gesunden Menschenverstand. Er dachte, es sei endlich Zeit, dass sich etwas änderte. Aber im Grunde fand er es beruhigend, in einer Welt zu leben, in der zwar die Berliner Mauer gefallen war, aber die menschliche Dummheit aufrecht stand wie ein Fels in der Brandung.

In der Wohnung war es dunkel. Die Jalousien waren, seit er zuletzt zu Hause gewesen war, heruntergezogen … Wann war das gewesen? … Melchior verlor seine Bezugspunkte, Zeit und Raum verschwammen zur Unkenntlichkeit. Er fühlte sich wie in einem absurden Spiel, dessen Regeln er nicht begriff. Aber hatte es überhaupt Regeln?

In Fontenay-Central schlief er manchmal auf einem alten Ledersofa, das in einer Ecke seines Büros stand. In einem Wandschrank hatte er eine grau und weinrot karierte schottische Wolldecke mit Fransen deponiert, zusammen mit einer Nackenrolle, die er zweimal zusammenfaltete, um die Lücke zwischen der Lehne und dem Polster zu füllen, so dass der Rücken fast gerade lag. Er schlief dort schlecht, aber ohne Angst.

Hier hatte er Angst. Angst im Dunkeln. Nachts schreckte er mehrfach hoch und suchte nach dem Licht. Dann schlief er wieder ein. Morgens fand er die leuchtende Lampe vor und machte sie wütend aus, wie ein elender Lausebengel, der unzufrieden mit sich ist.

Tagsüber hätte er die Jalousien natürlich öffnen können.

Zumindest ein wenig. Aber bei Tageslicht konnte er nicht einschlafen. Er musste glauben, es sei Nacht, um schlafen zu können. Und er brauchte die Angst, die ihn bei eingeschalteter Lampe hochschrecken ließ, um ihm zu bedeuten, dass die Finsternis die Partie noch nicht gewonnen hatte.

Melchior hängte seinen Hut auf den obersten Haken der Garderobe am Eingang und seinen Dufflecoat auf den Haken darunter. Er zog die Schuhe aus und stellte sie in den Schuhschrank in der Garderobe, die noch eine ganze Reihe von praktischen Haken, Schubladen, Kleiderstangen und kleinen Holzstreben enthielt, hinter die man alles Mögliche stecken konnte: Spazierstöcke, Regen- und Sonnenschirme, einen Kavalleriesäbel, leere Papprohre, einen zerbrochenen Besenstiel, zwei Rollen Geschenkpapier, einen Gymnastik-Expander.

Melchior nahm seinen Schlips ab. Ein grauer mit schwarzen Streifen. Dann hängte er sein marineblaues Jackett sorgfältig auf einen Bügel. Er gehörte zu den Menschen, die sich nicht zum Selbstmord entscheiden könnten, ohne zuvor ordentlich ihre Kleidung zusammengelegt und den Stuhl richtig in die Ecke gestellt zu haben, wobei die Stuhlbeine parallel zur Fußleiste stehen mussten.

Der Kommissar hatte kein Licht angemacht. Nicht einmal im Flur, in den kein Tageslicht fiel. Ein schwacher Lichtschimmer kam aus der Küche, und unter einigen Türen waren helle Streifen zu sehen. Das war alles. Melchior liebte es, im Dunkeln nachzudenken, mit den Händen in der Tasche, seinen Kopf in einen Schal gehüllt. Er liebt es, sich barfuß in der Dunkelheit zu bewegen, ohne Licht anzumachen. Er stand gern aufrecht im Dunkeln, lebend, atmend. Alles lief gut, solange der Schlaf weit weg war.

Im Schlafzimmer dimmte Melchior das Licht so weit herunter, bis er zufrieden war. Es handelte sich um eine Keramiklampe, die einen Drachen oder eine Schimäre mit einem herausquellenden Auge und herausgestreckter Zunge darstellte, die bei einem Kind Albträume verursacht hätte. Aber der Kommissar war kein Kind mehr. Er zog den Telefonstecker heraus und stellte den Wecker für den unwahrscheinlichen Fall, dass er nicht schon lange vor der vorgesehenen Stunde aufwachen sollte. Auf dem Bettrand sitzend, zögerte er: Sollte er sich ausziehen oder angezogen bleiben wie ein Soldat in Alarmbereitschaft? ... Schließlich ließ er sich nach hinten fallen, rollte sich auf die Seite, steckte die Beine unter die Decke, sah die Lampe an und schlief ein.

Als er später vor Angst schluckend aufwachte, klingelte nicht das Telefon, das er ja abgestellt hatte. Es war auch nicht das Geräusch eines Schlüssels, der im Schloss umgedreht wurde – des Schlüssels, den er Chemineau gegeben hatte, damit er vorbeikommen und ihn wecken konnte, falls es einen Notfall gab; wenn Melchior die Angst verließ, schlief er wie ein Stein in einem tiefen Brunnen.

Der Kommissar saß auf dem Bett. Sein verschwitztes Hemd klebte ihm auf dem Leib, und sein Nacken triefte vor Schweiß. Das Klingeln kam von der Tür, unterbrochen von leisem Klopfen. Melchior machte die Tür auf. »Ach, du bist es.«

»Du hast mich doch wohl nicht vergessen, hoffe ich? Du hast mir versprochen, auf Benjamin aufzupassen!«

Vanessa kam herein und schob Melchior die Tragetasche zwischen die Beine, in der das Baby schlief.

»Wie geht es dir, meine Tochter?«, fragte Melchior, der alles vergessen hatte.

Sie küssten sich auf die Wangen, und Vanessa stellte die Tragetasche auf das zerwühlte Bett.

»Hier stinkt es ja wie in einem Raubtierkäfig! Versprich

mir, sofort zu lüften, wenn der Kleine aus dem Mittagsschlaf erwacht. Bei dir ist immer alles verrammelt und dunkel. Du schwitzt?«

»Ich war ein wenig eingeschlafen.«

»Du solltest mal duschen.«

»Das mach ich schon.«

Vanessa eilte in die Küche, begleitet von einem verzweifelten Blick Melchiors, der sich schließlich entschied, ihr auf dem Fuß zu folgen. Vanessa war noch sehr jung und ziemlich schmächtig, sie ähnelte ihrer Mutter in vielen Punkten – diese energiegeladene Schlankheit – und hatte sicher auch einige Charakterzüge ihres Vaters, aber das interessierte den Kommissar nicht. Worauf er bei seiner Tochter wartete – und wovor er manchmal flüchtete –, war die Erinnerung an Odile Wirtz, bevor sie Madame Melchior wurde. Eine goldblonde, energische junge Frau, die das Leben nahm, indem sie die Nase rümpfte und das Hindernis unter die Lupe nahm, bevor sie es überwand oder umging – die aber niemals vor etwas zurückschreckte.

»Ich hab dir Blumen mitgebracht.«

Vanessa nahm die Vase, in der die vertrockneten Anemonen von ihrem letzten Besuch standen. Das restliche Wasser bildete einen schleimigen Bodensatz in dem Gefäß, ein bräunlicher Ring zeigte an, auf welcher Höhe die Flüssigkeit am längsten gestanden hatte, bevor sie verdunstet war. Die Blumenstängel waren vergilbt und die Blütenblätter verwelkt, bevor sie abgefallen waren.

»Du weißt ja, ich bin nicht so oft hier«, sagte Melchior. »Ich komme zum Schlafen her und breche eiligst wieder auf … Die letzten Tage hatte ich gar keine Zeit.«

Vanessa sah ihren Vater lachend an. Sie hatte den Wasserhahn voll aufgedreht, als ob diese bescheidene Vase das Fass der Danaiden war, das niemals gefüllt werden konnte. Das

Wasser spritzte in alle Richtungen. Vanessa lachte. Ganz wie ihre Mutter!, dachte Melchior.

»Keine Zeit für was?«, fragte Vanessa in einem Ton, der den Kommissar denken ließ, dass sie ihm die Frage schon gestellt haben musste, bevor er sie hörte.

»Den Blumen Wasser zu geben.«

»Das ist doch nicht so schlimm! Sie sind sowieso hinüber und müssen ausgewechselt werden.«

Sie nahm die verwelkten Blumen und warf sie in den Mülleimer unter der Spüle. Ein Teil der Blütenblätter fiel in die Pfütze, die sich auf dem Boden gebildet hatte. Dabei war auch schwarzer Blütenstaub, der sich unter Vanessas hohen Hacken in Rußschlieren verwandelte ... Die Bodenkacheln ähnelten einem Gesicht, das mit Wimperntusche verschmiert war. In ihrer turbulenten Geschäftigkeit machte Vanessa immer ebenso viel Unordnung, wie sie beseitigte.

»Wann kommst du wieder?«

»Deine Hemden, du brauchst sie mir nur zu geben, und ich bringe sie gewaschen wieder mit!«

»Ich rede von dem Kleinen. Wann holst du ihn wieder ab?«

»In ein oder zwei Tagen ... Dienstag, wäre das recht?«

»Äh! Aber ...«

»Das war doch so abgemacht, du hast mir die Tage genannt, an denen du dir freinehmen kannst als Überstundenausgleich ... Aber wenn es dir nicht passt ...« Plötzlich explodierte sie, mit dem üblichen Tränenausbruch. »Scheiße! ... Du hättest mir wenigstens Zeit geben können, eine andere Lösung zu finden! ... Ich hab Prüfungen an der Uni, und das ist nicht cool! Absolut nicht cool, verstehst du!«

Melchior gab zu, dass die Juraprüfungen noch nie *cool* gewesen waren. Nicht einmal zu seiner Zeit.

»Hör zu, reg dich nicht auf, im Augenblick werden wir schon zurechtkommen. Ruf mich heute Abend an.«

»Aber, es ist heute Abend!«, jammerte sie schluchzend.

Melchior fuhr sich mit der Hand durchs Haar. Er bedauerte, dass er seinen Hut nicht aufhatte: Er hätte ihn zusammenknüllen und in der Hand zerdrücken können, bevor er ihn auf den Boden werfen und auf ihm herumtrampeln würde. Er bemerkte, dass es draußen dunkel wurde, und gab seiner Tochter Recht. Er trocknete ihre Tränen, legte ihr den Schal um den Hals und schob drei Strähnen ihres Haars zurecht. Er schwor ihr hoch und heilig, dass sie ihre uncoolen Prüfungen machen könne, ohne sich um ihren Sohn kümmern zu müssen. Und er schob sie ins Treppenhaus, nachdem er mit fester Stimme wiederholt hatte, dass alles gut werden würde und er die Lage fest im Griff habe!

Vanessa ging mit einem seltsamen Blick zum Fahrstuhl. Wahrscheinlich hegte sie den Verdacht, ihr Vater würde seinen Enkel aus dem Fenster seiner Wohnung im oberen Stockwerk stürzen, noch bevor die unglückliche Mutter – die eigene Tochter des Mörders! – die Ecke des Place Nationale erreicht hatte.

9

Melchior hatte noch Zeit zu duschen, bevor sein unerwünschter Gast erwachte. Um seinen Schweiß und seine Verwirrung loszuwerden, ließ er lange Wasser über seinen Körper laufen, streckte das Gesicht dem Strahl der Brause entgegen und pustete das kalte Nass durch Nase und Mund aus. Er trocknete sich kräftig mit einem rauen Handtuch ab und schlüpfte in saubere Kleidung. Die Nacht war da, aber der Kommissar hatte nicht die Absicht zu schlafen.

Vanessa hatte alles, was für das Überlebenstraining in der

feindlichen Umgebung, mit der ihr Sprössling konfrontiert werden sollte, notwendig war, unter die Matratze der Tragetasche gestopft. Eine Liste mit mindestens hundertsiebenundzwanzig Ratschlägen erklärte Papa Melchior, wie er sich zu verhalten hatte. Es gab Dosen mit künstlicher Muttermilch und Höschenwindeln mit optimaler Passform.

Vanessa vertrat eine ausführlich begründete Theorie, die besagte, man müsse die Windeln der Kinder wechseln, *bevor* man ihnen das Fläschchen gab. Melchior beschloss, sich an seine eigene Erfahrung zu halten: Wenn das Baby gerade in die Windeln gemacht und zugleich Hunger hatte, vergaß es seinen Hintern, wenn man ihm etwas zu essen gab; hatte das Baby hingegen einen sauberen Hintern, war es unnütz, vorher zu wechseln, da die Mahlzeit oder ihre unmittelbaren Folgen in der Regel ein schönes Häufchen bescherten, das unter Zuhilfenahme von hochroten Grimassen produziert wurde. Diese Tatsache war seit Urzeiten durch Beobachtung und Statistik erwiesen.

Melchior gab Benjamin das Fläschchen, während er ihm all das erklärte, und wechselte danach die Windeln.

Es klingelte an der Tür, und ein Schlüssel drehte sich im Schloss.

»Ich bin hier!«, rief Melchior.

Chemineau kam in das Zimmer, in dem sich der Kommissar befand. Benjamin lag mit dem Bauch flach auf dem Unterarm seines Großvaters, träge wie eine Raubkatze auf einem Ast, den Kopf in die Armbeuge gebettet.

»Er hat noch nicht sein Bäuerchen gemacht«, erklärte Melchior.

»Man muss ihm einen kleinen Klapps dort auf den Rücken geben«, sagte der Inspektor und streckte die Hand aus.

Bevor Melchior sagen konnte »Ja, schon gut, ich weiß!«, hatte Chemineau Benjamin einen Klapps gegeben und sogleich war ein siegreiches Bäuerchen zu hören. Chemineau sah genauso glücklich aus wie der Junge, aber Melchior musterte ihn mit hochgezogenen Augenbrauen.

»Chemineau! Papa Glucke!«, knurrte er mit eifersüchtiger Missbilligung.

Sie legten den Knirps in seine Tragetasche und blieben beide am Bettrand stehen, um ihn mit ihrem Polizistengerede in den Schlaf zu wiegen.

»Ich habe versucht anzurufen«, sagte Chemineau.

»Ich hab vergessen, das Telefon wieder einzustecken. Meine Tochter hat mich überfallen. Theoretisch hab ich dienstfrei.«

»Ich auch, theoretisch.«

»Gibt es Neuigkeiten über den Fall vom Hafengelände? Was sagt die Kripo?«

»Sie sind im Moment noch sehr zurückhaltend. Sie analysieren all ihre Pröbchen, und das braucht Zeit.«

»Und im Revier?«

»Wollte ich ja gerade sagen ... Der Staatsanwalt will, dass du dich um den Fall kümmerst.«

»Das hat er gestern Abend aber nicht gesagt.«

»Er möchte mit dir sprechen ... telefonisch ... oder wenn du vorbeikommen könntest. Er sagt, dass du dich besser in diesem Revier auskennst. Er ist in die Luft gegangen. Das sei kein Fall für die Kripo.«

»Aber ja, doch!«

»Schrei nicht so laut, du weckst noch den Kleinen auf! Man könnte meinen, dass dir diese Sache nicht gefällt ...«

»Ja, so ist es, sie gefällt mir nicht!«

»Du hast dich die ganze Nacht und den Morgen damit beschäftigt, obwohl man dich gebeten hat, das nicht zu tun ...«

»Genau!«

»Genau, und das ist vielleicht der Grund, warum der

Staatsanwalt sich anders entschieden hat ... Es gibt da etwas ...« Chemineau hielt inne, lenkte seinen Blick zur Seite und erstarrte wie ein Huhn auf der Stange.

»Es gibt was? Sind da noch andere Interessen im Spiel?«

»Die Sache ist zumindest heikel ... Du sollst mit dem Büro des Staatsanwalts Kontakt aufnehmen. Es ist ganz schön warm bei dir.«

»Die Heizung muss mal repariert werden. Zieh doch deinen Mantel aus! ... Hast du Hunger? Ich hab seit deinen Erdnüssen nichts mehr gegessen.«

Melchior stand auf und ging in die Küche. Er setzte Wasser für den Kaffee auf. Aus einem kleinen Korb unter der Spüle nahm er eine große Zwiebel, die er schälte und klein schnitt, während Chemineau ein walnussgroßes Stück Sonnenblumenmargarine in einer Eisenpfanne erhitzte. Als das Fett brutzelte, begann Melchior die Zwiebel anzubraten. Dann fügte er Speckscheiben hinzu, die in einer Plastikhülle auf dem mittleren Gitter des Kühlschranks geduldig auf ihre Stunde gewartet hatten. Darüber streute er Thymian, Pfeffer und ein wenig Salz. Chemineau hatte inzwischen die Eier aufgeschlagen und in eine Steingutschale gleiten lassen.

»Nicht zu lange schlagen«, empfahl Melchior.

Er gab eine Messerspitze Gewürze an die verquirlten Eier, erhitzte in einer anderen Pfanne etwas Butter, während er seinem Stellvertreter erklärte: »Wenn die Butter geschmolzen ist, beginnt sie zu schäumen. Dann gießt du die Hälfte davon in die geschlagenen Eier.«

Melchior goss die andere Hälfte der Butter in die respektvoll von Chemineau gehaltene Pfanne. Er drehte die Flamme unter der Pfanne hoch, während Chemineau die Eier und die Butter mit einer Gabel verrührte.

»Das muss kurz angebraten werden«, sagte Melchior, als er die Omelettemasse in die Pfanne goss.

Chemineau stellte fest, dass der Speck in der anderen Pfanne ziemlich zusammengeschrumpft war. Er war goldbraun und knusprig, und am Rand von einem feinen Spitzengewebe umgeben. Der Inspektor nahm zwei Teller und Gläser aus dem Schrank und die Gedecke aus der Tischschublade.

»Also, was machen wir nun mit dem Staatsanwalt?«, fragte er, während er den Tisch deckte.

»Wenn ich ihn jetzt anrufe, verdirbt er uns noch den Appetit.«

Der Kommissar »bearbeitete« sein Omelette, bis er mit der Konsistenz zufrieden war. Er kippte den Speck und die gebratene Zwiebel darüber, faltete es zu einer Tasche zusammen und ließ es auf einen Teller gleiten.

»Das ist delikat ... Wenn man zu lang wartet, wird es zu trocken. Damit es locker bleibt, muss man die Flamme runterdrehen und die Pfanne anheben.«

»Der Staatsanwalt ist auch delikat. Wenn wir zu lange warten ...«

»Du hast Recht: Davor verdirbt er uns den Appetit ... danach stört er unsere Verdauung! Ich stimme mit dir überein ... es ist das Beste, ihn gar nicht anzurufen.«

»He! Das hab ich nicht gesagt!«

Melchior kümmerte sich um den Kaffee. Aus den Tiefen der Anrichte zog er eine Flasche Bourgueil, die schon vor längerer Zeit geöffnet worden war, und reichte sie Chemineau, wobei er zu erkennen gab, dass er selber keinen Wein wollte.

Chemineau sah die Flasche nachdenklich an, um sie danach halb in der Luft schwebend auf den Untersetzer zu stellen, wie die Flasche im Krankenhaus, die ihn bei der Befragung des Assistenzarztes so fasziniert hatte. Er lehnte sich zurück, und sofort begann die Flasche zu schwanken. Chemineau konnte sie gerade noch auffangen, bevor sie auf dem Boden zerschellte. »Es gibt Geheimnisse, die ich nie begreifen werde!«, stellte der Inspektor fasziniert fest.

Melchior stellte die Kaffeekanne und die Tassen auf den Tisch.

»Wir könnten immerhin das Telefon wieder anschließen«, sagte er, als ob er sich entschieden hätte, nach harten Verhandlungen die erniedrigendste Klausel zu akzeptieren.

Nachdem er den Stecker wieder in der Dose verankert hatte, begann es sofort zu klingeln. Melchior hob mit einem konsternierten Lächeln ab.

»Hallo! ... Ja, ich bin es ... Guten Abend, Herr Staatsanwalt ...«

Melchior bedeckte die Sprechmuschel des Telefons mit der Hand und seufzte: »Iss, solange es warm ist ... Wenn man zu lange wartet, wird es noch trocken ...«

Die Stimme des Staatsanwalts drang gedämpft aus der Hörmuschel. Dann ein fragendes Schweigen.

»Ja, ja, Herr Staatsanwalt, ich verstehe sehr gut«, sagte Melchior. »Jetzt gleich zu kommen, ist ein bisschen schwierig. ... Ich ...«

Erneutes Gebrabbel. »Nein, ich verschanze mich nicht hinter den Dienstpflichten und der vielen Arbeit ... es ist nur so, ich hab heute frei! Sie brauchen sich nicht zu entschuldigen, das macht nichts ... Ja, ja, ich versichere es Ihnen ... Nein, das Problem ist Benjamin, mein Enkel ... Ich hab meiner Tochter versprochen, auf ihn aufzupassen. Sie hat Prüfungen ... in Jura!« Er betonte das Wort Jura, als ob es sich um etwas ganz Entsetzliches handelte. »Das ist ein guter Vorschlag, aber ich bin mir nicht sicher, ob Benjamin wirklich an einer kommentierten Führung durch den Justizpalast interessiert ist. Er ist noch ein ganz kleines Baby, müssen Sie wissen! Er kann noch nicht mal laufen. All die Treppen hinaufzukrabbeln, würde bei ihm sicher keine Begeisterung hervorrufen … Ja, er schläft durch … Bei Ihnen vorbeikommen?« Melchior sah auf die Uhr. »Jetzt gleich? … Hm, ich kann nichts versprechen … Ich muss erst eine Lösung finden … Ja, ja, einverstanden … Guten Abend, Herr Staatsanwalt.«

Melchior legte genervt auf.

»Er will mich sehen«, sagte er zu Chemineau. »Er will nicht am Telefon darüber reden. Er will mich leibhaftig sehen! Mich berühren! Sicher sein, dass ich es bin! Dass ich wirklich existiere! … Was soll denn dieser Schwachsinn? Eine internationale Verschwörung? Weißt du etwas darüber?«

Der Inspektor verschlang ein Stück Omelette und trank einen Schluck Rotwein.

»Es ist *irgendetwas* los«, meinte er, »aber ich weiß nicht, was.«

Melchior ließ seinen Blick durch die Küche schweifen.

»Vanessa hätte Brot mitbringen sollen!«, brummte er.

Chemineau deutete mit der Gabelspitze in den Raum. Melchior wandte sich zum Kühlschrank um, auf dem ein halbes, frisches Baguette lag. Das abgeschnittene Ende war in ein Stück Seidenpapier gewickelt.

»Ein Beweis dafür, dass die Zivilisation noch existiert«, meinte Melchior. Er ließ sich auf seinen Stuhl fallen und betrachtete bewegt sein halbes Baguette, dessen Wunde mit Seidenpapier verbunden war. »Mariani!« sagte er, ohne aufzusehen, und als ob der Zusammenhang unbestreitbar wäre. »Hol mir die kleine Mariani her!«

Ariane Mariani war aus Liebeskummer zur Polizei gegangen. Zu anderen Zeiten hätte sie sich für das Kloster entschieden; als junger Mann wäre sie vermutlich in die Fremdenlegion eingetreten; als Tochter ihrer großzügigen Epoche hatte sie hingegen den Gefühlsselbstmord durch Eintritt in die Streitmacht der Verbrechensbekämpfung gewählt. Mit einem schmalen Koffer in der Hand, verheulten Augen und geballten Fäusten in der Polizeischule von Cannes-Écluse an einem tristen Vormittag angekommen, war Ariane Mariani an einem schönen Nachmittag als Prüfungszweite mit der Abkommandierung nach Fontenay-Central wieder herausgekommen – worum sie selber aus Gründen gebeten hatte, die ebenso nebulös waren, wie alle übrigen Entscheidungen, die sie traf. Mariani war ein absolutes Rätsel. Sie betrachtete alles mit dem Blick verletzter Unschuld, hatte die unbeholfenen Gebärden einer Erstkommunikantin, die ihr Kränzchen zurechtrückte, und ihre Kollegen hielten sie schlichtweg für plemplem. Diejenigen, die sich ihr zu sehr »näherten«, bekamen gewaltige Ohrfeigen. Melchior aber hatte größtes Vertrauen zu ihr.

»Er ist ein ganz lieber Junge, sehr umgänglich und voller Lebensfreude!«, sagte der Kommissar und öffnete die Schlafzimmertür ein wenig, um Benjamin der Inspektorin vorzustellen.

Ariane Mariani sah sich die Sache aus der Ferne misstrauisch an.

»Worum handelt es sich?«, fragte sie mit gedämpfter Stimme. Der Kommissar erklärte die Situation.

»Sie brauchen einen Babysitter, der auf diesen Säugling aufpasst, und Sie haben mich gerufen?«, wunderte sich die junge Frau.

Sie hatte die Stimme nicht erhoben, in ihren Worten lag keine spürbare Gefühlsregung, alles klang so, als ob es nicht die geringste Bedeutung hätte.

»Mir ist nichts Besseres eingefallen«, gestand Melchior.

»Das war keine gute Idee.«

Sie starrte den Kommissar an, der von einem Fuß auf den anderen trat und dabei die Finger ineinander verschränkte.

»Ich bin sehr ungeschickt, was den Umgang mit Kindern betrifft«, sagte die Mariani. »Und außerdem ist das genauso gut eine Arbeit für Männer wie für Frauen. Wer kümmert sich sonst um den Jungen?«

»Mein Tochter … Vanessa.«

»Na gut! Aber jetzt, wenn Sie ihn im Stich lassen …«

»Ich kümmere mich um ihn.«

»Ich bin sicher, dass Sie sehr gut damit zurechtkommen. Das sieht man an Ihren Augen …«

Melchior warf Chemineau einen verzweifelten Blick zu.

»Und an Ihren Händen.«

Der Kommissar hörte auf, sich die Finger zu verrenken, und steckte seine Fäuste wütend in die Taschen.

»Das war also keine gute Idee, okay!«, gab er zu. »Aber ich bitte Sie um einen Gefallen, Mariani … Um einen persönlichen Gefallen.«

»Verlangen Sie von mir, einen Monat lang Nachtdienst zu machen, aber erwarten Sie nicht von mir, das Kindermädchen zu spielen! Ich fühle mich beleidigt … Jeder hat das Recht auf Wertschätzung. Das ist eine Frage der Ehre, des menschlichen Respekts.«

»Verdammt noch mal! Im Namen Gottes, Mariani! Man könnte ja meinen, ich wollte Ihnen Gewalt antun! Oder von Ihnen verlangen, ein besonders abscheuliches Verbrechen zu begehen!«

»Das ist … abscheulich«, sagte sie mit engelhafter Stimme.

Melchior schnappte sich seinen Hut und seinen Dufflecoat, packte die beiden Griffe der Tragetasche und riss sie vom Bett: »Los! Was stehst du so dumm rum!«, schrie er Chemineau an.

Die Nacht des zweiten Tages

»Early Autumn«

10

Melchior hatte sich neben der Tragetasche auf die Rückbank gesetzt und untersuchte in regelmäßigen Abständen Benjamins rosige Nasenspitze. »Glaubst du, dass er es warm genug hat?«

»Na klar! Er ist gut eingemummt, der Kleine. Wenn es ihm zu warm wird, wird er aufwachen. Und wenn er zu viel schwitzt, kann er sich erkälten.«

»Kannst du nicht die Lüftung anmachen?«

»Die ist kaputt.«

Melchior seufzte und sah verdrossen nach draußen in die nächtlichen Vorstädte. Es kam ihm alles *kaputt* vor, hässlich, ohne Harmonie und ohne Hoffnung. In den engen Straßen des Saint-Cécile-Viertels parkten die Autos der Anwohner kreuz und quer auf den Gehwegen und Zebrastreifen.

»In diesem Scheißviertel fehlt es an Garagen!«, schimpfte der Kommissar.

»Das ist nicht das Problem«, stellte Chemineau richtig. »Das liegt am *Las Vegas*. Es gibt zwar eine große Parkgarage, aber die ist teuer ... Hier kostet das Parken nichts. Vorausgesetzt man findet einen Platz! ... Ah, ich glaub, da ist es!«

Chemineau bog in eine Allee ein, die als *privat* ausgeschildert war und dem auch bald eine unüberwindliche Schranke Nachdruck verlieh.

»Gut, ich warte hier«, schlug Chemineau vor und hielt an.

»Und der Kleine? Soll ich ihn mitnehmen?«

»Lass ihn hier, es geht ihm ja gut, er schläft.«

»Aber …«

»Jef! Ich hab fünf Kinder aufgezogen! Ich kann eine Windel mit verbundenen Augen wechseln!«

Die Silhouette des Staatsanwaltes erschien unvermittelt im Licht der Scheinwerfer. Mit einem breiten Lächeln hantierte er mit einer Magnetkarte, als ob er einen Taschenspieler-Trick vorführen wollte. Die Schranke erhob sich mit herablassender Trägheit.

»Stellen Sie sich dahinten hin, unter den Vorbau.«

Chemineau gehorchte. Auf den Stufen vor dem Haus sahen die beiden Polizisten eine Frau, die in der Tür lehnte, als habe sie schon lange die Ankunft der nächtlichen Besucher erwartet. Ihre großen, weit aufgerissenen Augen starrten über das Polizeiauto hinaus zu einem unvorstellbaren Horizont der Angst. Melchior musste sogleich an die Mariani, an Jessica und sogar an Barmado denken. Dann fiel ihm Edith Mulot ein, die von einem anderen Schlag war, und sein Herz zog sich zusammen.

»Wenn du mit ihm im Auto bleibst«, sagte er zu Chemineau, »ist das schlecht für Benjamin. Die Temperatur wird sinken. Kondenswasser wird die Fenster beschlagen. Und das ist schlecht für die Bronchien.«

»Im Gegenteil. Das ist ausgezeichnet! Es gibt nichts Schlimmeres als trockene, ja ausgetrocknete Luft!«

»Jedes Mal, wenn man im Auto eine Beschattung macht, holt man sich eine Mordserkältung!«

Der Staatsanwalt konnte dem Gespräch inhaltlich nicht folgen. Er öffnete die Wagentür. »Ihr Freund kann doch mit uns kommen! … Wir haben ein gemütliches kleines Zimmer, sogar mit Fernseher.«

»Das ist nicht mein Freund, sondern Inspektor Chemineau!«, knurrte Melchior und schickte sich an auszusteigen.

»Und das! Ist das das Baby?«, rief der Staatsanwalt verblüfft. Ein hagerer Mann, Anfang vierzig, einige Jahre jünger als Melchior und Chemineau. Er trug eine ausgebeulte Hose und ein Sweatshirt zu Ehren einer amerikanischen Universität – die er bestimmt nicht mal mit dem Finger auf der Landkarte finden würde. Er setzte seine Brille ab und schob sie dann wieder auf die Nase, um sie erneut abzunehmen. Er sah den Kommissar misstrauisch an. »Meine Frau hat nie ein Kind kriegen können«, sagte er und schien dieses Geständnis sogleich zu bedauern. Zwei bittere Falten verschoben seine Mundwinkel.

Die schmächtige Frau kam die Treppe heruntergestürzt. »Ein Baby!«, rief sie mit der Stimme eines kleinen Mädchens bei der Bescherung.

Dem Staatsanwalt wäre es fast gelungen, die Wagentür wieder zuzuschlagen, bevor seine Frau das Auto erreichte. Aber Melchiors Schuh klemmte dazwischen.

»Oh! Sie dürfen es nicht da draußen lassen!«, sagte die Frau. »Armes kleines Baby! ... Kommen Sie, im Haus ist es warm ... Ist es ein Mädchen?«

Sie zog an einem der Griffe der Tragetasche, und Melchior konnte gerade noch den anderen erwischen, bevor die Tasche mit dem Kind zu Boden fiel. Er sprang aus dem Wagen, um weitere Katastrophen zu verhindern. Draußen hatte der Kommissar den Eindruck, dass es nach Flieder oder Maiglöckchen roch. »Erstaunlich, zu dieser Jahreszeit!«, brummte er.

Im Kamin aus rötlichem Marmor knisterte ein Holzfeuer. Melchior hatte sich überreden lassen, einen Schluck alten Armagnac zu nehmen. Er war in einem zu großen, zu weichen und zu tiefen Sessel versunken und schwitzte vor sich hin.

Ihm gegenüber, mit einem identischen Ballonglas bewaffnet, suchte der Staatsanwalt nach Worten. Dank der längeren Erfahrung mit dem Marshmallow-Sessel machte er darin eine bessere Figur als der Kommissar.

Im Nachbarraum vergnügte sich die Frau des Staatsanwaltes mit Benjamin, als ob er aus Zelluloid wäre. Um zu verhindern, dass sie dem Baby dabei einen Arm ausrenkte oder ein Auge eindrückte, hatte Melchior Chemineau gebeten, neben der Tragetasche Wache zu stehen. Der Staatsanwalt war von dieser Lösung ebenfalls angetan, denn er wollte mit dem Kommissar allein reden, von Mann zu Mann, in aller Freundschaft, ganz inoffiziell.

»Um ganz offen zu sein«, sagte er in einem Ton, dem man deutlich anmerkte, dass er keineswegs die Absicht dazu hatte. »Um ganz offen zu sein, Doktor Zerbib ist ein Freund von mir! … Und ihm hat Ihr ungestümer Auftritt in der letzten Nacht ganz und gar nicht gefallen …«

Der Staatsanwalt hörte unvermittelt zu reden auf und wartete darauf, dass Melchior den Vorwurf zurückwies und sich rechtfertigte. Er starrte den Kommissar mit jenem unbeweglichen Reptilienblick an, der die Angeklagten normalerweise zusammenschrumpfen ließ und Großmäuler in wimmernde Zwerge verwandelte. Der Staatsanwalt erwartete Geständnisse.

»Das ist einer der besten Armagnacs, den ich je getrunken habe«, sagte Melchior nach einer Weile und schnalzte mit der Zunge.

»Ich lasse ihn mir direkt ins Haus liefern«, antwortete der Staatsanwalt nervös. »Was Zerbib betrifft, so wollte ich sagen … wollte ich …«

»Herr Staatsanwalt, Sie haben jede Macht, mir diesen Fall zu entziehen, und das haben Sie ja auch gleich getan. Ich habe Professor Zerbib nur ganz kurz aufgehalten und ihn um ein paar schlichte, sachliche Informationen für meinen vorläufigen Bericht gebeten, den ich heute Abend schreiben und an Sie weiterleiten wollte.«

Melchior schielte auf seine Nasenspitze, um zu überprüfen, ob sie nicht allzu lang wurde. »Danach hätte die Kripo genug Zeit gehabt, ihre Vernehmungen, Gegenüberstellungen und Protokolle so zu machen, wie es ihr gefällt … Sie können Ihren Freund beruhigen … Ich habe nur Kontakt mit ihm aufgenommen, um zu erfahren, ob es Neuigkeiten von dieser unglücklichen jungen Frau gibt.«

»Ja? … Übrigens, wie geht es ihr?«

»Das wollte ich Sie gerade fragen!«

»Mich? …Aber … Sie sind doch … Sie hätten doch …«

»Ich hatte frei und nichts mehr mit dem Fall zu tun … Aber ich hatte trotzdem vor, zum Gemeindekrankenhaus zu gehen. Sagen wir … aus Gründen der Menschlichkeit! Aus Sorge und Höflichkeit. Wollte Doktor Zerbib sich nicht um sie kümmern?«

»Davon hat er mir nichts gesagt.«

»Sie ist seine Patientin … wenn auch unfreiwillig.«

»Seine Privatpatienten nehmen ihn sehr in Anspruch. Er beschäftigt sich sehr viel mit ihnen und bedauert oft, nicht mehr Zeit zu haben, um …«

Melchior wischte den Rest des Satzes mit einer großzügigen Handbewegung weg. Der Armagnac in seinem Ballonglas erbebte und schlug goldene Wellen.

»Was kann ich für Sie tun, Herr Staatsanwalt. Was wollen Sie von mir? Was ist so schwierig, dass es diese Vorladung mitten in der Nacht rechtfertigt?«

Die strenge Fassade des hohen Beamten begann zu bröckeln. Kleine Risse zeichneten sich bereits ab. Der Staatsanwalt verlor seine Haltung und versank allmählich in den verräterischen Tiefen seines Sessels.

»Wie Sie sich ausdrücken! ... *Vorladung* ... *Mitten in der Nacht* ... Sie verstehen mich falsch! ... Ehrlich gesagt, ich brauche Ihren Rat, Ihre Unterstützung ... Ihre Erfahrung und Ihre Kenntnis des Geländes ... Die Kripo rätselt, wonach sie suchen soll. Wissen Sie, wie diese Hauptstadtbeamten es sehen, wenn sie keine Leiche haben? Dann behaupten sie, es handele sich um eine kleine Vorstadtaffäre ... Die werden sich kein Bein ausreißen, das kann man sich ausrechnen ...«

Der Staatsanwalt faltete die Hände unter seinem Kinn zusammen. Lange Pfaffen- oder Seminaristenhände. Er ließ seine verschränkten Finger bis unter seine Nase hochwandern und berührte seine gespitzten Lippen. Eine Gebärde, die Melchior auch schon bei anderen Staatsanwälten beobachtet hatte. Anscheinend lernten sie das während ihres Studiums.

»Ich möchte, dass Sie an diesem Fall dranbleiben«, sagte er schließlich.

Der Kommissar willigte ein, allerdings ein wenig überrascht über diese harmlose Bitte, die genau das betraf, wovor Chemineau ihn gewarnt hatte. Nichts, was diese Geheimniskrämerei rechtfertigte, diesen Besuch in seinem Haus und diesen vom Kaminfeuer erwärmten Armagnac ... Nun war es an Melchior mit seinen klaren Augen das Gesicht des hohen Beamten zu studieren, auf der Suche nach irgendeinem Hinweis, nach einer Eingebung – doch vergebens. Der Staatsanwalt hatte an diesem Abend eine Inszenierung geliefert, die sich jeder schlüssigen Deutung verweigerte.

Melchior trank friedlich seinen Armagnac. Er dachte an all die Fälle, die er untersucht hatte, solche, die sich ganz plötzlich aufklärten, fast viel zu schnell, und dann an solche, die sich lange hinzogen, die in die Irre führten und deren Spur sich eines Tages endgültig im Treibsand des Alltäglichen verlor. Ad acta gelegt. Ob gelöst oder nicht, nur wenige Fälle hatten sich wirklich als spannend erwiesen, als solche, die gute Geschichten lieferten, die man sich beim Dessert erzählen konnte. Meistens hieß es, alles oder nichts. Deshalb lautete eine Faustregel der Polizei: Ein Verbrechen, das nicht schnell aufgeklärt wurde, wird vermutlich niemals aufgeklärt werden.

»Ich glaube, Sie haben mich verstanden«, seufzte der Staatsanwalt nach langen, meditativen Minuten.

Melchior beschränkte sich darauf, ratlos das Gesicht zu verziehen. Das Feuer brannte nieder, die Scheite zerfielen zu bleicher Glut, ab und zu stoben kleine Funken davon. Auf dem Marmor des Kamins ließ das Pendel einer kostbaren Uhr die Sekunden langsam verstreichen. Das Zifferblatt war in einen goldenen Fels eingebettet, an dessen Fuß ein niederkniender Hirte verzückt eine nackte Nymphe bewunderte, die den Kommissar vage an Edith Mulot erinnerte.

Der Staatsanwalt stand auf und legte Holz nach. Mit einem langen Messingschürhaken stocherte er in der Glut. Sein kantiges Gesicht wurde durch die Bewegung der wiederauflebenden Flammen abwechselnd in Licht und Schatten getaucht und wirkte dadurch plötzlich diabolisch. Wie jedes beliebige Gesicht bei so einer Beleuchtung, dachte Melchior spöttisch. »Selbst Benjamin würde wie ein schurkischer kleiner Teufel aussehen!«

Er fand seinen kleinen Engel auf den Armen der schmächtigen Frau mit den erstaunten Augen wieder, wie er lächelnd und fröhlich mit seinen kleinen geballten Fäusten in der Luft umherruderte.

Chemineau stand mit ängstlich zusammengezogenen Augenbrauen auf einem kostbaren Teppich und sah aus wie ein Torwart, bereit, von einer Sekunde zur anderen nach dem Ball zu hechten.

»Sie müssen einmal wiederkommen«, sagte die Frau des Staatsanwaltes. »Er ist ja so niedlich!«

Melchior sah sich diese Frau aufmerksam an. Sie war etwa Ende dreißig, und ihre Augen hatten den Glanz verzweifelter Freude. Sie trug eine enge Jeans, eine Wollweste mit einem geometrischen Muster in Rosa und Grün, die vorne zugeknöpft war und unter einem hübschen ovalen Gesicht den mit Spitze verzierten Kragen einer strahlend weißen Hemdbluse sehen ließ.

»Er heißt Benjamin«, sagte Melchior mit instinktivem Stolz.

»Ich weiß … André hat es mir gesagt.«

»André?«

»Inspektor Chemineau! … Ich bin Eliane.«

Melchior nickte. Als sie ihn weiter fragend ansah, musste er wohl oder übel nuscheln, dass sein Vorname Jean-François war. Gnadenlos wandte er sich nun dem Staatsanwalt zu.

»Jack, mit ›ck‹«, murmelte der hohe Beamte verlegen. Er hatte den Namen wie »Djeck« ausgesprochen.

»Na wunderbar!«, rief der Kommissar ironisch. »Nun sind wir alle Freunde!« Dabei verzog er das Gesicht … Man hatte den Eindruck, dass er gleich um sich treten wollte.

»Und das dank Benjamin!«, flötete die junge Frau, während sie das Baby zu ihrem strahlenden Gesicht hochhob.

Der Kommissar biss die Zähne zusammen. Er begann, seinen Hut durchzukneten, dann schoss ihm eine seltsame Idee durch den Kopf: »Ich kann ihn noch ein wenig hier lassen, wenn Sie wollen? … Behalten Sie ihn noch eine Weile!«

Die erstaunten Augen wurden noch größer. Zwei Zifferblätter, die man in einen goldenen Felsen hätte einbetten können.

»Ich habe noch einiges zu erledigen«, erklärte Melchior. »Können Sie sich vorstellen, dass ich die ganze Nacht den finsteren Verbrechen auf der Spur bin und dabei ununterbrochen ein Baby in einer Tragetasche mit mir herumschleppe? Ich komme mir schon hier bei Ihnen lächerlich und unglaubwürdig vor …«

»Aber, aber, lieber Jean-François, das war doch ein Freundschaftsbesuch!«, versuchte der Staatsanwalt gutmütig, Zeit zu gewinnen. »Und Sie sind ja nicht im Dienst!«

»Lieber *Djeck*, liebe Eliane, wenn es euch Freude macht, bis morgen früh auf Benjamin aufzupassen … mir würde das nichts ausmachen! Jetzt müssen wir ihm nur noch sein Fläschchen geben – ich werde es für euch vorbereiten – und seine Windeln wechseln … Wisst ihr, wie das geht?«

Elaine verzog unsicher das Gesicht.

»Das ist wirklich spannend, ich werde es euch zeigen! Und dann, ab in die Heia bis morgen früh!«

Die Frau des Staatsanwaltes drehte sich mit flehenden Augen zu ihrem Mann um. Ihre Arme, die das Baby an ihr Herz drückten, bebten. Der hohe Beamte sah Melchior düster an. Er nahm den Kommissar am Arm und zog ihn bis zur monumentalen Eingangstür. »Ist das wirklich vernünftig, Kommissar? Meine Frau kennt sich damit nicht richtig aus … Und ich fürchte ein bisschen … psychologisch gesehen, nicht wahr? Dieser Kinderwunsch … Sie hat ihn immer noch nicht ganz aufgegeben … Man hat ihr Hoffnungen gemacht … Und sie klammert sich daran … Professor Zerbib kümmert sich um sie.«

11

Das Haus des Staatsanwaltes sah in der Dunkelheit gewaltig aus, wie ein schweres, pechschwarzes Felsmassiv, das sich vor einem dunkelblauen Himmel erhob, auf dem für kurze Augenblicke orangefarbene Funken flackerten. Ein gelbes

Rechteck markierte die Türöffnung, vor der der Staatsanwalt und seine Frau standen. Sie hielt ein Kind in den Armen.

Melchior wandte sich um, bevor er in den Wagen stieg. Die Frau winkte lange bedächtig, als ob die beiden Polizisten zu einer Reise ohne Wiederkehr aufbrechen würden.

Der Kommissar setzte sich an den Lenker, ließ den Anlasser aufheulen, malträtierte den Rückwärtsgang, schaltete in den ersten und quälte die Kupplung.

»Im Grunde kennst du diese Leute doch gar nicht«, flüsterte Chemineau vorwurfsvoll.

Melchior starrte verbissen vor sich hin, während er deutlich zu schnell fuhr.

»Wie heißen die überhaupt? Er hat die Stelle hier doch erst seit ein paar Monaten, nicht wahr?«, fragte der Inspektor.

»Mindestens sechs Monate.«

Chemineau wühlte in seinen Taschen und fand ein schwarzes Notizheft mit Plastikeinband, das er mit zeremoniell angefeuchtetem Zeigefinger durchblätterte.

»Mal sehen ... Ah! Da ist es ja: Chalgrin ... Staatsanwalt Chalgrin. Leute, die man nicht kennt ... deren Namen man nicht weiß ...«

»Er ist der Staatsanwalt, und das ist alles! Das muss uns reichen. Bürger Benjamin steht unter dem Schutz der Polizei und der Justiz ... es kann ihm nichts geschehen.«

»Trotzdem! Es ist bestimmt besser, deiner Tochter nichts davon zu sagen.«

»Was denn? ... Der Junge wird nicht ewig auf Watte gebettet sein! Das Leben ist kein langer, ruhiger Fluss! Abenteuer müssen sein ... Das formt das Individuum, sagen die Kinderpsychologen.«

Chemineau steckte sein Heft wieder ein. Sie fuhren eine Weile schweigend dahin.

»Aber dann ... ist dir aufgefallen ...?«, stieß Melchior hervor. »Dieses gezierte Gehabe ... *Lieber André ... Meine liebe Eliane ... Jack, mein Lieber* ... Ich dachte, das endet noch in einer wilden Orgie!«

»Bei solchen Leuten nicht!«, antwortete Chemineau, der sich mit Perversionen auskannte. »Madame ist wild darauf, ein Kind zu kriegen, aber ich frage mich, ob der Arzt dem Mann gesagt hat, dass er dafür seine Frau ab und zu vögeln muss!«

Sie lachten wie zwei Pennäler und versuchten damit, das Unbehagen zu überspielen, das sie beide spürten, die bedrohliche Spannung, die sich im Umkreis dieses ungewöhnlichen Verbrechens ausgebreitet hatte, eine Art von diffuser Angst, die sich allmählich auftürmte wie düstere Wolken, die nach und nach die Sonne verfinsterten.

Man hatte ihnen gesagt »Zimmer 318«. Also fuhren sie mit dem Fahrstuhl in den dritten Stock hoch. Zuvor hatten sie sich beim selben Automaten wie beim letzten Mal gegenseitig einen Kaffee ausgegeben. Beruhigende Gewohnheiten nimmt man schnell an. Die Empfangsschwester hatte gewechselt. Mit dem Rücken zu den beiden Polizisten hatte die neue den Hörer abgenommen und leise, teils sogar hinter vorgehaltener Hand in die Sprechmuschel gemurmelt.

Melchior hatte Herzklopfen und feuchte Hände. Wider Willen verspürte er eine nervöse Unruhe: Das *Opfer* war doch am Leben, warum also diese Sorgen? Das war doch etwas völlig anderes, als diese Leichen, die man aus dem Fluss fischte, aus Gräben ausbuddelte oder vertrocknet oder gar verfault hinter den Türen von alten Häusern fand. Ganz zu schweigen von dem *Teermännchen*, das eines Tages in den Fängen eines Baggers in Fontenay-Charbon hängen geblieben war! Die gerichtsmedizinische Untersuchung hatte ergeben, dass die Leiche schon seit mindestens dreißig Jahren dort gelegen haben musste. Man hatte den Toten identifiziert. Sein Name stand seitdem auf einer Marmorplatte im Rathaus: *Gefallen im Dienst des Vaterlandes!* Niemand hatte je gewagt, den Namen von dieser Platte zu entfernen.

»Erinnerst du dich an diesen pechschwarzen Arbeiter von den Gaswerken, der für immer unter einem Kohlenhaufen eingeschlafen war?«

Chemineau kniff begriffsstutzig die Augen zusammen. Seine Lider schlossen sich über seinen kreisrunden Vogelaugen, um sich danach langsam wieder zu öffnen.

»Der Nationalheld? Wieso? … In welchem Zusammenhang?«

»Ich musste gerade daran denken … nur so … Alles war schwarz.«

»Hier ist alles weiß …«

Die Frau lag auf einem Bett mit makellosen Laken. Ihre wächsernen Hände ruhten auf beiden Seiten der weißen Bettdecke neben dem Körper. Die Wände waren elfenbeinfarben. Eine Wandlampe, die am Kopfende des Bettes hing, warf ein fahles, flackerndes Licht in den Raum.

»Guten Abend, Madame«, sagte Melchior. »Ich bin der Kommissar aus Fontenay-Central, erinnern Sie sich?«

Die junge Frau sah die beiden Männer an. Die Furcht schien in ihr kreidebleiches Gesicht eingebrannt zu sein. Sie bewegte die Lippen, aber kein Laut kam aus ihrem Mund. Die ausgestreckten Hände verkrampften sich kurz und lagen dann wieder still.

Melchior hob das Kontrollblatt hoch, das am Fußende des Bettes mit zwei Metallhaken befestigt war. Darauf standen die üblichen Angaben zur Körpertemperatur und zum Blutdruck, aber kein Familienname. *Zimmer 318, Kaiserschnitt*, sonst nichts.

»Wie heißen Sie, Madame?«, fragte der Kommissar und

befestigte das Klemmbrett aus Metall wieder so, dass es nicht störend gegen die Bettstreben schlug.

»Mein Baby? Wie geht es meinem Baby?«, murmelte die Frau, während sie den Kopf unruhig auf dem Kissen hin und her bewegte.

»Wir werden es wiederfinden. Machen Sie sich keine Sorgen!«, versicherte Chemineau. Sein diensteifriges Lächeln erlosch jedoch sofort unter dem strengen Blick des Kommissars, der zu besagen schien: Wie konnte jemand – selbst wenn er vorgab, die offiziellen Anweisungen zu befolgen, die darauf beharrten, dass man seiner Klientel stets ein positives Bild von der Polizei zu vermitteln habe –, sich zu so dämlichen Versprechen hinreißen lassen. Vierundzwanzig Stunden waren seit der Entdeckung des Überfalls vergangen … und man wusste nicht einmal, wie das Opfer hieß!

»Kennst du den Namen von Madame?«

Chemineau schüttelte kraftlos den Kopf.

»Kümmert sich Belgrand darum?«

»Er hat mit dieser Aufräumgeschichte zu tun, am Verlaine-Park. Die Säcke sind in deinem Büro.«

»In meinem Büro!«

»Nun, ja. Er wusste nicht, wohin damit.«

»Woanders hin! Er sollte sie woanders ablegen! … In meinem Büro, auf meinem Schreibtisch! Typisch! Dieser erbärmliche Vielfraß … ist eine wahre Landplage.«

Chemineau zog bekümmert die Augenbrauen hoch. »Scheint mir auch so«, pflichtete er dem Kommissar bei.

Melchior stieß einen verächtlichen Seufzer aus, bevor er fortfuhr: »Und abgesehen davon, dass er meine Bude in kürzester Zeit in eine Müllhalde verwandelt hat, was hat Belgrand sonst gemacht?«

»Seine Arbeit nehme ich an. Seine Akten bearbeitet. Zu diesem Fall hast du ihm keine Anweisungen gegeben …

Außerdem ist das ja nicht unsere Angelegenheit! Die Spürhunde von der Kripo müssen sich darum kümmern.«

Der Kommissar setzte seine finsterste Miene auf. Chemineau trat vorsichtig zurück und flüchtete sich in eine dunkle Ecke, neben einen Metallschrank.

»Das wird sich ändern!«, sagte Melchior. »Wenn der Staatsanwalt will, dass ich mich darum kümmere, kümmere ich mich darum!« Dann wandte er sich wieder der Frau zu: »Wie geht es Ihnen? Und wie heißen Sie?«, fragte er schroff.

»Das würden wir wohl gern wissen, nicht wahr?«, sagte eine Stimme hinter ihm ironisch. Die Stimme von Doktor Rodier.

»Sie schon wieder?«, wunderte sich Melchior.

»Ich wollte gerade dasselbe sagen!«, antwortete der Dienst habende Arzt und reichte ihm freundlich die Hand.

Melchior erwiderte diesen Händedruck mit so viel männlicher Kraft wie möglich.

»Kommen Sie«, sagte Rodier, »lassen Sie uns auf dem Gang reden.«

Sie traten auf den Flur hinaus, der nach der erstickenden Atmosphäre im Krankenzimmer geradezu kühl wirkte. Auch der Geruch war anders. Gewöhnlicher, schmerzlicher, der übliche Krankenhausgeruch. Im Krankenzimmer rochen die Laken trotz der Medikamente und des Fiebers sauber. Und es hing eine Spur Parfüm in der Luft.

»Warum schniefen Sie so?«, fragte der Assistenzarzt. »Haben Sie sich erkältet?«

»Noch nicht!«, brummte Melchior.

»Ich werde Ihnen etwas dagegen geben, wenn Sie wollen. Kommen Sie im Bereitschaftsraum vorbei.«

Sein Lächeln wirkte aufgesetzt. Melchior sah ihn misstrauisch an. Rodiers Miene erstarrte. Seine Augen stierten für einen kurzen Moment auf etwas, das sich hinter dem Kommissar befand. Melchior drehte sich um: Von der Decke hing eine Uhr herunter. Eine viel zu dicke und viel zu runde Uhr, eine Art Bahnhofsuhr mit leuchtendem Zifferblatt, blass und bleich wie der Vollmond an klaren Abenden.

»Erwarten Sie jemanden?«, fragte der Kommissar.

»Professor Zerbib wollte vorbeikommen.«

»Macht Sie das nervös?«

»Keineswegs. Warum wollen Sie ...«

»Der Empfang hat Sie von unserem Besuch unterrichtet.«

»Dafür ist er da. Dafür wird er bezahlt.«

»Und Sie, wofür werden Sie bezahlt?«

»Man bezahlt mich am Tag so schlecht, dass ich auch noch abends und nachts hier bin, und das Nacht für Nacht! ... Die Bereitschaftsdienste sind das Einzige, was ein bisschen Geld bringt ... Oder man legt sich Privatpatienten zu.«

»Ist es das, worauf Sie warten? ... Dass Zerbib Ihnen seine Stelle überlässt? ... Dazu braucht man Geld, werden Sie mir sagen! ... Aber seien Sie beruhigt, bei uns, bei der Polizei, kann man sich selbst mit viel Knete keinen Kommissarsposten kaufen!« Melchior lachte, als Einziger. »Stellen Sie sich mal vor, wie viel unsere Patienten uns gegen Privatberechnung zahlen würden!« Chemineau meinte, Melchior unterstützen zu müssen und gackerte gequält.

»Inspektor Chemineau und ich sind nicht einmal im Dienst«, fuhr Melchior fort. »Wir bekommen nichts: keine Entlohnung, kein Überstundenausgleich, nichts! Einzig unser Pflichtgefühl hält uns in Gang! ... Wir haben eben sogar einen Kumpel besucht ... stimmt's nicht, Chemineau?«

»Absolut!«

»Und wir haben unserem Kumpel, dem lieben Jack, erzählt, dass wir hierher kommen würden ... daher wird Doktor Zerbib nicht lange auf sich warten lassen ... Wann hat er Sie angerufen, damit Sie uns ... *bewachen*, bis er da ist?«

Rodier hatte eine betrübte Miene aufgesetzt, hinter der eine gewisse Verbitterung spürbar war. Er steckte die Hände in die Taschen seines Kittels und blieb starr stehen, ohne ein Wort zu sagen.

»Sprechen wir von dieser Frau«, schlug Melchior vor. »Wie geht es ihr?«

»Den Umständen entsprechend. Es wurde alles unternommen, um eine mögliche Infektion zu verhindern. Der Rest wird ziemlich lange dauern.«

»Der Rest?«

»Die Eingeweide wieder an Ort und Stelle zu bringen. Wenn man einen Unterleib öffnet, verrutschen sie, wenn der Patient vorher nicht mit Kurare behandelt wurde ... was hier nicht geschehen ist. Glücklicherweise, wenn man in diesem Zusammenhang überhaupt von Glück reden will, sind durch die Schwellung des Uterus die Gedärme an ihrem Platz geblieben. Es ist nicht alles herausgequollen, wie es bei so einem Eingriff außerhalb der Schwangerschaft passieren würde. Ansonsten hätte es eine Katastrophe gegeben!«

Melchior spitzte die Lippen, schluckte und fragte: »Sie haben von Kurare gesprochen?«

»Das ist ein lähmendes Alkaloid, das genau für die Entspannung der Muskulatur sorgt, die bei Unterleibspatienten notwendig ist.«

»Und hier wurde kein Kurare gegeben?«

»Anscheinend nicht. Das ist ziemlich kompliziert, bei der Verabreichung muss die Patientin künstlich beatmet werden ... wenn auch nur mit einem einfachen Beatmungsgerät. Aber man braucht eine gewisse Ausrüstung und eine Person, die damit umgehen kann. Das ist normalerweise die Aufgabe des Anästhesisten. Bei einem so vorgenommenen Kaiserschnitt braucht man mindestens zwei Personen.«

»Also einen Komplizen?«

Melchior fuchtelte mit einem imaginären Stift in der Luft herum, um seinem Mitarbeiter klar zu machen, er solle diese Hypothese und die technischen Erläuterungen des Arztes irgendwo notieren. Chemineau zog sein schwarzes Notizbuch wieder aus der Tasche.

Der Arzt erklärte: »Ihr Bauchaufschlitzer muss sich auf eine Injektion mit einem klassischen Betäubungsmittel beschränkt haben. Er hat den Bauch aufgeschnitten, den Fötus herausgeholt und ist zum Telefon gegangen, um die Feuerwehr anzurufen, damit sie sich um den Rest kümmert. Ob die Eingeweide dieser Frau herausquollen, hat ihn nicht wirklich interessiert.«

Melchior trat an Rodier heran und sagte praktisch Auge in Auge in einem plötzlich freundschaftlichen Ton: »Und was, meinen Sie, hat ihn wirklich interessiert?«

»Das Kind zu stehlen, das liegt doch auf der Hand. Wenn er diese Frau hätte töten wollen, hätte er sie getötet ... Aber vielleicht wollte er, dass sie leidet ... sich an ihr rächen ... Kommissar, Sie wissen über solche Sachen doch mehr als ich! Welche Beweggründe kann ein Typ haben, der so was macht?«

»Ich habe noch nie so etwas erlebt«, gestand Melchior. »War das Kind schon so weit, geboren zu werden?«

»Wahrscheinlich, ja. Jedenfalls lebensfähig. Der Zustand der Frau belegt, dass sie am Ende der Schwangerschaft war ... Aber über all diese Dinge sollten Sie mit dem Professor sprechen. Er legt Wert darauf, Sie selber zu informieren.«

Am Ende des Ganges öffneten sich die Fahrstuhltüren. Man vernahm das saugende Geräusch von Schuhen, die mit gewohnter Leichtigkeit auf dem Bodenbelag aufsetzten. Die Silhouette von Zerbib zeichnete sich ab. Er trug eine schwarze Fliege, und sein Körper war in einen schwarzen Wollüberzieher gezwängt.

»Ah, da sind Sie ja!«, rief der Professor schon von weitem fröhlich aus, als ob er gerade bei einer Cocktailparty einträfe. Er hob herzlich die Hand.

»Gut, ich verlasse Sie dann!«, sagte Rodier leise. »Mein Platz ist im Bereitschaftsraum. Wenn der Professor Ihnen erzählt, was ich Ihnen bereits gesagt habe, seien Sie nett und hören Sie ihm freundlich zu, ohne ihm zu sagen, dass man Ihnen das Geheimnis schon verraten hat!«

Zerbib kam zu ihnen. Sie begrüßten sich alle mit Handschlag. Dann entschuldigte sich Rodier und verschwand. Der Professor lächelte glücklich, als ob es das Schönste wäre, in dieser kalten Nacht auf einem menschenleeren Gang in der dritten Etage des Gemeindekrankenhauses zwei Polizisten zu treffen.

12

Die auf dem Bett liegende junge Frau hatte ihre Haltung nicht geändert. Sie schlief nicht, sie gähnte nicht, ihre düsteren Augen folgten den Worten und Gebärden der drei Männer, die neben ihrem Lager standen.

Zerbib hatte ihr zugelächelt, ihren Puls gefühlt, eine Hand auf ihre Stirn gelegt, die Kopfkissen zurechtgerückt und beruhigende Worte gesprochen. Er tat all das, um den beiden Polizisten zu zeigen, dass er dieser außergewöhnlichen Patientin jeden Wunsch von den Augen ablas.

»Ihr Freund Chalgrin hat mich gebeten, diesen Fall zu übernehmen«, sagte Melchior. »Ich gehe davon aus, er hat Sie darüber in Kenntnis gesetzt?«

»Staatsanwalt Chalgrin ist kein Freund von mir«, berichtigte Zerbib. »Aber ein sympathischer Bekannter, das ist wahr. Jemand, den ich sehr schätze. Ein ausgezeichneter Bridgespieler.«

Melchior nickte verbittert, während er Chemineau vielsagend ansah. Bridge, war das nicht ein Kartenspiel? Das eher in den wohlhabenden Kreisen gespielt wurde – und zwar weniger wegen der Feinheiten des Spiels oder wegen der hohen Einsätze (bei einer guten Pokerpartie konnte man bestimmt mehr verlieren), sondern wegen der verklemmten Miene, die man annehmen musste, um bei einer Duplicate-Partie eine gute Figur zu machen? Nicht die Art von Spiel, bei der man zwischen den Stichen mit den Fingern schnippte, um eine Runde Pastis zu bestellen, oder bei der man seinen Mitspieler lauthals beschimpfte und ihm vorwarf, »nicht richtig bedient« zu haben.

»Was haben Sie denn nun herausgefunden, seitdem Sie sich mit diesem Fall beschäftigen?«, fragte Zerbib mit einem süffisanten Lächeln.

Melchior antwortete nicht – er hätte ja auch nichts antworten können. Er wollte lieber seine eigenen Fragen stellen: »Am Empfang hat mir niemand den Namen der Frau sagen können. Und die Aufnahmeakten sind eingeschlossen.«

»Ach! Sie sind also nicht einmal darüber auf dem Laufenden?«, sagte Zerbib, indem er Erstaunen vortäuschte und Melchior einen Blick freudiger Überlegenheit zuwarf. »Hier kennt keiner den Namen der Patientin von Zimmer 318 … und ich dachte, Sie könnten ihn mir sagen!«

Er nahm ihn am Arm und zog ihn in die Ecke des Raumes, wo die Schränke standen. Hier wartete Chemineau bereits.

»Diese Frau ist in einer Situation amnesischer Erstarrung«, flüsterte er den beiden Polizisten zu. »Sie hat einen schweren Schock erlitten und befindet sich im Zustand geistiger Verwirrung, sie weiß nicht einmal mehr ihren Namen … oder lässt uns das zumindest glauben.«

»Warum sagen Sie das?«, knurrte der Kommissar.

»Aus Misstrauen! Diese Art von Diagnose gehört nicht zu meinem Fachgebiet. Ich bin kein Neuropsychiater.«

»Nennen Sie mir sofort einen! Wo ist die psychiatrische Abteilung?«

»Zu dieser Stunde werden Sie da nur einen Studenten aus dem ersten Semester finden, der in der einen Hand ein Glas Wasser und in der anderen ein Röhrchen Beruhigungsmittel hält. Das wird Sie nicht weiterbringen.«

Melchior nahm die nachdenkliche Miene an, von der er annahm, dass man sie von ihm erwartete, und rieb sich am Kinn. Obwohl es schon Nacht war, war seine Haut glatt: Bevor sie aufbrachen, hatte er sich rasiert.

»Madame?«, fragte er mit ruhiger Stimme und näherte sich dem Bett. »Madame? Wie heißen Sie? Wer sind Sie?«

Die junge Frau sah den Kommissar flehend an. »Mein Baby?«, fragte sie mit tonloser Stimme.

»Wir kümmern uns darum ... ganz bestimmt ... Aber Sie müssen uns seinen Namen sagen? Wie heißt Ihr Baby? ... Es hat doch einen Namen, nicht wahr? Sie haben sich schon einen Namen ausgedacht ... Bestimmt zusammen mit seinem Vater ... Wie heißt er, der Vater des Babys?«

Die Frau riss den Mund und die Augen auf. Das Räderwerk ihres Gedächtnisses lief im Leerlauf, ohne dass irgendein Zahnrad bei einer Erinnerung einhakte.

»Und das Kind? ... Wie wollten Sie es nennen?«

Sie bemühte sich weiter, doch was dabei herauskam, war schrecklich und verwirrend: Die schmerzliche Entdeckung, dass man, sobald man nichts mehr von sich weiß, aufhört zu existieren.

Melchior beugte sich vor und näherte sein Ohr ihrem Mund. Unwillkürlich erinnerte er sich an einen sehr weit zurückliegenden Fall, bei dem der blutige Mund des Opfers den Namen des Mörders hauchte, und an einen anderen, bei dem der Mörder mit seinem letzten Atemzug um Verzeihung gebeten hatte.

»Ba-by!«, war das Einzige, was die verletzte Frau sagen konnte. Melchior richtete sich seufzend auf und griff nach ihrer Hand. »Hatte sie nicht einen Ehering? Überhaupt keine Ringe?«

Er betrachtete sorgfältig die Finger ihrer beiden Hände und suchte auf der Haut nach Spuren von abgenommenen oder heruntergerissenen Schmuckstücken. Früher, als die gesellschaftlichen Konventionen noch strenger eingehalten wurden, war die Arbeit der Polizei leichter: In Frankreich trug man den Ehering am Ringfinger der linken, andere Ringe an der rechten Hand. Aber das war vorbei: Ledige trugen Eheringe, und Verheiratete steckten sie nicht auf, manche trugen sie an der rechten Hand, andere hatten überall Ringe, an allen Fingern und an den Ohren – sogar Männer. Melchior erinnerte sich an eine Zeit, in der ein Ehering an der rechten Hand der Leiche Rückschlüsse darauf zuließ, dass es sich, wenn das Haar blond war, um einen Deutschen, und wenn das Haar dunkel war, um einen Spanier handelte.

Melchior fand nichts, was ihm helfen konnte. Die Hände der Frau *sprachen* nicht, wie Hände durch bestimmte Abnutzungserscheinungen, die der Beruf oder die gesellschaftliche Stellung mit sich brachten, *sprechen* konnten. In der modernen Dienstleistungsgesellschaft mit ihren nachgiebigen elektrischen Tastaturen brachen im Gegensatz zu den guten alten Schreibmaschinen keine Nägel mehr ab, und die Arbeit hinterließ keine Schwielen.

Die Ohren der jungen Frau waren zwar durchstochen, aber sie trug keine Ohrringe.

»Keine Ringe, kein Ehering, nichts?«, fragte Melchior erneut.

Zerbib öffnete ausweichend den Metallschrank. Er war leer.

»Diese Frau ist nackt eingeliefert worden, eingehüllt in eine Überlebensdecke der Feuerwehr … Sie wissen schon, diese goldschimmernde Folie, die so ausgezeichnet schützt. Sehr isothermisch! … Ein Geschenkpaket, haben die Ärzte von der Notaufnahme gescherzt.«

»Wie alt ist sie?«, fragte Melchior und deutete mit dem Kinn auf die Frau.

»Dreißig«, sagte Zerbib mit einem nachdenklichen Seufzer.

»Über dreißig?«

»Eher darunter.«

»Das denke ich auch.«

»Vielleicht siebenundzwanzig«, meinte Chemineau, der sich darüber ärgerte, dass er sich freiwillig so weit ins Abseits gestellt hatte.

Als die Zahl genannt wurde, zuckten die Gesichtsmuskeln des Kommissars für einen Augenblick.

»Nun … das ist mehr als dürftig für einen Bericht. Nicht mal ein Fetzen Kleidung … Nichts! … Nicht mal ein Name«, sagte er und wandte sich erneut der Frau zu. Er sah sie mitleidig an. Ein Hauch von Zärtlichkeit ließ ihn am Ende des Bettes verharren. Er klammerte seine dicken Hände an das schwere Metallrohr. »Wir brauchen Hilfe!«, sagte er. »Mutter unbekannt, Vater unklar, Kind verschwunden! Was kann man da machen?«

Die Frau sandte Melchior wie ein Spiegel das Bild seiner Verzweiflung zurück.

»Aber dich, sie kennt dich doch!«, sagte Chemineau. »Das hat sie doch gesagt, gestern, als sie dich sah!« Er trat aus dem Schatten und setzte sich in die Nähe der unglücklichen Wöchnerin. Dann beugte er sich zu ihrem Gesicht vor und deutete mit dem Finger auf den Kommissar: »Nicht wahr, Sie kennen ihn, den Kommissar Melchior?«

Die Sanftheit Chemineaus hatte etwas Bedrohliches, das das Gesicht des Kommissars verdunkelte.

»Melchior, wie einer der Heiligen Drei Könige?«

Melchior bejahte mit jener instinktiven, liebenswürdigen Bewegung, die er seit dem Kindergarten in sein Repertoire aufgenommen hatte.

»Geschenkpaket!«, schreckte die Frau hoch, als wenn ein Zahnrad endlich eingehakt hätte. »Die Kinderkrippe!«, fügte sie mit einem breiten Lächeln hinzu. »Die Kinderkrippe Florence-Blumenthal!«

Chemineau sah Melchior fragend an.

»Die kenne ich!«, rief der Kommissar. »Ich musste Benjamin mal zu dieser Kinderkrippe bringen. Die Frau von Lacacia ist dort Leiterin.«

»Ich dachte, deine Tochter wollte nichts von diesen Orten der Ausschweifung und des Lasters hören?«, wunderte sich der Inspektor.

»Ich hab es ihr noch nicht gestanden, was denkst du denn? Vanessa ist fest davon überzeugt, dass der kleinste Aufenthalt ihres Sprösslings in einer kollektiven Erziehungsanstalt unweigerlich mit einem irreparablen Trauma bestraft wird … Deshalb bringt sie Benjamin immer zu mir, wenn sie keine andere Lösung findet! Und ich, ich muss manchmal auch meine eigene Lösung für das finden, was dann zu meinem Problem wird … Die Krippe Blumenthal wird ja immerhin von der Ehefrau eines Chef-Brigadiers der französischen Polizei geleitet! … Wenn das keine Garantie für Sicherheit ist.«

Melchior wollte witzig wirken, aber hinter seiner betonten Heiterkeit schimmerten echte Schuldgefühle durch. Die Anwesenden verspürten ein diffuses Unbehagen, das sich auf ihre Redeweise, ihre Gebärden und ihre steife Körperhaltung übertrug.

»Jedenfalls ist das der Beginn einer Spur!« sagte Chemineau mit der bescheidenen Befriedigung dessen, der den Geruch einer Nadel im Heuhaufen wahrgenommen hatte. »Die Krippe Blumenthal, ist das die in Fontenay-le-Vieil?«

Melchior nickte.

»Das ist ja ganz schön weit weg!«

»Das ist diskret … Weit weg von Vanessa … Und ich hab dir ja gesagt, die Frau von Lacacia …«

»Madame, haben Sie noch ein anderes Kind, das Sie manchmal zur Krippe bringen?«, fragte Chemineau. Er schien sich für die Erklärungen seines Vorgesetzten nicht sonderlich zu interessieren.

»Das glaube ich nicht«, warf Zerbib ein. »Das ist die erste Geburt dieser jungen Frau … Sie hat jedenfalls noch nie ein Kind gekriegt, was die natürlichen Wege der Geburt betrifft.«

»Also, haben Sie Neffen, Nichten oder kleine Cousins? Das Kind einer Nachbarin oder einer Freundin, das Sie dort hinbringen … zur Krippe … dort, wo Sie … manchmal … Kommissar Melchior gesehen haben?«

»Vielleicht arbeitet sie ganz einfach da«, sagte Melchior fast schüchtern.

»Das ist tatsächlich möglich«, gab Chemineau zu und wirkte ganz verwirrt, weil er nicht selber darauf gekommen war. »Also, was machen wir nun, Chef?«, fragte er mit müder Stimme.

»Dort hinzugehen, hat um diese Zeit keinen Sinn. Aber wir können Kontakt mit der Frau von Lacacia aufnehmen.«

Er wandte sich zu Doktor Zerbib um, der all dem mit sichtbarem Interesse zuhörte.

»Hat jemand eine Vermisstenanzeige aufgegeben, Doktor?«

»Sehen Sie, mein lieber Kommissar! Sie stellen mir eine Frage, die ich am liebsten Ihnen stellen würde, da ich davon überzeugt bin, dass die Polizei als Einzige in der Lage ist, sie zu beantworten.«

»Die Leute rufen oft zuerst im Krankenhaus an. Sie können sich erst entschließen, die Polizei zu kontaktieren, nachdem sie einen Haufen – zum Teil völlig unsinniger Ideen in die Tat umgesetzt haben!«

»Sie wissen ja, ich komme hier nur her, um zu operieren und meine Patienten zu besuchen. Ich bin nicht ständig hier. Wenn jemand anruft, landet er in der Telefonzentrale. Man kann ihn zur Aufnahme weiterleiten, um die Sache zu überprüfen. Wenn es Anrufe gegeben hätte, hätte man es mir bestimmt gesagt … Ich habe natürlich darum gebeten, dass man mich über alles unterrichtet, was mit Zimmer 318 zusammenhängt.«

»Wir werden das überprüfen!«, sagte Melchior.

Chemineau zog sein schwarzes Heft heraus und begann zu kritzeln. Melchior kehrte zum Bett zurück. Er gab Chemineau ein Zeichen zu verschwinden und setzte sich auf seinen Platz. »Madame, ich bitte Sie, versuchen Sie noch einmal, uns zu helfen! Was Sie bereits gesagt haben, ist sehr wichtig, aber …«

»Wissen Sie, ich glaube, sie ist sehr erschöpft«, mischte sich Zerbib ein. »Aus Sympathie für Sie und im Bemühen um gute Zusammenarbeit habe ich diese viel zu lange Befragung zugelassen, die ich unter anderen Umständen nicht erlaubt hätte. Bitte verstehen Sie mich: Ihnen die Dinge zu erleichtern, darf nicht auf Kosten des Gesundheitszustandes meiner Patientin geschehen.«

»Das verstehe ich voll und ganz«, sagte Melchior, aus der Fassung gebracht durch das, was er für einen Meinungsumschwung hielt. »Und ich danke Ihnen … Aber noch ein paar Worte … Nur noch eine winzige Kleinigkeit …«

Zerbibs Tonfall wurde schroffer.

»Sie haben bei weitem Ihre Kompetenzen überschritten.

Soweit ich weiß, gibt es gesetzliche Bestimmungen über die Uhrzeiten, zu denen Verhöre stattfinden dürfen, über Rechtshilfebelehrungen und Regeln für die Strafverfolgung … Sie halten nichts von all dem ein!«

»Unser einziger Verbündeter ist der gute Wille des Bürgers«, bekannte Melchior.

»Kommen Sie morgen wieder«, schlug der Arzt mit einem scheinheiligen Lächeln vor. »Ich versichere Ihnen: Sie muss sich erholen, sie muss schlafen und wieder zu Kräften kommen! Sie sind im Begriff, ihr einen weiteren psychischen Schock zuzufügen.«

Alle drei wandten sich zu Frau »318« um. Ihr Blick war abwesend, und von ihren Lippen, die sich wortlos bewegten, konnten sie die Silben »Ba-by« ablesen, die in der Stille unendlich wiederholt wurden.

13

Vor dem *Blue Moon* war Edith Mulots Motorrad mit einer schweren Kette, die in einem durchsichtigen Plastikschlauch steckte, an einer kommunalen Straßenlaterne angeschlossen.

Kommissar Melchior stieg aus dem Wagen, sah das Fahrzeug und blieb nach einigen Schritten zögernd stehen. Ein Schauder lief ihm über den Rücken, eine unerwartete Angst trocknete seinen Mund aus. Er wagte nicht mehr hineinzugehen: Edith Mulot war da, da drinnen!

»Lassen wir es für heute«, sagte er zu Chemineau. »Wir kommen morgen wieder. Ich muss meinen Enkel abholen.«

»Aber … Sie wollten doch die Kleine von der Zeitung sehen?«, wunderte sich der Inspektor. »Sie ist heute Abend da … Sehen Sie, da ist ihr Motorrad!«

Chemineau schlug auf den bauchigen Tank, wie man auf den Hintern eines schönen Tieres schlug. Melchior streifte den Lenker mit der Hand und das Rad mit dem Fuß. Dann gingen die beiden Polizisten ins *Blue Moon*.

An diesem Abend war nicht viel los. Noch weniger als an den anderen Tagen. Aber dennoch, das *Blue Moon* knüpfte an die verkannten Ursprünge seines letzten Taufnamens an: ein Jazz-Quartett spielte mit geschlossenen Augen in einer Ecke für diejenigen, die so was gern hörten. Und die waren nicht sehr zahlreich: eine kleine Gruppe von jungen Leuten, aufmerksam und andächtig, wie seinerzeit Melchior und seine Freunde.

Der Kommissar stützte die Ellbogen auf die Bar, erfreut, plötzlich *Early Autumn* wiederzuhören, in einer Phrasierung des Tenorsaxofons voller lyrischer Schwermut, eine in Würde erstickte Klage, mit vielen sanften Tönen dort, wo andere laut und schrill geworden wären. »Mir geht es sehr schlecht«, schien das Saxofon zu sagen. »So schlecht, wie es wieder gut werden soll.«

»Wer ist der Knabe am Saxofon, der über Stan Getz weint?«, fragte Melchior.

Barmado zuckte gleichgültig mit den Schultern. »Hast du Jessica schon gesehen?«, sagte sie in einem seltsam fragenden Ton, in dem unverkennbare Feindseligkeit mitschwang.

»Sie ist hier?«, fragte Melchior erstaunt.

Er drehte sich um und blickte in den Saal: die übliche Galerie von Trinkern, jeder Heilige in seiner Nische. In der Gruppe der Jazzfreunde entdeckte er Edith Mulot, mit einem innigen Lächeln auf ihrem glücklichen Gesicht, ihre kurzen blonden Haare hin und her wiegend, mit gesenkten Lidern, von einer friedlichen Flut, einem sanften Wind bewegt.

Ein Anfall von eisiger Eifersucht fuhr Melchior in die Magengrube. Die Überraschung über diesen Schmerz ließ ihn sich wieder der Bar zuwenden. Er bestellte einen Gin.

»Für mich auch«, sagte Chemineau. »Ausnahmsweise und weil wir nicht im Dienst sind ... obwohl wir trotzdem arbeiten.«

Barmado servierte die beiden Gläser betont lässig.

»Du hast mit ihr gesprochen?«, fragte sie Melchior wie eine Mutter, die keine Ausflüchte mehr hören will.

»Was hat sie dir gesagt?«, fragte Melchior zurück.

Sie starrten sich nicht gerade sehr offen an.

Dann wirbelte das letzte Blatt dieses vorzeitigen Herbstes in einem Glissando des Saxofons davon, wundervoll begleitet vom Klavier und vom Bass. Der Schlagzeuger hatte von Anfang an seine kleine Trommel geschlagen, um die Wolken zu vertreiben. Melchior drehte sich um und applaudierte. Da sah er, wie Edith Mulot mit einem strahlenden Lächeln auf ihn zukam, wie eine Badende, die aus den Wogen stieg, um einen Freund zu begrüßen, der gerade vorbeikam.

»Sie hier? ... Endlich! ... Ich hab auf Sie gewartet.«

Melchior verspürte einen kindischen Stolz.

»Möchte Mademoiselle etwas bestellen?«, fragte Barmado, die weiterhin ziemlich verbiestert wirkte.

»Das Gleiche wie diese Herren«, antwortete die Journalistin zuckersüß.

Barmado ließ erneut den Pegel der viereckigen Flasche absinken, die dabei war, sich zu leeren, ohne dass sie einen Tropfen davon trank.

»Setzen wir uns dahinten hin«, entschied Melchior.

Sie wählten *absichtlich* – das war jedenfalls Barmados Eindruck – dieselbe Nische, in der in der letzten Nacht eine Flasche Gin getrunken worden war. Währenddessen machten die Musiker einen Ausflug in die grüne Delfin-Straße: *On green dolphin street*.

»Sie haben mich in die Pfanne gehauen bei der Zeitung«, erklärte Edith. »Die haben meinen Artikel in den Mülleimer geworfen, und jetzt blockieren sie meine Arbeit. Gibt es dafür einen besonderen Grund?«

»Möglich«, sagte Melchior. »Aber er hat nichts mit mir zu tun, müssen Sie wissen ... Man hat mir den Fall gerade wieder anvertraut, und das nur widerwillig, zähneknirschend sozusagen ... Sensible Bereiche, die man nur mit Samthandschuhen anfassen darf. Klassisch! ... Die Vorstadt ist eben oft schon tiefste Provinz ...«

»Was glauben Sie denn? Meine Vorstadtausgabe ist auch provinziell! ... Also, erzählen Sie mir alles!«

Melchior wich dem Lächeln von Edith Mulot aus – die das Kinn auf ihre Fäuste stützte und die Nase vorgestreckt hatte wie eine naschhafte Schülerin – und wandte sich Chemineau zu.

»Sag mal, Chemineau, hast du schon daran gedacht, in der Zentrale anzurufen und nachzufragen, ob man das Verschwinden einer schwangeren Frau gemeldet hat?«

»Das hätten wir machen können, als wir vom Krankenhaus kamen!«, nörgelte der Inspektor. Er stand auf und schlurfte mit seinem Glas in der Hand davon.

Edith Mulot sah den Kommissar mit einem seltsamen Lächeln ihrer hübschen, fröhlich glänzenden Augen an. »Alles klar?«

»Ja, sicher, alles klar! ... Warum fragen Sie mich das in so einem seltsamen Ton? ... Und Sie, wie kommen Sie zurecht?«

»Ich habe Ihre Fotos!« Sie klopfte mit verschmitzter Miene auf ihre Tasche. »Ich werde sie Ihnen zeigen, wenn Sie brav sind.«

»Was muss ich tun, um brav zu sein?«

Edith Mulot antwortete nur mit einem Lächeln, sichtlich erfreut darüber, etwas zwischen ihnen in der Schwebe zu lassen. »Werden Sie mich nun über die ganze Affäre informieren?«, fragte sie, nachdem sie ihre dunkelroten Lippen mit Gin angefeuchtet hatte. »Ich rieche eine großartige Story.«

»Vielleicht ...«, sagte Melchior zögernd. »Aber ich will nicht, dass man zu schnell vorprescht. Das braucht Zeit. In diesen Fall sind Leute verwickelt, die ebenso leiden wie die in der Geschichte, die eben das Saxofon erzählt hat ...«

»Ach ja? So wird heute also ermittelt?«

»So gehe *ich* vor! ... Die Vorstellung, dass Sie eine blutige Suppe anrühren, um die Auflage zu erhöhen, bringt mich schon jetzt zum Kotzen.«

»Hehe, was denken Sie denn?«

»Die Vergewaltigung dieser Kleinen werden Sie hoffentlich nicht erwähnen. Ihre Mutter weiß noch nichts davon ... Stellen Sie sich mal vor, Ihre Mutter liest in der Zeitung, dass Sie von einem Sadisten vergewaltigt worden sind!«

Edith Mulots Lächeln war verschwunden. »Es gibt Augenblicke, in denen sind Sie wirklich gemein«, sagte sie. »Der Sadist, das sind Sie!«

Melchior leerte sein Glas. »Sie haben Recht, Mulot, ich bin dämlich, entschuldigen Sie bitte.«

Er beugte sich zu der jungen Frau hinunter, die ihn jetzt von unten ansah. »Wir werden alles zusammenlegen, wir werden uns einigen, und ich werde Sie auf dem Laufenden halten ... Haben Sie Ihre Ausrüstung dabei, um ein paar Fotos zu machen? Ich wollte Sie deshalb treffen. Um einen Gefallen bitten. Dringend. Ich bräuchte eins von diesen Instant-Dingern ...«

»Eine Polaroid? Hier habe ich keine ... aber wir können kurz zu mir nach Hause gehen. Moment mal! Ich hab einen Freund, der gerade eben Aufnahmen von der Band gemacht hat!«

Sie stand abrupt auf und ging über die leere Tanzfläche. Einige Silberstrahlen, die von der Diskokugel an der Decke reflektiert wurden, glitten über ihren Körper.

»Ich hab die kleine Mariani gehabt«, gestand Chemineau, als er sich wieder setzte.

»Glückwunsch! Sie hatte den Ruf, uneinnehmbar zu sein.«

Der Inspektor nahm den Scherz nicht einmal zur Kenntnis, der dazu dienen sollte, das männliche Zusammengehörigkeitsgefühl zu stärken.

»Niemand hat eine Vermisstenanzeige aufgegeben. ›Um meiner lächerlichen Beharrlichkeit zu Diensten zu sein‹ – so die eigenen Worte der angehenden Inspektorin Mariani –, hat sie zweimal alle Eingangskörbe und das Dienstbuch durchgesehen. Sie hat alle Anzeigen durchgewühlt, die bei unseren Kollegen eingegangen sind. Es gibt auch keine erkennbare Reaktion auf den Artikel Ihrer Freundin Mulot ... abgesehen von den deutlichen Reaktionen der Mariani. Sehr deutlich!«

Melchior runzelte die Stirn. Chemineau schien sich wirklich Sorgen zu machen.

»Was für Reaktionen? Was erzählst du mir da?«

»Sie ist völlig ausgeflippt! Sie hat wild und zusammenhanglos herumgeschrien und ins Telefon geheult, dass man kurz davor war, sie zu schwängern ... Sie, die doch immer so ruhig, so gelassen war ...«

»Ah! Siehst du?«

»Was?«

»Du hast eine Eroberung gemacht!«

»Sie machen Scherze, aber sie wirkt wirklich völlig durcheinander ... Und dann, ich stimme mit der Mariani überein: sie ist noch nicht so weit, sich schwängern zu lassen! ... Und wenn der richtige Tag gekommen ist, wird sie bestimmt nicht mich auswählen.«

»Warum nicht, mein Lieber? ... Du kennst die absurde

Mechanik des Begehrens nicht! Das schlägt zu, wo und wie es will, ohne sich um den gesunden Menschenverstand, die Logik oder irgendwelche Anstandsregeln zu kümmern.«

Melchior schlug Chemineau auf den Rücken, und beide mussten lachen. In diesem Moment kam Edith Mulot zurück und erinnerte den Kommissar – durch eine geschmeidige Körperbewegung – daran, dass die Mechanik des Begehrens diejenigen, die im Begriff sind, ihren unkontrollierbaren Gesetzen zu erliegen, auch lächerlich machen kann.

»Man amüsiert sich ja gut bei der Polizei!«, sagte sie und legte eine Polaroidkamera auf den Tisch. »Bleiben wir noch, oder brechen wir gleich auf, um Fotos zu machen?«

»Wir gehen gleich los!«, antwortete Melchior und wandte sich an seinen Kollegen. »Wenn niemand eine Vermisstenanzeige gemacht hat, bedeutet das, dass diese Frau allein lebt ... ganz allein. Sie erwartete ihr Kind, und niemand war an ihrer Seite, um ihr beizustehen ...«

»Jef, das kann aber auch heißen, dass die Frau nicht von hier ist! ... Vielleicht aus einer Nachbargemeinde, Maisons-Alfort oder Charenton ... aus Vitry, Joinville oder sogar Paris ... sie kann überall herkommen.«

»Wenn sie mich bei der Krippe gesehen hat, ist sie aus dieser Gegend.«

»Sie hat etwas mit dieser Gegend zu tun, das ist klar ... und sei es auch nur das, was mit ihr geschehen ist. Vielleicht hat sie auch nur hier gearbeitet. Millionen Leute pendeln heute hin und her, in alle möglichen Richtungen, ein einziges Gewimmel. Unser unglückliches Opfer wohnt vielleicht in Gonnesse, Sartrouville oder Palaiseau ...«

Der Kommissar akzeptierte all diese Hypothesen mit düsterer Miene. Er stand auf, um die dunkle Nacht der Vorstadt und den rostfarbenen Himmel über Paris wiederzusehen. In seiner Fantasie flog er in geringer Höhe über die Vorstädte, deren von grellen Straßenlampen gesäumte Avenuen sich kreuzten … Von oben gesehen schien das Puzzle unentwirrbar zu sein. Das hatte er vom Fenster eines Airbusses aus schon mehrfach festgestellt.

Melchior zahlte an der Theke die Getränke. Barmado kassierte mit derselben herausfordernden Lässigkeit: »Du musst unbedingt Jessica treffen! Sie hat mir gesagt, ich solle dir ausrichten, dass sie einverstanden ist mit dem Porträt.«

Sie sah den Kommissar misstrauisch an.

»Was führst du im Schilde? Willst du sie posieren lassen? … Geht es um Fotos oder um Zeichnungen?«

»Ein bisschen von beidem, aber eher ums Zeichnen«, sagte Melchior. »Kurzum … früher hat man Zeichnungen gemacht, und dann gab es ein System mit durchsichtigen Plastikfolien. Die signifikanten Details wurden übereinander gedruckt. Man fügte Stück für Stück zusammen.«

Diese Erklärungen steigerten Barmados Besorgnis.

»Die signifikanten Details … wirklich?«

»Heute wird das am Computer gemacht. Das Endprodukt sieht wirklich fast wie ein Foto aus.«

»Ich versteh kein Wort von dem, was du da ausheckst!«

»Ein Phantombild«, erklärte Chemineau.

Melchior drehte sich zu seinem Kollegen um. »Woher weißt du das denn?«

»Das ist doch leicht zu erraten …«

»Ja«, sage Melchior, bevor er für Barmado präzisierte: »Es handelt sich um einen Typen, den deine Tochter gesehen hat und dessen Personenbeschreibung für die Polizei nützlich sein kann.«

»Ein Typ?«

»Ja, ein Typ!«

Der Kommissar zog seinen Hut über die Ohren und ging zum Ausgang. Er hoffte, dass Barmado nicht genug Zeit hatte, ein so traditionelles wie nutzloses »Wir müssen unbedingt miteinander reden!« auszustoßen.

Als Melchior die Tür öffnen wollte, ging sie von selbst auf. Er musste einen Schritt zurücktreten, um nicht umgerannt zu werden.

»Jef! Du bist mir eine Erklärung schuldig!«, schrie Barmado dem Kommissar hinterher – da trat ein triefnasser Marcel aus der Nacht und dem Regen herein. Melchior und er standen sich Auge in Auge gegenüber.

»Was ist los?«, fragte Marcel verdutzt.

»Wir müssen unbedingt miteinander reden!«, knirschte der Kommissar mit den Zähnen.

Marcel wurde verlegen. Er wirkte wie ein Mann auf der Flucht, der in dem Moment in den Rachen des Wolfes stürzte, als er dachte, eine Zuflucht gefunden zu haben. Seine Augenbrauen tropften, und er klappte die Augen auf und zu wie ein Kind, das mitten in der Nacht aufwachte. Er wischte seinen Schnurrbart mit dem Handrücken ab.

»Ich werd es dir schon erklären, Jef ... wenn es so weit ist. Im Augenblick musst du mich in Ruhe lassen.«

Jetzt war es an Melchior, ein erstauntes Gesicht zu machen. Marcel begriff, dass er vorschnell reagiert hatte. Er hatte etwas preisgegeben, das man gar nicht von ihm erwartet hatte ... Er hatte die Tür zur versteckten Kammer geöffnet, in der die blutigen Leichen seiner Geheimnisse lagen, ohne dass man ihm den Schlüssel hatte entreißen müssen.

Melchior hatte seinerseits den Abgrund verspürt, der sich hinter den Worten auftat, die Marcel entschlüpft waren. Er hatte auf dessen Gesicht, am Zittern seiner Lippen und Hände abgelesen, dass er den Finger in eine offene Wunde gelegt hatte.

Nun standen sie beide dumm herum. Auf dem Klavier

wurden die ersten Takte einer Ballade angeschlagen, die versprach, unendlich traurig, sehnsuchtsvoll und ein wenig süßlich zu werden. Melchior ließ Marcel stehen und ging zum Vorraum mit den bläulichen Bullaugen, die auf die Dunkelheit gerichtet waren. Hinter ihm begann das Saxofon zu klagen.

14

Ein Auto rollte mit erloschenen Scheinwerfern in den Schatten der Vorhalle. Von Zeit zu Zeit beugte sich eine Gestalt nervös über das Lenkrad. Die Beifahrertür stand einen Spalt offen. Wie bei einem Banküberfall schien das Fahrzeug bereit zu sein, wie der Blitz loszusausen, wenn es so weit war.

Zwei Schatten erschienen im fahlen Licht der Vorhalle. Sie verschwanden im Wagen, ohne sich umzudrehen.

»Los!«, sagte Melchior. »Ganz leise!«

Chemineau fuhr langsam an. Im Scheinwerferlicht huschten erneut die Alleen des Krankenhauses an ihnen vorbei.

»Wie ist es gelaufen?«, fragte der Inspektor.

»Wie geschmiert!«, antwortete Edith Mulot. »Wir sind, ohne jemanden zu fragen, zu Zimmer 318 geflitzt, ich hab meine Aufnahmen gemacht, und dann sind wir genauso schnell wieder zurückgekommen.«

»Hat man euch an der Rezeption nicht aufgehalten?«

»Panik am Telefon! ... Aber Zerbib hat nicht damit gerechnet, dass ich mitten in der Nacht zurückkomme«, erklärte der Kommissar. »Was Rodier betrifft, so war er ja vielleicht doch mal mit einer Geburt beschäftigt! ... Er kann seine Zeit ja nicht nur damit verbringen, mit Polizisten zu plaudern, die gerade vorbeispaziert kommen ... Auf dem

Rückweg hat uns die Nachtschwester abgefangen … Ich hab gesagt, dass ich meinen Hut vergessen hätte … Hast du gesehen? All das hat keine fünf Minuten gedauert!«

»Wie sind die Fotos geworden?«

Melchior machte die Innenbeleuchtung an, die wie durch ein Wunder funktionierte.

Die Abzüge hatten die bleiche und trübe Farbe von Blitzlichtaufnahmen, die mit einem Film gemacht worden waren, dessen Verfallsdatum schon lange überschritten war. Auf dem ersten Bild schlief *Frau 318* noch. Sie hatte das aschfahle Gesicht und die harten, aber dennoch undeutlichen Züge jener Leichen, wie man sie von den Fotografien nicht identifizierter Opfer kannte. Das zweite Bild zeigte zwei entsetzt aufgerissene Eulenaugen, die halb von zwei verschwommenen Händen verdeckt wurden, deren Finger nach dem Objektiv ausgestreckt waren. Dann, schön auf den Kopfkissen liegend, vervollständigten mehrere ruhige Posen die Serie. *Frau 318* sah direkt in den Apparat, in stummer Ergebenheit. Ihre Augen waren ausdruckslos.

»Es ist zwar keine Katastrophe«, meinte Edith, »aber die Kassette war ziemlich alt, und wir hatten es eilig! Mit meiner Ausrüstung hätte ich …«

»Wir brauchen keine besseren«, unterbrach Melchior sie. »Für das, was wir vorhaben, sind sie völlig ausreichend.«

Der Wagen folgte eine Weile der Avenue du Maréchal-de-Lattre-de-Tassigny und bog dann auf den Zubringer zur Autobahn A 86 ein. Sie fuhren ziemlich schnell, als sie von dem Tunnel verschluckt wurden, der unter dem Verlaine-Park hindurchführte. Als sie die Autobahn verließen, die in Richtung Norden direkt zu einem Himmel voller kalter Sterne führte, nahm Chemineau die Ausfahrt nach Fontenay-le-Vieil. Sie kamen in eine andere Welt.

Fontenay-le-Vieil bedeckte nur eine lächerlich kleine Fläche der Gesamtgemeinde. Es war der ursprüngliche Marktflecken, der an einer Windung der Marne auf einem Hügel lag. Einst hatte hier eine Burg gestanden, in der sich der Burgherr langweilte, während seine Leibeigenen artig damit beschäftigt waren, am Flussufer Wein anzubauen, Gerste und Roggen auf der Ebene zu ernten und auf den Wiesen und dem Gemeindeland Vieh zu weiden. Auf diesen Ländereien baute man später Fontenay-Central, Fontenay-Charbon, Villeneuve-Fontenay, Le Plessis-Fontenay, Les Ormeaux – im Zeitalter der Fabriken war das die große Kommunistengemeinde! Heute wich die Industriebrache zunehmend Dienstleistungsunternehmen und Wohnhäusern – zur Miete und als staatlich gefördertes Eigentum. Nur Fontenay-le-Vieil hatte den Duft seiner Geschichte bewahrt, den Geruch seiner Wurzeln: enge, sich windende Gassen voller Schlaglöcher, die verwinkelt und voller Charme waren. Manchmal, nach Regenfällen, glänzten sogar die Pflastersteine, wenngleich ihr malerischer Eindruck durch öde Reihen von Parkuhren beeinträchtigt wurde.

»Ich bin hier geboren«, sagte Melchior. »Als ich Kind war, gab es noch viele Gemüsebauern, die die Markthallen belieferten … Seit den frühen Morgenstunden war die Hölle los … Wahrscheinlich wache ich deshalb immer mitten in der Nacht auf! … Seht mal, dort!«

Er beugte sich etwas herunter, um länger der vorbeiziehenden Stadtlandschaft nachsehen zu können. Edith Mulot warf einen vagen Blick in die Dunkelheit und schaute in die Richtung, in die der Zeigefinger des Kommissars deutete.

»Das war ein alter Strohschuppen. Mit einer sehr breiten und hohen Tür, damit die hoch beladenen Strohwagen durchkamen. Es gab ja damals so viele Pferde … Und in Paris wächst kein Stroh!«

»Haben Sie die Pferde und Fuhrwerke noch erlebt?«, fragte die Mulot aus aufmerksamer Höflichkeit.

Sie hatte den verzierten Steinbogen gar nicht wahrgenommen, der in der Fassade die Reste eines monumentalen Eingangs nachzeichnete. Heute war die riesige, eisenbeschlagene Flügeltür verschwunden und durch ein trostloses Schaufenster ersetzt worden, in dem baskische Möbel ausgestellt waren, die im nahe gelegenen Malakoff hergestellt wurden.

»Nur das Ende«, sagte Melchior. »Einige alte Gemüsebauern, die noch mit einem Handkarren auslieferten und regelmäßig ihren Humusboden austauschten, wie man heute Katzenstreu wechselt, mit einem Kippkarren, der von einem tauben Pferd gezogen wurde, auf das sie gnadenlos eindroschen.« Er erinnerte sich auch an die Eisenringe, die dazu dienten, die Leittiere der Gespanne am Rand des Gehsteigs anzubinden, dort, wo man heute Parkuhren aufgestellt hatte. Gleichzeitig dachte er an die Jugend von Edith Mulot und an die zwei Jahrzehnte, die sie trennten. Und er fragte sich, ob sich die Welt in so kurzer Zeit derartig verändert hatte, dass ihre Erinnerungen keine Chance hatten, sich irgendwo zu begegnen.

»Da sind wir«, sagte Chemineau und stellte den Wagen mit stillschweigender Sorgfalt am Rand des Bürgersteigs ab. »Nr. 17, dritter Stock.«

Sie beugten sich vor, um die Hausnummer zu überprüfen und die Etagen zu zählen. Die Fassade aus Vaugirard-Steinen war völlig dunkel. Es handelte sich um eine *habitation à bon marché*, also um ein mit sparsamen Mitteln errichtetes Wohnhaus, das zwischen den beiden Weltkriegen gebaut worden war, mit einem flämischen Giebel und einem Fries aus Zierkeramik.

»Was sollen wir tun?«, fragte der Inspektor, während er den Motor abstellte.

Melchior sah auf seine Uhr. »Jedenfalls warten wir nicht, bis die Krippe aufmacht ... Das ist unser erster entscheidender Hinweis.«

»Also, klingeln wir bei Lacacia?«, fragte sich der Inspektor, ohne das Haus aus den Augen zu lassen, das von einer städtischen Straßenlampe in Form einer auf alt getrimmten Laterne spärlich erleuchtet wurde.

»Besser, wir rufen vorher an.«

»Hast du die Nummer?«

»Nein, aber wir können in der Zentrale nachfragen ... Ich erinnere mich an dieses Haus!«, meinte Chemineau mit endlich befriedigter Gewissheit. »Ich war schon mal bei Lacacia! Wir haben einen kleinen Aperitif getrunken ... Vielleicht hat er ja noch Dienst.«

»Also, ruf die Zentrale an!«

Chemineau hob das Mikro des Funktelefons ab. Es entspann sich ein von Knistergeräuschen begleitetes Gespräch mit dem Kommissariat. Edith Mulot verfolgte alles aus dem Augenwinkel, fest entschlossen, sich nicht einzumischen und alles zu registrieren.

Der Chef-Brigadier war tatsächlich im Dienst. Chemineau erklärte ihm die Situation, und er schlug sogleich lachend vor, zu seiner Wohnung hinaufzugehen, es sei ja noch nicht so spät, manche Leute würden um diese Zeit ja noch fernsehen! Und falls Madame Lacacia schon im Bett sei, so sei die Nacht ja noch lang genug, um wieder einzuschlafen ...

Melchior meinte, es sei korrekter anzurufen, um sie auf diesen Überfall vorzubereiten. Der Brigadier versprach, sich sofort darum zu kümmern, und brach das Gespräch unter lautem Gelächter ab.

Einige Sekunden später leuchtete in der dritten Etage der Fassade ein gelbes Rechteck auf. Kurz danach rief Lacacia fröhlich an und teilte mit, dass der Weg frei sei. Dann kam ein verstohlen um sich blickender Mann aus dem Hof des Wohnhauses. Er knöpfte seinen Hemdkragen zu, zog den Reißverschluss seiner Jacke hoch, steckte die Hände in die Taschen und schlich zum Ende der Straße.

Aus beruflicher Gewohnheit schoss Edith Mulot ein paar Fotos von dem nächtlichen Unbekannten. Für alle Fälle lag stets eine Kamera auf ihren Knien, die mit einem 75-130-Zoom ausgestattet war. Sie verzog das Gesicht und drückte auf den Auslöser: Die Nacht, die Windschutzscheibe des Wagens, die Entfernung ... die Schwierigkeiten häuften sich.

»Das wird nichts bringen«, sagte sie. »Aber diese *Frau 318* wird sehr gut werden, wenn der Film entwickelt ist. Ganz was anderes als eure Polaroids!«

Melchior versuchte, den Lichtschein der Straßenlaterne einzufangen, und sah noch einmal die Abzüge durch, die er in der Hand behalten hatte. Chemineau fummelte an der Deckenleuchte des Autos herum, aber die hatte ihren Geist aufgegeben.

»Also, gehen wir?«, fragte der Inspektor.

»Ich warte hier auf euch«, sagte die Journalistin.

»Oh, Sie können ruhig mitkommen«, meinte Chemineau. »Das ist ja keine offizielle Befragung. Nur ein Besuch unter Nachbarn, unter Arbeitskollegen, mit dem alle einverstanden sind.«

Melchior zögerte. Er spürte, dass seine Finger leicht zitterten, wodurch er die Fotos in seiner Hand nicht mehr richtig erkennen konnte. Er steckte alle in seine Tasche. Nun musste er in die Nacht hinaus, den Hof eines Wohnhauses überqueren, drei Etagen hochsteigen und an eine unbekannte Tür klopfen. Er hatte die Frau von Lacacia bestimmt schon mal bei einem offiziellen Anlass oder bei einem geselligen Zusammensein von Polizisten getroffen, aber er konnte sich nicht an sie erinnern. Alles, was er wusste, war, dass er Angst hatte – da er immer Angst hatte, wenn es darum ging, an eine verschlossene Tür zu klopfen, die sich zu einer unerwarteten Wende des Schicksals öffnen konnte. Oft war er selbst der gnadenlose Bote dieser Meldung gewesen, die bis dahin immer nur das Leben anderer betroffen hatte, ohne sein eigenes zu erschüttern … Wer kann sagen, was einen Menschen hinter einer verschlossenen Tür erwartet?

»Ich hasse die Polizei!«, stieß Melchior brummelnd aus.

Er öffnete die Wagentür und schnellte heraus wie ein Schachtelteufel. Bevor Chemineau sich rühren konnte, hatte er schon die Straße überquert.

»Tja, was soll ich nun machen?«, fragte Edith Mulot zögerlich.

Chemineau sah den Kommissar im Dunkel des Hofes verschwinden. Melchior hatte sich nicht umgedreht und nicht einmal so getan, als ob er warten würde. Keine ungeduldige oder einladende Handbewegung.

»Ich glaub, er will allein raufgehen«, erklärte Chemineau. »Ich kenne ihn … Er hat manchmal solche Anwandlungen.«

»Na klar! Er will die Exklusivrechte! Monsieur will den Knüller für sich allein!«

»Darum geht es nicht«, sagte Chemineau. Er führte nicht weiter aus, was dieses Verhalten bedeuten konnte. Wie sollte man in wenigen Worten – und warum? … und wem? – diese Dinge erklären, die sich nur nach einer langen und intensiven Zusammenarbeit erahnen ließen, ohne zugleich auch davon zu sprechen, dass sie oft zu nichts führten?

Lacacia hatte per Funk die wichtigsten Stationen des Weges beschrieben: der Hof, feucht und mit überraschenden, wechselnden Luftströmungen; eine niedrige Ligusterhecke, die angepflanzt worden war, um den Müllcontainer zu verbergen, der ständig nach Desinfektionsmitteln stank; dann drei Stufen unter einem Türvorsprung aus Ziegelsteinen, von denen sich einige gelockert hatten; diese Stufen führten zu einer offenen Tür, die wie eine Mundhöhle mit löcherigen Zähnen und aufgeschwollenem Zahnfleisch aussah. Melchior fand auf der rechten Seite den Schalter für die Treppenhausbeleuchtung. Er schlummerte hinter einer dicken Plastikfolie, durch die ein trübes Lämpchen schimmerte.

Es gab keinen Fahrstuhl. Das Treppenhaus klaffte wie ein Bergwerksschacht. Der Kommissar stieg langsam die abgenutzten Stufen hinauf, die hier und da den Geruch von Bohnerwachs verströmten. Am Ende eines gekachelten Flures, in dem es nach abgestandener Suppe stank, befand sich die Wohnungstür der Lacacias.

Melchior klopfte mit der Diskretion eines heimlichen Liebhabers an die Tür. Im gleichen Moment begann wieder das Herzklopfen, aber die Angst war bereits aus Melchiors Fingern gewichen.

»Ich habe Sie schon erwartet«, sagte die Frau des Chef-Brigadiers. »Kommen Sie bitte herein, Herr Kommissar!«

Melchior nahm seinen Hut ab. Er erkannte die Frau wieder, ihr schwarzes, welliges Haar, ihre hellbraune Haut und ihre Augen, die von jenen Falten umgeben waren, die man »Venusfalten« nannte und die von einer sinnlichen Begierde zeugten, in die sich große Ansprüche und ununterdrückbare Anflüge von Verzweiflung mischten. Melchior hatte bereits Erfahrung mit solchen Frauen.

»Es tut mir Leid, dass ich Sie zu so später Stunde stören muss«, entschuldigte sich der Kommissar. »Aber die Angelegenheit ist von größter Wichtigkeit!«

»Mein Mann hat mir schon Bescheid gesagt.«

Sie zog den Kragen ihres blauen Satinmorgenmantels zu, als ob sie einen plötzlichen Kälteschauer an Hals und Schultern verspürte.

»Es ist wohl nicht sehr warm draußen«, sagte sie und schaltete den Kronleuchter im Wohnzimmer ein.

»Es hat aufgehört zu regnen«, antwortete Melchior.

Er bemerkte sogleich zwei vergessene Gläser, die neben einer Flasche mit schlechtem Whisky standen, die nicht wieder zugeschraubt worden war. Die Frau war seinem Blick gefolgt. Melchior wandte die Augen zu schnell ab, was die Verlegenheit noch steigerte. Sie sahen sich zögernd an. Melchior, als ob er den Eindruck erwecken wollte, nichts gesehen zu haben, aber dennoch alles zu verstehen und zu verzeihen. Die Frau, als ob sie sich Sorgen darüber machte, was der Kommissar denken könnte, und ihn innerlich anflehte, nichts davon zu sagen.

»Mein Schwager ... sind Sie ihm eben vielleicht begegnet? Er hat Ärger mit seiner Frau und seinen Kindern ... Wenn gar nichts mehr geht, kommt er zu mir, um darüber zu sprechen ...«

Melchior nickte, betrübt und mitfühlend. Er steckte die Hand in die Tasche und zog die Polaroidfotos heraus.

Madame Lacacia griff nach ihrer Brille, die auf der Glasplatte des Couchtisches lag – eine Gebärde, die beim Kommissar eine unmittelbare Gefühlsregung auslöste, eine Art Zärtlichkeitsschauder.

»Das ist Sylvaine Valentin. Sie hat tatsächlich in der Krippe gearbeitet. Sie ist im Mutterschaftsurlaub.«

Die Stimme war rau, die Wörter wollten nicht so recht über ihre Zunge gleiten.

»Haben Sie vielleicht ihre Adresse, Madame Lacacia?«

»Ich denke schon.«

Sie standen immer noch mitten im Raum, zwischen dem Couchtisch und dem Telefon, unter dem Kronleuchter aus ungeschliffenem Glas, der mit vergoldeten Arabesken verziert war. Melchior hätte Lust gehabt, noch viele Fragen zu stellen, aber er wusste nicht, wo er anfangen sollte. Sie sahen sich wie zwei Wesen an, die an dem Punkt angekommen waren, ohne ein Adieu auseinander zu gehen, ohne zu wagen, sich zu umarmen, und ohne sich zu gestehen, dass sie sich kaum kannten und dass sie nicht wussten, wer sie waren, aber bereits bedauerten, dass alles zu Ende sein sollte, bevor es begonnen hatte.

Donnerstagmorgen

Ein Teermännchen

15

In den Kriminalromanen, die Melchior manchmal las, wurde die Untersuchung immer von Meisterhand geführt, alles lief wie geschmiert. In den Fernsehfilmen ließ man die Zügel immer mehr schießen, auf der Jagd nach dem Zapper, diesem gefährlichen Irren, den man um jeden Preis daran hindern musste wegzuschalten.

Melchior mochte Krimis. Sie versetzten die Abziehbilder menschlicher Existenzen in gut konstruierte, schematisierte Plots, bei denen alles einen Sinn hatte. Nichts geschah ohne Grund und Logik, die Kausalitäten verketteten sich, alle handelten in großartiger Folgerichtigkeit, und kein Handlungsstrang lief ins Leere. Wenn eine Geschichte jedoch begann, dem wirklichen Leben zu ähneln, sprachen die Kritiker sofort von *Unwahrscheinlichkeit.*

Zu Beginn seiner Karriere war Melchior immer empört gewesen über das verfälschte und entstellte Bild, das von der Polizeiarbeit gezeichnet wurde. Bis er schließlich einsah, dass diese irreführende Inszenierung dazu diente, eine noch erschreckendere Tatsache zu verbergen: Das wirkliche Polizistenleben hatte rein gar nichts Heldenhaftes. Es bestand nur aus viel Papierkram, Routineuntersuchungen, die oft zu nichts führten, und dazu kamen noch die vielen kleinen Misshelligkeiten im Umgang mit der Bürokratie. Er war überrascht, Trost beim imaginären Umgang mit jenen wunderbaren Gerichtsmedizinern – wahrscheinlich allesamt ausgebildet bei dem Zauberer Merlin – zu finden, die nach einem kurzen Blick auf das Opfer die genaue Todesstunde bestimmen konnten. Er hatte Verständnis für die im Dienst ergrauten Haudegen, die immer noch Pistole und Revolver verwechselten. Ihm gefielen die düsteren Polizeireviere, in denen man die Bürger beschimpfte, die Verdächtigen verprügelte und Recht und Gesetz mit der kaltblütigen Raserei beugte, die das unendliche Wiederkäuen von Stereotypen notwendig machte. Dieses ganze Kasperletheater war dazu da, Ordnung ins Chaos zu bringen und jedem die Illusion zu geben, ein großartiges Abenteuer zu erleben, anstatt sich klar zu machen, dass man nur ein Hamster war, der sich wie wild in seinem Rad abstrampelte.

Melchior hatte die Gewohnheit angenommen, sich seine eigenen Abenteuer zu erzählen.

Er fand sie nicht besonders gut, aber es machte ihm Spaß, ihnen jenen besonderen Beigeschmack zu geben, der ihm – ohne die tiefe Traurigkeit, die in seinem Herzen schlummerte, völlig beseitigen zu können – dennoch die fröhliche Befriedigung verschaffte, etwas von dem Leben zu spüren, das seinen geliebten Romanen ähnelte. Er machte sich sein eigenes Kino.

Das ging allerdings nicht ohne Schwierigkeiten und Schmerzen. Er lebte jede Sekunde seines Lebens, jede Stunde, jeden Tag und jede Nacht *in Echtzeit*; die Kürzungen, die guten Geschichten zu einem besseren Rhythmus verhalfen, gab es in der Realität nicht. Deshalb hatte er Schwierigkeiten, etwas wegzuwerfen, hob alles auf und akzeptierte jede gelebte Minute.

Die Adresse, die Madame Lacacia ihm gegeben hatte, gehörte zu einem Haus, das nachts abgeschlossen und mit einem Code abgesichert war. Chemineau wollte nach Hause ins Bett.

Edith Mulot war wieder einmal auf dem Rücksitz des Renault eingeschlafen … Das Ende der nächtlichen Abenteuer ähnelte dem Schiffbruch dreier junger Müßiggänger auf einer ziellosen Spritztour. Melchior, der als Einziger übrig geblieben war, hatte in einem armseligen Café im Sainte-Cécile-Viertel die letzten Stunden der Nacht verbracht, bis er zum Staatsanwalt gehen und seinen Enkel wieder abholen konnte …

Benjamin hatte gut geschlafen. Die Nacht hatte Melchiors Müdigkeit vertrieben. Sie beide hatten daher beschlossen – zumindest hatte Benjamin keine gegenteilige Meinung geäußert –, einen schönen kleinen Spaziergang in der frischen, sonnigen Morgenluft zu machen. Der Kommissar hatte das Bedürfnis gehabt, dorthin zu gehen, wo sie sich jetzt befanden, nämlich auf den Friedhofshügel von Gentilly.

Der Friedhof von Gentilly lag innerhalb der mobilen Blechmauer, die Paris umgab. Auf einer Anhöhe am heute überbauten Fluss Bièvre angelegt, westlich der Ausfallstraße Poterne des Peupliers, wurde dieses Totenfeld ständig vom Autolärm des Boulevard Périphérique beschallt, der an seine Südseite grenzte. Tagsüber konnte man sehen, wie ein kompakter und träger Fahrzeugstrom sich schrittweise hinter den Leitplanken vorwärts bewegte. Nachts zischte und donnerte ein schnellerer Wirbelsturm, der rote und gelbe Funken sprühte, in die Vorstädte, die auf der anderen Seite dieses unüberwindlichen Höllenflusses lag.

Melchior hatte aus der Abstellkammer den zusammenfaltbaren Kinderwagen hervorgeholt, mit dem Vanessa durch die Gegend geschoben worden war, lange bevor er ihrem Sprössling zufiel. Er war die Rue du Château-de-Rentiers bis zum Boulevard Masséna hinuntergegangen, hatte den Autobus auf der inneren Ringstraße bis zur Poterne des Peupliers genommen und Benjamin durch die Rue Gouthière bis zum Ende der Rue de Sainte-Hélène geschoben. Und nun gingen

Großvater und Enkel durch die Friedhofsalleen bis zum 22. Feld.

»Weißt du, mein Herz klopft wie verrückt!«, sagte Melchior. »Wie damals, als ich die Treppe hochstieg bei unserem ersten Rendezvous, unseren ersten Ausflügen ... Vater Wirtz war ziemlich unfreundlich ... Man musste sich einen Schlips umbinden und saubere Fingernägel haben! ... Ja, ich hatte ganz schön Herzklopfen ... Und das hab ich auch heute noch, wie am ersten Tag ... Und es macht mir Angst, als ob sie immer noch da wäre ...«

Sie blieben vor dem Grab stehen. Die verblasste Goldinschrift *Familie Wirtz* war unter den Flechten gerade noch lesbar. Es standen dort mehrere Namen, aber der von *Odile Melchior, geborene Wirtz* war nicht darunter. Ein Marmoralbum, das wie zufällig vom Wind der Geschichte aufgeschlagen war, rühmte die Heldentaten von *Jean-Baptiste Wirtz, gefallen auf dem Feld der Ehre*. Man konnte noch die blau-weiß-roten Spuren des in den Stein gemeißelten Ehrenbandes erkennen. Melchior wandte den Blick von der militärischen Trophäe ab.

»Siehst du, mein Kleiner, da unter dem Stein liegt deine Großmutter. Sie schläft den ewigen Schlaf.«

Benjamin folgte seinen eigenen Träumen und schlug lallend mit den Händen um sich. Dann hielt er inne, als ob es ihn bekümmerte, auf den Wangen seines Großvaters zwei Tränen zu sehen, bevor sie harsch mit einem Handrücken weggewischt wurden.

»Ich muss mich endlich mal um diese Inschrift kümmern!«, brummte Melchior. »Außer mir und deiner Mutter, wüsste kein Mensch, dass Odile hier liegt, falls uns vorzeitig etwas zustoßen sollte ... Man hat schließlich ein Recht auf einen Namen und auf Daten, nicht wahr? Die Mitglieder der Familie Wirtz sind alle im Elsass geblieben oder dorthin zurückgekehrt, und die meisten sind tot. Deine Großmutter war das einzige Mädchen ... Also, ich muss mich endlich um diese Inschrift kümmern.«

In der Nebenreihe machte sich ein Paar zu schaffen. Die Frau schrubbte mit einer Wurzelbürste einen Grabstein ab. Ihr Begleiter ging fort, um bei der Pumpe die Gießkannen zu füllen. Als er zurückkehrte, sah er zur Mauer. Dann stieß er seine Frau mit dem Ellbogen an und deutete mit dem Kinn auf Melchior. Die Frau hob ihre traurigen Augen, und beide starrten auf diesen Mann, der in der Stille vor sich hin murmelte, neben einem Kind, das viel zu klein war, um zu verstehen, und das gerade dabei war, in seinem Kinderwagen einzuschlafen.

Die Kinderkrippe Florence-Blumenthal war von einer alten Kalksteinmauer umgeben. Melchior ging unter einem Vordach mit zwei Reihen Dachziegeln hindurch, die von einem Terrakottafries überragt wurden. Er durchquerte einen kleinen Hof, der von niedrigen, beschnittenen Eiben gesäumt wurde und stieg eine runde Außentreppe hinauf. Sie führte zu einem Pavillon aus weißen Ziegeln, die mit glasierten Ornamenten verziert waren. Die Räume waren bescheiden, ohne zu klein zu sein, und dennoch maßvoll geräumig. Die Fenster, die sie erhellten, hatten nicht die unangenehme Aggressivität der viel zu großen Fensterfronten, die man heute überall einbaute. Dieser Hort für die ganz Kleinen war zwischen den Weltkriegen gebaut worden. Der große Hinterhof war an den Stellen von der Straße einsehbar, wo miteinander verflochtene Büsche standen. Der städtische Bebauungsplan sah aus Sicherheitsgründen die vollständige Schließung der Mauer vor, da der Anblick von kleinen Kindern auf dem Pausenhof lasterhafte und mörderische Triebe bei den Passanten geradezu heraufbeschwor – wie mehrere örtliche Verbände mit fester Überzeugung behaupteten. Der Bürgermeister jedenfalls war fest davon überzeugt, dass er beim nächsten Mal wiedergewählt werden wollte. Deshalb hatte er die dafür notwendigen Mittel bewilligen lassen.

Melchior sah, wie die Welt seiner Kindheit kleiner wurde. Es gab Dinge, die beseitigt wurden und verschwanden. Dann gab es, wie hier, Orte, die man nach und nach verbarrikadierte, die man mit Zäunen umgab, oder die man in Festungen und Bunker verwandelte. Eines Tages würde es kein Gartentor mehr geben, und die *akkreditierten Benutzer* brauchten eine Magnetkarte, um eintreten zu können. Die Kinderkrippe entwickelte sich – beziehungsweise regredierte – zu einer primitiven, dunklen Felsenhöhle, deren schmaler Eingang mit Keulen überwacht wurde. Chemineau, der weniger optimistisch war, sah voraus, dass die Kinder über kurz oder lang ohnehin verschwinden würden (abgesehen von einer kleinen Zahl, ein einziges pro Familie). Das würde all diese Krippen, die unter dem Druck verschiedener, wahltaktischer Entscheidungen hastig erbaut worden waren, sowieso überflüssig machen.

»Sie sind ja so nachdenklich, Monsieur Melchior. Aber ich verstehe schon, das ist ja auch eine schreckliche Geschichte! Werden Sie den Mörder bald verhaften?«

Der Kommissar starrte verwirrt auf die Frau im blau-weiß gestreiften Nylonkittel, die ihn mit jener unverschämten Naivität ansprach, die die Frauen in der Kantine oft an sich hatten, insbesondere diejenigen, die Leinenschuhe mit Strohsohlen trugen. Er kannte sie vage vom Sehen, aber auf der Straße hätte er sie nicht wiedererkannt. Das Gleiche galt für die anderen Angestellten der Krippe, die jetzt herbeikamen und sich mit schmerzerfüllter Neugier hinter die Kollegin stellten, die es gewagt hatte, das Wort zu ergreifen. Sie alle wussten bestimmt, wer Melchior war, aber er kannte keine von ihnen. Genauso wie im Hafengelände, wo ihn eine aufgeschlitzte junge Frau wiedererkannte, die in ihm keine Erinnerung wachrief.

Melchior nahm Benjamin aus dem Kinderwagen und drückte ihn der Frau in die Arme. »Wollen Sie an der Ausübung der Gerechtigkeit mitarbeiten und die Polizei unterstützen, indem sie bis heute Abend auf diesen jungen Mann aufpassen?«

Die Frau reichte das Baby an ihre Nachbarin weiter, die es sogleich in andere Hände weitergab. So machte Benjamin schnell die Runde, bis er bei seinen Kameraden ankam. Sein Gesicht verzerrte sich, und er begann zu weinen, bevor er richtig losbrüllte. Melchior dachte, dass es höchste Zeit war, sich so schnell wie möglich davonzumachen.

»Also! Was ist nun mit diesem Mörder?«, beharrte die Wortführerin.

»Soweit ich weiß, ist niemand getötet worden.«

»Haben Sie das Neugeborene wiedergefunden?«

Melchior hätte am liebsten mit so einem originellen Satz wie »Wenn hier einer Fragen stellt, dann ich!« geantwortet. Er war umringt von Gesichtern, die eher angsterfüllt als vorwurfsvoll waren. Melchior begriff, dass diese Frauen einen Schmerz teilten, den er nicht in derselben Weise nachempfinden konnte.

»Entschuldigen Sie bitte, ich muss mit Madame Lacacia sprechen. Aber … machen Sie sich keine Sorgen … wir arbeiten daran … wir suchen … wir machen Fortschritte …«

Als er diese Worte sprach, die beruhigend klingen sollten, merkte er, dass er selber nicht so recht daran glaubte. Auch wenn die Untersuchung Fortschritte machte – schließlich waren kaum achtundvierzig Stunden seit dem Überfall vergangen –, das Unbehagen wuchs: Die Zeit glitt mit der düsteren Langsamkeit der Marne im Hafengelände von Fontenay-

Charbon dahin, das Leben ging seinen unveränderlichen Lauf, die Lichter erloschen bei Tagesanbruch und gingen zu Beginn der Nacht wieder an, und die Bullen bewegten ihren Hintern auch nicht schneller als üblich! Ein unangenehmes Schuldgefühl befiel den Kommissar.

Mit drei Schritten war Melchior im Schutz des Büros von Madame Lacacia. Erleichtert schloss er die Tür. Benjamin hatte zu weinen aufgehört und war damit beschäftigt, mit festen kleinen Schlägen auf den Kopf einer Krippenfreundin zu hauen, die sich noch nicht entschieden hatte, ob sie schreien oder zurückschlagen sollte.

»Sind sie auf dem Laufenden, was ihre Kollegin betrifft?«, fragte der Kommissar.

»Abgesehen von Ihnen und mir ist niemand auf dem Laufenden. Darum hatten Sie mich doch gebeten, oder nicht?«

Ihr Gesicht und ihr Haar sahen nicht mehr so aus wie in der Nacht. Sie war geschminkt, ihr Haar frisch getönt und glatt gekämmt. Melchior hatte noch jene ganz spezielle Schönheit in Erinnerung, die ihn einige Stunden zuvor so bewegt hatte. Doch das war nicht mehr dieselbe Frau.

»Ich habe Ihnen die Akte von Sylvaine Valentin herausgelegt. Sind Sie zu der Adresse gegangen, die ich Ihnen gegeben habe?«

»Es war unmöglich, in das Haus zu kommen. So ist es heute nun einmal. Weder Polizisten noch Feuerwehrleute oder Ärzte bekommen Zutritt. Sie müssen draußen bleiben! Wie Hausierer und Bettler.«

»Letzte Nacht, vielleicht … Aber heute Morgen?«

»Mein Kollege ist hingegangen. Doch das hat vorerst nichts gebracht. Sie wohnt noch dort, ihr Name steht am Briefkasten, aber niemand hat einen Schlüssel. Natürlich gibt es keinen Hausmeister, keinen Concierge … Meine Leute versuchen, den Hausverwalter zu erreichen. Wie Sie wissen, müssen wir die Vorschriften beachten. Wir können nicht machen, was wir wollen!«

»Ich weiß«, sagte sie mit größter Ruhe.

Melchior schien alles um sich herum vergessen zu haben, da durchfuhr es ihn plötzlich wie ein Blitz. Madame Lacacias Ehemann gehörte »zur Firma«, er war Chef-Brigadier in Fontenay-Central, und es gehörte sich absolut nicht, seine Frau so anzusehen.

Also wandte er den Blick ab. Still und heimlich hatten Wolken den Himmel verdunkelt, der am frühen Morgen noch so strahlend blau gewesen war. Ein schmuddelig grauer Riegel von Wohnblöcken verstellte den Horizont. Melchior öffnete mechanisch die Akte. Seine Augen überflogen die Blätter, ohne auf das Gesicht von Joséphine Lacacia zurückzukehren.

Eine Unterschrift hatte ihm verraten, dass sie mit Vornamen Joséphine hieß.

16

Das Kommissariat von Fontenay-Central hatte den Vorteil einer erhöhten Lage, da es im Tal an Bauplatz mangelte. Zu einer Zeit erbaut, in der es angeblich weniger Delikte gab, hatte das Hauptgebäude nie die Möglichkeit gehabt, so schnell zu wachsen wie die Verbrechensrate. Die Ausweitung der Gemeinde hatte die Aufgaben und Probleme vergrößert, ohne dass gleichzeitig mehr Geld zur Verfügung gestellt wurde. Im Laufe der Legislaturperioden waren die örtlichen Mandatsträger immer erfolgreicher gewesen, wenn sie den Bau eines neuen Kindergartens oder eines Freizeitparks vorschlugen, anstatt sich um die Erweiterung der Polizeigebäude zu bemühen. Fontenay hatte immer noch sein altes, verwittertes Kommissariat anstelle eines modernen Polizeihauptquartiers, von dem manche träumten. Aber dennoch, einige Erweiterungen waren in Angriff genommen worden. Das Kommissariat, das im ältesten Gebäudetrakt lag, sah aus wie ein neugotischer Jagdpavillon, der zum Ruhm einer Familie errichtet worden war, die durch den Handel mit Kriegsgeräten zu Ehren gekommen war; in den anderen Gebäudeteilen schwankte der Stil der Fassade zwischen Kühlhaus und Waschsalon.

Melchior liebte es, den schmalen Pfad entlangzugehen, der zum »Jagdpavillon« hinaufführte. Der Parkplatz lag auf der anderen Seite des Hügels, im Schatten der Mauern des alten Forts von Fontenay. Alle anderen betraten das Gebäude von dort. Dem Pfad zu folgen, das bedeutete, zu Fuß zu gehen mit dem schweren Schritt eines Bauern, auf den letzten Stufen nach Luft ringend. Dabei konnte man allerdings einen Blick auf die Landschaft werfen, die sich aus dem zu überwachenden und zu verwaltenden Umland erhob. Auf einem Vorwall der alten Festungsanlagen erbaut, bot das Kommissariat von Fontenay-Central einen Panoramablick, wie von von einem mittelalterlichen Bergfried.

Der Kommissar wollte seinen Wagen auf seinem Parkplatz abstellen. Doch auf dem reservierten Platz stand quer – wie Melchior gleich erkannte – der alte Peugeot-Break von Mohammed Barouf.

Da kein anderer Platz frei war, musste er in der Nähe des Pfades parken. Und jetzt stieg er dem Himmel entgegen und genoss die Vorteile der Einsamkeit: Er brauchte keinen Enkel mehr zu hüten, keine Kollegen auf Trab zu bringen und keine Zeugen zu befragen. Einige Minuten noch, einige Sekunden, bis das Durcheinander wieder losging.

Dort hinten, in einem Winkel der Landschaft, schimmerte

der bleierne Fluss. Weiße Lichtstrahlen hatten die Wolken vertrieben und fielen wie ein Fächer auf die Flusswindungen und Inseln vor dem Hafengelände. Ein seltsames Bild erschien vor Melchiors Augen. Ein *Teermännchen*, ein winzig zusammengeschrumpfter verkohlter Leichnam, schön im Warmen verborgen unter einem großen Haufen schwarz glänzender Kohlen.

Lärm und Schweißgeruch schlugen Melchior ins Gesicht. In der Schalterhalle waren das Durcheinander und die Gereiztheit auf dem Siedepunkt. Eine fassungslose, seufzende Kohorte wartete auf das Zutagetreten eines besseren Schicksals, und die Friedenshüter, die sich hinter den Schalter zurückgezogen hatten, warfen den aufgebrachten »Kunden« böse Blicke zu, die durch giftige Bemerkungen ergänzt wurden. Die Leute, die im Stehen warteten, schienen seltsamerweise weniger ungeduldig zu sein, als diejenigen, die das Glück gehabt hatten, sich auf die Bank quetschen zu können.

Als er Melchior sah, schoss ein dunkelhäutiger Mann aus seiner Enge hoch wie ein Dschinn aus einem Sandsturm. »He! Kommissar, ich auf dich warten!«

»Was ist los, Monsieur Barouf?«

»Ich muss dich sprechen, es sehr schlimm!«

Melchior schätzte die Situation ein: Wenn er dieses Problem vor allen anderen regelte, bestand die Gefahr, dass er sich danach an Ort und Stelle auch mit allen anderen beschäftigen musste. Wenn er Barouf allerdings mit in sein Büro nahm, würde dieser sich wahrscheinlich für den Rest des Vormittags einnisten.

»Kommen Sie mit«, seufzte Melchior und bewegte sich zum Fahrstuhl.

Hinter ihrem Rücken wurde getuschelt. Ein junger Typ mit rasiertem Schädel meinte, es sei für einen »Spitzel« nicht besonders diskret, sich so aufzuführen. Eine Hausfrau meckerte, dass »solche Leute« sich immer vordrängelten; die würden nur sich selber kennen, das sei wie im Krankenhaus. Und ein alter Mann erklärte ganz ruhig, dass die beiden es mit dem korrekten Duzen und Siezen nicht auf die Reihe bekommen hätten.

Der Gang des »großen Massenauftriebs« war von einer Hektik erfüllt, die kaum geringer war als die unten; allerdings handelte es sich um eine eifrigere und besser organisierte Geschäftigkeit. Die Schreibmaschinen ratterten. Es war die Stunde der Anzeigen wegen in der Nacht gestohlener Autos, die Stunde der Beantragung von Ausweisen, die Stunde der verschiedensten Verhöre – mit und ohne Vorladung.

Melchior ging zu seinem Büro und erwiderte mechanisch die Grüße seiner Kollegen. Barouf erklärte an seiner Seite mit wütender Verzweiflung seine existenziellen Schwierigkeiten.

»Auf dich, auf dich er wird hören, Kommissar! Ich, wenn ich was sagen, dann er lacht nur! … Er haben keinen Respekt vor dem Wort seines Vaters. Er machen Dummheiten trotzdem … und danach die Scherereien und Schikanen kommen auf mich zu!«

»Was kann ich schon dagegen tun, Monsieur Barouf. Ihn vorladen und ihm eine Standpauke halten? Ihr Sohn weiß schon seit langem, dass eine Vorladung der Polizei nicht mehr bedeutet als die Einladung zu einer Ausstellungseröffnung! Man geht hin, wenn man Lust hat. Und wenn er nicht kommt, stellen wir fest, dass der Vorladung nicht Folge geleistet wurde … und das war's dann!«

»Dann du musst ihn eben verhaften, meinen Sohn, und ihm den Kopf zurechtsetzen.«

»Man kann die Leute nicht einfach so verhaften, Monsieur

Barouf! Einen Vorführbefehl kann nur ein Richter ausstellen.

»Du nicht richtig reden, Kommissar! Im Fernsehen, ich hab gesehen ... Ihr machen alles, was ihr wollt ... selbst Übergriffe!«

Melchior begann, die Geduld zu verlieren. Nachdem er sich etwas beruhigt hatte, tippte er mit dem Zeigefinger auf die Brust seines Gesprächspartners.

»Im Fernsehen und in den Zeitungen, da geschieht alles wie im Traum, kapierst du! Man knallt Leute für ein Ja oder ein Nein ab, aber nach dem Abspann stehen die Toten wieder auf ... Wir, wir sind im wirklichen Leben, und deshalb müssen wir vorsichtig sein ... verstehst du das? ... Wir sind noch nicht in der Lage, die Leute wiederzubeleben.«

»Was sagen dazu!«, muckte Barouf auf. »Jetzt er mich duzt!«

Chemineau und Belgrand begrüßten Barouf mit kräftigen Handschlägen, die ihre Männlichkeit, ihre Toleranz und ihre Überlegenheit zum Ausdruck bringen sollten.

»Was für eine neue Dummheit will er denn nun machen, Ihr Sohn?«, fragte Melchior.

»Das Recht.«

»Häh?«

»Er will Anwalt werden.«

Der Kommissar nahm seine Kollegen als Zeugen – und auch die kleine Mariani, die sich steif und bleich in einer Ecke herumdrückte.

»*Maître Barouf, Anwalt am Gerichtshof!* Warum nicht? Der sich mit allen Tricks auskennt, was bei ihm zweifellos der Fall ist ... Aber ich sehe nicht, was das Problem dabei ist?«

»Er müssen studieren, und er, mein Sohn Moktar, die Schule ihn nie interessiert hat. Also, er wollen das Diplom kaufen, sagen er … Er wollen verkaufen an seine Freunde, ganz billig, Fernseher und Tonbandgeräte, Autoradio, CDs, du verstehen?«

»Ich verstehe sehr gut«, sagte Melchior. »Um diesen Rohstoff, der obligatorisch für das Programm und notwendig für seine Studie ist, zu bekommen, denkt *Maître Moktar*, dass es besser ist, das Kaufhaus durch die Hintertür zu betreten!«

»Du, du verstehen alles, deshalb du ja auch sein der Chef!«, sagte Barouf bewundernd und mit einem Lächeln, das alle Zähne offenbarte.

»Ich werde versuchen, ihn irgendwo zu erwischen, Ihren Sohn«, sagte Melchior beruhigend und klopfte ihm auf die Schulter. »Und wie geht es Madame Barouf?«

»Erschöpft, ein wenig … Sie erwarten ein Kind«, gestand Barouf mit verschlagener Unterwürfigkeit.

»Schon wieder!«

»Es sein das siebte … Meine Mutter, sie haben dreizehn Kinder gehabt. Wir lieben Kinder sehr.«

Die Stimme von Mohammed Barouf war eine Mischung aus Provokation und Protest.

»Gott haben Abraham, unser aller Vater, Nachkommen versprochen. Und ihr, die Rumi, ihr werfen uns immer unsere Kinder vor, ihr mögen keine Kinder, warum? … Und eure eigenen Kinder, wo sie sein?«

Melchior unterbrach seinen Redefluss.

»In der Krippe!«, sagte er mit der eisigen Ruhe, deren hinterlistige Drohung sich nur auf einige Worte stützen konnte, die einfach nur so daher gesagt wurden.

Barouf verstand jedenfalls sofort, sein Gesicht versteinerte, und er streckte die Hand aus, um sich zu verabschieden.

»Und sehen Sie zu, dass Ihr Peugeot von meinem Parkplatz verschwindet!«, knurrte Melchior.

Barouf war schon ein paar Schritte in Richtung Fahrstuhl gegangen, da drehte er sich um: »Meine Töchter, ich müssen auch mit Ihnen über meine Töchter reden. Die Große, die sein gut verheiratet ... sie erwarten ein Kind ... aber Fatima ... sie das Schamgefühl verloren hat.«

»Das ist unangenehm, aber ... ein anderes Mal«, sagte der Kommissar. »Und da gehen Sie besser zu einer Sozialarbeiterin!«

Mohammed Barouf hob seine Hände schicksalsergeben zum Himmel. Er setzte seinen Weg zum Fahrstuhl fort und schimpfte: »Die Sozialarbeiterin, ausgerechnet, diese verdammte Hure!«

Melchior sah zu, wie er sich entfernte und verschwand. Dann wandte er sich entschlossen dem zu, womit er sich von Anfang an beschäftigen wollte, nämlich dem Haufen Müllsäcke, die der fleißige Vielfraß, alias Inspektor Belgrand, rund um seinen Schreibtisch aufgestapelt hatte. Es gab übrigens keine augenfällige Unordnung. Chemineau musste die Müllhalde, die einst Melchiors Büro war, umgeräumt haben, indem er die Säcke in dezenter und poetischer Weise angeordnet hatte. Man hätte glauben können, in einer Ausstellung zeitgenössischer Kunst zu sein.

»Was für schöne Ostereier habt ihr mir denn da beschert? Ich hab noch nie so viele Hinweise und Beweisstücke auf so engem Raum gesehen«, stellte der Kommissar fest.

»Wir haben nur Ihre Anordnungen befolgt!«, betonte der Vielfraß.

»Schlussfolgerung?«, fragte Melchior und deutete wie mit einer Harpune auf den Inspektor.

»Schlussfolgerung: Es gibt viele Müllsäcke und keine Hypothese!«, mischte Ariane Mariani sich ein.

Melchior verzog das Gesicht. Seine zusammengebissenen Zähne ließen seine Hängebacken erbeben.

»Das ist ein Haufen Mist, und nichts anderes!«, fügte die junge Inspektorin hinzu.

Melchior überlegte, wie es wäre, wenn alle sich an die Arbeit machten: Jedem sein Kontingent von Säcken zum Ausschlachten auf seinem Schreibtisch … Um was zu suchen? Einen außergewöhnlichen Gegenstand? Oder würde die Wahrheit durch das Zusammentreffen von klaren Tatsachen, durch eine Anhäufung von Trivialitäten ans Licht kommen? Wäre es nicht besser, zuvor einen Untersuchungsplan, eine Arbeitshypothese zu erstellen? Jedes Team auf die Durchsuchung eines Müllhaufens anzusetzen und einfach nur so zu sagen: »Sucht! Was? Ich hab keine Ahnung, aber findet es!«, sah zu sehr nach Schikane aus. Aber dennoch, der Kommissar wusste, dass diese Zufallsmethode Erfolg haben konnte; der Unrat würde eine Geschichte erzählen – alle Spuren erzählten Geschichten. Und wenn man die Geschichte eines Ortes kannte, war man nicht mehr weit davon entfernt zu ahnen, wer dieses schweinische Verbrechen begangen hatte! … Aber es gab ja auch die Leute von der Spurensicherung mit ihren kleinen Fläschchen und ihren aseptischen Vorsichtsmaßnahmen. Leute, die geduldig an winzigen Details arbeiteten, während Melchior eher im Groben wühlte und sich planlos von den Umständen leiten ließ. Er schämte sich für seine mangelnde Anpassungsfähigkeit, für sein Altern, für seine fehlende Brillanz. Er wünschte, er könnte sich seine eigene Geschichte anders erzählen.

Diese missmutigen Überlegungen wurden von Chef-Brigadier Lacacia unterbrochen. Er wollte wissen, wie viel Dutzend Austern die Polizisten haben wollten. Er würde für Weihnachten die entsprechende Zahl von Austernkörben zu den besten Konditionen bestellen. Der Fischgroßhändler, den Lacacia beim Camping während eines Boule-Turniers kennen gelernt hatte, hatte beträchtliche Preisnachlässe versprochen. Auch Muscadet und Weihnachtskuchen konnte er zu märchenhaften Rabatten besorgen.

Die nun ausbrechende Diskussion hatte nichts mit den Sorgen des Kommissars zu tun. Und sie war für die anderen offensichtlich sehr viel reizvoller. Die Schätzungen schwankten, man zählte an den Fingern ab, dachte intensiv nach, telefonierte mit seiner Frau, seinem Freund, seiner Mutter.

Melchior suchte Hilfe in den Augen des vergilbten Pin-up-Girls, das auf dem abgelaufenen Kalender immer noch seine strahlend weißen Zähne zeigte.

»Ich hab die Schlüssel für die Wohnung von Sylvaine Valentin«, sagte Ariane Mariani, nachdem sie wiederholt bekräftigt hatte, keine Austern zu mögen. »Oberinspektor Chemineau hatte mich gebeten, mich darum zu kümmern. Und ich hab auch einen Durchsuchungsbefehl.«

»Staatsanwalt Chalgrin hat doch wohl keine Probleme gemacht?«, erkundigte sich Melchior heuchlerisch.

Er sah immer noch auf den Kalender und stellte erstaunt fest, dass das barbusige Mädchen eine entfernte Ähnlichkeit mit Ariane Mariani hatte.

»Ganz im Gegenteil, er wirkte geradezu entzückt!«, sagte die Mariani. »Als ob er begeistert sei, uns einen Gefallen tun zu können, als ob er für die guten Taten der Polizei einen Blankoscheck ausstellen würde.«

»Sie müssen ihm gefallen haben«, meinte Melchior. »Er wollte Ihnen eine Freude machen.«

Ein Hauch von Unruhe ließ die Augenwimpern der Inspektorin erbeben.

»Passen Sie bloß auf … er hat Kinder unheimlich gern, und seine Frau kann keine kriegen.«

Die Miene der Mariani verfinsterte sich noch mehr.

»Ich sehe da wirklich keinen Zusammenhang mit unseren Ermittlungen«, sagte sie mit scharfer Stimme.

»Ich wollte Sie nur ein wenig auf den Arm nehmen!«, gestand Melchior.

»Mich auf den Arm nehmen? … Ich sehe nicht, was all das mit mir zu tun haben könnte!«

Sie reichte ihm mit einer Geste des Bedauerns den Schlüsselbund und das amtliche Dokument. Ihre Mission endete hier.

»Behalten Sie das, ich nehme Sie mit!«, beschloss Melchior.

»Aber … Oberinspektor Chemineau …«

»Sehen Sie ihn doch an! Er ist kein gackerndes Huhn mehr, sondern schon ein Truthahn! Er diskutiert heftig mit Madame Chemineau: Wie viele Austern? … Große? … Milchige? … Der Muscadet, wie ist es damit? … Nein! Chemineau hat schon genug am Hals! Ich nehme Sie mit auf diese Expedition.«

Die Augen der Mariani begannen zu glänzen, als ob sie gerade in die Oper eingeladen worden sei.

»Und was machen wir mit den Müllsäcken?«

Das Gesicht des Kommissars verfiel wieder in Missmut.

»Man wird sehen«, sagte er. »Darum kümmern wir uns später.«

17

Die Schilder, auf denen die nächste Erweiterung des Friedhofes Plessis-Fontenay angekündigt wurde, waren völlig verrottet. Einzelne Bretter hatten sich gelöst, und man konnte durch die Ritzen hindurchschauen. Von anderen Latten, die in der Mitte durchgebrochen waren, blätterte die Farbe der aufgemalten Versprechungen ab.

Das Haus, das Melchior und Mariani suchten, gehörte zu einem baufälligen Komplex, dessen Abriss dazu beitragen sollte, die Ruhefläche zu vergrößern. Man hatte die gegenwärtig Lebenden zugunsten der künftigen Toten vertrieben. Nun hatten sich hauptsächlich Zombies des Platzes bemächtigt: Der Bereich des alten Friedhofes war zum Tummelplatz der jungen Hausbesetzer geworden. Manche Gebäude hatten sich den Anschein eines legalen und »sozialen« Status erhalten können, da die Stadtverwaltung sich letztendlich für eine »kontrollierte Duldung« dieser Bevölkerungsgruppe entschieden hatte, während das Datum für den Baubeginn des neuen Friedhofes nach und nach in Vergessenheit geriet. Das Haus, das Melchior und Mariani betraten, nachdem sie mehrere Male die Fassade von unten nach oben inspiziert hatten, gehörte zu dieser privilegierten Kategorie.

Die Wohnung von Sylvaine Valentin lag am Ende des Flurs im Erdgeschoss, kurz hinter einer unvermittelt auftauchenden, düsteren Ausbuchtung, die man lieber nicht erforschen wollte.

Durch die offene Wohnungstür strömte ein muffig-feuchter Salpetergeruch, in dem je ein Hauch von Frauenparfüm und Möbelpolitur mitschwangen.

»Der Geruch von alten Leuten«, murmelte Melchior. »Heute poliert doch kein Mensch mehr seine Möbel. Die werden gleich in der Fabrik lackiert oder mit einer Plastikschicht überzogen ...«

Die kleine Mariani widersprach ihm ohne spürbare Feindseligkeit, indem sie die Markennamen von Polituren »mit Bienenwachs« herunterbetete, die alle Frauen kannten und benutzten.

Melchior hütete sich, auch nur einen kleinen Zeh auf das spiegelblank gebohnerte Gebiet des hausfraulichen Feminismus zu setzen, obwohl er sich wahrscheinlich besser als die Inspektorin mit der Pflege echter Holzmöbel auskannte. Er ging direkt zum geschlossenen Fenster, öffnete es und danach die eisernen Fensterläden einen Spaltbreit. Es fiel etwas Licht in die Küche; man konnte eine Hofwand sehen. Eine fast schwarze Betonmauer mit gelblichen Streifen, die man mit den Fingern hätte berühren können, wenn man den Arm durch das Eisengitter gestreckt hätte.

»Was halten Sie davon, Mariani?«

»Von was?«

Die Inspektorin machte sich noch immer an der Eingangstür zu schaffen. Sie hatte Schwierigkeiten, den Schlüssel wieder aus dem Schloss zu ziehen. Während sie aufgeschlossen hatte, befiel Melchior wieder sein Unbehagen.

»Man weiß nie, was man hinter einer Tür findet«, hatte er düster gemurmelt.

Die von Mariani heftig hin- und hergestoßene Tür versetzte die dünnen Nylongardinen in Bewegung.

»Das erste Mal, als man mich als Scheißbullen beschimpft hat …«

»Na endlich!«, stieß die Inspektorin aus und schwenkte den Schlüssel triumphierend in der Luft. »Was haben Sie gesagt?«

»Unwichtig«, sagte Melchior. »Nur eine Bemerkung zu den zugezogenen Fensterläden.«

»Ich dachte, Sie sprechen von der Tür.«

»Die Metall-Fensterläden, warum sind die wohl geschlossen? … Man kann daraus Hypothesen zu dem Zeitpunkt ableiten, an dem der Bewohner sein Heim verlassen hat.«

»Wenn ich losgehe, lasse ich oft alles zu. Ich hab keine Zeit …«

»Sie haben auch solche Fensterläden, Mariani? Das ist heute selten.«

»Nein, keine Fensterläden, sondern Vorhänge. Also … einen Vorhang, ein Stück Stoff, das ich mit Heftzwecken festgemacht habe, da es keine Halterung gibt. Ein großes Fenster, das gegen Abend riesig und schwarz wirkt … Und gegenüber wohnen zwei- bis dreihundert Voyeure.«

»Ich verstehe«, sagte Melchior.

Ein flüchtiges Bild erschien vor seinem geistigen Auge: Er war der 301., der nach Ariane Mariani schielte, deren Schatten sich unbefangen hinter einem angepinnten, durchscheinenden Vorhang bewegte. Es gab einen Fernsehsender, der jeden Freitagabend so etwas ausstrahlte, wahrscheinlich für all diejenigen, die nicht das Glück hatten, gegenüber der Mariani zu wohnen.

Melchior gab seine Gedanken über verschlossene Fensterläden auf. Die Zeiten, in denen gute Spürhunde aus geöffneten oder geschlossenen Fensterläden erstaunliche Schlussfolgerungen zogen, waren lange vorbei. Das war wie mit den Eheringen: Kein Mensch hielt sich mehr an die Regeln. Aber der Kommissar behielt für sich, dass »318« seiner Meinung nach zu den Menschen gehörte, die ihre Fensterläden öffneten, bevor sie zur Arbeit gingen, und sie sorgfältig wieder schlossen, wenn sie nach Hause kamen. Was er von ihr wusste, wies darauf ebenso hin wie die Einrichtung der kleinen Wohnung. Alles war aufgeräumt und stand an seinem Platz. In der Spüle war kein dreckiges Geschirr. Und der Kalender war der vom laufenden Jahr. Auf ihm waren drei Kätzchen abgebildet, die ihre Köpfe neugierig aus einem Hortensienbusch streckten. Die Mariani hatte sich über das widerspenstige Schloss gebeugt; sie bewegte den Türgriff und ließ den Riegel vor- und zurückschnappen.

»Das Schloss ist aufgebrochen worden.«

»Und der Absperrriegel?«

»War nicht zugeschlossen, wie Sie gesehen haben.«

Mariani probierte den zweiten Schlüssel aus. Der Sperriegel bewegte sich im Leerlauf.

»Der Schließzylinder ist im Eimer«, stellte die Inspektorin fest.

»Wer hatte diese Schlüssel?«

»Diese hier sind von einer Nachbarin im dritten Stock. Der Hausverwalter hat uns gesagt, dass sie Madame Valentin kannte.«

»Hat er ›Madame‹ gesagt?«

»Hm ... ich weiß nicht mehr ... Vielleicht hat er auch ›Mademoiselle‹ gesagt. Sie war nicht verheiratet?«

»Der Akte von der Krippe Blumenthal zufolge nicht. Sie heißt Sylvaine Valentin und wurde am 14. Februar geboren. Sie ist einunddreißig Jahre alt.«

»Sieh an, das ist ja seltsam! ... Am 14. Februar ... dem Valentinstag.«

»Ach ja?«, fragte Melchior scheinbar unbeteiligt, während er die Möbel, das Küchenbüffet, die Teller, den Kühlschrank durchsuchte.

»Sie heißt Valentin ...«

Der Kommissar nickte und zwinkerte der Inspektorin ermutigend zu.

»Ein Findelkind?«, schlug sie vor.

»Genau! Sylvaine heißt Valentin, weil sie an diesem Tag geboren wurde. Ausgesetzt gleich nach der Geburt, Vater und Mutter unbekannt. Man musste ihr einfach einen Namen geben.«

»Und warum Sylvaine?«

»Was weiß ich? Vielleicht der Vorname der Geburtshelferin ... Es gibt irgendwo eine alte Hebamme, die zwei- oder dreihundert kleine Mädchen ohne Namen an den Ohren herausgezogen hat, um sie ins Leben zu werfen, nachdem sie sie Sylvaine getauft hat.«

»Zwei- oder dreihundert?«

»Ja ... Und eines Tages werden sie die zwei- oder dreihundert Voyeure der Stadt heiraten, und die Inspektorin auf Probe Mariani wird hinter ihrem Vorhang endlich Frieden haben.«

»Sie sind ein Blödmann!«, stieß Mariani seufzend aus.

Dann biss sie sich sogleich auf die Lippen und riss wegen ihrer spontanen Respektlosigkeit erschreckt die Augen auf: »Oh, entschuldigen Sie bitte!«

Doch der Kommissar schien nichts gehört zu haben. Sein massiger Rücken war unter die Spüle gebeugt, einmal mehr auf der Suche nach Hinweisen im Mülleimer.

»Der Mülleimer einer einsamen Frau!«, sagte er entschieden und richtete sich wieder auf. Er trat zur Tür neben dem Geschirrschrank, hielt plötzlich inne und senkte die Hand. »Was Sylvaines Familie betrifft, so werden wir nicht viel weiter kommen, das ist klar ... Bleibt die Nachbarin im dritten Stock ... Man wird sehen. Im Kindergarten hat man mir ein einfaches, klares Bild von ihr gezeichnet, das völlig mit dem übereinstimmt, was ich hier sehe und was ich bis jetzt weiß. Freundlich, immer lächelnd, ein bisschen traurig, einsam, zurückhaltend ... Wissen Sie, die Art von junger Frau, die keine Probleme hat und von der man eines Tages entdeckt, dass man nichts von ihrer Vergangenheit weiß, dass die Gegenwart diffus zu sein scheint und dass sie angeblich keine Zukunftsträume hatte. Eine junge Frau, die zuhört, wenn die anderen reden, und der man niemals Fragen stellt ... Und wenn man sie doch einmal etwas fragt, antwortet sie mit einem Lächeln.«

»Wenn ich etwas sagen darf, Herr Hauptkommissar, ich bin erstaunt über Ihre Kompetenz, was die weibliche Psyche betrifft!«

Dieses Mal lag doch etwas Feindseligkeit in dem spitzen Tonfall, den Ariane Mariani gewählt hatte. Melchior hatte von Anfang an gewusst, auf was er sich gefasst machen musste, seit dem ersten Tag, an dem die Anwärterin unter seinen Befehl gestellt worden war: Jede auch noch so »allgemeine« Bemerkung über Frauen empfand sie anscheinend als Anschlag auf ihr Privatleben, als Hausfriedensbruch und unerlaubtes Eindringen in eine sensible Sperrzone. Ariane Mariani wäre am liebsten die Einzige gewesen, die das Recht hatte, sich über Frauen zu äußern. Deswegen verwechselte sie die Bemerkungen, die nur auf ein ganz bestimmtes weibliches Opfer, eine Verdächtige, eine Beschuldigte oder eine Kollegin gemünzt waren, leicht mit der »allgemeinen« Haltung dessen, der sie geäußert hatte, gegenüber *allen* Frauen.

Melchior blieb stoisch stehen, eine Eigenart des Kommissars, die deutlich seine Absicht zum Ausdruck brachte, sich keinen Schritt vorwärts oder rückwärts zu bewegen.

»Wenn ich meinerseits etwas sagen darf, Herr Hauptkommissar, so muss ich sagen, dass vor kurzem ein Mann hier gewesen ist … ich rieche das.«

»Sie riechen das, Mariani? Mit Ihrer hübschen kleinen Nase? Haben Sie eine gute Nase, oder wollen Sie mich dazu bringen, dass ich an die besondere Kompetenz Ihrer weiblichen Intuition glaube?«

»Ich spüre das, und das ist alles! Es war ein Mann, der diese Schlösser beschädigt hat … Nur ein Mann kann so etwas machen!«

Melchior war verblüfft über dieses endgültige Urteil. Er beschloss, nicht darüber zu diskutieren, da er wusste, inwieweit er Ariane Mariani vertrauen konnte. Außerdem dachte auch er an einen Mann. Es musste einfach einen gegeben haben! Und wenn das nicht der Bauchaufschlitzer war – und nichts sagte im Moment, dass der Aufschlitzer ein Mann war, selbst wenn das kollektive Gedächtnis diese Annahme für am wahrscheinlichsten hielt, sobald Gewalt im Spiel war –, dann der Vater des Kindes. Vielleicht waren diese beiden möglichen Personen auch ein und derselbe Mann.

Jedenfalls hatte er keine Schlüssel gehabt.

Melchior zögerte erneut vor einer Tür.

»Gehen wir«, beschloss die Mariani. »Man könnte meinen, dass Sie sich fürchten!«

Melchior zuckte mit den Schultern und drückte entschlossen den Türgriff herunter. Das Nebenzimmer war dunkel. Melchior machte das Licht an. Eine schwache Glühbirne hing am Ende eines Kabels, an dem mit Wäscheklammern ein buntes Stück Tuch befestigt war.

Diese Art Lampenschirm teilte die Wand im Hintergrund in einen hellen und einen dunklen Teil.

Das Bett war mit einer weinroten, gesteppten Satindecke bedeckt, die Melchior sogleich hochhob. Decke und Laken waren, wie es sich gehört, unter die Matratze geschlagen, Nackenrolle und Kopfkissen waren aufgeschüttelt und glattgestrichen.

»Suchen Sie nach neuen Spuren der Weiblichkeit?«, erkundigte sich Mariani.

»Es gibt Betten, die man zudeckt, ohne sie vorher gemacht zu haben«, erklärte der Kommissar ruhig. (Er schlug die Oberdecke wieder zurück und strich sie mit der Hand glatt.) »Ein schöner Schein verbirgt oft große Unordnung ... Aber Sylvaine hat morgens ihr Bett gemacht, und wenn sie am Abend zurückkehrte, die Fensterläden geschlossen ... Das ist natürlich nur eine Annahme! ... Und danach ist diese verdammte Geschichte losgegangen.«

Mariani betrachtete das Bett mit seltsamer Miene und erstaunten Unschuldsaugen.

»Das ist ein Bett für zwei Personen«, sagte sie mit abwesender Stimme. »Es nimmt den ganzen Platz ein.«

Melchior öffnete den Schrank, der, abgesehen von der

schmalen Gasse rund um das Bett, den restlichen Raum ausfüllte. Hinter der linken Tür befand sich eine Kleiderstange. Auf den Bügeln hingen einige Kleider, eine Leinenjacke und ein Mantel mit Steppnähten. Darunter wartete eine strohgeflochtene Babytragetasche auf ihren Einsatz. Es handelte sich um eine gebrauchte Tasche, von einer Freundin geliehen oder geschenkt, deren Inneres mit neuem Baumwollstoff ausgelegt war. Dann gab es auch einen Sterilisator für Saugfläschchen und andere Dinge, die man brauchte, wenn man kleine Kinder hatte.

Rechts lagen auf Regalböden Blusen und Pullover, ordentlich gebügelt und zusammengefaltet. Für die Unterwäsche gab es mehrere Schubladen. Melchior begann, darin herumzuwühlen.

»Lassen Sie das!«, rief Mariani. »Das ist Frauensache!«

Melchior stieß die ausgestreckten Hände seiner Mitarbeiterin mit dem Ellbogen zurück.

»Was bilden Sie sich ein, Mariani? Dass ich ein geiler Jugendlicher bin, der sich daranmacht, in der Unterwäsche der besten Freundin seiner großen Schwester herumzuschnüffeln ... Wenn ich Ihnen erzählen würde, wo ich in den Intimbereich von Frauen schon meine Nase und meine Pfoten stecken musste, würden Sie sofort in die blitzsaubere Spüle von Sylvaine Valentin kotzen! Freuen Sie sich also über diesen Fall, bei dem das Bett sauber und gut gemacht ist. Ich verspreche Ihnen, dass Sie im Lauf der Zeit noch viele Überraschungen erleben werden. Sie werden noch genug voll geschissene und blutverschmierte Betten finden.«

Ariane Mariani lehnte sich mit hinter dem Rücken verschränkten Händen gegen die Wand. Sie schnappte nach Luft und versuchte, jede Gefühlsregung zurückzuhalten, was so wirkte, als würde sie gleich einen Schluckauf bekommen.

»Hier ist alles voller Phantome!«, meinte sie. »Die aufgeschlitzte Frau ... der unsichtbare Mann ... das gestohlene Kind.«

Melchior drehte die Wäsche um und hob sie hoch. Dann löste er das Papier, das den Boden der Schublade bedeckte.

»Lassen Sie sich von Ihren Fantasievorstellungen nicht verrückt machen, Mariani! Das führt zu nichts. Wir brauchen Hinweise, Spuren, Ideen, den Anfang eines Fadens, dem wir folgen können. Lyrische Anwandlungen bringen unsere Ermittlungen nicht voran.«

»Und was suchen Sie da? Wissen Sie das wenigstens?«

»Das, was fehlt!«, sagte Melchior und öffnete die letzte Schublade, die leer war. »Es fehlen persönliche Dinge, Fotos, Erinnerungsstücke, Papiere, ein Tagebuch oder ein Sparbuch ... Dinge, die sagen, dass hier jemand wohnt und wie er aussieht. Scheiße! Wenn man ein Kind erwartet, muss man doch zumindest einigen Papierkram für die Sozialversicherung und das Kindergeld erledigen.«

»Es gibt regelmäßige Vorsorgeuntersuchungen«, sagte die Mariani wie jemand, der sich damit auskennt. »Die Ergebnisse werden im Mutterpass eingetragen.«

»Na also, und wo ist dieser verdammte Mutterpass?! ... Sagen Sie, Mariani, waren Sie schon mal schwanger?«

»Ich, nein!«, schreckte sie auf, beruhigte sich aber gleich wieder. »Aber meine Nichte, ja.«

Melchior zog die leere Schublade aus ihrer Halterung heraus, untersuchte sie sorgfältig und schob sie wieder hinein. Er machte den Schrank zu und sah Ariane Mariani traurig an. Seine Arme hingen gerade neben dem Körper herab, die Handflächen waren in einer Geste der Ohnmacht nach vorn gedreht.

»Vielleicht hat sich dieser Kerl die Papiere geholt, die Sie suchen«, meinte die Mariani tröstend. »Er hat dieser Frau nicht nur ihr Kind gestohlen, sondern auch ihre Kleidung, ihre Handtasche, ihre Papiere, ihren Schmuck, ihre Identität ... alles!«

»Ihre Identität ... in der Tat«, gab Melchior nachdenklich zu.

Und er blieb einige Minuten bei diesem Gedanken still stehen, bevor er hinzufügte: »Und ihre Schlüssel, Mariani? Hat er ihr auch ihre Schlüssel weggenommen?«

Die ansonsten so glatte, gewölbte Stirn von Ariane Mariani legte sich in düstere Falten.

»Das ist eine gute Beobachtung«, gab sie zu. »Wenn er die Schlüssel gehabt hätte, hätte er die Tür nicht aufbrechen müssen.«

Sie dachte schweigend nach. Dann wurden sie von einem Rascheln und vom Knarren der Tür aufgeschreckt.

»Ist da jemand? ... Ist da jemand?«, fragte eine besorgte weibliche Stimme.

»Hier ist die Polizei«, sagte Melchior.

Er ging in die Küche, gefolgt von Mariani, die im Vorbeigehen das Licht ausmachte und die Schlafzimmertür hinter ihren düsteren Geheimnissen schloss.

»Sie sind von der Polizei?«, vergewisserte sich eine etwa dreißigjährige Frau, die ihre gedrungenen Beine in eine an den Knien abgeschnittene Jeans gezwängt hatte. Ihr pummeliges Gesicht war mit roten Flecken übersät.

»Kommissar Melchior, Fontenay-Central.«

Er zog nicht seinen Ausweis raus. Die Leute glaubten einem, wenn man sagte, dass man von der Polizei sei – Melchior wunderte sich immer wieder über diese Zutraulichkeit, das im Grunde nur ein Vertrauen auf die eigene Würdelosigkeit und die wahrscheinliche Schuldhaftigkeit war; jeder fürchtete, seine Lage zu verschlimmern, wenn er von jemandem, der sich als Polizist ausgab, verlangte, den Beweis für seine Behauptung vorzulegen.

»Und wer ist diese Dame?«, fragte die Frau.

»Inspektorin Mariani«, präzisierte Melchior – er wollte seiner Kollegin eine Freude machen, indem er den Zusatz »auf Probe« wegließ.

»Ich bin eine Nachbarin von oben, aus dem dritten Stock. Ich komme gerade von der Arbeit«, sagte sie entschuldigend.

»Sind Sie es, die die Schlüssel hatte? ... Was wissen Sie von Sylvaine Valentin?«

»Nichts Besonderes ... Ich hab schon in der Metro und im Bus darüber nachgedacht, weil ich mir sicher war, dass Sie vorbeikommen und all diese Fragen stellen würden ... Dabei ist mir klar geworden, dass ich Ihnen nicht viel sagen kann ... Sylvaine war sehr nett. Eine angenehme Nachbarin, immer freundlich. Ich hab gern mit ihr gesprochen ... Sie muss inzwischen viel über mich wissen! Aber ich, ich kann Ihnen wirklich nichts sagen ... Es ist seltsam, aber ich hab mir nichts dabei gedacht ... Sie gehört zu der Art von Menschen, die einem stundenlang zuhören, ohne Fragen zu stellen, verstehen Sie?«

Melchior verstand sehr gut. Er warf Mariani einen befriedigten Blick zu, die mit den Schultern zuckte und wütend fragte: »Und Sie, Sie haben ihr wohl nie Fragen gestellt?!«

»Aber natürlich ... Aber sie hat nur gelächelt und nicht geantwortet.«

18

Der Regen hatte wieder begonnen, auf die Vorstadt zu fallen. Melchior wusste nicht mehr, in welcher Jahreszeit er lebte. Frühlingsbeginn, Spätherbst, Winteranfang? Die Wolken öffneten sich wie Fensterläden und ließen eine Lichtwelle auf das spärliche Laub fallen. Dann erinnerte er sich an Lacacia, die Austern, den Muscadet und den Weihnachtskuchen. Die Festtage zeichneten sich bedrohlich am Horizont ab. Eine eisige Woge der Mutlosigkeit überschwemmte das Herz des Kommissars.

Melchior griff zum Telefonhörer und wählte die Nummer der Firma *Morinceau Nachfolger, Grabdenkmäler und Steinmetzbetrieb*. Er erinnerte daran, dass er schon hundertmal eine Inschrift für das Grab seiner Frau bestellt habe, und dass irgendwo – angesichts der langen Dauer wahrscheinlich im Staatsarchiv! – eine formgerechte Auftragserteilung vorliegen müsse. Solle er etwa die Nummer des Belegs für die Anzahlung, die er geleistet hatte, durchgeben? – Wer er denn überhaupt sei? Der Hauptkommissar von Fontenay-Central! ... Ja, das komme hin. Wieso das Gegenüber lachen müsse? Er sei sich nicht sicher, ob es bei dessen Job richtig sei, den Kunden ins Gesicht zu lachen ... Wann die Verstorbene beigesetzt worden sei? ... Melchior nannte den Tag und das Jahr, und man antwortete ihm sogleich, dass heute *alles im Computer* sei, und dass kein Auftrag unter dem Namen Wirtz oder Melchior *in unseren Dateien* gespeichert sei. Aber, falls dieser alte Auftrag wirklich erteilt worden sei, könne man davon ausgehen, dass er bei der Übertragung auf den Computer verloren gegangen sei. Man würde sich darum kümmern, und falls es eine Anzahlung gegeben habe, würde man sie sicher aufspüren können, um sie bei der Endabrechnung in Abzug zu bringen. – Melchior erinnerte sich nicht mehr so genau an eine Anzahlung oder an einen Durchschlag des Auftrags, aber er hatte jetzt ein Stadium der Entschlossenheit erreicht, in dem er sich geradezu verpflichtet fühlte, kein bisschen einzulenken. – Es entspann sich eine Diskussion über die Art der gewünschten Inschrift, die Wahl der Schrifttypen, Art der Goldauflage und einen eventuellen Zusatz

»voller Tränen und ewiger Trauer«. Melchior bestätigte, dass er eine Inschrift mit Namen und Lebensdaten haben wolle, und zwar so schlicht wie möglich. Man versprach ihm, bis Weihnachten sei alles erledigt.

»Es ist mir völlig egal, ob das zu Weihnachten geschieht!«, sagte er mit kalter Wut. »Alles, was ich von Ihnen verlange, ist, dass Sie vor dem Sankt-Nimmerleins-Tag fertig werden!«

Er legte auf und wählte eine andere Nummer. Auf einem, am letzten Fädchen hängenden Blatt seines zerfledderten Notizbuches hatte er sich alle notwendigen Angaben notiert. Es gelang ihm nicht gleich, Moktar Barouf zu erwischen, aber nach einer kleinen Flut von nacheinander gewählten Nummern hatte er ihn endlich in der Leitung. Es begann sogleich ein leidenschaftliches Gespräch über den Nutzen von ordentlich durchgeführten Rechtsstudien. Die pädagogische Position Melchiors schien sich hauptsächlich auf den »Tritt in den Hintern« und die Notwendigkeit, vorsichtig zu sein, zu stützen. Moktar fertigte ihn überraschenderweise nicht damit ab, er möge eine nahe Verwandte vögeln, sondern dankte Melchior für seinen Anruf und schlug vor, all das bei einem Gläschen zu besprechen, zum Beispiel im *Blue Moon*, wenngleich diese Lokalität nicht vorangig für ihren Pfefferminztee berühmt sei. Melchior legte verblüfft und enttäuscht den Hörer auf. Er hatte sich darauf gefreut, das Gespräch mit einer heftigen gegenseitigen Beschimpfung zu beenden.

Dann hob er noch einmal den Hörer ab, um Edith Mulot anzurufen. Aber es waren zu viele Leute um ihn herum. Da er während des Gesprächs lieber allein gewesen wäre, legte er den Telefonhörer wieder auf die Gabel.

Und nun kam Chemineau mit einem alten Mann, der neben dem Postamt in der Rue Traversière aufgegriffen worden war, weil er wirres Zeug redete. Auf jede Frage antwortete der Mann mit den zittrigen Händen immer wieder: »Wir müssen den Schützengraben verlassen, koste es, was es wolle!« Der Kommissar kannte doch so viele Leute …

»Das ist Monsieur Saulnier«, sagte Melchior. »Wie geht es Ihnen, Monsieur Saulnier?«

Der alte Mann schüttelte die ausgestreckte Hand und bestätigte die Notwendigkeit eines sofortigen Ausbruchs der versprengten Infanteristen aus Graben 17, Höhe 125: Auf, auf, ihr fröhlichen Panzergrenadiere!

»Seine Konversation wird erheblich besser, wenn er einen alten Kumpel aus dem Ersten Weltkrieg trifft, der mit ihm am Chemin des Dames gekämpft hat!«, spottete der Inspektor. »Wo wohnen Sie, Monsieur Saulnier?«

»Nicht weit von der Traversière, in der Rue Pierre-Curie, glaube ich …«, mischte Melchior sich ein. »Belgrand, Sie begleiten ihn nach Hause! Seine Tochter musste wahrscheinlich kurz weg, um einkaufen zu gehen. Sie wird sich Sorgen machen.«

»In diesem Fall wird sie anrufen«, sagte der Vielfraß, ohne den Hintern von seinem Stuhl zu heben. »Wenn man die genaue Adresse nicht kennt …«

»Die bekommen Sie in der Bäckerei!«, beharrte Melchior.

Inspektor Belgrand stand mürrisch auf. Er beendete eines seiner Sandwich-Meisterwerke, deren geheimen Belag er unter Käsescheibletten verbarg. Er klappte die frischen Baguettestücke mit respektvoller Vorsicht zusammen, betrachtete sie liebevoll und biss entschlossen hinein.

Die Augen von Monsieur Saulnier begannen zu glänzen, er streckte seine von Arthrose verkrümmten Hände aus, und man vernahm das kurze Schmatzen eines hungrigen Tieres.

»Wollen Sie ein Stück, Monsieur Saulnier?«, fragte Belgrand.

Ohne eine Antwort abzuwarten, teilte er das Sandwich. Gemeinsam futternd, gingen die beiden Männer gemächlich davon. Melchior sah, wie der alte Mann am Ende des Ganges Belgrands Hand ergriff und festhielt, wie ein beruhigtes Kind, das seinen Weg nicht mehr verlieren wird.

»Armer Alter, er weiß nicht mal mehr, wo er ist!«, murmelte Chemineau.

»Und wir, wissen wir denn, wo wir sind?«, knurrte der Kommissar.

Chemineau warf ihm von der Seite einen seiner aufgeregten Hühnerblicke zu.

»Das ist jedenfalls seltsam.«

»Was ist seltsam?«, fragte Chemineau.

»Der alte Saulnier, ich glaube, er hat damals die berühmte Leiche in Fontenay-Charbon gefunden ... Das *Teermännchen*!«

»Hä?«

Melchior begriff, dass der Inspektor bereits alles von diesem zurückliegenden Fall vergessen hatte, der inzwischen wieder einen festen Platz im Hinterkopf des Kommissars gefunden hatte. Er wischte seine Bemerkung daher mit einer Handbewegung, die besagen sollte »völlig unwichtig«, beiseite und ging über den Flur in das gegenüberliegende Büro.

Jessica wartete dort in Begleitung einer älteren Frau, deren Blick durch ein Misstrauen verhärtet war, in dem kleine Funken des Vorwurfs und einer unendlichen Melancholie aufblitzten.

Die junge Frau stand auf. Sie war angezogen wie für einen offiziellen Akt, bei dem die äußere Erscheinung sich zu ihren Gunsten auswirken sollte. Sie trug einen dunklen Rock, ein schwarzes Samtjackett und eine Hemdbluse mit weißem Kragen. Auch wenn sie sich in diesem Aufzug unwohl fühlen mochte, war sie durchaus sie selbst. Sie wirkte tatsächlich viel fröhlicher, und auch älter.

»Schön, dass Sie gekommen sind«, sagte Melchior und

reichte ihr herzlich die Hand. »Ich bin sicher, dass uns das sehr viel helfen wird.«

Jessica zeigte ein bleiches Lächeln. Ihre Begleiterin berührte die Hand des Kommissars nur mit den Fingerspitzen und präzisierte: »Es versteht sich doch wohl von selbst, dass es in keiner Weise um die Umstände des Überfalls selber geht, nicht wahr? ... Wir sind nicht bereit, darüber zu reden.«

Melchior bestätigte, dass es sich nur um ein Phantombild handelte. Er erklärte, wie so etwas angefertigt wurde und was Jessica dabei zu tun habe. Er sprach mit tiefer, gleichmäßiger Stimme und beschrieb den Ablauf einer schrecklichen Prozedur, von der er hoffte, dass sie ganz harmlos verlaufen würde. Er verabscheute sich. Und zwar wegen der grimmigen Blicke von Jessicas Begleiterin und ihrer Unheil verkündenden Ausstrahlung. Melchior fühlte sich wider Willen für irgendetwas schuldig, als ob der Verein, in dem diese Dame tätig war, ein psycho-physiognomisches Profil des Vergewaltigers erstellt hätte, das genau auf ihn, Kommissar Jean-François Melchior von Fontenay-Central, passte.

»Das ist wie ein Computerspiel«, sagte Melchior mit übertriebener Begeisterung. »Es macht sogar Spaß. Sie werden sehen!« Natürlich bereute er seine Worte sogleich. »Das Bild wird Schritt für Schritt immer genauer. Es gibt alle möglichen Varianten ...«

Seine Stimme erstarb am Ende des Satzes, wie abgeschnitten durch eine ununterdrückbare Unruhe. Er verließ das Zimmer und sagte nur, dass er gleich wiederkommen würde.

Er ging zur Mariani.

»Wollen Sie sich darum kümmern, Mariani? Die Aktivistin von *Frauen helfen Frauen* ... nun, es ist so ... sie sieht mich andauernd an, als ob ich sie vergewaltigt hätte oder kurz davor wäre. Und dann, ich kannte Jessica schon als kleines Kind, ihre Mutter ist eine Art Freundin von mir, eine alte Bekannte, verstehen Sie, Mariani? ... Ich hab das Gefühl, dass ich von einem Fettnäpfchen ins andere treten werde!«

»Ich wusste gar nicht, dass Sie so sensibel sind ... Dieser Vergewaltigungsfall ist Ihnen wohl unangenehm, oder? Sie wissen nicht so recht, zu welchem Lager Sie gehören?«

»Ja, meinetwegen! Alles, was Sie wollen! Machen Sie eine Charakterstudie über mich, wenn es Ihnen Spaß macht ... Aber im Augenblick, Mariani!« – Er sprach ein bisschen zu laut – »Machen Sie mir die Freude und zeichnen Sie mit diesen Damen dieses verdammte Phantombild!«

Mariani sagte, dass es ihr ein Vergnügen sei. Sie ging in das Büro, das Melchior gerade verlassen hatte. »Der Kommissar muss sich um eine andere Angelegenheit kümmern, er lässt sich entschuldigen«, sagte Ariane Mariani ganz ungezwungen. »Ich kümmere mich um Sie.«

»Das ist mir auch viel lieber!«, sagte die Frau, die Jessica begleitete.

Melchior zuckte mit den Schultern und ging wieder in sein eigenes Büro. Er betrachtete das barbusige Mädchen auf dem alten Kalender, ihr Blick triefte vor lasterhafter Provokation. Ihr zuckersüßes falsches Lächeln. Er stieg auf einen Stuhl, nahm den Kalender ab und warf ihn in den Papierkorb, nachdem er ihn in vier Stücke gerissen hatte.

Dann rief er im Gemeindekrankenhaus an. Rodier berichtete, dass es Sylvaine Valentin besser ging. Die Tatsache, dass man ihren Namen herausgefunden hatte, erleichterte die Rückkehr des Erinnerungsvermögens. Sie hatten darüber mit Doktor Zerbib und einem hohen Tier von der neuropsychiatrischen Abteilung gesprochen. Ergebnis: Lakunäre Amnesie mit anterograden und retrograden Defiziten aufgrund einer Commotio cerebri, die bei der Patientin ein psychophysiologisches Trauma ausgelöst habe, wobei aber die Prognose im Hinblick auf eine günstige Entwicklung eindeutig optimistisch sei. Im Klartext sollte das heißen: Sylvaine Valentin konnte bald ihre Geschichte wiederfinden und erzählen; also das, was ihr an jenem Abend geschehen war, aber auch das, was ihr zuvor widerfahren war, seit ihrer Kindheit. Melchior hoffte, dass die junge Frau viel zu erzählen hatte – und dass sie vielleicht sogar bald den Namen des Täters oder den des Vaters ihres Kindes nennen konnte. Dann wäre alles ganz schnell erledigt.

Aber so weit war es noch nicht, man musste abwarten. Wenn man zu schnell vorging, könnte das die Wiederherstellung des Erinnerungsvermögens gefährden. Die traumatischen Ereignisse würden eventuell erneut verdrängt werden. Folglich wurde von – überraschenden oder angekündigten – Besuchen der Polizei dringend abgeraten. Was die Fotos betraf, die heimlich und wie von einem Anti-Terror-Kommando aufgenommen worden waren, habe er sich direkt an den Staatsanwalt gewandt!

Melchior sagte, dass er all das wisse, dass er darüber mit dem Staatsanwalt und auch mit Zerbib gesprochen habe und dass sich jetzt anscheinend alle darüber einig seien, am selben Strang zu ziehen. Anstatt unnütz auf ihm herumzuhacken, hätte man besser daran getan, ihn zu beglückwünschen, dass er den Heilungsprozess von Sylvaine Valentin beschleunigt habe, indem er es ihr ermöglicht habe, ihre Identität wiederzufinden! Man beglückwünschte ihn jedoch nicht.

Dann nahm Melchior Kontakt mit der Abrechnungsabteilung der Krankenkasse auf, bei der Sylvaine nach den Angaben in ihrer Personalakte bei der Krippe Florence-Blumenthal versichert war. Bis er bei der richtigen Unterabteilung anlangte, wurde er x-mal weiterverbunden und hing dabei immer wieder etliche Minuten in der Warteschleife. Bei der Versicherung schienen alle höchst beschäftigt zu sein, und überdies wenig geneigt, die Arbeit des Kommissars zu erleichtern. Schließlich teilte man ihm mit, dass es sich um eine Akte handele, die gerade im Haus unterwegs sei – ohne mehr darüber sagen zu wollen. Auf jeden Fall würde man solche Auskünfte nicht per Telefon erteilen, auch wenn der Anrufer behauptete, Polizeikommissar zu sein! Er müsse vorbeikommen … mit den notwendigen Papieren!

Wenn man mit Versicherungen zu tun hatte, fehlte immer irgendein notwendiges Papier. Melchior hatte jahrzehntelang Erfahrung damit. Als Polizist handelte er im Rahmen einer Voruntersuchung, oder, wie im Moment, eines schlichten Ermittlungsverfahrens, bei dem die gesetzlichen Druckmittel ziemlich gering waren, solange noch kein Untersuchungsrichter eingeschaltet war. Natürlich konnte er jederzeit ein Rechtshilfeersuchen von Staatsanwalt Chalgrin vorlegen, aber dabei bestand die Gefahr, eventuelle bereitwillige Informanten zu erschrecken und ihnen das Gefühl zu geben, von der Maschinerie der Justizbehörden bedroht zu werden. Anstatt gesprächig zu werden, neigten gutwillige Personen dann dazu, gar nichts mehr zu sagen. Und der Kommissar wollte sich nicht vorzeitig dem Stumpfsinn und dem Papierkram üblicher Strafverfolgungsverfahren aussetzen. Er war von vornherein entschlossen, diesen mit etlichen Fallstricken versehenen Weg zu meiden, und sich lieber darum zu bemühen, erfolgversprechende Lücken des Systems aufzuspüren.

Er rief die Behörde an, die für Sylvaines Mutterschaftsangelegenheiten und auch für das Erziehungsgeld zuständig war. Dieses Mal hatte Melchior Glück: Er stieg die Leiter bis zu einem stellvertretenden Direktor hoch, bei dem sich zeigte, dass er ein unglücklicher Mitschüler auf der Polizeischule gewesen war, der ihn nicht vergessen hatte. Wegen der »Heiligen Drei Könige«! Von da an ließen sich die Auskünfte zu einer hübschen Halskette auffädeln wie die Kugeln, die unerwartet aus einem Kaugummi-Automaten herausfielen. Melchior hatte gar nicht um so viel gebeten! Er bekam eine vollständige Aufstellung der Arztbesuche, die Sylvaine Valentin während der Schwangerschaft gemacht hatte, aber auch ihre ständig wechselnden Adressen. Denn die junge Frau wohnte erst seit einigen Monaten in der Rue du Vieux-Cimetière – der Kommissar dachte an die kleine, gut aufgeräumte und spärlich möblierte Wohnung, an den Kleiderschrank, der nach Bienenwachs roch, und an die nicht vorhandenen Erinnerungsstücke – Melchior verfolgte Schritt für Schritt, wo sie vor dieser Adresse gewesen war. So erfuhr er, dass Doktor Lemercier als Erster festgestellt hatte, dass Sylvaine Valentin schwanger war. Und danach war der Mutterpass von einem gewissen Professor Zerbib geführt worden …

Melchior legte aufgeregt den Hörer auf. Er rief nach Chemineau, aber das Büro war leer. Alle hatten sich heimlich verkrümelt. Melchiors Blick schweifte über die an den Wänden aufgereihten Müllsäcke und blieb schließlich an dem hellen Rechteck hängen, das von einem Nagel überragt wurde, an dem bis vor kurzem ein Kalender gehangen hatte.

Er hatte Lust, die kleine Mulot anzurufen, um sie über diese interessanten Neuigkeiten zu informieren, aber irgendetwas hielt ihn davon ab.

Der Kommissar stand auf, verließ das Büro und trat auf den Gang hinaus. Die Tür zum Computerraum stand offen, und es hatte sich ein kleiner Polizistenauflauf gebildet.

Melchior trat näher. Durch ein Gewirr von Armen, Ellbogen und Hinterteilen erspähte er die Mariani, die sich auf der Tastatur abmühte. Die Inspektoren-Anwärterin schien sich gut mit der neuen Software für Phantombilder auszukennen, und das imponierte allen – einer der geheimen Gründe dafür, dass er Ariane Mariani diese Aufgabe übergeben hatte, bestand in der eingestandenen und schmählichen Unbeholfenheit des Kommissars im Umgang mit diesen Wundern der heutigen Technik; alle anderen vergnügten sich damit, auf dem Computer herumzuspielen, seine Finger hingegen beharrten allzu oft darauf, zwei Tasten gleichzeitig zu drücken. Jessica hatte sich wie alle anderen von dem Spiel gefangen nehmen lassen. Ihre Wangen glühten, und ihre Pupillen glänzten: »Hohlwangiger! ... Ja, tiefe Augenhöhlen! ... Kleine Augen! ... So ist es besser ... Das ist es fast!«, sagte sie ermutigend mit einer dumpfen, aber dennoch beschwingten Stimme, während die Mariani wild entschlossen herumklickte.

In eine Ecke des Raumes gedrängt, beobachtete die Frau, die Jessica begleitete, die Szene mit nahezu entsetzter Fassungslosigkeit.

Das Porträt, das Melchior kurz erspähen konnte, war noch unvollständig. Bestimmte Teile des Gesichts waren vorerst nur skizziert, wie schnell mit Kreide entworfen, während andere bereits eine nahezu fotografische Genauigkeit erreichten. Für jeden Bereich ließ der Computer auf Befehl eine Reihe von möglichen Optionen durchlaufen. Jeder passte genau zu den schon vorhandenen Elementen. Alle folgten aufeinander, indem sie die vorherigen auslöschten, sie tauchten auf und verschwanden wie die beweglichen Plättchen von Anzeigetafeln in Bahnhöfen und Flughäfen. Tausende von möglichen Verdächtigen zogen über den Bildschirm, unter den Scherzen und dem Gelächter, das jedes Mal ausbrach, wenn die Gesichtszüge dem einen oder anderen der anwesenden Polizisten ähnlich sahen. Nie war der alte Spruch »Alle sind verdächtig!« besser illustriert worden. Und es genügte, das Spiel zu Ende zu spielen, um denjenigen zu finden, den man für den Richtigen hielt: Er war *zwangsläufig* ein Gefangener – des Computers.

Melchior verfolgte das Ende des Kampfes mit der gleichen

faszinierten Aufmerksamkeit wie die anderen Zuschauer – die sich nicht einmal den Anschein gegeben hatten, ihn zur Kenntnis zu nehmen und ihm einen besseren Platz anzubieten. Der Kommissar musste, wie alle, die zu spät gekommen waren, das Kinn vorstrecken und sich auf die Zehenspitzen stellen.

Als alle Gesichtszüge richtig erfasst waren und die Farben stimmten, zeigte der Bildschirm das digitalisierte Gesicht desjenigen, der Jessica überfallen hatte, in voller Größe. Dann begann der Drucker, Papier-Clone des gesuchten Mannes auszuspucken. Und dann gab es diesen Moment der Erschöpfung und Mutlosigkeit, der traurigen Enttäuschung, die Melchior schon oft allein oder in einer Gruppe verspürt hatte. Niemand lächelte oder schrie fröhlich auf, keiner bekam Herzklopfen, weil er plötzlich das große Los gezogen hatte. Keiner hatte den Vergewaltigter erkannt, der sich aus dieser wandelbaren Mumie entwickelt hatte, die man dabei beobachtet hatte, wie sie sich aufblähte, zusammenfiel, anschwoll und sich veränderte, bis zu dem Zeitpunkt, an dem sie sozusagen live auf dem Bildschirm ein Gesicht zur Welt brachte. Niemand kannte den Verdächtigen.

Die Polizisten gingen schweigend auseinander. Die drei Frauen blieben als Einzige übrig. Melchior beobachtete sie schweigend. Jessica weinte still vor sich hin, während Ariane Mariani und die Begleiterin ihre Hände hielten und versuchten, sie, so gut sie konnten, zu trösten.

Donnerstagnachmittag

Das Phantombild

19

Edith Mulot wohnte in der obersten Etage eines Altbaus in Fontenay-le-Vieil. Die Wände und das Treppenhaus im unteren Teil waren im Laufe der Zeit mehr oder weniger gelungen renoviert worden, aber im Dachgeschoss fand man noch mit Stroh gemischten Gipsmörtel zwischen den Dachbalken, mit Ziegelsteinpulver versetzten Putz, rote Tonfliesen auf dem Boden und völlig ausgetretene Treppenstufen mit Eichenkanten. Melchior mochte all diese alten Dinge. Er stand vor einer Tür und hielt einen Moment inne, um zu Atem zu kommen und zu hören, wie sein Herz schlug. Auf der massiven Holztür klebte eine Fotografie: Edith Mulot in Großformat, die den Besuchern die Zunge herausstreckte und schelmisch aus den Augenwinkeln lächelte. Quer auf dem Foto stand der Name *Edith Mulot*, etwa so wie mit Lippenstift auf einem Badezimmerspiegel. Melchior klingelte.

Nichts rührte sich. Aber dann, als der Kommissar beharrlich weiterklingelte, waren das Geraschel von beiseite geschobenem Bettzeug und geflüsterte Worte zu hören, so etwas wie: »Was ist denn das? ... Es hat geklingelt? ... Ich komme.« Dann wurde es wieder still. Melchior wartete einige Sekunden, bis er mit einem Finger an die Holztür klopfte, was diskreter und fast liebevoll wirkte, und zwar direkt neben dem blonden Haar und der herausgestreckten Zunge.

Die Tür öffnete sich.

»Ah! Sie sind es! ... Wie spät ist es?«

»Halb eins, mittags ... Ich hab Sie aufgeweckt ...«

»Das ist gut so, ich musste sowieso aufstehen.« Edith trug ein großes Männerhemd mit aufgekrempelten Ärmeln. Einige Knöpfe fehlten oder waren nicht zugeknöpft worden. Melchior sah eine rosige Brustspitze über einer weichen Rundung, zart und hell schimmernd.

Nun hatte er die Journalistin zum zweitenmal beim Aufwachen überrascht. Das erste Mal war in seinem Auto gewesen, am Verlaine-Park, als die junge Frau wie ein Baby auf dem Rücksitz eingeschlafen war.

Melchior wusste, dass man Frauen nicht überraschen durfte – und dennoch, hinter diesen verdammten geschlossenen Türen hatte er mehr als eine überrascht! Aber das war in Erfüllung seiner *Pflicht* gewesen. Man darf sie nicht beim Aufstehen stören – zumindest, wenn man sie noch liebt. Auf ihrem ungeschminkten Gesicht hatten die Klauen der Nacht Spuren hinterlassen, die das nicht mehr ferne Bevorstehen von grausameren Verwüstungen ankündigten. Melchior fand Edith schön und begehrenswert, aber ihn befiel echte Verzweiflung, als er spürte, dass diese Schönheit bereits unter den heimtückischen Angriffen der Zeit verging.

»Ich hab sie aufgeweckt«, sagte er noch einmal, als ob er die Stunden zurückdrehen, Edith wieder in den Schlaf geleiten und die Tür wieder schließen könnte.

»Ich war fix und fertig«, sagte Edith gähnend. »Ich hab die ganze Nacht Abzüge gemacht!« Und sie fügte lebhaft hinzu: »Ich hab Fotos vergrößert! Ich werd Sie Ihnen zeigen ...«

»Eins hab ich ja schon gesehen, an der Tür ... Das sollten Sie da nicht hinhängen.«

»Es hat Ihnen nicht gefallen? ... Ich finde es ziemlich witzig.«

»Amüsant, schon, ja, und Sie sind wirklich gut getroffen … Voll und ganz! Und dann steht auch noch Ihr Name darauf … Das ist unklug! Eine Frau, die allein lebt, sollte Sicherheitsmaßnahmen ergreifen. Es gibt Typen, die schauen sich in den Wohnhäusern um … Und Ihres ist ja völlig offen, jeder kann hereinkommen … Das Foto einer hübschen Frau an der Tür, und der Name darauf, das heißt ja geradezu: ›Komm rein, du lieber Saukerl, versuche dein Glück, ich lebe allein, auf dieser Etage ist sonst niemand!‹«

Die Journalistin zuckte mit den Schultern.

»Nehmen Sie doch bitte das Foto mit Ihrem Namen von der Tür!«, beharrte Melchior.

»Wollen Sie, dass ich *Monsieur* und *Madame* dranschreibe?«

»Schreiben Sie einfach *E. M.*, das genügt. Die Leute, die Sie kennen, wissen dann, dass Sie das sind.«

»Wirklich? Unten auf dem Briefkasten steht auch mein Name.«

»Nehmen Sie nur den Anfangsbuchstaben Ihres Vornamens, und schreiben Sie nicht hin, welche Etage … Und wie sieht Ihr Schloss aus? … Hm, auch nicht einbruchssicher!«

Mit zwei Fingern griff Edith nach einem der Holzknöpfe an Melchiors Dufflecoat. Sie zog den Kommissar in die Wohnung und schlug die Tür mit einer geschickten Zehenbewegung zu. Das Männerhemd rutschte ihren Schenkel hoch und enthüllte einen strammen kleinen Hintern, der für eine Zehntelsekunde vor Melchiors Augen aufblitzte.

Sie standen sich dicht gegenüber. Ihre Blicke suchten sich und wichen einander aus. Edith löste sich von ihm und machte drei große Schritte zu einer Tür, an der ein weißer Kittel an einem Nagel hing. Auf dem Kittel waren Brandflecken, schwarze Streifen und gelbliche Säurespritzer. Die Journalistin schlüpfte in den Kittel. Am Kragen über der Brusttasche steckten rostfreie Metallklammern.

Melchior musste an den blutigen Bauch von Sylvaine Valentin denken, an die Wundränder, die mit Metallklammern zusammengeheftet waren …

»Ich zieh das Ding an, wenn ich Fotos mache«, erklärte Edith und schnürte den Gürtel des Kittels zu.

Melchior sah sich in der Wohnung um. Durch drei spitzwinklige Dachfenster, die man mit der Hand nicht erreichen konnte, fiel ein trüber Lichtschein. Die Dachbalken waren nicht verkleidet, an den cremefarbenen Wänden hingen Plakate von Kunstausstellungen und Theateraufführungen, dazu kamen einige Schwarz-Weiß-Fotos in billigen Rahmen: Wasser, das unter Brücken durchfloss.

»Ich weiß, es ist ganz schön unordentlich!«, sagte Edith lächelnd. »Ich bin ziemlich chaotisch … Dieses Appartement gehört mir eigentlich nicht …« Sie hielt einen Moment besorgt inne. »Ein Bekannter hat es mir überlassen. Er hat für längere Zeit einen Job am anderen Ende der Welt gefunden, bei Radio France in Übersee. Kennen Sie den Sender?«

Melchior sagte, dass er im Fernsehen davon gehört habe. Er fügte hinzu, dass ihm die Unordnung recht bescheiden vorkomme und nicht chaotisch wirke. Dann fiel sein Blick auf das aufgeschlagene Bett, das sicher noch die Wärme von Edith Mulots Körper bewahrte. Er roch leichten Parfümduft.

Die junge Frau trat in das unbeleuchtete Zimmer, in dessen Tür ein Nagel steckte, auf dem normalerweise ein angesengter weißer Kittel hing.

»Sehen Sie sich das an«, sagte sie, als sie kurz darauf mit einer Hand voll Fotos zurückkehrte.

Melchior nahm die Fotos. Edith suchte etwas. Auf dem Tisch, unter einer Zeitungsseite, neben einer Tasse mit einem klebrigen Kaffeerest wurde sie fündig.

»Ich hab Sie noch nie mit Brille gesehen«, sagte Melchior.

Edith setzte die Brille auf, und Melchior verspürte einen

kleinen Schauder, der in ihm ein nostalgisches Lächeln hervorrief.

»Die steht mir einfach nicht!«, erklärte Edith. »Die Gläser sind zu groß, zu rund, fast wie Bullaugen von einem Ozeandampfer.«

»Aber von einem sehr schönen Schiff!«, sagte er ein wenig zu schnell. »Ich kenne einen guten Optiker in Villeneuve-Fontenay. Ein Freund von mir, der noch wie früher arbeitet. Er macht Brillen nach Maß, wenn er Lust dazu hat und man ihn darum bittet. Ich werde Sie zu ihm bringen. Er wird sich nach Ihren Wünschen richten!«

»Das ist mal ein origineller Vorschlag! ... Was ganz anderes als die üblichen Essenseinladungen!«

»Wir können vorher essen.« Er sah auf seine Uhr. »Mögen Sie gekochtes Rindfleisch? Ich kenne da ein Restaurant ...«

Edith machte ein betrübtes Gesicht, das durch ihre Brillengläser noch schrecklich vergrößert wurde.

In Melchior stieg ein entmutigender Verdacht auf: Sie würde freundlich ablehnen unter irgendeinem Vorwand, der nicht der Wahrheit entsprach.

»Ich komme gerade aus dem Bett, ich bin noch nicht fertig ... Das braucht etwas Zeit, verstehen Sie!« Sie biss sich auf die dunkelrot glänzenden Lippen und stieß fast heftig hervor: »Wollen Sie, dass wir hier eine Kleinigkeit essen? Ich hab Appetit auf ein kleines Frühstück. Ein Omelette, mögen Sie das?«

»Und wie!«

Edith setzte eine nachdenkliche Miene auf. Ihre Lippen wirkten noch sinnlicher, noch voller.

»Oder Rühreier«, sagte sie. »Wie geht das noch mal, mit den Rühreiern?«

»Man muss sie mit Butter auf kleiner Flamme verrühren. Dabei dürfen die Eier nicht anbrennen, sie müssen schön cremig und locker bleiben. Am besten geht es im Wasserbad.«

»Können Sie das machen?«

»Ich kann es ja mal versuchen! ... Aber warum Rühreier?«

»Ich weiß nicht ... Das ist romantischer!«

Melchior gestand, dass er bis zu diesem Tage noch nichts von der romantischen Dimension verrührter Eier gewusst habe. Sie mussten beide gleichzeitig lachen, und Melchior zog seinen Dufflecoat aus. Er folgte Edith in die Kochnische. Sie standen dicht nebeneinander, berührten sich versehentlich und machten sich daran, Orangen auszupressen, Brot zu rösten und Teewasser aufzusetzen. Melchior schlug die Eier auf und fügte nach und nach etwas Butter hinzu.

»Sind Sie verheiratet?«, fragte Edith, während sie angelegentlich auf die Keramikkacheln der Spüle starrte.

»Ich war verheiratet.«

»Geschieden?«

»Meine Frau ist gestorben.«

Eine Welle schwappte über Melchior. Ein intensiver Schmerz, der sofort grellem Licht wich. Noch nie war Melchior imstande gewesen, diese Tatsache so einfach, so leicht auszusprechen. Bisher hatte er immer noch Schuldgefühle, das bohrende Empfinden eines Verrats über die Ewigkeit hinaus. Aber das klare Licht verwandelte sich in sanften Glanz. »Ja«, sagte er, »sie ist tot.« Und er spürte, wie Frieden in sein Herz einzog. Er war darüber völlig erschüttert ... Warum hier, warum jetzt? ... Er sah, wie jenseits der Keramikkacheln der Spüle ein weißer Schatten das Bett seines Grabes verließ und sich entfernte. Und dieses Adieu geschah ohne Gewissensbisse und ohne Gram, ohne Trennungsschmerz. Die Trauer war zu Ende. Warum hier? Jetzt? Das war irgendwie ungerecht.

»Oh, tut mir Leid!«, sagte Edith Mulot. Ihre Stimme klang

wie im Film, wenn dieser unvermeidliche Satz ausgesprochen werden musste.

Melchior servierte die Rühreier auf zwei Tellern, deren Ränder mit Kirschen und Blättern verziert waren. Edith setzte sich ihm gegenüber. Sie aßen schweigend und wagten kaum, sich ein paar erstaunte Blicke zuzuwerfen.

»Sie haben noch nicht mal meine Fotos angesehen«, sagte Edith. Melchior wischte sich den Mund und die Fingerspitzen ab, dann zog er die Abzüge zu sich heran, die wie durch ein Wunder nicht von der Tischkante gefallen waren.

»Erst die vom Verlaine-Park! Sie haben gestern Abend keinen Blick darauf geworfen.«

Melchior erkannte sich als Kommissar in ritterlicher Pose, der auf seinem Feldherrenhügel im städtischen Freizeit- und Erholungspark stand ... Die Mulot hatte offensichtlich ausgewählt, was ihr am gelungensten erschienen war: die dramatischen Windstöße im Dufflecoat, das frostige Kondottiere-Profil des Polizisten, Jessicas bleiches und diffuses Leid.

»Wird Ihre Zeitung das bringen?«

»Die Zeitung wird gar nichts bringen! ... Diese Fotos sind für mich ... für Sie ... für die Kleine ... Das ist unsere Geschichte«, schloss sie seufzend.

»Aber Sie ... Sie sind ja nirgendwo drauf? Es gibt kein Foto von Ihnen ...«

»Wenn Sie später gehen, können Sie ja das an der Tür abreißen.«

Melchior blätterte die anderen Abzüge durch.

»Und das, was ist das?«

»Oh, das hat nichts da zu suchen! Ich hab den Stapel in aller Eile hergeholt, und die sind dazwischen geraten!«

Sie beugte sich vor und streckte die Hand aus, während Melchior sich zurücklehnte und die Fotos an seine Brust drückte. Die junge Frau gab nach: »Eigentlich können Sie sie ruhig ansehen!«

Melchior erkannte die Striptease-Tänzerinnen vom *Blue Moon*. Die Fotografin hatte ohne Blitzlicht gearbeitet, mit einem hochempfindlichen Schwarz-Weiß-Film. Es gab einen scharfen Kontrast zwischen der Dunkelheit des Saales und den hellen, nackten Körpern im Lichtkegel des Scheinwerfers. Rund um die Bühne konnte man die Blicke der Männer ahnen, die dümmlich, spöttisch oder mit überheblicher Grausamkeit die Mädchen anstarrten. Eines der Mädchen, das vom Objektiv mit einer verblüffend sanften Bewegung eingefangen worden war, wirkte eher überrascht als zur Schau gestellt. Vor allem ihre Gesichter schienen in voller Unschuld und geistiger Abwesenheit erstarrt zu sein.

»Man könnte meinen, das sind Statuen«, meinte Melchior. »Oder Schaufensterpuppen … Woher kommen diese schönen friedlichen und lächelnden Augen, die niemanden sehen, während alle anderen sie gierig anstarren?«

»Eine Frage des richtigen Augenblicks!«, erklärte Edith. »Eine ästhetische Entscheidung für das magische Anhalten des Kontinuums der Zeit in einem bestimmten Moment … Hab ich mich verständlich ausgedrückt?«

Sie holte eine Schachtel, in der sich weitere Aufnahmen aus dem *Blue Moon* befanden: die Mädchen bei ihren gekünstelten Verrenkungen, ihre vom Schweiß und von der Schminke abgetöteten Gesichter, die durch die Bank einen trostlosen und abgestumpften Eindruck machten. Nur der Hintergrund war immer gleich, wie eine bemalte Leinwand, die man nicht ausgewechselt hatte.

»Man muss einfach nur viele Fotos machen und sein Glück herausfordern, indem man das aufstöbert, was man sucht, was man ahnt, was man voraussieht … den Augenblick der Verklärung … Danach wählt man aus, wirft Aufnahmen weg und hebt nur das auf, was man haben will, was dem Moment entspricht, in dem der wohlwollende Zufall mit der eigenen Idee, mit dem eigenen Gefühl, dem eigenen Begehren zusammentrifft.«

»Das sind sehr schöne Aufnahmen«, sagte Melchior. »Sehr ausdrucksstark … Im Grunde sind Sie doch eher Fotografin als Redakteurin. Trotz allem, was Sie mir einreden wollten.«

»Was diesen Fall betrifft, ist jedenfalls nichts mehr drin! Bei diesem Käseblatt kann ich nichts werden! Ich bin eine kleine Lokalredakteurin, die nur das in die Redaktion weiterleiten soll, was wirklich von Belang ist: Feuerwehrbälle, geklaute Mofas und Auszeichnungen für ehrenamtliche Tätigkeiten! Ansonsten sind wir ein Briefkasten für verschiedene Bekanntmachungen, und Bernier, der Ressortleiter, sagt, dass man mehr Geld verdient, wenn man brandheiße Infos liefert, anstatt sich selbst weiterzuentwickeln. Und wenn eine Sache interessant ist, reißt er sie sich selbst unter den Nagel, zu seinem eigenen Vorteil … Wozu soll ich für einen Artikel schuften, der sowieso nicht gedruckt wird? Natürlich träume ich davon, eine große Geheimreportage zu machen und im richtigen Moment die Schlagzeilen zu liefern! Am liebsten würde ich ein Buch schreiben, in dem von diesem ganzen Abenteuer berichtet wird.«

»Warum nicht, Mulot! Machen Sie sich auf jeden Fall Notizen …«

»Aber, das mache ich doch! … Und auch Fotos. Ein illustriertes Buch, das ist noch besser.«

Sie beugte sich zum Kommissar vor, der dieses Mal nicht zurückwich. Edith wühlte in den Fotos.

»Hier nehmen Sie, das ist ihre geheimnisvolle ›318‹. Ich bin noch mal zurückgegangen, um sie aufzunehmen.« Sie legte die Abzüge auf den Haufen.

»Das ist schon was anderes als diese Polaroids«, musste

Melchior zugeben. »Aber unsere Unbekannte hat inzwischen einen Namen und eine Geschichte ... Sie nennt sich Sylvaine Valentin.«

Er erzählte alles, was er wusste, ohne die von der jungen Journalistin gemachten Porträts aus den Augen zu lassen. Das Gesicht hatte dieselbe ferne Unschuld wie die Mädchen auf der Serie aus dem *Blue Moon*. Es gab so etwas wie eine Handschrift von Edith Mulot, ihre spezielle Art, die Leute zu verfolgen, um sie schließlich jenseits der irdischen Schwere einzufangen, wenn sie sozusagen mit allem abgeschlossen hatten. In dieser schläfrigen und entspannten Blässe lag auch etwas Beunruhigendes, wie bei bestimmten Aufnahmen aus dem Leichenschauhaus – ein Ausdruck, der auch schon auf den Polaroids zu erkennen gewesen war. Aber der Kommissar hütete sich, etwas dazu zu sagen.

»Kennen Sie die Geschichte vom Teermännchen?«, fragte er mit derselben ruhigen Direktheit, die die Journalistin dazu gebracht hatte, ihn zu fragen, ob er verheiratet sei.

»Nein, was ist das?«

»Ich weiß nicht mehr ... Eine Erinnerung. Eine Sache, die mich beunruhigt. Etwas, das wer weiß wie lange zurückliegt ... Das mir ständig im Kopf herumgeht, ich kann mir nicht erklären, warum! ... Eine Geschichte für Kinder, ein Bilderbuch, das ich als Kind gelesen habe ... glaube ich ...«

»Das sagt mir absolut nichts.«

»Irgendwie hängt das mit dem Cour Lachaux zusammen ...«

Und er erzählte von der mumifizierten Leiche, die unter dem Kohlenberg gefunden worden war. Aber er wusste nur wenig. Und je mehr Fragen ihm Edith stellte, umso weniger konnte er ihr antworten. Keine ihrer Vermutungen schien mit den aufgestöberten Erinnerungen zusammenzuhängen. Ein großer dunkler Haufen verbarg weiterhin die Geschichte.

»Übrigens«, sagte er, um die Sache abzuschließen, »man hat nie etwas darüber herausgefunden.«

Er stand auf und holte aus der Tasche seines Dufflecoats ein Blatt Papier, das er auseinander faltete und mit der Hand glatt strich: »Das ist das Phantombild des mutmaßlichen Vergewaltigers der kleinen Jessica.«

»Warum sagen Sie *mutmaßlich?*«

»Das ist die Ausdrucksweise eines vorsichtigen Polizisten. Bei dieser Art von Fällen ist niemals etwas sicher.«

»Ich gehe per definitionem davon aus, dass ein Phantombild *vermutlich* immer mehr oder weniger die gesuchte Person zeigt.«

Edith Mulot suchte und fand erneut ihre Brille. Und Melchior lauerte auf den entscheidenden Moment, in dem sie sie aufsetzte, in dem sie das Haar hinter die Ohren strich, in dem ihr Blick sich verändern und sie einen anderen Gesichtsausdruck bekommen würde.

»Aber, das ist doch ... Moment mal!«, sagte sie und setzte sofort die Brille wieder ab.

Sie ging erneut in ihre Dunkelkammer und kam mit einem Kontaktabzug und einer großen Leuchtlupe zurück.

»Da!«, sagte sie und deutete auf ein Bild des Kontaktstreifens, das sie vergrößert hatte.

»Wer ist das?«, fragte Melchior und beugte sich über die Lupe.

»Der Mann, der aus dem Haus kam, bei ihrer Madame Lacacia, letzte Nacht, erinnern Sie sich nicht?«

Der Kommissar betrachtete sorgfältig das unscharfe Foto, das mitten in der Nacht aufgenommen worden war. Hatte dieses Allerweltsgesicht mit den in der Dunkelheit kaum erkennbaren Zügen wirklich etwas mit dem Mann auf dem Phantombild zu tun?

Edith Mulot meinte ja; Melchior war sich nicht sicher.

20

Eine stämmige Dame öffnete die Tür. Sie hatte zu starke Dauerwellen und trug Pantoffeln mit Bommeln an den Füßen. Sie fragte, ob Melchior einen Termin habe.

»Ich hab heute Morgen angerufen. Sie haben mir gesagt, dass Doktor Lemercier außer Haus auf Visite sei.«

»Ah! … Dann sind Sie wohl der Kommissar, der angerufen hat?« Melchior bestätigte, dass er es tatsächlich sei. Er sah empor zu den weiß gestrichenen Trägern, die das vorspringende Dach dieser schönen Kalksteinvilla stützten. Sie war von den düsteren und ungeordneten Überresten des ehemaligen Parks umgeben, der beim Bau des Parkplatzes für den benachbarten Supermarkt stark verkleinert worden war.

»Ein hübsches Haus!«, sagte er, als er eintrat. Er ging an der Frau vorbei, die einen Schritt nach draußen machte und argwöhnisch zu den Dachrinnen hinaufsah.

Doktor Lemercier kam herein und begrüßte den Kommissar. Er trug eine seiner unvermeidlichen Schmetterlingsfliegen und zeigte sein unverwüstliches, joviales Lächeln. Er streckte Melchior eine offene und freundliche Hand entgegen, die der nur mit den Fingerspitzen berührte.

»Ich hab nur wenig Zeit, bis die Sprechstunde beginnt.«

»Es wird nicht lange dauern«, sagte der Kommissar.

Lemercier schob ihn mit der Schulter in die Richtung seines Sprechzimmers.«

»Kennen Sie diese Frau?«, fragte Melchior und zog ein Foto aus der Tasche.

»Eine hübsche, herausgestreckte Zunge!«, sagte Lemercier anerkennend. »Und kein Belag! … Worunter leidet sie?«

Er wies dem Kommissar einen Sessel zu. Melchior ließ sich in ihn hineinfallen, nachdem er das Foto von Edith Mulot schleunigst wieder eingesteckt hatte – er hatte es abgerissen, als er von ihr fortgegangen war, einige Stufen tiefer hörte er, wie leise die Tür geöffnet und sogleich wieder geschlossen wurde; Edith und er hatten nun ein gemeinsames Geheimnis. »Ich wollte über diese Frau sprechen«, sagte er und zeigte dieses Mal das Porträt von Sylvaine Valentin.

Der Doktor verzog zweifelnd das Gesicht.

Melchior schwenkte das Foto und erklärte: »Das ist die Frau vom Cour Lachaux. Das Opfer im Hafengelände … der aufgeschlitzte Bauch … vorgestern.«

»Erst vorgestern?«, versetzte Lemercier und fuhr mit gekrümmten Fingern durch sein schütteres Haar. »Ich glaube schon, dass sie es ist, ja wirklich … Sie sieht besser aus!«

»Und davor?«

»Vor vorgestern?«

»Genau … Sehen Sie gut hin! Sind Sie ihr schon einmal begegnet?«

Lemercier gab sich etwas mehr Mühe. Er untersuchte das Foto mit Augen, die wie ein Stethoskop aussahen. »Ich sehe so viele Leute, müssen Sie wissen … Aber ich nehme an, dass Sie gute Gründe haben, mir diese Frage zu stellen … Sie sind sich sogar sicher, dass ich diese junge Frau schon einmal getroffen habe! Hat sie Ihnen das gesagt?«

»Sie hat nichts gesagt, aber Sie haben sie wirklich schon abgehorcht.« Melchior nahm sich die Zeit für ein vieldeutiges Schweigen, nicht ganz ohne Schauspielerei; Lemercier wartete in aller Ruhe ab und klopfte dabei mit den Fingern leicht auf die Handflächen der anderen Hand. »Sie sind sehr scharfsinnig, was meine Intentionen betrifft!«, sagte der Kommissar.

»Ich glaube nicht, dass Sie nur einfach so vorbeigekommen sind … Und dann, ich muss gestehen, solche geheimnisvollen Sachen interessieren mich immer ganz besonders.«

»Das ist mir schon früher aufgefallen. Sie lieben es, an Tatorten aufzutauchen ...«

»Ich habe mich einst sehr stark für die Gerichtsmedizin interessiert ... Aber Sie wissen ja, was das bedeutet: ein dürftiges Gehalt, Arbeit in einem baufälligen Leichenschauhaus mit geringem Ansehen. Ich hatte großes Interesse, aber nicht genügend Opferbereitschaft.«

»Sie könnten sich immer noch auf die Liste der vereidigten Fachleute setzen lassen. Sie haben das nicht gemacht ... aber Sie werden oft gerufen.«

»Die Feuerwehrleute rufen mich als Arzt hinzu, aber nicht als Vertreter der Gerichtsbarkeit. Ich will mich nicht als Gerichtsmediziner ausgeben, wenn ich keiner bin! Außerdem gibt es in Frankreich keine anständige Ausbildung mehr. Man muss in die Schweiz gehen oder nach Kanada.«

»Professor Zerbib hat auch schon so etwas gesagt.«

»Ja? Wir haben bei Gelegenheit schon mal darüber gesprochen. Zerbib hat sich auch mal für Gerichtsmedizin interessiert.«

»Sie kennen sich? Sehen Sie sich öfter?«

»Nur selten ... Ich bin nur ein einfacher praktischer Arzt, er hingegen ist ein Spezialist und Star auf dem Gebiet der medizinisch unterstützten Fortpflanzung! Aber manchmal gibt es Berührungspunkte unter Kollegen ...« Lemercier legte eine Kunstpause ein. »Herr Kommissar, ich bewundere die Art, in der Sie dieses Gespräch führen, als ob nichts Besonderes los wäre. Sie gehen von einem Foto von irgendjemand anderem aus, aber im Grunde wollen Sie mich sezieren!«

Melchior nahm eine grimmige Miene an und beobachtete durch die blickdichten Fenster die Bewegungen der Zweige im Park – ein Bild der Natur wie chinesisches Schattentheater. »Diese junge Dame nennt sich Sylvaine Valentin«, gestand er fast bedauernd.

»Das sagt mir auch nicht mehr.«

»Können Sie in Ihren Akten nachsehen?«

»Ah! Sie sind sich also sicher, dass sie hier gewesen ist.«

»Ihr Name und Ihre Unterschrift stehen auf einem Dokument, das sie betrifft.«

»Ein Rezept?«

»Eine Schwangerschaftsbescheinigung … für das zuständige Amt.«

Doktor Lemercier machte ein kleines Geräusch mit dem Mund, ebenso amüsiert wie interessiert. »Ah, ja! Dann war ich es also, der sowohl ihre Schwangerschaft als auch ihre Entbindung festgestellt hat … Wenn ich so sagen darf!«

Er stand auf und ging zu einem Metallschrank, aus dem er eine lange Schublade herauszog. Dann wandte er sich zu Melchior um, der ihn ohne Sympathie beobachtete. »Wenn mein Röntgenbild der kleinen Idee, die Sie im Kopf haben, richtig ist«, sagte er, »sind Sie nicht weit davon entfernt, mich zu verdächtigen … Die Umstände, unter denen dieser Bauch aufgeschlitzt wurde, weisen, so entsetzlich sie auch waren, eine ›ärztliche‹ Handschrift auf, nicht wahr? … Sie suchen einen Arzt, der die Tat begangen haben könnte! Einen verrückten Doktor, der, nachdem er die Schwangerschaft einer bis dahin unbekannten Patientin bestätigt hat, sie verfolgt und ihr ihren Fötus stiehlt, um damit irgendein grauenhaftes pseudowissenschaftliches Experiment durchzuführen!«

Lemercier rollte mit seinen weit aufgerissenen Augen wie in einem Stummfilm.

»Reden Sie nur weiter!«, sagte Melchior freudlos.

»Man stiehlt viele Hunde und Katzen für Laborexperimente! Und man verstümmelt Kinder in der Dritten Welt, um ihnen Organe für Transplantationen zu entnehmen … Sagen Sie mir nicht, dass das Ihre Hypothese ist!«

»Ich arbeite nicht mit Hypothesen.«

»Aber ja doch! Und Ihre Hypothese ist nicht richtig. Sie ist nicht richtig, weil sie vom Gefühl ausgeht. Und sie geht von persönlichen Gefühlen aus, wo nur die reine Vernunft herrschen sollte!«

Melchior fühlte sich unbehaglich. »Was wollen Sie mir sagen, Doktor?«

»Sie hätten es gern, wenn ich Ihr idealer Schuldiger wäre.«

»Was für eine Idee!«

»Sie sind mir gegenüber schon immer feindselig gewesen ... Warum? Ich weiß es nicht ... Eine Frage der Chemie ... Oder ist Ihnen vielleicht mein Geruch unangenehm? Oder meine Fliege?«

»Ihre Fliegen mag ich in der Tat nicht.«

»Na bitte! Das ist der Schlüssel, der uns gefehlt hat! Die Genesung ist nicht mehr fern! ... Valentine, wie?«, fragte Lemercier in ganz ruhigem Tonfall.

»Sylvaine Valentin.«

»Ah, ja, Valentin!«

Lemercier wechselte die Schublade und blätterte mit geschickten Fingerbewegungen die Akten durch.

»Keine Valentin!«, sagte er nach mehreren fruchtlosen Vorwärts- und Rükwärtsdurchgängen.

»Ist das normal?«

»Bei einer Erstuntersuchung lege ich nicht immer gleich eine Akte an ... aber bei einer Schwangerschaft ... da hätte es eine Folgeuntersuchung geben müssen ... Wenn ich diese Schwangerschaft von Anfang bis Ende betreut hätte, würde ich mich bestimmt daran erinnern. Man müsste mal bei der Mütterberatung nachfragen. Sie wissen nicht, wer sich danach um Valentine gekümmert hat?«

»Ihre Akte ist verschwunden? Das ist doch, was Sie denken, nicht wahr?«

Lemercier wirkte zugleich erstaunt und nachdenklich. Da

der Kommissar nicht auf seine Frage geantwortet hatte, hielt er sich auch zurück, aus Vergeltung – oder aus Vorsicht. Er sah auf seine Uhr: »Meine Sprechstunde beginnt gleich.«

Melchior stand auf, und seltsamerweise drückte die Hand, die er Lemercier hinstreckte, eine gewisse Herzlichkeit aus, so, als ob er Frieden schließen und ein Bündnis besiegeln wolle. Lemerier verhielt sich dagegen eher defensiv.

»Die kleinste Spur – von was auch immer – könnte nützlich für uns sein«, sagte der Kommissar. »Hat Sylvaine Valentin Sie vielleicht mit einem Scheck bezahlt? Auf einem Scheck steht eine Adresse, ein Datum ... Ich meine wirklich, die kleinste Spur!«

Der Doktor nickte, ohne seine besorgte Miene aufzugeben. »Das erfordert umfangreiche Nachforschungen!«

»Ich kann Ihnen das genaue Datum geben, an dem sie hier war«, sagte Melchior beharrlich.

Er zog einige Papiere aus der Tasche, fand, was er suchte, und schrieb das Datum auf den Rezeptblock, der offen auf dem Schreibtisch lag. Dann suchte er erneut zwischen den Fotos herum, die er allerdings hinter der Hand verbarg, für den Fall, dass versehentlich eine Stripperin aus dem *Blue Moon* darunter geraten war.

»Jetzt fällt es mir wieder ein!«, sagte Lemercier. »Das erste Foto, das Sie mir gezeigt haben, war das nicht diese kleine Journalistin? ... Edith Mulot, nicht wahr?«

Ein heftiger Anfall von mörderischer Eifersucht überkam Melchior in seinem Inneren, aber er ließ sich nichts davon anmerken.

»Spielt sie in diesem Fall eine Rolle?«

»Jeder kann in diesem Fall eine Rolle spielen«, sagte Melchior wie ein typischer Polizist und wenig einfallsreich.

»Wollen Sie die Akte von Mademoiselle Mulot haben? Habe ich das Recht, sie Ihnen zu geben? Bin ich dazu gezwungen? Zu den juristischen Fragen der Schweigepflicht gibt es in den medizinischen Handbüchern nur einen kurzen Überblick, genauso wie zur Gerichtsmedizin.«

Lemercier zog mit wiedergefundener Befriedigung eine weitere Schublade auf. Er hatte Melchiors Unbehagen gespürt und wollte sich dafür erkenntlich zeigen.

»Hören Sie auf damit!«, sagte der Kommissar. »Sehen Sie sich lieber das hier an!«

Er stellte sich in diesem Augenblick vor, wie der ekelhafte kleine Doktor Lemercier im Unterleib von Edith Mulot herumwühlte, schwenkte dann aber mit festem Griff das Phantombild von Jessicas Vergewaltiger vor den Augen des Arztes.

Lemercier schob die Schubladen zu und nahm den Computerausdruck, den Melchior ihm hinreichte.

»Was hat er getan? Ist das Ihr Verdächtiger Nr. 1? Habe ich für ihn ein Rezept unterschrieben?«

Lemercier sah sich aufmerksam das Phantombild an. Melchior hatte die Augen unbeweglich auf das Gesicht des Doktors gerichtet. Er spürte sofort, dass Lemercier den gesuchten Mann kannte. Würde er es zugeben?

»Ja … ich habe dieses Gesicht schon mal gesehen … oder zumindest jemanden, der so ähnlich aussieht«, sagte Lemercier. »Das ist kein richtiges Foto …« Er drehte das Blatt Papier um, als ob die Antwort auf der Rückseite stünde. »Wer ist das bloß? Ich weiß nicht so recht … Das ist eher eine vage, ferne Erinnerung. Ein schlichtes Gefühl des Déjàvu … das immer mehr entschwindet, je mehr ich mich darauf zu besinnen versuche … Auf den ersten Blick dachte ich, ich erkenne jemanden, aber jetzt bin ich mir nicht mehr sicher.«

Lemercier log nicht, das spürte Melchior genau.

»Versuchen Sie, sich zu erinnern … das ist wichtig! Rufen

Sie mich an, wenn es Ihnen wieder eingefallen ist, einverstanden?«

Er schrieb seine Telefonnummer auf den Rezeptblock, unter das Besuchsdatum von Sylvaine Valentin, und griff nach dem Phantombild in den Händen des Arztes.

»Lassen Sie mir das bitte hier«, sagte Lemercier. »Das wird mir helfen.«

Melchior zögerte.

»Ich hab im Moment kein anderes, und …«

Er wusste, dass das nur ein Vorwand war. Es gab noch keine Entscheidung darüber, ob dieses Phantombild veröffentlicht werden solle. Überdies misstraute Melchior dem Bild weiterhin: Wo lag die Wahrheit zwischen Jessicas Beschreibung und der Computermontage? Ein Phantombild, das nur auf einer einzigen Aussage beruhte, konnte nur als eingeschränkter Hinweis gelten. Und man gab Hinweise grundsätzlich nicht an alle Leute weiter, die man traf.

Es klingelte, und der Kommissar vernahm das Huschen von Pantoffeln. Eine Tür wurde geöffnet und geschlossen, Geflüster, weitere Türgeräusche und die Dauerwellenfrau steckte Ihren Kopf herein: »Doktor, Madame Da Silva ist mit ihrem Baby da. Es geht ihm anscheinend sehr schlecht.«

»Lassen Sie sie hereinkommen. Wir sind gerade fertig.«

Melchior kam die Frau viel jünger vor als bei seiner Ankunft. Vielleicht wegen des weißen Kittels, den sie inzwischen angezogen hatte. Sie musste etwa fünfzig sein, und ihre braunen Locken erinnerten an Sylvaine Valentin … die allerdings keine Dauerwellen hatte! Die Ähnlichkeit lag irgendwo anders, war undefinierbar. Vielleicht in dem ängstlichen Schmerz, den dieses Gesicht unter seiner oberflächlichen Munterkeit durchschimmern ließ.

Aber sollte er nicht lieber an Joséphine Lacacia denken …? Oder an Odile Melchior, an die Stunden, an die Tage und die

Wochen, in denen es ihr gelungen war, das Geheimnis ihres baldigen Todes zu verbergen?

Melchior blieb einen Moment erstarrt stehen, so, als hätte er noch etwas zu sagen. Dann trat eine rundliche kleine Dame ein, die ein Kind auf dem Arm hielt, das dick in einen weißen Leinenburnus eingemummt war. Das Gesicht des Säuglings glänzte fiebrig rot, und der Atem rasselte.

Der Kommissar schlich auf Zehenspitzen davon.

21

Es war eine unbeständige Jahreszeit mit wechselndem Licht. Der feuchte Wind trieb dicke Wolken von Westen nach Osten, die ab und zu die fahle Sonne verdeckten. Kommissar Melchior hing seinen Gedanken nach, die von Erinnerungen und Vorwürfen hin und her getrieben wurden.

Er ging zu Fuß zum Sainte-Cécile-Viertel. Immer wieder wurden seine schnellen Schritte durch Kreuzungen, Querstraßen und ärgerliche Hindernisse gebremst: Fahrzeuge, die auf dem Gehweg parkten, Absperrungen von Baustellen und Hundehaufen, die zu stinkenden Blumenblüten breitgetreten waren.

Unwillkürlich verfiel er in eine langsamere Gangart, und schließlich trödelte und flanierte er wie ein Tourist durch die Gegend. Melchior ärgerte sich darüber und machte wieder größere Schritte. Hin- und hergerissen zwischen zwei widerstreitenden Geschwindigkeiten bewegte er sich nun, als würde er von einem akuten Gelenkschmerz behindert. Er wirkte wie ein entschlossener und rachsüchtiger Mann, den ein innerer Gegenwind am Vorankommen hinderte.

Melchior wäre am liebsten über die Bürgersteigkanten gehüpft. Er wäre gern im Zickzack an den dunklen Stämmen der Kastanien vorbeigestürmt wie ein Spatz in Höchstgeschwindigkeit. Er wäre gern um die Straßenlaternen gekreist, indem er sich mit einer Hand festhielt, während die andere die Schultasche durch die Luft fliegen ließ und er mit dem Mund das dröhnende Propellergeräusch eines Bombers nachahmte – wie in der Wochenschau im *Concordia*.

Aber es war schon eine Ewigkeit her, dass das alte Stadtteilkino einem Spekulationsobjekt weichen musste, bei dem fünf von sieben Etagen noch nie vermietet worden waren. Die abenteuerlichen Traumbilder waren mit dem Abbau der großen, vergilbten Leinwand zerstört worden. Übrig gebliebenen waren nur viereckige Kästen, die jeder für sich zu Hause hatte – und die, wenn man ehrlich war, keine Träume auslösten.

Melchior spürte, dass all das gelaufen war und dass es nie wieder so sein würde, wie es einmal war. Und seine Träume, an die er sich kaum mehr erinnerte, würden sich nicht mehr erfüllen.

Mit Erleichterung sah er am Ende der Straße die Fassade der Klinik Sainte-Cécile.

Er beschleunigte seine Schritte und verschwand in der Eingangshalle. Was er Doktor Zerbib zu sagen hatte, würde sicher einiges Durcheinander hervorrufen. Melchior freute sich schon im Voraus darauf.

Aber Zerbib war schneller: »Ah! Kommissar, Sie kommen gerade rechtzeitig, ich wollte gerade zu Ihnen! Stellen Sie sich vor, eine meiner Assistentinnen hat unsere geheimnisvolle Schwangere von Zimmer 318 erkannt. Sie heißt Sylvaine Valentin! … Sie werden es mir nicht glauben, aber diese junge Frau hat ihre Geburtsvorbereitung in meiner eigenen Abteilung gemacht, im Gemeindekrankenhaus. Wir haben ihre Akte … Hier ist sie!«

Ein triumphierender Zerbib reichte dem konsternierten Kommissar einen der großen gelben Papierumschläge, die man für Röntgenaufnahmen benutzte. Melchior nahm ihn mechanisch entgegen.

»Chalgrin hat mir gesagt, dass ich Ihnen diese Informationen ruhig geben darf. Ich hab mit ihm über die Schweigepflicht gesprochen, und der Staatsanwalt hat für mich in diesem Fall das Berufsgeheimnis aufgehoben! … Übrigens, ein recht bescheidenes Geheimnis, aber so bekommen Sie zumindest eine Adresse … Mein Freund Chalgrin war sehr erfreut, dass er auf diese Weise Ihre Untersuchung wieder in Gang bringen kann, die ja wohl kaum vorangekommen ist … Und Sie, mein lieber Kommissar, haben Sie mir etwas zu sagen?«

Zerbib legte freundschaftlich einen Arm auf Melchiors Schultern und zog ihn aus dem Kreis der mumienhaft erstarrten Patienten heraus, die hinter einem künstlichen Pflanzenvorhang auf Plastikbänken warteten.

»Sie sagen mir nichts Neues«, knurrte der Kommissar. Er fixierte Zerbib mit einem schrägen Blick von unten, der mit einem düsteren Lächeln beantwortet wurde. »Meine Frage lautet: Warum haben Sie uns verheimlicht, dass Mademoiselle Valentin eine Patientin von Ihnen ist?«

»Aber, aber! Wir haben absolut nichts verheimlicht! … Weder Rodier noch ich hatten etwas mit dieser Person zu tun, deren Schwangerschaft völlig normal verlief. Die Geburtsvorbereitung wird in Zusammenarbeit mit Studenten aus den höheren Semestern durchgeführt … Den Namen der Assistentin, die das Ganze leitet, finden Sie da drin.«

Er tippte auf den großen Umschlag, den Melchior unter den Arm geklemmt hatte. Der Kommissar drückte den Ellbogen an sich, als wolle man ihm die Akte wieder wegnehmen.

»Ihr Name steht auch ... in den offiziellen Papieren«, zischte Melchior giftig.

»Gewiss! Mein Stempel. Als Verantwortlicher für die Abteilung.«

Der Kommissar verzog zurückhaltend das Gesicht, da er einige Zweifel an der Wahrhaftigkeit dieser schönen Antworten hatte. Er wusste im Moment nicht so recht, wie er sich verhalten sollte. Ihm fehlten Chemineaus ungestüme Vorstöße. Daher zog er das zerknitterte Phantombild aus der Tasche.

»Kennen Sie diesen Mann?«

Melchior hatte – wie bei Lemercier – den Eindruck, dass Zerbib glaubte, jemanden erkannt zu haben.

»Wer ist das?«, fragte Zerbib mit unsicherer Stimme.

»Sie kennen ihn?«

»Hm ... nein. Sagen Sie mir, wer das ist.«

»Das hätte ich gern von Ihnen gehört!«

Trotz seines bohrenden Blicks und seiner zweideutigen Anspielungen spürte der Kommissar instinktiv, dass nichts dabei herauskommen würde.

»Kennen Sie ihn nun, ja oder nein?«, beharrte er.

Zerbib machte eine unbestimmte Handbewegung.

»Das Bild ähnelt allen möglichen Typen.«

Melchior dreht das Bild zu sich um und sah es prüfend an.

»Mir jedenfalls nicht!«, sagte er und steckte das Blatt wieder ein. »Und Ihnen auch nicht!«

Er ging zur automatischen Glastür, die sich öffnete, als er einen Fuß auf den Abtreter setzte – und offen stehen blieb, da er sich auf der Stelle umwandte.

»Bis bald, lieber Doktor Zerbib, und rufen Sie mich bitte an, wenn Sie wieder eine gute Nachricht haben! Wenn Sie sich zum Beispiel an dieses Allerweltsgesicht erinnern ... Wie Sie wissen, handelt es sich um einen Gewalttäter!«

Zerbib rührte sich nicht. Er hatte seine Fäuste nur tief in die Taschen seines Kittels gebohrt. Melchior drehte sich um und stand unverhofft Marcel gegenüber.

Wie in der letzten Nacht am Eingang vom *Blue Moon.* Marcel sah genauso unglücklich und nervös aus, weil er ihm nicht rechtzeitig aus dem Weg gegangen war. Melchior erinnerte sich an die Zeit in der Grundschule, als Marcel dieselbe hinterhältige und verschlagene Miene gegenüber dem Lehrer aufsetzte, dem dadurch täglich die Nutzlosigkeit seiner pädagogischen Illusionen vor Augen geführt wurde.

»Was zum Teufel treibst du hier?«, fragte Melchior. »Bist du schwanger?«

»Sehr witzig! Deine urkomischen Sticheleien haben mich schon in meiner Jugend begeistert, Kommissar! Wir sollten uns öfter sehen.«

»Nur zu, hier bin ich! Nutze die Gelegenheit.«

»Keine Zeit, ich bin verabredet ... Komm zum *Blue Moon*, wann immer du willst.«

Marcel wandte sich in Zerbibs Richtung, der von Ferne zusah. Als sich die Blicke der beiden Männer trafen, merkte Melchior, dass sie sich kannten und dass seine Anwesenheit irgendetwas verhinderte. Zerbib drehte sich allzu abrupt um: »Nun, Madame Dupin, haben wir nicht einen Termin?«, sagte er mit übertrieben lauter Stimme.

Eine junge Frau stand auf, indem sie sich auf die Lehnen ihres viel zu niedrigen Sessels stützte. Sie ging watschelnd auf den Doktor zu, während sie ihren Bauch vor sich herschob, der durch eine triumphale Schwangerschaft aufgebläht war.

»Wir werden ein hübsches Zwillingspaar bekommen«, beglückwünschte sich Zerbib und deutete auf eine angelehnte Tür, vor der eine Krankenschwester wartete.

Melchior ging hinaus. Nach einigen Schritten drehte er sich um. Er blieb stehen, bevor sich die automatische Tür wieder öffnete. Hinter der spiegelnden Glastür sah er, wie Marcel kurz mit Zerbib sprach: einige schnelle Sätze durch den Spalt einer sich schließenden blaugrünen Tür, und Zerbibs Mimik, die eindeutig besagte, dass das jetzt wirklich nicht der richtige Moment sei.

Die Buslinie 207 brachte den Kommissar bis zur Haltestelle des Gemeindekrankenhauses. Melchior fuhr gern mit dem Bus. Man war unter Leuten, konnte das Leben beobachten und seinen Gedanken nachhängen, ohne befürchten zu müssen, eine rote Ampel zu überfahren oder die Stoßstange des Vordermanns zu demolieren. Melchior war ein Streifenpolizist, ein Plattfußbulle, ein Pflastertreter. Er würde am liebsten alles zu Fuß erledigen, und zwar in einem fest umrissenen Bezirk wie dem Fontenay-le-Vieil seiner Jugend, als die Äcker und das Brachland sich den Raum im Westen teilten, der zwischen den beiden Armen des Zusammenflusses von Marne und Seine, den Glacis der Festungsanlagen und dem Rangierbahnhof lag. Heute hatte sich die Ortschaft zu sehr ausgedehnt, jeder Fleck war zugepflastert, weiträumig und eintönig, man musste mit dem Auto fahren und sah nichts mehr, hatte für nichts mehr Zeit.

Während der Kommissar hinten im warmen Bus saß, versuchte er, sich das Leben der anderen Fahrgäste vorzustellen. Zu dieser Zeit war noch nicht viel los. Sobald der Feierabendverkehr einsetzte, würden die Menschenströme zwischen der Hauptstadt und den Vororten aufeinander treffen und die Arbeiter sich im Schweiß gemeinsamer Erschöpfung zusammendrängen. Aber schon jetzt waren die Blicke gedrückt und schicksalsergeben – und Melchior wusste, dass sein eigenes Gesicht keine Ausnahme bildete. Trotzdem stiegen ab und zu etwas fröhlichere Grüppchen ein, die für eine Weile mitfuhren: laut miteinander redende oder verliebte

Schüler, alte Bekannte aus dem Stadtteil, die von einem gemeinsamen Besuch zurückkehrten, eingewanderte Arbeiter, die sich freuten, plötzlich ihre Muttersprache zu hören, und Familien, in denen abwechselnd gelobt und geschimpft wurde.

Melchior merkte bald, dass er zu dem »harten Kern« von Fahrgästen gehörte, die bis zur Endstation mitfuhren ... »Besuchen Sie das Gemeindekrankenhaus, berühmt für seine Schmerzen, seine Ängste und seine vorschriftsmäßig gepflegten Rasenflächen!« So gesehen, war es kein Wunder, dass sich auf den Gesichtern Sorgenfalten, heftige Schweißausbrüche, zuckende Augenlider, zusammengepresste Lippen und verängstigte Blicke abzeichneten.

Der Bus fuhr an den Mauern der Fabrik Schüffer & Verjoux entlang. An Mauern, die über und über mit Graffiti besprüht waren, welche allerdings zum Teil durch Flugblätter und Plakate verdeckt wurden: *Nein zum Sozialplan! ... Schluss mit den Entlassungen! S & V wird weiterleben! ... Rettet das Unternehmen!*

»Das ist die Krise, mein Lieber!«, knarrte eine raue Stimme. »Noch zehn oder fünfzehn Jahre, und alles geht endgültig den Bach runter, nicht wahr?«

Melchior wandte sich dem Mann zu, der seinem Blick gefolgt war. Ein bläulich rotes Gesicht, angeschwollen durch die verpestete Luft der Städte. Tagsüber auf der Suche nach einer Ecke, wo er in der Gosse dahinvegetieren kann, und nachts nur kurze Phasen des Schlafes mit schlechten Träumen, die von heftigen Angstschüben unterbrochen werden: ein Obdachloser.

Der Anzug des Mannes sollte den Schein wahren, aber der Kommissar sah auf den ersten Blick, dass es sich um ein altmodisches Modell handelte, das aus der Altkleidersammlung stammte.

»Hallo, Melchior! Erkennst du mich gar nicht wieder?«

Der Kommissar starrte in einen Mund mit schlechten gelben Zähnen, der zu einem schwarzen, hohlen Lächeln geöffnet war. Die ebenfalls gelblichen Augen verschwammen hinter verquollenen Lidern.

Das dreckige Lachen verschwand, als dem Mann einfiel, dass ihn niemand – und wahrscheinlich nicht mal er selber – wiedererkennen konnte. »Bazin!«, sagte er entschuldigend.

Dieser Name rief in Melchiors Erinnerung vage ein Gesicht hervor, das sich aber beim Anblick des Unbekannten sofort wieder verflüchtigte.

»Guter Gott! Bazin!«, rief Melchior verblüfft aus. »Kommissar Bazin!«

»Oh! Ich bin nicht mehr Kommissar ...« Er schaute sich Rat suchend um. »Ich bin gar nichts mehr!«, sagte er trotzig.

Er setzte sich auf den Platz, den eine große, verhärmte Frau freigemacht hatte, die offenbar zu geruchsempfindlich war.

»Und du, bist du immer noch bei dem Verein?«

»Ich bin der Chef ... hier, in Fontenay-Central.«

»Scheiße, verdammt! Du kannst deinen Kollegen vom Außendienst sagen, dass ...«

Er sprach seinen rachsüchtigen Satz, der einen üblen Beigeschmack von Verbitterung hatte, nicht zu Ende. Anscheinend hatte er in Melchiors Augen Erinnerungen aus einer Zeit aufsteigen sehen, als Kommissar Bazin die Obdachlosen verächtlich duzte, bevor er sie gnadenlos einlochte, wenn es ihm gerade in den Sinn kam. Bazin, der so oft »Halt die Schnauze!« geschrien hatte, wenn einer dieser armen Teufel wissen wollte, wie seine unmittelbare Zukunft aussah.

»Was ist mit dir los?«, fragte der Kommissar ohne Umschweife. (Sätze wie »Was ist aus dir geworden?« oder »Wie laufen die Geschäfte?«, wären jedenfalls fehl am Platze gewesen.)

»Scheiße, das ist alles!«

Melchior verstummte mit einem bitteren Zug um den Mund. Schweigen breitete sich aus. Bazin hatte nichts zu erzählen, worauf er stolz sein konnte, aber es war wahrscheinlich, dass ihm seit langem niemand mehr zugehört hatte. Und es war auch wahrscheinlich, dass Begegnungen mit seiner Vergangenheit nicht sehr häufig vorkamen. In welchem Provinzrevier waren sie überhaupt Kollegen gewesen? Anscheinend hatte Bazin das Bedürfnis verspürt, mit jemandem zu sprechen, denn er hatte sich nicht verkrümelt, als er Melchior erkannte.

»Ich hab die Polizei verlassen, in einem Moment ... Eine Dummheit!«, gestand Bazin, ohne dass man wusste, ob diese Dummheit zu seiner Entlassung geführt hatte oder nur eine Fehlentscheidung gewesen war.

»Danach hab ich einen Schutz- und Sicherheitsdienst auf die Beine gestellt«, fuhr er nach neuerlichem Schweigen fort. »Das ist nicht so gelaufen, wie es sollte ... der Laden ist Pleite gegangen. Ich hatte alles da reingesteckt und war blank. Es gab Prozesse mit den Gläubigern, meine Frau ist mit den Kindern abgehauen, und ich bekam Depressionen ... Ja! Ich hab tatsächlich so was gehabt! Wie reiche Weiber oder Rockstars! ... Ich bekam keine Stütze mehr. Ich bekam einen Job, bei dem ich vor einer Bank Wache schieben musste, aber mein Chef ist auch Pleite gegangen. Dann hab ich zu viel gesoffen, und niemand wollte mich mehr einstellen ... Ich hatte keine Wohnung mehr, und dann, wenn dir das passiert, dann bist du am Ende des Weges, du kommst in eine andere Welt. Zwei oder drei Nächte auf einem Gitterrost der Metro, und deine Visage ist unverkäuflich. Du wachst jenseits des Spiegels auf, du bist bereits tot, ohne es zu wissen ... Nun, so weit bin ich heruntergekommen! Die ›Freunde alter Menschen‹ haben mir Fahrkarten und einen Übernachtungsgutschein gegeben ... Weißt du, wie die sind, diese Menschenfreunde ... *Erst Blumen und dann Brot ...*« Mit einem falsch klingelnden Lachen stand er auf. »Auf dem Tisch im Speisesaal stehen immer Blumensträuße, die Suppe kommt erst danach. Eines Tages hat ein Typ die Blumen aufgegessen und gesagt, dass ihm das nichts ausmachen würde, er sei Vegetarier! Die sind verrückt, diese Vegetarier! ... Wie die Penner und diese Menschenfreunde! ... Da hilft auch keine Polizei!«

Bazin reichte ihm eine geschwollene und vor Kälte erstarrte Hand, die Melchior mit so viel brüderlicher Männlichkeit schüttelte, wie er konnte.

»Warte, du brauchst doch bestimmt ein bisschen Knete!«, sagte er und steckte die Hand in die Tasche.

Aber die aussteigenden Fahrgäste hatten Bazin bereits mit nach draußen gerissen.

»Komm mal bei mir vorbei!«, rief Melchior.

Die Tür hatte sich bereits wieder geschlossen. Bazin machte lächelnd ein Zeichen, um zu sagen, dass alles gut werden würde. Aber er hatte die letzten Worte des Kommissars nicht gehört.

Das letzte Stück der Fahrt verlief in einem Nebel des Unbehagens. Eine dumpfe Furcht grummelte in Melchiors Magen. Er ließ die guten Gründe Revue passieren, die Bazin in die Gosse geführt hatten; er zählte die moralischen Fehler auf, die sein ehemaliger Kollege mit Sicherheit begangen hatte, bevor er bestraft wurde, wie er es verdient hatte; er versuchte, die Grundeinstellung einzuschätzen, die wahrscheinlich das eigentliche Motiv für diesen Abstieg ins Pennerdasein war. Er suchte nach allem, was ihm half, sich nicht mitschuldig für dieses Scheitern zu fühlen, und – vor allem – was ihn vor einem ähnlichen Schicksal bewahren könnte.

Mit einem flauen Gefühl im Magen setzte Melchior sich auf eine Bank im Flur der Entbindungsstation und zog die Unterlagen zu Sylvaine Valentin aus dem gelben Umschlag. Bei der Lektüre versuchte er zu vergessen, was Bazin ihm sagen wollte. Er erfuhr nichts Besonderes. Sylvaine Valentin hatte Fontenay verlassen und in anderen Vorstädten gewohnt, bevor sie hierher zurückkam. Zwischen Lemerciers Feststellung der Schwangerschaft und der unmittelbar bevorstehenden Geburt hatte sie verschiedene Vorsorgeuntersuchungen bei anderen medizinischen Einrichtungen machen lassen. Nichts wies auf die offizielle Existenz eines Erzeugers hin. Melchior erinnerte sich an den Geruch der polierten Möbel in der winzigen, düsteren Wohnung neben dem alten Friedhof. Es roch dort förmlich nach einer Einsamkeit, die in ihrem Leib ein Kind einschloss, das bald zur Welt kommen sollte …

Das Verhalten des Kommissars musste verdächtig erscheinen. Man schickte eine Krankenschwester zu ihm. Melchior entschuldigte sich. Dann führte man ihn zu der jungen Assistenzärztin, die einst Sylvaines Akte angelegt hatte. Es gab lange Berichte über den Schwangerschaftsverlauf, sowie Exkurse von den Krankenschwestern und Pflegerinnen von der Schwangerschaftsberatung. Melchior erfuhr absolut nichts – ein Schachzug von Doktor Zerbib und der wahre Grund für seinen triumphalen Empfang und seine völlig neue Bemühung um Zusammenarbeit.

Das Phantombild löste allgemeine Aufregung aus. Melchior notierte sorgfältig die sieben oder acht Namen, die man ihm gab, die einfach so genannt wurden, obwohl niemand bereit war, etwas zu beschwören. Er sagte, man würde alles überprüfen, und begab sich zu Sylvaine Valentin.

Das Fieber war gestiegen, man befürchtete eine Infektion. Die junge Frau bestätigte dem Kommissar, dass sie ihn wiedererkenne, und erzählte, dass sie schon andere Besuche von der Krippe bekommen hätte, nicht nur von ihm, einem der Heiligen Drei Könige!«

»Kolleginnen von der Stiftung Florence-Blumenthal, nehme ich an?«, präzisierte Melchior amüsiert. »Ihre Freundinnen vom Kindergarten!«

Sylvaine sah den Kommissar stirnrunzelnd an, als glaubte sie nicht mehr so recht daran, ihn zu kennen. Rodier lauerte neben dem Wandschrank auf jedes Wort des Polizisten und schien kurz davor zu sein zu explodieren. Melchior zog das inzwischen reichlich zerknitterte und verschmierte Phantombild heraus.

»Was ist das für ein Blatt Papier?«, fragte Rodier misstrauisch.

Melchior erklärte, dass es sich möglicherweise um den Täter handelte, der Sylvaine überfallen hatte.

»Lassen Sie sie vorerst in Ruhe damit!«, sagte der Arzt. »Sehen Sie nicht, dass sie noch wirres Zeug redet? Der Psychologe verlangt, dass man sie nicht aufregt. Ihr Trauma ist schon schlimm genug!«

»Sie hat mich wiedererkannt! Sie hat ihre Kolleginnen gesehen ... Warum sollte sie nicht ihren Angreifer erkennen?«

Rodier beruhigte sich.

»Denken Sie darüber nach ... und Sie werden verstehen.«

Melchior erklärte sich bereit, darüber nachzudenken, und musste eingestehen, dass es ein Risiko gab. Er sah auf seine Uhr. »Verdammt!«, sagte er, als ob jede verstrichene Sekunde die fieberhaft betriebenen Ermittlungen behindern würde. »So kommen wir nicht weiter! ... Wenn wir warten müssen, bis Madame ihre Lebensgeister wiedergefunden hat ...«

Er zeigte Rodier das Phantombild. »Sagt Ihnen das etwas?« Am liebsten wäre es ihm gewesen, wenn Rodier sofort geantwortet hätte: Aber ja, das ist doch der Dingsda! Am besten verhaften Sie ihn gleich, hier ist seine Adresse!

Aber der Arzt schüttelte verneinend den Kopf, und seine Augen verrieten nichts. Melchior konnte sich nicht einmal damit trösten, einen schnell verborgenen – wie bei Zerbib – oder eingestandenen, aber folgenlosen Reflex des Wiedererkennens – wie bei Lemercier – wahrzunehmen. Jedenfalls hatte er inzwischen die Nase voll von allen Ärzten, Krankenhäusern, Krankenschwestern und schwangeren Frauen! Er stopfte sein Phantombild in die Tasche wie ein Stück Altpapier.

Am Fuß der Außentreppe des Gebäudes für Frauen- und Kinderheilkunde trat eine dunkle Gestalt aus dem Schatten.

Melchior blickte vage in die Richtung dieser kleinen Frau, die in den dunkelblauen Umhang der Schwesterntracht gehüllt war und so aussah wie ein Kindermädchen vergangener Zeiten. Die große Kapuze war bis über die Augen gezogen, so dass man von ihrem Gesicht fast nichts sehen konnte.

»Ich muss mit Ihnen sprechen, Herr Kommissar.«

»Was kann ich für Sie tun?«

»Als Sie eben nach Mademoiselle Valentin gefragt haben, habe ich lieber geschwiegen. Ich möchte keinen Ärger in der Abteilung bekommen ... Und Ärger werde ich bekommen, weil ich damals nichts gesagt habe.«

Der Wind hatte wieder aufgefrischt. Er fuhr in kleinen Böen durch die Säulen des Vordachs und nahm die leisen Worte der vermummten Krankenschwester mit sich fort. Um sie besser verstehen zu können, trat Melchior näher und beugte seinen Kopf herunter.

»Vor einigen Monaten hatte ich Nachtdienst, und ich hörte ein Geräusch im Verwaltungsbüro ... ein Knirschen, ein

Gleitgeräusch ... wie von einer Metallschublade, die herausgezogen wurde ... Es war völlig dunkel, und ich hatte Angst. Die Tür war abgeschlossen. Ich hatte angeklopft, aber es war nichts mehr zu hören, und man hat mir nicht geantwortet ... In diesem Moment wurde ich gerufen, und ich musste mich um eine schwangere Patientin kümmern. Und als ich aus dem Fenster sah auf die Allee – es war dunkel, wirklich sehr dunkel –, hab ich eine Frauengestalt gesehen, die mit großen Schritten fortging, und ich dachte, dass sei Caroline gewesen ... Aber Caroline arbeitete nicht mehr bei uns, und ich hab mir nichts weiter dabei gedacht, wie bei diesen nächtlichen Träumen, die man am Morgen vergessen hat ... Ein paar Tage später hab ich gehört, dass man sich im Verwaltungsbüro nicht erklären konnte, wieso die Akte von Mademoiselle Valentin verschwunden war ...«

»Und da haben Sie den Zusammenhang hergestellt!«

»Nein! ... Erst als Sie eben über den Fall gesprochen haben. Das ist seltsam, nicht wahr, aber was soll ich dazu sagen?«

»Das sind Erinnerungsfetzen, vergessene Eindrücke, verstreute Einzelelemente, die sich plötzlich zusammengefügt haben.«

»Ja, so ist es! Genauso ist es gewesen!«

Melchior war den Lippenbewegungen und den Worten, die zwischen den kleinen weißen Zähnen hervorkamen, aufmerksam gefolgt. Dann bemerkte er hinter einer zerzausten Haarsträhne das Aufblitzen eines fahlgelben Auges.

»Wie ist der Nachname von Caroline?«

»Jeanjean«, sagte die Frau mit fast unhörbarer Stimme. »Caroline Jeanjean.«

Der Verwaltungssekretär erwies sich als enttäuschend für den Kommissar: Er konnte sich nicht an diese auf geheimnisvolle Weise verschwundene Akte erinnern. Aber das war verständlich, denn er hatte diesen Posten erst seit kurzem. Die vorherige Sekretärin war in Rente gegangen. Dennoch wollte der überarbeitete Mann entgegenkommend sein und sah in Sylvaine Valentins Akte nach. Er war überrascht, sie leer zu finden.

»Die Papiere habe ich unter meinem Arm«, sagte Melchior. »In diesem gelben Umschlag.«

Der Mann verstand gar nichts mehr. Er fummelte nervös am Kugelschreiber in der Brusttasche seines Kittels herum. Melchior breitete die Dokumente auf dem Schreibtisch aus, und der Sekretär bestätigte, dass einige von ihnen Duplikate oder Abschriften eines vermutlich verschwundenen Originaldossiers waren. Der Kommissar wollte mehr über diese Madame Caroline Jeanjean erfahren.

»Aber wer hat Ihnen denn das erzählt?«, fragte der Verwaltungssekretär.

»Ich weiß ihren Namen nicht ... Sie trug einen altertümlichen Umhang mit einer großen Kapuze.«

»Miss Paranoia! Das hätte ich mir denken können! Hat sie Ihnen auch anvertraut, dass die Stadtverwaltung den Plan hat, das Krankenhaus abzureißen, um einen Freizeitpark zu bauen, der von Walt Disney finanziert wird?«

»Nein! Aber ich bin für den Personenschutz von Micky Maus zuständig«, bestätigte Melchior trocken.

Das Gefummel am Kugelschreiber wurde hektischer. Melchior missfiel das Verhalten dieses Mannes instinktiv, und er begann, ihn dafür zu hassen, dass er plötzlich eine Spur versanden ließ, die so vielversprechend ausgesehen hatte.

»Ich will die Adresse von dieser Caroline Jeanjean haben!«, knurrte er.

»In der Personalabteilung, aber die macht jetzt gerade Feierabend.«

»Rufen Sie an!«

Der Mann entschuldigte sich, während er Melchior einen finsteren, aber auch furchtsamen Blick zuwarf. Er tippte mit seinem Kugelschreiber die Telefonnummer ein.

»Sie haben kein Glück!«, sagte er nach einem Hin und Her von Erklärungen. »Die Akte dieser Caroline Jeanjean ist verschwunden … Ihr Ordner ist leer. Man hat mir gesagt, dass sie nicht mehr hier arbeitet.«

Der Kommissar verzog in einer Mischung von Enttäuschung und Befriedigung das Gesicht: Es war also doch was dran an dieser Spur.

»Miss Paranoia hat vielleicht gar nicht gelogen …«

»Sie redet nicht nur Unsinn«, lenkte der Mann ein.

»Es gibt doch bestimmt jemanden, der die Adresse oder Telefonnummer von Madame Jeanjean kennt! … Fragen Sie noch mal nach!«

»Sie haben schon aufgelegt«, sagte der Verwaltungssekretär und legte den Hörer auf. Er sah auf die Wanduhr. »Und ich muss jetzt auch schließen!«

Melchior riss den Hörer wieder von der Gabel und drückte ihn dem Beamten ans Ohr.

»Los, wählen Sie!«

Der Mann entschuldigte sich. Er wirkte, als würde er gleich in Tränen ausbrechen. Nach einer Weile streckte er dem Kommissar den Hörer hin: »Überzeugen Sie sich selbst! Da hebt keiner mehr ab! Sie müssen morgen wiederkommen … Aber, morgen … das geht vielleicht auch nicht, weil …«

Melchior insistierte nicht weiter. Er ging erst zum Zimmer der Oberschwester und dann zum Umkleideraum der Krankenschwestern und Pflegerinnen. Es war gerade Schichtwechsel. Die Schwestern waren emsig damit beschäftigt, Handtaschen zu schließen und Mäntel zuzuknöpfen. Von spöttischem Gelächter und Geschrei empfangen, stellte der

Kommissar im Umkleideraum – bevor man ihm die Tür vor der Nase zuschlug – fest, dass Krankenschwestern unter ihren Kitteln doch nicht so nackt waren, wie immer gemunkelt wurde.

Die Frauen stoben nach allen Seiten auseinander. Es gelang Melchior, einige zwischen der Wand und seinem Polizeiausweis einzuklemmen, aber sie kannten Caroline Jeanjean nicht und eilten lachend davon.

Die Neuankömmlinge gaben nur knappe Antworten. Sie hatten anderes zu tun, als sich um diese Polizeiangelegenheiten zu kümmern. Der Kommissar bekam einige böse Bemerkungen über das Verhalten der Ordnungskräfte bei der letzten Krankenpflegerdemo zu hören. Die Schwestern machten ihn verantwortlich für die desolate wirtschaftliche und soziale Lage ihres Berufsstandes, die sich trotz der Versprechungen der Regierung nicht besserte. Nur eine junge Farbige aus der Karibik gab ihm den Namen einer Pflegerin, die eng mit Caroline befreundet war und die im Moment einen Erholungsurlaub bei ihrer Schwiegermutter am See von Annecy machte.

»Ich bin auch ein Arbeitnehmer!«, blaffte Melchior zurück. »Ich bin eigentlich auch im Urlaub! Und auch ich habe feste Dienstzeiten!« Mit einer demonstrativen Handbewegung zeigte er auf seine Uhr – und stellte erschrocken fest, dass zur Zeit dieses turbulenten Schichtwechsels auch die Krippe Florence-Blumenthal schloss.

Also schloss er sich der allgemeinen Fluchtbewegung an, wobei er allerdings den Eindruck erweckte, den jüngsten und hübschesten Schwesternschülerinnen nachzulaufen. Er verfluchte sich, weil er seine Karre am anderen Ende der Stadt stehen gelassen hatte. Aber glücklicherweise und entgegen aller Wahrscheinlichkeit stand vor dem Krankenhaus ein freies Taxi.

22

Als er bei der Kinderkrippe ankam, war es bereits dunkel. Innen leuchteten nur schwach ein paar Glühbirnen. Von der Straße aus gesehen wirkte die Krippe verlassen.

Melchior fand Joséphine Lacacia auf einem Hocker stehend. Sie war damit beschäftigt, die silbernen Weihnachtsgirlanden aufzuhängen, die der Staub der Vorjahre bedeckte.

Fasziniert starrte er ihre Beine an, als sie sich auf die Fußspitzen stellte, um ganz oben Heftzwecken festzudrücken. Kräftige, schlanke Beine, fest, aber geschmeidig, und zimtfarben.

»Tut mir Leid, dass ich zu spät komme!«, sagte Melchior, nachdem er eine Sekunde unbeweglich innegehalten hatte.

Joséphine Lacacia stieß einen Schrei aus. »Ich hab Sie gar nicht kommen gehört!« Mit einem hübschen Lächeln legte sie eine Hand an ihren Busen. Sie stieg vom Hocker und zog den Saum ihres Rockes herunter. »Sie brauchen sich nicht zu entschuldigen, kommen Sie, ich weiß ja, wie das Leben eines Polizisten ist.«

Benjamin schlief in seiner Tragetasche, gut verschnürt wie ein Geschenkpaket, das für einen Kunden bereitlag. Melchior warf ihm einen feindseligen Blick zu – aus Prinzip. Dann wandte er sich freundlich zu Madame Lacacia um. »Draußen wartet ein Taxi. Wenn ich Sie irgendwohin mitnehmen kann …«

»Das ist sehr nett, aber ich wohne ja nur zwei Schritte entfernt, jedenfalls ungefähr.«

Melchior verstummte und trat verlegen von einem Fuß auf den anderen. »Auf dem Kommissariat haben wir ein Phantombild gemacht, das ich Ihnen gern zeigen möchte.«

Er zog eine zusammengeknüllte Papierkugel aus der Tasche, die er mit mäßigem Erfolg in ein vorzeigbares Blatt Papier zu verwandeln versuchte. Joséphine Lacacia beobachtete ihn mit amüsiertem Erstaunen. Sie beschloss, sich dem Kommissar zu nähern, und sah über seine Schulter. Als sie ihre Brille aufsetzte, überkam ihn ein Schaudern. »Wer ist das?«, fragte sie. »Der Typ, der Sylvaine überfallen hat?«

»Im Moment ist er für uns der Täter, der eine junge Frau im Ormeaux-Viertel vergewaltigt hat. Die beiden Fälle könnten zusammenhängen ... Kennen Sie jemanden, der so aussieht?«

Joséphine Lacacia nahm den Ausdruck in die Hand und sah ihn genauer an. Ihre Finger streiften die des Kommissars. Sie antwortete nicht. Ihr Gesicht war angespannt.

»Darf ich Ihnen eine ... hm ... persönliche Frage stellen?«, wagte Melchior zu fragen. »Ähnelt dieses Gesicht irgendwie dem ihres Schwagers?«

»Meines Schwagers? ... Welcher Schwager?«

»Gestern Abend ... haben Sie mir von einem Besuch erzählt, von einem Gespräch ...«

»Ach ja, mein Schwager!« Sie lächelte äußerst charmant. »Der ist ein netter Typ aus der Karibik, wissen Sie! Und Sie zeigen mir einen blässlichen Weißen!«

Melchior ärgerte sich über seine Dummheit: In Fontenay-Central hatte Chef-Brigadier Lacacia wie alle anderen dieses Phantombild gesehen und ... Aber das bewies gar nichts!

»Warum diese seltsame Frage?«, wollte Madame Lacacia wissen, die dennoch irgendwie beunruhigt wirkte.

»Dieser Mann ähnelt jemandem, den wir aus Ihrem Haus kommen sahen, in jener Nacht, kurz bevor ich zu Ihnen in die Wohnung heraufkam.«

Melchior zeigte ihr eines der Fotos, die Edith Mulot ihm gegeben hatte.

»Es stimmt, der sieht ihm irgendwie ähnlich«, gab Joséphine zu. »Aber man kann auf dem Bild so wenig erkennen, dass der Mann darauf sogar Sie sein könnten!«

Die Bemerkung wurde so sanft ausgesprochen, und der Duft von Madame Lacacias Haar war so nah, dass Melchior schon vor seinem geistigen Auge sah, wie er sich aus der Wohnung davonstahl, nachdem er den Zauber der Karibik in den Armen der Leiterin der Kinderkrippe, in der sein Enkel behütet wurde, kennen gelernt hatte …

Er nahm das Foto zurück und steckte es wieder ein. Mit einem Anflug von Ärger und Ungeduld. Er knüllte sein Blatt Papier noch mehr zusammen und seufzte leise über das Entschwinden der winzigen Spuren, die er allerdings verfolgte, ohne wirklich von ihnen überzeugt zu sein.

»Das hat jetzt nichts mit dem Fall zu tun, ich dachte gerade an etwas anderes … *Teermännchen*, erinnert Sie das an etwas? Ein Kinderbuch vielleicht oder eine Buchreihe?«

»Ja, natürlich! *Die Geschichte von Teerbaby* … Ich glaube, das ist eine afroamerikanische Erzählung!«

»Afroamerikanisch?«

»Ein altes Volksmärchen, eine Legende, die die Schwarzen in Louisiana oder Mississippi ihren Kindern erzählen.«

»*Teerbaby*, sagen Sie …«

»Ich meine, sie heißt so.«

Sie ging in die Bibliothek, und Melchior folgte ihr. Erst sah sie die Bücher in den auf dem Boden stehenden Rollkästen durch, dann blätterte sie in einem Karteikasten.

»Hier haben wir es!«, sagte sie triumphierend. »Aber das Buch ist weg.«

»Wahrscheinlich hat es jemand ausgeliehen.«

»Unsere Bücher dürfen nicht mitgenommen werden.«

»Aber es steht nicht an seinem Platz.«

»Sehen wir noch mal nach … Ich habe den Eindruck, dass das sehr wichtig für Sie ist.«

Sie knieten sich neben die Kästen und sahen alle Bücher durch. »Nichts. *Teerbaby* ist wirklich verschwunden.«

»Es verschwinden viel zu viele Dinge!«, brummte Melchior.

»Ihr Taxi vielleicht auch ...«

»Ich hab ihm meinen Polizeiausweis gezeigt. Er ist sozusagen ›dienstverpflichtet‹ ... Und ich habe die erste Fahrt noch nicht bezahlt. Wenn er abhaut, schlecht für ihn, gut für mich!«

Er stand auf, obwohl er sich eigentlich wohl gefühlt hatte, niedergekniet neben Joséphine Lacacia, als hätte nur ein kleiner Anstoß gefehlt, um sie beide auf den Teppichboden sinken zu lassen.

Mit einer abrupten Bewegung packte er die Tragetasche an beiden Griffen und hob sie hoch.

Der Taxifahrer hatte gewartet. Er wollte sein Geld und respektierte die Polizei – oder er fürchtete sie. Er fuhr den Kommissar und seine Tragetasche auf Umwegen zum nächsten Ziel, da er Staus vermeiden, die gefahrene Strecke verdoppeln und den Preis verdreifachen wollte.

Melchior war zu erschöpft, um sich darüber zu beschweren. Erschöpft und besorgt, dachte er an die letzten Stunden, in denen er sich eigentlich hätte ausruhen sollen, und an die bedrohlichen Umwälzungen, von denen er spürte, dass sie nicht nur in seiner Umgebung lauerten, sondern auch im Innersten seiner Seele. Er wollte sich damit auseinander setzen, er musste Kräfte sammeln, er hatte verstanden, dass etwas Ungewöhnliches im Gange war. Aber er wusste nicht genau, was.

Der Kommissar fand seinen Wagen wieder. Er stellte die Tragetasche auf die Rückbank und machte das Funkgerät an, um das Kommissariat in Fontenay-Central anzurufen, dessen erleuchtete Fenster vom Hügel herab über die Stadt wachten. Sein erster Reflex war, die Mariani herbeizurufen – ein gewohnheitsmäßiger Reflex, aber dann fiel ihm zum Glück ein, dass die Inspektorin bereits einen hysterischen Anfall bekam, sobald man ihr gegenüber ein Kind auch nur erwähnte. Der Mann, den Melchior in diesem Moment benötigte, war Chemineau: Er hatte sich selbst angeboten!

»Ich möchte, dass du fünf Minuten auf Benjamin aufpasst«, erklärte der Kommissar, als der Inspektor herbeigeeilt war. »Ich kann ja wohl schlecht mit einem Säugling auf dem Arm ins Revier gehen!«

»Wo bist du gewesen, Jef? Wir haben dich überall gesucht.«

»Ich habe mich ausgeruht! ... Gibt es Neuigkeiten?«

»Eigentlich nicht! ... Wir haben auf dich gezählt.«

»Ich habe ein paar Kleinigkeiten. Ich werde dir alles erklären.«

Er betrachtete das Lichtergewirr der Vorstädte am Fuß des Hügels, den orangefarbenen und violetten Widerschein auf den schwarzen Oberflächen der beiden Flüsse, die sich dort hinten, am äußersten Ende seines Dienstbezirks, vereinigten. Plötzlich tauchte aus den Abgründen ein Ungeheuer an die Oberfläche und riss über der Stadt sein Maul auf ... Das dauerte nur den Bruchteil einer Sekunde. Melchior starrte vergeblich in die nachtschwarze Ferne: Eine Schute, die von einem Schlepper gezogen wurde, musste an der Spitze der Ile des Singes vorbeigefahren sein.

»Es müsste einen weiteren Überfall des Bauchaufschlitzers geben«, meinte der Kommissar. »Ein Gemetzel, eine grausige Leiche, ein schreckliches Geheimnis! ... Normalerweise.«

»*Normalerweise?*«, fragte Chemineau, ohne seine Ironie zu verbergen.

»Um die Sache wieder in Gang zu bringen, verdammt! Wir hängen fest, wir treten auf der Stelle!«

»Ich finde nicht! In zwei Tagen haben wir doch schon einiges herausgefunden. Erinnerst du dich noch an den Betrunkenen im Belgier-Hafen ... Damals haben wir mindestens ein Jahr gebraucht, um den Fall zu lösen.«

»Eine elende Geschichte! Die darf man ja keinem erzählen.«

»Aber ja, doch! Ich habe immer großen Erfolg, wenn ich davon erzähle.«

»Du und erzählen! Du kommst ja immer gleich zum Schluss! Bei dir weiß man die Pointe ja immer schon, bevor man nach dem ersten Schluck sein Bierglas wieder abgestellt hat!«

»Also, wir müssen Geduld haben! Wenn dieser Fall geklärt ist, kannst du ihn gern in der Zeit schildern, die du für einen Schluck Bier brauchst«, sagte Chemineau nicht ohne Tücke. »Aber im Moment haben wir es mit dem richtigen Leben zu tun, und das braucht seine Zeit.«

Melchior zuckte mit den Schultern und fragte: »Caroline Jeanjean, sagt dir der Name was?«

»Nein.«

»Wir müssen ihre Adresse und ihre Telefonnummer rauskriegen ... Das ist mir noch nicht gelungen.«

»Steht sie nicht im Telefonbuch?«

Der Kommissar grinste und klopfte seinem Stellvertreter freundschaftlich auf die Schulter. Vor Jahren hatten sie bei einem lächerlichen Fall viel Zeit damit verloren, einen Ganoven ausfindig zu machen, dessen Name und Adresse im Telefonbuch standen.

Melchior betrat das Kommissariat wieder über die von ihm so heiß geliebte Hintertreppe. Als er in die Schalterhalle kam, ging er direkt zu dem an der Wand hängenden Telefon.

Er sah, dass das Kabel abgerissen war, und stieß einen verärgerten Seufzer aus, als ihm einfiel, dass das Telefonbuch ja gestohlen worden war. Gleichzeitig bestätigte ihm ein Blick auf die Uhr, dass auch diese noch nicht repariert worden war. Lacacia, der hinter dem Schalter stand, hatte genug Zeit gehabt, seine Bierdose zu verstecken.

»Lacacia, haben Sie das Phantombild gesehen?«

»Welches?«

»Was haben Sie heute gemacht?«

»Nun ... Ich hab die Bestellungen für die Austern aufgenommen. Und dann haben wir Geld für Pasqualini gesammelt.«

Der Chef-Brigadier zog unter dem Schalter eine Schachtel voller Geldscheine hervor und hielt sie dem Kommissar hin, der die Hand in seine Tasche steckte, um nach einem Obolus zu suchen.

»Wie geht es Pasqualini?«

»Ganz gut. Er kommt Montag raus ... Ach! Ich hab mich auch um die nächste Gala zugunsten der Waisenkinder von Polizisten gekümmert ... Wie Sie wissen, bin ich ja der Kassenwart des Vereins ... Und dann musste noch das Geld für das Rugbyfinale in Cardiff eingesammelt werden. Außerdem kam die Idee auf, einen Tauchlehrgang auf den Bahamas zu organisieren ... für diejenigen, die das interessiert.«

»Sagen Sie mal, Lacacia: Wird Sie das eines Tages nicht daran hindern, sich um die öffentliche Ordnung, den Schutz von Gütern und Personen, die Respektierung des Gesetzes und die Verbrechensvorbeugung zu kümmern?«

Der Chef-Brigadier tauschte sein strahlendes Lächeln mit einer Miene, die angesichts von so viel Ungerechtigkeit höchst betrübt wirkte.

»Aber, aber! Herr Kommissar! ... Um all das kümmere ich mich ja auch! Ich stehe hier hinter meinem Schalter, viel öfter als ich müsste, und … sehen Sie doch selbst: Es herrscht Ordnung, die Front ist ruhig!«

Die Schalterhalle war tatsächlich leer.

Melchior entfaltete erneut sein Phantombild, dessen Kontraste immer schwächer wurden. Das nichtssagende Gesicht, das der Computer ausgespuckt hatte, war das eines jungen Mannes mit klaren, traurigen Augen, mit einer Haarsträhne über der Stirn und viel zu großen Ohren. Der Kommissar glaubte, diese Gesichtszüge auswendig zu kennen, bis er merkte, dass er sich das Bild kaum angesehen hatte. Was bei ihm haften geblieben war, war die Fotografie gewesen, die Edith Mulot aufgenommen hatte. Bei genauerer Betrachtung wiesen die beiden Gesichter aber nur vage Ähnlichkeiten auf.

»Sehen Sie genau hin!«, sagte Melchior.

Er wünschte sich, dass Lacacia beim ersten Blick ausrief: »Mensch, das ist ja mein Schwager!«

»Wer ist denn dieser Knallkopf?«, fragte der Brigadier stattdessen, nachdem er mürrisch auf das zerfetzte Stück Papier gestarrt hatte.

Der Kommissar ließ alles auf dem Schalter liegen. Lacacia wartete, bis sich die Tür hinter ihm geschlossen hatte, und holte sein Bier wieder hervor. Er warf einen letzten Blick auf das Porträt und knüllte es dann zu einer Kugel zusammen, die er in den Papierkorb am anderen Ende des Schalters warf – und zwar wie ein erstklassiger Basketballspieler, der mit einem Wurf drei Punkte holte. Er traf tatsächlich und krönte seinen Erfolg mit einem feuchten Rülpser.

Melchior fragte, ob es neue Erkenntnisse gab. Die Inspektoren, die gerade zur Nachtschicht eingetrudelt waren, wussten von nichts. Und in der Gleichgültigkeit, mit der sie sich an die Arbeit machten, war der deutliche Wunsch zu erkennen, auch weiterhin von nichts wissen zu müssen. Sie machten den Eindruck, als hätten sie sich allesamt überwinden müssen, aus einem schönen warmen Bett zu steigen, um im Schneegestöber zum Pinkeln in das wackelige Häuschen am hintersten Ende des Gartens zu schleichen.

»Bereiten Sie mir eine Dienstanweisung vor, die daran erinnert, dass der Aufenthaltsraum von der Verwaltung nur geduldet wird und dass es in aller Form verboten ist, im Dienst Bier zu saufen, verdammt noch mal!«

Inspektor Quillard, genannt »der Pedant«, zog aus einer Schublade einen Haufen mit Ordnungsappellen hervor, die mehr oder weniger jüngeren Datums waren und alle das gleiche Thema behandelten.

»Suchen Sie sich selbst eine Anweisung aus, Chef. Man braucht nur das Datum zu ändern.«

»Sie kümmern sich darum, Quillard! Das ist perfekt ... Und bringen Sie mir ein Telefonbuch.«

»Soll damit auf einen großen oder auf einen kleinen Kopf geschlagen werden?«, fragte ein Witzbold. »Denn inzwischen gibt es zwei Größen, das ist der Fortschritt!«

Melchior kümmerte sich nicht um das müde Gelächter, das dieser schale Gag hervorrief. Quillard hatte sein Telefonbuch auf den Schreibtisch des Kommissars gelegt. Und es war schnell klar, dass keine Jeanjean, Caroline, einen Telefonanschluss in Fontenay hatte.

»Finden Sie mir eine Caroline Jeanjean!«, schrie der Kommissar. »Jeanjean ist der Familienname. Sie hat im Gemeindekrankenhaus gearbeitet. Als Krankenschwester oder Pflegerin. Etwa vierzig Jahre alt. Vielleicht fünfzig. Mehr habe ich nicht. Sucht zuerst in den Nachbargemeinden. Können eure verdammten Computer das schaffen?«

»Nur ein Name, das ist ein dürftiger Hinweis!«, meinte Quillard.

Aber er hatte bereits die Schutzhülle von seinem Bildschirm genommen. Er war der Einzige, der eine Plastikhaube über seine »Kiste« zog, und er legte niemals sein Jackett ab, krempelte nie seine Ärmel auf und lockerte nie seinen Krawattenknoten. Während er mit dem Fahrrad ins Kommissariat fuhr, trug er stets Hosenklammern.

»Nun denn! Auf Minitel gibt es im ganzen Departement kein Caroline Jeanjean«, sagte er nach einer Weile, die dem Kommissar unglaublich kurz vorkam. »Doch Leute, die Jeanjean heißen, aber einen anderen Vornamen haben, gibt es fast überall. Vielleicht ist Madame Jeanjeans Mann darunter! Und dann müsste man die rauskriegen, die eine Geheimnummer haben, und die, die kein Telefon haben ... Das gibt es heute zwar selten, aber immerhin! ... Was sollen wir machen? Auf gut Glück alles systematisch durchgehen? Suchen wir auch in Paris? Erweitern wir die Suche auf die anderen Departements rund um Paris? Nur die, die im engeren Gürtel um Paris liegen, oder auch die im äußeren Gürtel? ... Und dann gibt es noch viele Pendler, die aus Soissons oder aus Orléans kommen!«

»Es gibt keinen Monsieur Jeanjean«, sagte Melchior. »Diese Frau lebte allein, soweit ich weiß. Das kann sich natürlich geändert haben. Und dann hätte sie einen x-beliebigen Namen!« Und er dachte an die guten alten Zeiten, in denen unverheiratete Paare so selten waren, dass eine wilde Ehe schon fast als Staatsverbrechen galt und sorgfältig von der Polizei überwacht wurde.

»Man könnte es mit der Datenbank der Sozialversicherung versuchen«, schlug Quillard vor. »Aber um diese Uhrzeit kommen wir da nicht ran.«

Melchior träumte von einer künftigen Welt, in der auch die Mörder geregelte Arbeitszeiten mit Sonn- und Feiertagsruhe einhielten – mit bezahltem Urlaub und Prämien für nicht in Anspruch genommene Krankentage. Dann wäre man nicht mehr gezwungen, mitten in der Nacht hinter ihnen herzurennen.

»Und bei uns, haben bei uns noch irgendwelche Schalter geöffnet?«, schimpfte der Kommissar.

»Kein Problem: Wir arbeiten rund um die Uhr! Wir können uns wie jeder Hacker jederzeit in unsere Netze einklinken. Die Datenbanken des Justizapparates sind zugänglich.«

»Na los, auf was warten Sie? Versuchen wir es weiter. Routine, mein Alter, Routine!«

Melchior erinnerte sich an Routineuntersuchungen, bei denen man mit der Spitze des Zeigefingers Tausende von Kärtchen der alten Erkennungsdienstkarteien durchblättern musste. Es gab ständig Irrtümer, Fehleinschätzungen und falsch eingeordnete Karten – wenn nicht sogar schlichte Sabotage durch Faulheit und Gleichgültigkeit. Die Veränderung war sehr schnell gekommen, und ohne sich wirklich überholt vorzukommen, war der Kommissar auf der Strecke geblieben. Er hatte ein spezielles, ganz persönliches Leiden: Er war völlig unempfindlich für die Begeisterung angesichts der technologischen Genialität der Informatik, er war einfach unfähig zum Liebesgeflüster von Computer zu Computer. Daher hatte er sich unter seinesgleichen beiseite drängeln lassen – und tat so, als fühlte er sich im Gewand des Dinosauriers wohl, in das er jedes Mal schlüpfte, wenn es geboten schien.

»Es gibt eine Caroline Jeanjean, vor neun Jahren verurteilt durch das Schwurgericht in Saintes, im Departement Charente-Maritime!«, verkündete Qulliard stolz. »Geboren 1941, staatlich geprüfte Hebamme …« Der Inspektor legte eine Pause ein.

»Na und, machen Sie schon weiter, Sie Komiker!«, grunzte Melchior, dem das Herz klopfte wie beim Öffnen einer Tür, vor der man schon ahnte, was einen dahinter erwartete.

»Die Tat wurde in La Rochelle begangen«, fuhr Quillard fort, nachdem er sich die Zeit genommen hatte, seine Krawatte zurechtzurücken. »Fünf Jahre Zuchthaus wegen Kindesraub aus einem Entbindungsheim.«

Die Nacht des dritten Tages

»It Might As Well Be Spring«

[illegible] der [illegible]

[illegible] noch erzählen [illegible]

[illegible] aufgeg[illegible]

[illegible] fasst [illegible]

[illegible] oder der [illegible]

[illegible] ner O[illegible]

[illegible] vor [illegible]

[illegible] Maschinen [illegible]

23

Als er wieder zum Hafengelände von Fontenay-Charbon kam, hatte Melchior seinen Wagen am Fuß des viereckigen Eisenturms geparkt, unter dem sich einst Lastwagen drängten, die Kohlensäcke und Briketts transportierten. Unter dem großen dunklen Vordach des Cour Lachaux herrschte absolute Stille, die nur ab und an vom Fallen unsichtbarer Tropfen unterbrochen wurde. Der Lärm der Großstadt war mit einem Schlag erloschen.

Der Kommissar blieb auf halbem Weg stehen. Er hörte, wie Benjamin in der Tragetasche strampelte und ab und zu ein Wimmern ausstieß, das der Hunger noch verstärken würde. Melchior drehte sich nicht um. Er betrachtete die bläuliche Einöde des großen Hofes, der von einem kalten und sehr früh aufgegangenen Mond erleuchtet wurde. Hinter einer nicht fassbaren und unheilvollen Grenze lag der große Schatten der Lagerhalle.

»Ein seltsamer Ort für eine Geburt!«, murmelte er.

Aber es war vor allem dieser tote Mann, an den er dachte, an das *Teerbaby*, das von der vergessenen Kohle zur Welt gebracht worden war. Er ging langsam und scheinbar sicher weiter, aber ein mulmiges Gefühl sorgte für weiche Knie.

Melchior überquerte den Hof, machte eine Stabtaschenlampe an und ging in die Lagerhalle. Der Strahl der Lampe flackerte wie ein Irrlicht hin und her. Er stöberte in den leeren Ecken und Winkeln umher, wanderte um schwarz schimmernde Pfeiler herum und zeichnete auf die Tonnengewölbe der Ziegelsteindecke gespenstische Arabesken. Doch er fand nur Leere.

Der Kommissar knipste die Taschenlampe aus und steckte sie wieder in seine Manteltasche. Auf dem Rückweg entdeckte er zwei düstere, unbewegliche Gestalten, die ihm auflauerten. Er blieb stehen und starrte seinerseits in die Dunkelheit. Auf beiden Seiten des Hofes musterte man sich stillschweigend. Dann zog die Wolke, die sich vor den Mond geschoben hatte, weiter und Melchior erkannte Ariane Mariani.

»Mensch, Mariani! Was machen Sie denn hier?«

Sie traten vor und trafen sich in der Mitte des Hofes.

»Wir haben Sie gesucht.«

»Niemand wusste, dass ich ...«

»Ich schon! Eine einfache Frage weiblicher Intuition! ... Ich wusste, dass Sie hierher gehen würden!«

Sie hob ihren Zeigefinger zum Mond und drückte ihn dann schelmisch auf ihre Nasenspitze. Melchior runzelte die Stirn und sah die Inspektorin argwöhnisch und verwirrt an.

»Hier ist Kommissar Alembert, der die kriminaltechnische Abteilung leitet.«

Die beiden Männer schüttelten sich die Hände. Alembert war noch keine dreißig Jahre alt.

»Als wir über die Brücke fuhren, kam eine Durchsage von Fontenay-Central: Ein Anwohner hatte verdächtige Umtriebe auf dem Hafengelände gesehen, am Cour Lachaux, um genau zu sein!«, gestand der junge Kommissar grinsend.

»Das ging aber schnell! Ich bin erst fünf Minuten hier ...«

»Der Täter kehrt immer an den Ort seines Verbrechens zurück!«, erinnerte Ariane Mariani in schulmeisterlichem Ton.

Melchior schien der Scherz nicht zu gefallen. »Jedenfalls ist es beruhigend«, sagte er, »sich beschützt zu wissen. Es gibt noch ein Gefühl für Sitte und Anstand, was immer man auch sagen mag ... Hätte dieser Typ nicht auch an jenem Abend anrufen können!?«

Als Echo auf die Worte des Kommissars erklang laut und deutlich Benjamins Weinen.

»War das schon wieder Ihr Enkel?«, fragte Mariani bösartig. »Den schleppen Sie wohl überall mit hin!«

»Das muss sein, wenn er ein guter Bulle werden soll!«, antwortete Melchior.

»Jedenfalls ist es nicht besonders klug, ihn allein zu lassen, einfach so, im Auto«, meinte Kommissar Alembert.

»Ich habe ihn wimmern gehört, regen Sie sich bloß nicht so auf!«

Melchior dachte an die Panik, die ihn in der Finsternis der Lagerhalle befallen hätte, wenn ihm gedämmert wäre, dass sich der Bauchaufschlitzer vielleicht noch in der Gegend herumtrieb, dass er die Witterung des Babys aufgenommen, sein Gewimmer vernommen hätte, aus der Ferne herbeigeeilt wäre und sich Benjamin geschnappt hätte, bevor er für immer in der geheimen Finsternis der Vorstadt verschwunden wäre.

Wenn er diese Geschichte bei einem Glas Bier erzählen würde, müsste er mittendrin innehalten, langsam einen großen Schluck nehmen und seinem Gesprächspartner die Zeit lassen zu sagen: »Und als Sie zum Wagen zurückkamen, war die Tragetasche leer ...«

Aber nichts von dem war geschehen. Die geheimnisvolle Affäre vom Cour Lachaux widersetzte sich jeder einfachen Lösung. Hier gab es nur ein flaches, menschenleeres und staubiges Gelände – ein leeres Blatt, auf dem Melchior bisher vergeblich nach der Geheimtinte suchte.

»Wonach suchen Sie, wenn ich mir die Frage erlauben darf?«, fragte Alembert.

»Ich weiß nicht … Erinnerungen, die unter der Kohle begraben sind … Kinderträume, alte Albträume.«

Mariani und Alembert sahen sich erstaunt an.

»Irgendetwas, das kein Gesicht hat … wie Sie in diesem Moment, lieber Kollege! Ich weiß nicht mal genau, wie Sie aussehen … Ein Gesicht im Dunkel, das bei diesem Mondlicht und den Wolken kaum Konturen hat.«

»Meine Visage ist nicht so wichtig, mein geschätzter Dichterkollege! Ich sehe wie jeder x-beliebige Bulle aus. Was zählt, ist die Mission!«

»Ah! … Und welche Mission haben Sie?«

»Sie über die Fortschritte unserer Untersuchungen zu informieren.«

»Sie haben Fortschritte gemacht?«

»Nicht viele. Wie Sie wissen, dauert das seine Zeit. Das Blut stammt ausschließlich vom Opfer … Und es gibt keine Spermaspuren.«

»Das ist immerhin etwas!«, sagte Melchior bewundernd.

Mariani verschränkte nervös die Finger.

»Nicht wirklich«, antwortete der Techniker. »Bei Sexualverbrechen ist es immer gut, wenn man eine Spermaprobe hat … Als Grundlage für die DNA-Analyse …«

»Ich verstehe Ihre Enttäuschung«, sagte Melchior. »Aber warum sprechen Sie von einem Sexualverbrechen?«

Kommissar Alembert wirkte bekümmert.

»Ein Raubmord ist es jedenfalls nicht! Das ist die Tat eines Irren, eines Psychopathen. Eines Sadisten! … Haben Sie gesehen, was er mit dieser Frau angestellt hat?«

»Er hat einen altertümlichen Kaiserschnitt gemacht, das Kind herausgenommen, die Bauchwand geklammert und sofort die Feuerwehr angerufen.« Als er dies sagte, spürte Melchior, dass sich die einfachsten Bauteile langsam in seinem runden Kopf zusammenfügten, der durch einen Tweedhut aus Connemara vor den Windstößen geschützt wurde. Ein lückenhaftes Puzzle, Spielstufe: Anfänger.

»Der ist für Sie wohl ein feiner Kerl, wenn ich Sie richtig verstehe?«, höhnte Alembert. »Dann will ich Ihnen gleich gestehen, dass wir nicht von dieser Theorie ausgehen.«

»Mit welcher ... *Theorie* ... arbeiten Sie denn?«

»Wir haben ein Profil von diesem psychopathischen Serienmörder erstellt. Das ist ein *serial killer*, der ganz systematisch vorgeht und eine krankhafte Fixierung auf ...«

»Guter Gott! Womit haben Sie denn ein *Profil* zusammengebastelt, das es Ihnen ermöglicht zu sagen, wie der Typ aussieht, von dem Sie nicht mal das Sperma kennen – wie Sie mir eben erklärt haben?«

»Nun ... das ist eben unser Job, mein Lieber!«

Melchior spürte deutlich, wie unsicher der Kriminaltechniker war. Er war ein junger Mann, der seinen Rang nicht in den Schützengräben erworben hatte, sondern durch ein Seminar an der Armeeschule.

»Ich will Ihnen mal etwas sagen!«, begann Melchior aufgebracht und tippte seinem Kollegen mehrfach auf die Brust. »Die Person, die das gemacht hat, wollte dieses Kind haben und nichts anderes! Kein Mord, kein Gemetzel, keine Masturbation! Vielleicht Rache, aber das ist nicht sicher ... Und dann will ich Ihnen noch eine brillante Hypothese vorstellen, das Fehlen von Sperma betreffend, das Sie so sehr beschäftigt: Wenn eine Frau die Tat begangen hat, werden Sie ums Verrecken nicht den kleinsten Spermaspritzer unter Ihrem Mikroskop finden!«

»Eine Frau? ... Das ist doch absurd! Eine Frau ist zu einer solchen Bestialität nicht fähig.«

»Es handelt sich um eine recht ordentlich vorgenommene

Operation, wie die Ärzte sagen. Die Frauen von heute beweisen ihre Emanzipation und ihr Können auf vielen Gebieten, die ihnen früher verboten waren, und sie sind oft bereit, alles zu tun, um ein Kind zu bekommen ... abgesehen von Inspektorin Mariani, natürlich!«

Melchior bedauerte den unangebrachten Scherz sofort. Er entschuldigte sich bei der Mariani, deren Augen allerdings eher traurig als aufgebracht wirkten.

»Eine Frau?«, sagte Alembert nachdenklich. »Haben Sie schon eine Spur? Eine Ärztin, eine Krankenschwester? ... Wir haben Fasern von einem weißen, synthetischen Gewebe gefunden, die fast genauso aussehen wie die unserer eigenen Schutzanzüge. Das hat uns zu dem Verdacht veranlasst, dass wir vielleicht unsere eigenen Spuren untersucht haben! Eine Möglichkeit, die uns durchaus bewusst ist und durch weitergehende Laboruntersuchungen ausgeschlossen werden müsste. Das Gleiche gilt für die Fußspuren. Bei den Reifenspuren sind wir allerdings sicher: Es gibt Reste von Abdrücken, die beweisen, dass außer den Fahrzeugen der Feuerwehr, des Doktors und der Polizei kurz zuvor ein weiterer Wagen dort gewesen ist! ... Irgendjemand ist mit dem Auto hier gewesen.«

»Was besagt das schon? Glauben Sie etwa, dass der Mörder und sein Opfer Arm in Arm hierher spaziert sind?«

»Es hat keinen Mord gegeben, und es ist nicht unmöglich, dass das Opfer den Täter gekannt hat.«

Melchior wischte diese Überlegung mit einer Handbewegung beiseite. Er wollte auf die Reifenspuren zurückkommen.

»Erzählen Sie mir mehr von dem Fahrzeug des Täters.«

Alembert stieß einen mutlosen Seufzer aus.

»Wahrscheinlich ein leichtes Nutzfahrzeug. Michelin-Reifen eines sehr gängigen Typs, die bei vielen Mittelklassewagen und Herstellern zu finden sind. Das Einzige, was brauchbar ist, ist der Abdruck eines abgefahrenen Reifens, den man mit den Reifen des Fahrzeugs, des ... *der* ... Sadistin vergleichen kann, wenn man sie gefasst hat! ... Man könnte vielleicht an einen Renault 4L denken, oder etwas in dieser Art ...«

»Die Farbe der Karosserie? Irgendwelche Farbspuren?«

»In diesem Kohlenstaub ist alles Mögliche zu finden. Wir versuchen, alles auseinander zu sortieren. Das braucht seine Zeit ... Wenn uns diese Zeit gegeben wird! Solche technischen Untersuchungen kosten den Steuerzahler viel Geld, und das Büro des Staatsanwaltes würde es lieber sehen, wenn Sie den Fall auf ... hm ... nun, auf eher traditionelle Art lösen könnten, anstatt unsere Expertisen anzufordern.«

Melchior musste amüsiert lächeln. »Ah, so ist das also! ... Chalgrin schickt Sie, um die Botschaft zu bestätigen, die er mir schon auf mehreren Kanälen hat zukommen lassen! ... Dafür hätten Sie wirklich nicht herkommen müssen! ... Kehren Sie schnell zurück und legen Sie den Reifenabdruck mit dem vielen Kohlenstaub beiseite! Und wenn ich einen schönen Michelin-Reifen finde, auf den irgendwo ejakuliert wurde, schicke ich Ihnen den sofort per Fax!«

»Nehmen Sie mir das nicht übel, Herr Kommissar! Jeder tut, was er kann ... Sagen wir, dass wir nicht so dicht dran sind an dem Fall ... Aber ich wollte Ihnen trotzdem sagen ...«

»Was?«

»Was das Seltsamste war, was wir im Umkreis des Verbrechens gefunden haben, beziehungsweise im Mittelpunkt, in den Blutlachen, das sind ... Lesen Sie am besten selbst!«

Kommissar Alembert gab ihm ein zusammengefaltetes Blatt Papier, das im Mondlicht glänzte wie Alabaster. Melchior zog seine Taschenlampe hervor. »... *Pulvrige, trockene*

Feliden-Exkremente vom Typus ›Pantera leo‹ … falconiforme Accipitridae-Flaumhaare … agamide Reptilienschuppen … Was heißt das in verständlicher Sprache?«

»Spuren … eben! Nur Spuren!«, meinte Alembert vorsichtig.

Mariani schien auf dem Laufenden zu sein. In ihrem Gesicht mischte sich Unbefangenheit mit einem Anflug von Sorge.

»Ausscheidungen eines Löwen«, sagte sie mit beklommener Stimme. »Federn von einem Adler oder Geier und Saurierschuppen.«

Melchior verzog zweifelnd das Gesicht.

»Wir haben einen Verrückten, der sich mit sowas auskennt«, präzisierte Alembert. »Eine Hilfskraft, die ansonsten im Museum forscht. Er meint, es handelt sich um einen *draco*, oder ›Drachen‹, eine fliegende Echse aus Indonesien.«

»Ich hätte eher an einen Zoomitarbeiter gedacht«, sagte Melchior.

»Ich hab selber etwas nachgeforscht«, erklärte die Mariani. Sie hob ihr eigenes weiß glänzendes Papier ins Mondlicht und faltete es feierlich auseinander. »Hieronymus von Molna, *Das Hexenbestiarium*: ›Es lässt sich nicht mit dem Lindwurm oder dem Drachen verwechseln, das Ungeheuer Fontenille, das neugeborene Kinder verschlingt oder sie aus den Bäuchen ihrer Mütter herausreißt, nachdem es sie aufgeschlitzt und ausgewaidet hat. Die Fontenille hat ihren Schlupfwinkel in den Rändern von Einöden oder Wüsten, wo sich überreichlich Quellen, Bäche, Rinnsale und Brunnen befinden. Man muss Schwangere und Frauen, die ihr Kind stillen, davor warnen, sich je dorthin zu verirren. Die Fontenille hat das Maul eines Löwen, den Schwanz eines Drachen und die Flügel eines kreischenden Raubvogels an einem abscheulichen Rumpf – und den Schoß einer Jungfrau. Die Fontenille greift auf dem Boden kriechend an und entschwindet, indem sie sich in die Lüfte erhebt. Alle Orte in der Umgebung von Fontenay können von ihr heimgesucht werden, als da sind Marktflecken, Vorstädte, Weiler, Markhöfe und urbar gemachte Lichtungen mit den Namen Lafont, Fontenal, Fontainebleau, Bellefontaine und andere …‹«

Marianis Finger zitterten. Die Inspektorin hatte den Text überzeugend wie eine große Tragödie vorgelesen. Damit hatte sie sich selbst Angst eingejagt.

Melchior schüttelte befriedigt den Kopf: »Mariani, ich beglückwünsche Sie zu dieser originellen kriminologischen Forschungsarbeit. Ich muss zugeben, dass Ihre neue Hypothese viel verführerischer ist als die vom *serial killer* unseres geschätzten Kollegen! … Nur eine Kleinigkeit macht mir noch zu schaffen: Wenn die ›Fontenille‹ von Fontenay Flügel hat, um davonzufliegen, warum benutzt sie dann einen 4L-Kombiwagen?«

24

Benjamin war vom leisen Protest zum offenen Aufstand übergegangen: Sein tierisches Hungergebrüll musste im ganzen Haus zu hören sein. Da er die von seiner Tochter mitgebrachte Gläschenkost verabscheute, hatte Melchior es sich in den Kopf gesetzt, ein echtes »Püree aus sieben Gemüsesorten« zuzubereiten, auf das er eine fein gehackte, magere Scheibe Schinken streuen wollte. Im Moment köchelten die Karotten zusammen mit den weniger edlen Gemüsesorten vor sich hin, welche allerdings nicht die Zahl sieben erreichten.

»Man tut, was man kann! Wenn alles püriert ist, wer kann dann noch die Wahrheit herausfinden! ... Ich nenne das ›Gericht mit sieben Gemüsesorten‹, und alle finden das gut. Selbst du, du wirst schon sehen! ... Die Wahrheit ist den Leuten egal, Hauptsache, man sagt, was ihnen gefällt. Siehst du, Benjamin, deshalb gefällt mir auch die Idee der Mariani! *Die Fontenille von Fontenay überfällt eine schwangere Frau und verschlingt ihr Baby ...* Ich sage dir, das kann funktionieren! Mit einer Reportage von Edith Mulot, angebraten in fein gehackten Zwiebeln und serviert mit sieben Gemüsesorten!«

Die leise Stimme des Kommissars hatte Benjamin beruhigt. Als Aperitif flößte Melchior seinem Enkel ein Fläschchen Zuckerwasser ein, damit er sich geduldete und um seinen Blutzuckergehalt aufzufrischen. Sich selbst gönnte er einen Pastis.

Auf dem Küchentisch, an eine Vase gelehnt, stand neben den Gemüseresten das Foto von Edith Mulot.

Melchior nahm das Bild in die Hand und zeigte es Benjamin.

»Sie ist hübsch, nicht wahr? ... Ja, gut, hier spielt sie ein bisschen den Clown, streckt die Zunge raus ... aber das ist kein Grund, so ekelhaft zu sabbern! Sie ist eine tolle Frau ... und ich mag sie sehr, das schwöre ich dir!«

Melchior stellte sich mit dem Glas in der Hand ans Fenster und sah in die Nacht hinaus. Die gelben Scheinwerfer eines Autos fegten über den Place Nationale und warfen auf die gegenüberliegende Mauer den riesenhaft verzerrten Schatten der Skulptur von Delfino, als sei sie ein zu Stein gewordener Albtraum.

Melchior fühlte sich allein, verloren und machtlos. Er wollte nicht, dass Benjamin ihn so sah – mit zitternden Fingern und Tränen in den Augen.

»Ich weiß nicht mehr«, sagte er mit noch leiserer Stimme.

»Ich hab vergessen ... Alles kommt mir so unmöglich vor ... Es ist zu spät ... Ich weiß wirklich nicht mehr!« Er trank sein Glas aus und setzte sich wieder neben Benjamin. »Du wirst sehen, wenn du groß bist – das dauert gar nicht mehr so lange –, dann kannst du dich totlachen! Mit den Frauen weiß man niemals, woran man ist ... Man hat nicht dieselben Träume. Wir haben unsere Wünsche, unsere Begierden, und sie die ihren ... Die passen nie zusammen ... Wenn es gut läuft, dann deshalb, weil beide so tun, als ob es zusammenginge ... Das nennt man Liebe, eine Sache, die nicht existiert, aber an die alle glauben wollen ... Das ist notwendig, muss man allerdings zugeben ... sonst ist alles nur Mist! Denn wer keine Liebe hat, hat immerhin noch den Mangel an Liebe. Das bringt einen darauf, dass die Liebe vielleicht doch existiert und dass man eines Tages Glück haben wird ... Alle müssen bis zum Ende glauben, dass dies geschehen könnte, alle müssen in der Hoffnung auf ein Wunder sterben ... Selbst Odile, deine Oma, hat bestimmt bis zum Ende von einem schönen Prinzen geträumt, der nicht so eine Fresse wie ein Scheißbulle hat!«

Er starrte lange auf den Boden seines leeren Glases. Dann zuckte er mit den Schultern und goss sich noch einen Pastis ein, den er pur in winzigen Schlucken trank. »Schluss mit diesen Dummheiten!«, sagte er sich dann. Er stellte sein Glas ab und ging ins Wohnzimmer. Dort kniete er sich auf den Teppichboden und suchte unter den alten Schallplatten nach Aufnahmen, die er seit dem triumphalen Sieg der CD quasi nicht mehr gehört hatte. Jedes Mal, wenn er die Hüllen mit den zerknitterten Plastikfolien zurückschob, stiegen kleine Staubwolken auf. Zwischen den Platten fanden sich Bücher, zusammengefaltete Plakate, Programmhefte von Theateraufführungen und Sportveranstaltungen, Ausstellungskataloge, Tonbandkassetten, die mit Gummibändern zu kleinen Päckchen gebündelt waren, vergilbte Briefe und Umschläge mit Fotos und den zugehörigen Negativen: ein Denkmal der jüngeren Jahre Melchiors, ein Museum zeitweiliger Siege, ein Friedhof entschwundener Illusionen.

»Da haben wir es ja!«, rief der Kommissar zufrieden aus. »Ich wusste es doch!«

Die Plattenhülle zeigte Stan Getz und sein Saxofon, beide jung und schön, und verdammt verliebt, in den 50er-Jahren. Aber in der Hülle war nicht *Early Autumn*, wie draußen draufstand. Melchior legte die Scheibe trotzdem auf: Er hatte *It Might As Well Be Spring* von Rodgers-Hammerstein gefunden, und zwar in einer der schrillen Versionen von Roost Records mit Horace Silver am Klavier, Joe Calloway am Bass und Walter Bolden am Schlagzeug.

»Was hältst du davon, mein Sohn?«, rief Melchior so laut, dass Benjamin ihn in der Küche hören konnte.

Er drehte den Ton lauter und verstärkte damit zugleich die Kratzgeräusche, ohne dass man klar unterscheiden konnte, was zur Originalaufzeichnung gehörte und was auf den abgenutzten Tonabnehmer zurückzuführen war – ganz zu schweigen von den verstaubten und zerkratzten Rillen.

»Erinnerungen, Erinnerungen! ... Meine Erinnerungen haben lauter Kratzer.«

Seine Stimme erstarb am Ende des Satzes. Er dachte an die unentschiedene Jahreszeit durch die Stan Getz sein Saxofon spazieren geführt hatte, und er dachte an das Blut im dunklen Staub des Cour Lachaux: »Rot und Schwarz«. Melchior erinnerte sich an den Romanhelden Julian Sorel und dessen Liebesleid.

Auf dem Teppichboden kniend, musste er bei der Vorstellung schmunzeln, dass es ihm ähnlich ging. Er begehrte die kleine Mulot, und fast im gleichen Atemzug träumte er davon, Joséphine Lacacia in die Arme zu schließen.

Einige Platten wollten sich nicht wieder ins Regal zurückschieben lassen und ragten frech aus der Reihe heraus. Melchior drückte sie zurück, aber irgendetwas klemmte. Der Kommissar war genervt. Er zog eine Hand voll Langspielplatten zurück, schaffte etwas Raum und schob das Ganze wieder hinein. Es gab einen letzten Widerstand, ein Plumpsen und die Platten standen wieder richtig. Irgendwas war heruntergefallen: ein kleines, rechteckiges Bilderbuch, überzogen mit feinen pechschwarzen Spinnweben, wie man sie gern hinter Bücherschränken fand.

Der Titel traf ihn wie ein Blitz, wie Kindheitserinnerungen, die in ganz kurzer Zeit vor den Augen eines Sterbenden vorbeizogen, *Onkel Remus erzählt die Geschichte des Teerbabys.*

Der Fuchs versucht vergeblich, den Hasen zu fangen. Aus Harz und Bitumen bastelt er deshalb so etwas Ähnliches wie eine Babypuppe, die er »Teerbaby« nennt. Vater Hase kommt vorbei und begrüßt das unbekannte Wesen: »Ist heute nicht ein schöner Tag? Wie geht es Ihnen?« Teerbaby antwortet nicht. »Sie sind ja nicht gerade besonders höflich!«, sagt der Hase. »Finden Sie nicht, dass heute ein schöner Tag ist?« Immer noch keine Antwort … Vater Hase wird wütend, er hat viele Fragen zu stellen und will, dass man ihm antwortet! »Wenn Sie mir nicht guten Tag sagen, wenn Sie nicht mit mir sprechen, sind Sie wirklich ein Flegel!«, schreit der Hase, und er schreit immer lauter: »Wer sind Sie denn? Woher kommen Sie? Warum weigern Sie sich, mit mir zu sprechen?« Er regt sich auf, wird immer wütender und schreit außer sich: »Ich werde Ihnen schon Manieren beibringen, indem ich Sie in Stücke haue!« Und er klebt dem Baby eine, bleibt aber selber kleben, seine Pfote klebt fest. Teerbaby hat nicht mit der Wimper gezuckt, sagt kein Wort und rührt sich nicht. Im Schatten verborgen, sieht Vater Fuchs zu und freut sich. »Ah! So ist das also!«, sagt der Hase. »Na gut! Dann nimm diesen Faustschlag hier!« Er schlägt mit der anderen Pfote zu, und auch diese Pfote bleibt im Teer hängen. »Du hast wohl noch nie einen guten Schlag mit der Hinterpfote bekommen!« Auch die Hinterpfote bleibt kleben. Und dann die andere Hinterpfote. »Wenn du mich nicht loslässt, haue ich dich mit dem Kopf entzwei!«, schreit der Hase starrsinnig und verzweifelt. Und er stößt mit aller Kraft seinen Kopf in das Gesicht des Teerbabys. Und Vater Hase ist völlig festgeklebt am Teer von Teerbabys Körper. Er ist fest gefangen und kann sich nicht befreien. Da kommt der Fuchs aus dem Schatten heraus …

Melchior schreckte hoch. Die Glocke der Türklingel erwischte ihn auf dem Grund eines tiefen Brunnens. Er saß im Schneidersitz und hatte das aufgeschlagene Buch zwischen seinen Knien liegen. Aufgeschürfte, wunde Knie, die zu oft durch Gestrüpp gestreift und auf steinigen Wegen hingefallen waren. Melchior strich instinktiv über den Schorf, die Striemen und rötlichen Narben. Keine kurzen Hosen, keine runtergerutschten Wollsocken, keine Schnürstiefel, die nach Gummi und dem Schweiß der Kindheit rochen. Melchior tauchte wieder in der Gegenwart auf. Er hörte, wie die Nadel des Plattenspielers auf der vergessenen Schallplatte ins Leere schrabbelte und öffnete die Tür.

»Guten Abend!«, sagte Vanessa fröhlich. »In was schmökerst du denn da herum?«

Melchior versuchte, das Bilderbuch hinter seinem Rücken zu verstecken. Einer seiner Finger war an der Stelle zwischen den Seiten eingeklemmt, wo er zu lesen aufgehört hatte.

»Der Fuchs will den Hasen fangen, und vielleicht will der Hase ja auch vom Fuchs gefangen werden. Aber es gelingt dem Fuchs nie, den Hasen zu fangen, und da steht er nun mit seinem Wunsch, der ewig nur ein Wunsch bleiben wird …«

»Was redest du denn für ein Durcheinander?«, sagte die Tochter des Kommissars und griff um ihn herum, um ihm das Buch zu stibitzen. Sie verzog das Gesicht, als sie den Titel sah, und blätterte oberflächlich darin herum, ohne etwas zu lesen.

»Papa! Benjamin ist doch noch viel zu klein für solche Geschichten!«

»Der Hase stellt Teerbaby Fragen, und je mehr Fragen er stellt, umso weniger wird ihm geantwortet. Er bleibt stecken, klebt fest … und Teerbaby bleibt stumm … es ist unmöglich, sich von ihm zu befreien, abzuhauen, er hängt fest … kommt nicht mehr los.«

»Was für eine idiotische Geschichte! Glaubst du etwa, dass Benjamin irgendwas davon verstehen kann?«

»Vielleicht hat ihm die Musik gefallen …«

Vanessa stellte den Plattenspieler ab und entzifferte die Aufschrift der Plattenhülle mit derselben besorgten Neugier wie eben beim Buch.

»Stan Getz!«, sagte sie und zuckte mit den Schultern.

Dann schnüffelte sie: »Was riecht denn da so angebrannt? Wo ist Benjamin?« Ihre Stimme schlug in kreischende Hysterie um.

»In der Küche!«, sagte Melchior.

Vanessa stürzte in die Küche. Wahrscheinlich erwartete sie, ihren Sohn in ein Teerbaby verwandelt vorzufinden: völlig verkohlt, aufgrund der Nachlässigkeit seines Großvaters.

Melchior sah traurig auf das Bilderbuch, das Vanessa ihm zugeworfen hatte, und ließ es wie eine fliegende Untertasse in Richtung Sofa schweben. Er hatte nicht genug Zeit gehabt, es zu Ende zu lesen, aber er wusste schon lange, dass es ein Ende hatte, das kein Ende war! … Dieses Mal hatte der

Fuchs alle Chancen, den in der Falle sitzenden Hasen zu fangen. Aber allzu viele Leute wünschten, dass ihm das nicht gelingen möge.

Melchior ging in die Küche. Benjamin schlief, und Vanessa inspizierte misstrauisch das leere Fläschchen.

»Was hast du ihm da reingetan? ... Er schläft so komisch.«

»Zuckerwasser mit einem starken Betäubungsmittel ... Ich hab mich mit dem Essen etwas verspätet«, erklärte Melchior und machte die Gasflamme unter dem Topf mit dem angebrannten Gemüse aus. »Du siehst, er hat die Zeit genutzt, um ein kleines Nickerchen zu machen ... Den seinen gibt's der Herr im Schlaf! ... Und ich finde, er sieht überhaupt nicht komisch aus. Seine Augen sind zu, sein Atem ist ruhig und regelmäßig, und seine kleinen Fäuste sind geschlossen ...«

Vanessa nahm mehrere Gläschen aus dem Schrank und studierte ausführlich die Etiketten, bevor sie sich für eines entschied.

»Wie sind deine Prüfungen gelaufen?«, fragte Melchior.

»Uff!«

Der Kommissar gab sich damit zufrieden. Er wusste aus Erfahrung, dass jedes weitere Nachfragen zu einer heftigen Auseinandersetzung führen würde. Sie begann stets mit: »Ist das hier etwa ein polizeiliches Verhör, oder was?« und endete in der Regel – unerfreulich.

»Ich hoffe, du hast nicht vergessen, dass wir heute Abend bei deinen Eltern essen?«, fragte Vanessa spitz.

»Aber natürlich nicht!«, log Melchior.

25

Das Einfamilienhaus von Gisèle und Charles Melchior lag an der Rue des Martyrs-de-la-Résistance in Villeneuve-Fontenay. Der S-Bahnhof war nicht weit weg, und am Ende der Straße konnte man die Seine sehen. Die ganze Siedlung war in der Zeit zwischen den beiden Weltkriegen gebaut worden und wirkte altmodisch ländlich.

Der Kommissar war nicht in diesem Haus aufgewachsen. Er stammte aus Fontenay-le-Vieil – sozusagen der *East Side* – und dies hier war der *Far West*, das Kalifornien der nach allen Seiten ausgefransten Großgemeinde. Die Westseite, am Seine-Ufer. Melchior blieb für alle Zeiten ein Racker vom anderen Ufer, vom Marne-Kai. Und es erschien ihm, als hätten sich seine Eltern in eine entlegene Sommerfrische für betuchte Rentner zurückgezogen.

Charles empfing sie wie immer herzlich.

»Jean-François! Wie geht es dir, mein Junge!«

Die beiden Männer schüttelten sich die Hand und umarmten sich ungeschickt. Charles Melchior streckte beide Arme nach den Schultern seines Sohnes aus. Er lehnte sich zurück, um ihn besser sehen zu können und als wolle er abschätzen, wie viel sein fünfzigjähriger Sprössling seit seinem letzten Besuch gewachsen war. Melchior hatte das Gefühl, unter diesen Blicken zusammenzuschrumpfen.

»Oh, er sieht ja gar nicht gut aus!«, diagnostizierte Oma Gisèle aus der Küche im hinteren Teil des Hauses. Sie beobachtete von dort die Ankunft der Gäste und knetete mit der rechten die Finger der linken Hand. Ihr kleines, verwelktes Gesicht, das von blondierten Dauerwellen umrahmt war, wirkte sehr besorgt: Sie hatte wie immer das Schlimmste befürchtet.

»Ich hab schon gedacht, du hättest uns vergessen!«, sagte sie.

»Ich wusste es … Als es immer später wurde, war ich mir sicher, dass du nicht kommen würdest!«

»Deine Mutter hat den ganzen Tag damit verbracht, auf die Uhr zu schauen!«, sagte Opa Charles grinsend.

Er beugte sich über die Tragetasche, gluckste, kitzelte den Kleinen und lachte.

Benjamin hob nur ein Augenlid und schlief sofort wieder ein.

Vanessa war von einer emsigen Geschäftigkeit heimgesucht. Während sie unbeholfen in die Runde lächelte, hantierte sie ohne ersichtlichen Grund mit irgendwelchen Gegenständen herum und brachte dadurch die penible Ordnung des Hauses durcheinander. Sie rief, dass sie helfen wolle, dass man ihr etwas zu tun geben solle!

Sie hatte Blumen mitgebracht. Melchior schlug vor, sie unter der Matratze der Tragetasche hervorzuziehen, und versuchte zu retten, was noch zu retten war. Dann ging er in die Küche und umarmte seine Mutter.

Sie wollten sich küssen, aber sie zielten schlecht und verfehlten sich. Ein unsichtbarer, eisiger Lufthauch warf sie im entscheidenden Moment aus der Bahn. So trafen sie die Haare, das Ohr oder die Leere zwischen sich. Melchior spürte, wie sich sein Magen verkrampfte. Und er dachte, dass seine Mutter dasselbe empfinden müsse: War er nicht der würdige Sohn ihrer eigenen Ängste?

»Ich hab dir einen Rinderbraten gemacht. Du musst ein bisschen rotes Fleisch essen! Du bist ja blass wie Spargel.«

Melchior beschränkte sich darauf zu lächeln. Er war brav und lieb. Er kostete das unvermeidliche Roastbeef, gehorchte jeder Aufforderung, noch eine Scheibe zu nehmen. Er zermahlte die frischen grünen Bohnen aus dem Garten und bestätigte ergeben, dass das »doch etwas anderes als dieses Zeug aus dem Supermarkt« sei!

»Wie läuft's denn so beruflich?«, erkundigte sich Opa Charles. »Da ist doch diese Geschichte vom Hafen ... In der Zeitung war viel die Rede davon. Ich hab den Nachbarn versprochen, dass ich bald mehr weiß, durch dich ... Hast du mit dem Fall zu tun?«

Melchior bestätigte, dass er tatsächlich damit zu tun habe.

»Nun, dann erzähl doch mal! ... Du weißt ja, im Fernsehen gibt es sowieso nichts Gescheites ...«

Melchior erzählte, was er wusste – beziehungsweise, was er erzählen wollte. Was er sagen zu können glaubte. Er gestaltete seine Geschichte, so gut er konnte, hütete sich aber, alles auszuplaudern, indem er sich dabei beobachtete und sich so manchmal im letzten Moment korrigieren konnte. Es war ihm daran gelegen, den Überblick über seine Halbwahrheiten zu behalten.

»Und du hast meinen Sohn Benjamin in dieses abscheuliche Abenteuer mit hineingezogen? ... Du bist ja für ihn der allerschlimmste Umgang!«, blaffte Vanessa, deren ohnehin schon angespannte Miene sich während Melchiors Schilderung zusehends verkrampfte.

Unter dem Porzellan-Lampenschirm breitete sich tiefes Schweigen aus. Melchior zeichnete mit der Messerspitze das Muster der Tischdecke nach. Opa Charles schenkte Bordeaux nach und setzte als Einziger die Miene des zufriedenen Gastgebers auf.

»Diese Geschichte mit der Fontenille ist übrigens wahr!«, sagte Gisèle leise. »Als ich ein junges Mädchen war, hat der Pfarrer uns erzählt, dass der heilige Bischof von Fontenay dieses Ungeheuer, das die Gegend in früheren Zeiten heimsuchte, vertrieben hat. Er hat ihm mit seinem Stab auf den Kopf geschlagen und dann seine Stola auf seinen Hals geworfen. Dann hat er es an der Stola wie an der Leine zur Seine gezogen. Das Ungeheuer folgte ihm ganz brav. Am Ufer angekommen, hat der heilige Bischof die Fontenille aufgefordert: ›Entweder gehst du in die Wüste, oder du gehst ins Meer!‹ Da hat sich das Ungeheuer ins Wasser gestürzt, und man hat es nie wiedergesehen.«

Erneutes Schweigen. Melchior bemühte sich, mit größter Ruhe und fast liebevoll zu sagen: »Aber, Mama! Das ist die Legende vom Drachen und dem heiligen Marcel aus dem 13. Arrondissement von Paris, dem Viertel, in dem ich heute wohne ... Ich selbst hab dir das erzählt.«

Gisèle ballte die Fäuste. Sie saß aufrecht auf der Stuhlkante, die Unterarme streng auf beiden Seiten des Tellers ausgerichtet, von dem sie nur drei Happen gegessen hatte. »Doch, doch!«, sagte sie stur. »Das ist die Geschichte der Fontenille von Fontenay, wie Pfarrer Bonnefoy sie uns im Heim der Schwestern von Sainte-Marie erzählt hat! ... Oder habe ich Pfarrer Bonnefoy etwa auch erfunden?«

Melchior sah seine Mutter mit einem Lächeln an, in das er gern mehr Zärtlichkeit gelegt hätte, das aber einfach nur unglücklich aussah: Ihr ganzes Leben hatte Gisèle Geschichten von anderen geklaut und daraus ihre eigene Legende gestrickt. Sie vermischte Wahres und Erfundenes, und was am besten klang, waren immer Lügengespinste. Sie hatte bei diesem oft so subtilen Spiel große Geschicklichkeit und eine echte Könnerschaft an den Tag gelegt. Aber je älter sie wurde, umso mehr verblasste der Glanz ... Gisèle verhielt sich vor ihrer Familie wie ein beleidigtes kleines Mädchen, das bei einer Lüge ertappt wird und keinen anderen Ausweg mehr weiß, als eine noch größere Lüge zu erzählen.

»Und erinnerst du dich auch noch an die Geschichte vom Teerbaby, Mama?«, fragte Melchior mit vorgetäuschter Begeisterung, die seine eigene Unruhe verbergen sollte.

»Oh, das! Das hab ich dir immer erzählt, als du noch klein warst ... Die Geschichte vom Wolf, der Ferkel essen will ...«

Melchior verzichtete darauf, sie zu berichtigen. Wenn er ein Wort vom Fuchs und vom Hasen gesagt hätte, würde sich seine Mutter hartnäckig darauf versteifen, dass es in der Geschichte um Wolf und Ferkel ging! Und wozu war das im Grunde auch wichtig!

»Und es gibt ein *Teermännchen* ... Wer ist das noch mal? ... Ihr Kind? ... Meine Güte, ich weiß es nicht mehr!«, sagte Gisèle und stand gereizt auf. Sie begann, die Teller und die Gedecke abzuräumen. Vanessa tat alles Menschenmögliche, um ihr zuvorzukommen.

»Weißt du, dass man mich für das Verdienstkreuz vorgeschlagen hat?«, flüsterte Opa Charles seinem Sohn ins Ohr.

»Aber ... das hast du doch schon?«, wunderte sich Melchior.

»Dieses nicht! ... Das andere.«

»Aha? ... Und was ist damit?«

»Ich hab abgelehnt!«, gestand Charles genüsslich. »Ich hab schon genug Orden! ... Orden sind nur was für Wichtigtuer!«

Er wollte seine Stimme am Ende des Satzes senken, aber es war schon zu spät. Gisèle rief schrill aus der Küche: »Wem macht das schon Freude, wenn du sie ablehnst? Sag mir, für wen ist das von Nutzen?«

»Nun ... für mich!«, antwortete Charles.

»Das wäre eine gute Gelegenheit gewesen, mit den Nachbarn Sekt zu trinken.«

»Und es hätte eine stinklangweilige Rede im Rathaus gegeben, direkt neben der Tafel mit den Kameraden, von denen es heißt: ›Gestorben für Frankreich!‹«

Melchior lief ein Schauder über den Rücken. Er hatte plötzlich einen trockenen Mund. »Bei dieser Gelegenheit,

Papa … Erinnerst du dich an den Mann, den man tot unter einem Haufen Kohlen gefunden hat, im Cour Lachaux? … Man sagt, dass sein Name auf der Gedenktafel im Rathaus steht. Man dachte, er sei an der Front, bei der Résistance oder in einem Konzentrationslager gestorben … aber dann hat man ihn eines Tages dort gefunden. Sagt dir das etwas, diese geheimnisvolle Geschichte? Wer war dieser Mann? Wie war sein Name?«

Charles' Gesicht erstarrte und rötete sich. Seine Augen verschwanden unter den angeschwollenen Lidern. Bei Charles Melchior wusste man oft nicht, ob er angestrengt versuchte, sich zu erinnern, oder ob er gerade mit aller Kraft eine Grabplatte aus Blei auf seine Erinnerungen drückte, um sie für immer zu versenken.

»Aber, mein Kleiner! Dein Vater kann sich nicht daran erinnern!«, erklärte Gisèle mit einer Stimme, die keinen Widerspruch duldete. »Das war doch im Krieg. Dein Vater war nicht da. Er war in den Lagern! Hast du das vergessen?«

Sprachlos registrierte Melchior den Ton, mit dem seine Mutter ihre Version der Wahrheit verteidigte.

26

Von der anderen Straßenseite hatte Melchior in der feuchten Dunkelheit lange auf die Fassade des *Blue Moon* gestarrt, bevor er sich entschloss hinüberzugehen. Die Ränder der Leuchtschrift waren von einem verschwommenen Karma umgeben. Melchior hatte im Geiste hundertmal ihren verschlungenen Lauf nachgezeichnet und dabei schließlich den Sinn der Wörter vergessen. An ihre Stelle traten die ungewissen Windungen seiner eigenen Geschichte. Die Passanten hatten in ihm nur einen missmutigen Bullen im Hinterhalt gesehen; einen dieser starrsinnigen alten Haudegen, die immer genau wissen, was zu tun ist, und keine Gefühlsregungen zeigen. Melchior betrat das *Blue Moon*. Er nickte kurz wie ein Stammkunde und lüftete vorschriftsmäßig den Hut.

»Dahinten ist ein junger Kerl, der nach dir gefragt hat!«, sagte Barmado eifersüchtig und schlecht gelaunt.

Melchior setzte sich in die Nische, in der Moktar Barouf mit einem Amercian Soda auf ihn wartete. Auf der Bühne wackelte eines der Mädchen, die Mulot vor einiger Zeit fotografiert hatte, mit einer geschäftsmäßigen, aber diesmal eher rührenden Professionalität mit den Hüften.

»Und deine Schwester?«, fragte der Kommissar.

Moktars Blick wandte sich vom Bauchnabel des Mädchens und dem grellen Lichtkreis ab.

»Welche?«, fragte er und sah den Polizisten mit wild glänzenden Augen an.

»Fatima ... Es hat den Anschein, dass sie ›die Scham verloren‹ hat. Soll das heißen, dass sie mit einem Rumi durch die Gegend zieht? Oder ist sie eine islamistische Fundamentalistin geworden? Was hat deinen Vater so aufgebracht?«

»Fatima sagt, dass sie nicht die Tochter ihres Vaters und ihrer Mutter ist. Sie hat ›das Haus der Lüge‹ verlassen, wie sie es nennt. Man hat ihr eingeredet, dass sie ein Kind ist, das von seinen wahren Eltern ausgesetzt wurde. So hat sie sich vor den Spiegel gesetzt und anscheinend entdeckt, dass sie weder ihren Brüdern noch ihren Schwestern oder sonst jemandem im Haus ähnlich sieht ... Sie wollte, dass man ihr die Wahrheit sagt. Das Ergebnis war, dass sie verprügelt wurde. Sie ist abgehauen. Sie lässt sich Marie-Marthe nennen. Sie erzählt, dass sie die Tochter des abgerufenen französischen Kolonialverwalters ist, oder des Gutsbesitzers selbst ... Ein Kind, das dem Hausmädchen, der Fatma, gemacht wurde ... Manchmal ist es aber auch andersrum: ein Ziegenhirt aus den Zeltdörfern hat eine französische Lehrerin vergewaltigt, oder sie ist die jüngste und schönste Erbin des Kolonialgouverneurs … Solche Sachen eben! Sie hat 'ne Macke, mein Schwesterchen! Jetzt nimmt sie Drogen und verkauft ihren Hintern in einem besetzten Haus.«

»Das ist eben die Scham, die verloren geht!«, sagte Melchior, während er das Gesicht verzog. »Sag mal, wie alt ist deine Schwester. Hat sie Algerien gekannt?

»So 'n Quatsch! Sie ist in Saint-Denis geboren, am Fuß der Kathedrale! Mein Vater ist immer in Frankreich gewesen, sogar im Krieg.«

Melchior nickte. Er hatte seine Hände unter dem Kinn gefaltet und betrachtete Moktars vierkantiges Gesicht, seine gerade, dünne Nase, seine dunklen Augenbrauen und sein gelocktes Haar. Eher gut aussehend, und anscheinend plötzlich entschlossen, seinen Weg zu gehen.

»Du hast dich sehr verändert, Moktar, seit dem letzten Mal, als wir dir in den Hintern getreten haben. Du trägst ein Hemd, eine Wildlederjacke und eine Krawatte. Man könnte fast glauben, dass du auch ein Anwaltsdiplom hast!«

Der junge Mann beugte sich über den Tisch.

»Das ist kein dummes Gerede, Monsieur Melchior, ich werde es machen! Ich kann nicht zur Uni gehen, ich hab nicht die Bildung dafür. Aber ich hab mich bei einem Privatkurs angemeldet. Und das ist teuer, kostet viel Geld! … Ich weiß schon, wie man an Knete kommt, aber das will ich nicht mehr. Sie müssen mir helfen, wenn Sie können. Mein Vater will, dass Sie mich auf den richtigen Weg bringen, und ich auch, ich bin damit einverstanden. Zum ersten Mal.« Er beugte sich noch weiter vor, um sich dem Ohr des Kommissars anzuvertrauen. »Wissen Sie, Monsieur Melchior, ich hab ihm nicht alles gesagt, dem Vater Barouf, ich will nicht, dass er einen Schock kriegt … Es wär besser, wenn Sie ihm das erklären … Ich hab nämlich schon ein Diplom, sehen Sie!« Er zog aus seiner Tasche ein Stück Papier, das zusammengefaltet in einer Plastikhülle steckte; mit zufriedener Vorsicht faltete er es auseinander. »Das ist ein Anfang!«, sagte er stolz.

Melchior konnte lesen: *Adlerauge, Schule für Privatdetektive … Ausbildungsbescheinigung.*

»Was ich nämlich will«, sagte Moktar mit der entzückten Stimme großer Träume, »ich will zur Polizei!«

Barmado brachte mit argwöhnischer Miene einen Weinbrand mit Wasser.

»Bring uns lieber eine Flasche Gin!«, sagte Melchior schicksalsergeben.

Später musste er sich unbedingt um Jessica kümmern. Sie hatte sich auf einen Barhocker gesetzt und tat so, als ob sie ein Stammgast wäre. Melchior hatte sie aus den Augenwinkeln beobachtet, während er, so gut er konnte, das Schicksal von Moktar Barouf entwirrte. Sie versuchte, selbstsicher zu wirken, indem sie die Hochnäsige mimte. Vielleicht war sie zum ersten Mal an diesem Ort, an dem ihre Mutter schon seit so vielen Jahren arbeitete und der ihr verboten war. Getrennt durch die Theke und die Lichtkegel, die wie Gitterstäbe aus den Scheinwerfern über der Bar herunterfielen, lächelten die beiden Frauen sich manchmal zu, nickten dabei unmerklich mit den Köpfen, und wandten den Blick sogleich wieder ab. Melchior konnte ihre Beklemmung bis in seinen Schlupfwinkel auf der anderen Seite spüren.

Als Moktar endlich ging – vom Glück beschwingt und mit den entspannten Schultern des zukünftigen Chefs der Abteilung zur Bekämpfung von Bandenkriminalität –, kam Barmado hinter der Theke hervor, nahm Jessica erst bei der

Hand, dann bei der Schulter und führte sie zum Separée des Kommissars. Die beiden Frauen setzten sich auf die Bank gegenüber von Melchior.

Sie wussten nicht, wer anfangen sollte, und warfen sich verstohlene Blicke zu wie zwei Vögel, die erstaunt darüber waren, dass sie auf demselben Ast saßen.

»Jessica hat mir alles … erklärt«, stieß Barmado schließlich aus. Sie lächelte ihrer Tochter erneut zu mit einem weniger nervösen, fast beruhigten Ausdruck.

»Jetzt … Ich glaube, ich werde dieses Kind nicht behalten«, sagte Jessica.

Melchior verhielt sich still und hörte zu, ohne Partei nehmen zu wollen. Es war endlich ein Dialog entstanden, und die Erleichterung und der Gewinn waren immens, wenngleich das Leid noch nicht völlig beseitigt war.

»Wir wollten dir danken«, sagte Barmado.

»Wofür denn?«

»Das wissen Sie sehr gut«, sagte Jessica. »Also …vielen Dank!«

»Ich mache nur meine Arbeit, das ist alles.«

»Nein, du machst nicht nur deine Arbeit!«, sagte Barmado. »Deine Arbeit besteht darin, Leute in den Knast zu bringen …«

»Das sagt man jedenfalls.«

»… und du, du versuchst trotzdem, unsere Probleme zu lösen. Du nimmst dir die Zeit zu reden, uns zuzuhören.«

»Das nennt man *Vorbeugung*«, sagte Melchior. »Und das gehört zur Arbeit dazu.«

»Das glaubst du doch selber nicht! Ich weiß, wie das ist mit den anderen Bullen!«

»Ja, na gut, aber du brauchst es ja nicht von allen Dächern zu pfeifen! Ich kriege schlechte Noten bei der Aufsichtsbehörde, wenn sich rumspricht, dass ich mit den Leuten rede, anstatt sie ins Loch zu werfen! ... Und außerdem, diese Woche bin ich eigentlich im Urlaub!«

Schwacher Beifall begrüßte das Ende der Nummer auf der Bühne. Die Musik wurde wieder schmalziger und einige Paare standen auf, um zu tanzen.

»Ich muss jetzt gehen«, sagte Barmado. »Die Gläser wieder auffüllen!«

»Und die Jungs, die Jazz spielen, kommen die nicht?«, fragte Melchior. »Ob die wohl *It Might As Well Be Spring* spielen können?«

»Das hängt von Marcels Laune ab. Die kommen nicht regelmäßig. Sie waren erst gestern Abend da.«

»Ich auch ...« Er sah beiseite, um seine nächste Frage zu stellen. »Wie läuft das mit Jessica?«

»Ich werde zu Zerbib gehen«, sagte Barmado und stand auf, während ihre Tochter abwesend in die Ferne blickte.

»Zerbib? ... Du kennst Zerbib? Doktor Zerbib?«

»Sieh mal einer an! Du hast vergessen ... damals ... als ...« Sie zögerte und biss sich ärgerlich auf die Lippen. »Als ein Mädchen von hier ein Problem hatte ... Aber heute ist das ja alles legal und wird von der Krankenkasse bezahlt, und Doktor Zerbib ist eine Respektsperson geworden. Marcel soll mit ihm darüber sprechen ... Er ist ein alter Freund.«

Melchior versuchte, sich zu erinnern. In seinem Gedächtnis zeichnete sich vage das unscharfe Porträt eines bärtigen Studenten aus der »Protestbewegung« ab. Ein »Fanatiker«, der seine provokativen Pamphlete »Über die Art und Weise, *besser Liebe zu machen*« vor den Schulen verteilte. Ein quirliger Tribun, Mitbegründer der örtlichen Familienplanungs-Organisation ... Zerbib? War Zerbib, wie so viele 68er, auf dem langen Marsch durch die Institutionen zu einem Amtsträger und Chef geworden, zum Unternehmer? Eine ebenso banale wie wahrscheinliche Hypothese.

»Offensichtlich hast du alles vergessen!«, schimpfte Barmado. »Diese Typen, es war immer viel zu leicht für euch, zu vergessen! … Vorher, dabei und hinterher!«

»Es gab da diesen Bärtigen«, gab Melchior zu. »Wie wurde der noch genannt?«

»Guevara!«

»Genau! … Und du sagst, das ist Zerbib?«

Barmado zuckte mit den Schultern. Sie machte ein paar Schritte in Richtung Bar und wandte sich dann um. »Kann ich dir was bringen?«, fragte sie mit etwas ruhigerer Stimme. »Etwas, was dir Freude macht?«

»Bring mir diese Flasche Gin!«, sagte Melchior bitter. »Ich wäre glücklich, sie bis zum letzten Tropfen auszutrinken!« Er ließ sich zurückfallen und legte sein Kinn an die Brust, während sein grimmiger Blick einen düsteren Horizont durchforschte. Jessica versuchte, sich davonzustehlen. Doch Melchior packte sie bei der Hand und zwang sie, sich wieder hinzusetzen. Er zeigte Jessica die Fotografie, die in der vorigen Nacht vor dem Haus aufgenommen worden war, in dem sich eine Tür geöffnet und den schönen traurigen Blick von Joséphine Lacacia enthüllt hatte.

Jessica sah sich das Foto an. Sie kreuzte ihre Arme auf dem Tischrand und beugte sich darüber. Das Halbdunkel war nicht besonders förderlich. Jessica nahm das Bild in die Hand und suchte in ihrem Rücken nach einem Lichtstrahl. »Das ist er!«, sagte sie und legte das Foto wieder hin. Sie starrte Melchior an, ihr Kinn zitterte heftig, und sie war kurz davor, in Tränen auszubrechen.

»Wir werden bald wissen, wer das ist«, sagte der Kommissar. »Wir werden ihn festnageln.«

Dieses Mal konnte Jessica entwischen, ohne dass eine gnadenlose Hand sie zurückhielt. Das junge Mädchen kam gerade noch weg, bevor Marcel anrückte, der sich mit schleichenden, jederzeit fluchtbereiten Schritten genähert hatte. »Wir müssen reden«, sagte Marcel.

»Komm rein! Der Beichtstuhl ist geöffnet!«

Nach dem üblichen »Wie geht's? Was trinkst du?« ging Marcel zu seinem Sündenregister über: »Ich möchte dir bestimmte Dinge sagen, bevor du sie selber rausfindest ...«

»Das ist sehr weise!«, sagte der Kommissar.

Marcel warf Melchior einen besorgten Blick zu, doch die Augen des Kommissars lächelten. Aber Melchior wusste, wenn ihn nach einem Stimmungstief plötzlich gute Laune überkam, so war das ein Zeichen dafür, dass in seinen Gehirnwindungen in Kürze ein Specht mit seinem schmerzhaften Gehämmer beginnen würde: Das grelle Licht der sich enthüllenden Wahrheit würde auf einzelne Puzzlestücke fallen, die mühsam zusammengefügt werden mussten.

»Es geht um Doktor Zerbib«, erklärte Marcel. »Er wollte, dass ich dich überwache ...«

»Sieh an! Wenn das so weiter geht, wird bald ein Kopfgeld für mich ausgesetzt! ... Willst du mich vom Dachfenster eines Hauses mit dem Zielfernrohr abknallen? Oder willst du mir lieber eine dicke Dynamitstange unter's Gaspedal klemmen?«

Marcel stieß einen ungeduldigen Seufzer aus: Er würde dieses Gespräch bis zum Ende führen müssen, in einsamer Angst, und Auge in Auge mit diesem spöttischen Scheißbullen. »Ich kenne Zerbib schon seit längerer Zeit«, fuhr er fort. »Er hat mir einmal einen Dienst erwiesen ... und ich bin ihm etwas schuldig. Nun ist es so: Der Doktor hat Angst, dass du deine Nase in etwas reinsteckst, das dich nichts angeht.«

»Das hab ich mir schon von Anfang an gedacht! Da ist irgendwas faul! Erst hat er versucht, mich durch den Staatsanwalt abzuwürgen, und jetzt schickt er mir einen Ganoven, der mit den Muskeln spielt.«

»Aber, aber, Herr Kommissar! Sie verstehen mich falsch!«, erwiderte Marcel aufgeregt.

»Ah! Du fängst doch wohl nicht wieder an, mich zu siezen! Wenn du beginnst, hier einen auf vornehm zu machen, dann lade ich dich morgen in meine Herberge ein, und du hast das Recht auf ein Feinschmeckermenü! Mit einer Fischvorspeise, Käse und Dessert! Ich sage dir, du wirst dich an den Tisch setzen! Aber wundere dich nicht über die Rechnung, sie wird gesalzen sein … Das Haus gibt keinen Kredit!«

»Das klingt nicht schlecht«, meinte Marcel. »Aber Jean Gabin hat solche Dinge irgendwie besser hingekriegt. Als hätte er seinen Satz schon runtergeschluckt, bevor er ihn ausspuckte … Wo war ich stehen geblieben? Du bringst mich ganz durcheinander mit deinem Gefasel!«

»Zerbib … seine Mauscheleien.«

»Ja … weißt du … das war, als die Linken an der Macht waren … nach den Wahlen. Zerbib hatte Gold, das in Sicherheit gebracht werden sollte. Und auch Schwarzgeld. Er hat mich gebeten, ihn in die Schweiz zu bringen. Das hat mir Spaß gemacht. Ich kenn da ein paar Tricks, wie du dir denken kannst! Es war übrigens ganz einfach, und die Hunde von der Drogenfahndung sind ja nicht scharf auf Knete … Es heißt ja ›Geld stinkt nicht‹! Ha, ha!«

Der Kommissar sah ihn mit eisigem Blick an, woraufhin Marcels launiges Lachen erstarb.

»Und darüber macht sich der gute Doktor Zerbib Sorgen? … Ich bin doch nicht vom Finanzamt.«

»Das hab ich ihm auch gesagt!«

»Und er, er hat dir erlaubt, bei mir auszupacken, wie du es eben gemacht hast?«

»Nun … nein … eigentlich nicht. Ich hab … Ich weiß nicht, ob ich das Richtige tue!«

Melchior klappte zwei-, dreimal den Mund auf und zu,

wie ein Fisch, der sich vorsichtig einem Köder näherte, der an einem Haken hing. Wie sollte man den einen schnappen, ohne vom anderen erwischt zu werden? Dann sagte er: »Und was war das für ein Dienst, den er dir geleistet hatte?«

»Oh … das ist eine noch ältere Geschichte! Eins meiner Mädchen ist vergewaltigt worden … wahrscheinlich von einem Kunden. Manche Typen bilden sich ein, dass die Stripperinnen zu allem Möglichen bereit sind, dass sie willig und umsonst zu haben sind … Die Mädchen dachten sich damals, dass man sie für Künstlerinnen hielt! Dabei haben sie übrigens nicht ganz Unrecht. Man muss zugeben, dass …«

»Schon gut, schon gut! Deine Stripperin ist also schwanger geworden?«

»Ja … und die legale Frist war schon abgelaufen, als sie beschlossen hat, mit mir darüber zu reden. Das war schon nach der zehnten Woche.«

»Und die Pille, die kannte sie nicht?«

»Sie hat sie vergessen, hat sie gesagt … Es gibt viele, die sie oft vergessen … sonst gäbe es ja all diese Geschichten nicht!«

»Und Zerbib hat das arrangiert.«

»Er war ein Pionier der Absaugmethode. In den 60er- und 70er-Jahren hat er viel Knete damit gemacht. So konnte er seine Klinik aufbauen. Heute macht er so was natürlich nicht mehr. Es gibt andere Ärzte, die sich darum kümmern.«

»Und das Gold, ist das immer noch in Zürich?«

»Das wurde in die Heimat zurückgebracht …«

»Aha, in die Heimat! Großartig, dieser Patriotismus … Zerbib wollte wohl seine Klinik vergrößern, das Gemeindekrankenhaus übernehmen?«

»Es ist nicht so, wie du denkst … Er hat Anteile am *Las Vegas* gekauft.«

»Die Diskothek? … Du hast für die Konkurrenz gearbeitet?«

»Ich hab eine Provision bekommen. Konkurrenz ist nicht das richtige Wort: Wir ergänzen uns auf kultureller Ebene … Die Mädchen von hier arbeiten übrigens auch dort: Sie tanzen oben ohne als griechische Statuen geschminkt auf Halbsäulen aus künstlichem Marmor. Die Kundschaft mag diese Art von Animation.«

»Das erinnert sie an das Nevada ihrer Geburt …«

»Was ist denn das für ein Schuppen? … Ich bin übrigens schon mal im *Vegas* gewesen. Wegen meiner Künstlerinnen, wollte nachsehen, ob das auch ein anständiger Ort ist.«

»Du bist ein wahrer Vater für deine Schäfchen! Mir kommen gleich die Tränen.«

Marcel winkte ab und wandte sich zur Bühne um.

»Das ist eine Neue«, sagte er, nachdem er sich eine Weile die Rothaarige angesehen hatte, die im Scheinwerferlicht ihre wahren Talente zeigte. »Ich weiß noch nicht recht, was sie taugt …«

»Sie ist sehr gut«, sagte Melchior. »Ich hab sie schon letzte Woche gesehen … oder letzten Monat.«

»Du kommst auch nicht mehr so oft wie früher.«

»Alles hat mal ein Ende! Aber, ich hab es dir ja gesagt: Du warst nicht da! … Wo treibst du dich rum, Marcel? … Wo bist du, wenn ich hier vorbeikomme?«

Marcel drehte sich verärgert zur Bühne um.

»Hör auf damit, das ist meine Sache!«, sagte er schroff.

Melchior packte ihn an der Schulter, zwang ihn, sich vom Bühnenlicht abzuwenden und sein Gesicht wieder ins Halbdunkel der Nische zu tauchen. Der Kommissar beugte sich über den Tisch und flüsterte Marcel ins Ohr: »Ich hab unendliche Geduld, wie du weißt. Manche halten das für Faulheit, aber ich kann abwarten, bis etwas ans Licht kommt … Und ans Licht kommt es auf jeden Fall! … Glaubst du, ich bin zu meinem Vergnügen hier? Dass ich nichts anderes zu tun hab, als hierher zu kommen und die Mösen deiner Tänzerinnen anzugaffen? … Ich sehe alles, ich höre alles und führe meine Untersuchung durch! … Dein Zerbib will mir Sand in die Augen streuen, und dazu benutzt er dich! Diese Geschichte mit den Goldbarren in der Schweiz, du, er und ich, wir wissen doch genau, dass uns das scheißegal ist! Was stellt ihr beide euch vor, du und Zerbib? Dass ich mich in steuerliche Nachforschungen stürze? … Das soll mich wohl beschäftigen und von dem ablenken, was ihr vor mir verbergen wollt, nicht wahr, so ist es doch?«

»Aber nein! Ich habe nichts mit Zerbib zu tun!«

»Ach ja? Und deshalb kommst du hierher, wie ein Hund mit eingekniffenem Schwanz, um mir diese verlogenen Geständnisse zu machen? Du bist sein Komplize, mein Lieber!«

»Ich wusste ja, dass *Sie* nicht auf das Vergnügen verzichten würden, mir Scherereien zu machen!«

»Hör doch auf! Du willst mir jetzt doch nicht die beleidigte Leberwurst vorspielen? … Ich sehe, wie du dich hier und da im Hintergrund meiner Ermittlungen rumtreibst, und dabei ziehst du ein Gesicht wie ein Rotzbengel, der dabei erwischt wurde, wie er seine Finger in den Marmeladentopf steckt. Du bist zwar nur undeutlich zu erkennen! Du hast verschwommene Konturen, aber du bist immer da, Marcel! … Was hat das zu bedeuten?«

Die Stripperin hatte ihre Mutation beendet. Marcel genoss den Beifall. Melchior sah aus, als wollte er gleich den Tisch verschlingen.

»Das hat zu bedeuten, dass mir irgendwas Angst macht bei dieser Geschichte!«, gestand Marcel beim Klang der langsamen Musik, die für die eng aneinander klebenden Tänzer bestimmt war. »Angst … Diese Sache im Hafen, die ist beängstigend! … Etwas Bedrohliches, wie ein schlechter Traum, verstehst du? … Und dann noch diese Geschichte mit Jessica … Man fühlt sich einfach unbehaglich! Wie bei einem dunklen Geheimnis, das kurz davor ist, ans Licht zu kommen, um uns dann um die Ohren zu fliegen, verstehst du, was ich meine?«

Melchior nickte. Er verstand sehr gut.

»Dieses Mädchen, von dem ich dir erzählt hab … um das Zerbib sich gekümmert hat … ich hab sie mit aufs Land genommen, nachdem … Ich hatte mich in sie verliebt … Mein Prinzip war schon immer: Keine Beziehungen am Arbeitsplatz, sonst gibt's nur Ärger! … Also, sie ist nicht hierher zurückgekommen. Sie und ich, das ist unsere eigene Geschichte! … Wir haben eine kleine Tochter … Ich hab nie Kinder gehabt … Das weiß nicht mal Barmado. Du kennst ja ihre Eifersucht … Ich fahr da runter, so oft ich kann. Es ist wunderbar und einfach: Sie ist jung und schön … Und manche sagen: ›Was für ein Glückspilz, dieser alte Lustmolch!‹ … Aber es gibt immer Ärger! … Wir erwarten ein zweites Kind, es gibt Probleme, und ich möchte, dass Zerbib sich darum kümmert! Das ist ganz einfach, das ist eine ganz alltägliche Geschichte, Herr Kommissar, und Sie mit ihrem entsetzlichen Fall, Sie haben die Sturmglocken der Angst erst so richtig in Gang gesetzt!«

Melchior antwortete nicht. Er war daran gewöhnt, dass man ihm die ganze Schändlichkeit der Welt zur Last legte. Auch dafür war er Polizist: die Scheiße auf seine Kappe zu nehmen.

Er breitete auf dem Tisch die Papiere aus, die er in seiner Tasche mitschleppte, und schob mit einem Finger ein ganz neues Phantombild und das nächtliche Foto rüber.

Marcel schüttelte instinktiv den Kopf, ohne sich die Zeit zu nehmen, einen genauen Blick darauf zu werfen.

Melchior schob ihm das Foto von Sylvaine Valentin hin.

»Ein interessantes Gesicht … Was hat sie für eine Figur?«

Dann kamen einige Abzüge von den Stripteasetänzerinnen. Marcel sah genauer hin.

»Ist deine Frau dabei?«, fragte Melchior.

»Die da, ja, ich glaube schon!«, sagte Marcel und streckte einen Finger aus. »Wo hast du diese Fotos her?«

»Die kleine Mulot hat sie mir gegeben.«

»Ach ja? ... Nun, dann ist das nicht möglich. Das ist nicht meine Freundin!«

Er sah genauer hin, suchte nach einem Lichtstrahl, wie es vor kurzem auch Jessica gemacht hatte.

»Das ist ganz neu ... Erst aus der letzten Zeit ... Nein! Ich hab mich getäuscht, das ist sie nicht.«

Er sah noch einmal und länger hin, während Melchior ihn mit matten Augen beobachtete.

»Sie sehen sich alle ähnlich«, murmelte Marcel und zuckte ratlos mit den Schultern.

27

Melchior stand auf den äußeren Stufen des Rathauses von Fontenay und versuchte, mit Hilfe seiner Taschenlampe die Namen der Männer zu lesen, die von 1939 bis 1945 auf dem Feld der Ehre gefallen waren. Der Kommissar drückte seine Stirn gegen das Holzgitter und bemühte sich, mit einer Hand störende Reflexe auszuschalten. Dabei wurde er von den Nachtwächtern überrascht.

Er zog seinen Ausweis hervor und beleuchtete sein gutmütiges Gesicht mit seiner eigenen Lampe. Man erkannte ihn, öffnete ihm und beobachtete ihn – wenn auch etwas verwirrt, in respektvollem Abstand –, wie er systematisch die Auflistung der berühmten Toten durchging ... *Albert, Al-*

bouy, Albrecht … Béranger, Bermann, Berthelot … Chamarat, Chanvin, Chapuis … Er verharrte nur bei Namen aus seiner Kindheit, also von Nachbarsfamilien, Freunden und Cousins. Aber was er sich erhofft hatte, trat nicht ein: Kein Geistesblitz enthüllte den Namen des Teermännchens. Melchior las bis zum Ende und bewegte dabei in der höhlenartigen Stille des verlassenen Rathauses seine Lippen, sodass das Geflüster ab und zu wie eine Totenmesse klang.

Ziegler, Zuccarelli, Zweifel … Damit war er am Ende angekommen, bei »Zweifel«.

»Das ist ein guter Schluss«, sagte er mit lauter Stimme, die ein fernes Echo warf. Und unter den spöttischen Blicken der Wächter trat er wieder in die Nacht hinaus.

Edith Mulot hatte sich mit dem Rücken gegen die linke Türzarge gelehnt und stützte sich mit den Füßen an der rechten Zarge ab. So saß sie schlafend auf der Fußmatte vor der Tür des Kommissars, die Hände um einen großen Packpapierumschlag geklammert. Sie hatte den Pelzkragen ihrer Fliegerjacke hochgeklappt und ihr Kinn war zur Brust herabgesunken. Ihre Jeans, die durch die unbequeme Position zu den Knien hochgerutscht waren, enthüllten über den spitzen Cowboystiefeln eine hübsche Wade.

Melchior dachte, dass der Schlaf der jungen Journalistin ihm langsam vertraut wurde und dass es viele Monde her war, dass er eine Frau an seiner Seite hatte, die in ihre Träume versunken war.

Edith wachte beim Geräusch des Schlosses auf. Sie blinzelte und gähnte.

»Wie sind Sie ins Haus gekommen?«, fragte Melchior erstaunt. »Der Verwalter hat Sicherheitsschlösser eingebaut, die angeblich absolut einbruchsicher sind!«

»Rein kommt man immer!«

Sie stand bereits, frisch und munter, als sie den Kommissar von unten ansah und verschmitzt hinzufügte: » Was man will, das kriegt man auch …«

Melchior zog es vor, nicht zu antworten. Er fragte sich besorgt, wie es wohl in seiner Wohnung aussah. Entmutigt sog er den Babygeruch und den Gestank von angebranntem Gemüse ein. »Ich musste meinen Enkel hüten«, entschuldigte er sich, ohne dass er damit bei der Journalistin auf Verständnis zu stoßen schien.

»Ich habe Sie gesucht«, sagte sie.

»Ich war im *Blue Moon*.«

»Ich hatte keine Lust, dorthin zu gehen … Man sieht uns am Ende dort zu oft zusammen.«

»Wie das?«

Er bat Edith Mulot, einzutreten, machte das Licht im Wohnzimmer an, deutete auf das Sofa, die Sessel, ganz nach Wahl … Die junge Frau machte ein paar Schritte auf dem Teppichboden, und ihr Blick schweifte über die Einrichtung. Dann antwortete sie endlich auf seine Frage: »Man sucht sich im ›Blauen Mond‹ … man trifft sich, man wartet aufeinander … der eine kommt und der andere ist schon gegangen … Ist Ihnen das nicht aufgefallen?«

Sie trat zum Plattenspieler.

»Sieh da, Stan Getz! Wie gestern Abend! … Schon gestern Abend?«

»Erst gestern Abend.«

Sie brachte die Musik in Gang und hielt plötzlich inne. »Ich hab den ganzen Nachmittag im Archiv der Zeitung gewühlt, und den Abend auch noch. Ich bin völlig erledigt! Ich hatte Lust, Sie woanders als dort zu treffen. Zu viele Leute für ›die Mata Hari von Fontenay‹, die wertvolle Informationen zu übermitteln hat! … Und ich hatte Lust, Sie in Ihrer Wohnung zu überraschen … Diesmal war ich dran!«

Melchior verschwand in Richtung Küche. Auf der Suche nach was? ... Ach ja! Etwas zu trinken! Etwas Alkoholischem ... Was macht man in solchen Fällen: Gläser bereitstellen, Flaschen suchen, Eiswürfel aus dem Kühlschrank holen ... Da fiel ihm das Foto der Journalistin mit der herausgestreckten Zunge auf, das mitten auf dem Küchentisch stand. Er streckte die Hand aus, um das Bild verschwinden zu lassen, als Edith Mulot in der Küchentür auftauchte. Sie hatte ihre Jacke ausgezogen. Unter einem fein gerippten, grau-blauen Wollpullunder zeichneten sich ihre Brustspitzen ab. Melchior spürte, wie er am ganzen Körper eine Gänsehaut bekam, vom Nacken bis zum Inneren seiner Schenkel, vom Oberkörper bis hinter die Ohren. Eine Welle köstlich irritierender Wärme, eine dieser Liebkosungen ohne Körperkontakt, wie er sie in seiner Kindheit allein durch die Nähe einer Frau empfunden hatte.

Edith Mulot hatte Melchior überrascht, wie er nach dem Foto greifen wollte, und verstanden. Die Grimasse blieb zwischen ihnen auf dem Tisch stehen. Melchior stellte die Gläser und die Flaschen hin, blieb aber mit einem Bein gegen den Tisch gelehnt stehen, während die junge Frau nachdenklich die Stirn runzelte. Da er sich nicht rührte, ging Edith mit sanfter Entschlossenheit auf ihn zu. Sie legte ihre Hände auf Melchiors Schultern und ihre Wange an seine Brust. Melchior zog Ediths Körper in seine Arme, ließ aber seine Hände ausgestreckt, da er nicht wagte, sie direkt anzufassen. Sein Gesicht beugte sich über ihren Nacken. Er legte seinen Mund auf Ediths Haar, auf ihre Haut, deren warmer und lebendiger Duft ihn an die Wanderfahrten während der Schulzeit erinnerte – als er davon träumte, sich im Wald mit einem der Mädchen zu verirren, sodass sie zusammen das Abenteuer der einsamen Insel erleben konnten, das das Leben ihm immer verweigert hatte.

»Kommen Sie!«, sagte Edith. »Wir wollen nicht hier bleiben!«

Sie stupsten sich gegenseitig in den Flur und versuchten, darüber unbeholfen zu scherzen. Sie wollten sich noch festhalten, nicht loslassen, und vor allem nicht einer hinter dem anderen hermarschieren.

Als sie die Schlafzimmertür öffneten, berührten sich ihre Hände am Türgriff, und eine feuchte, abgrundtiefe Dunkelheit zog sie in den Mittelpunkt des Geheimnisses, das sie beide verschleiern wollten.

»Es ist seltsam!«, sagte Mulot. »Aber es kommt mir so vor, als ob wir uns niemals duzen werden.«

Nachdem sie sich geliebt hatten, hatte Edith Melchiors Hemd über ihren nackten Körper gestreift, der immer noch geschmeidig war und glühte. Der alte Frotteebademantel, den der Kommissar übergezogen hatte, war an den Ärmeln ausgefranst, und ein dicker, lächerlicher Knoten hielt die beiden Teile des Gürtels zusammen, der im Lauf der Zeit durchgerissen war. Der Sex- und Schweißgeruch erregte Melchior aufs Neue. Durch ein paar Verrenkungen gelang es ihm, noch einmal das Geschlecht der kleinen Mulot und ihr goldenes Schamhaar zu sehen, dessen sanfter Anblick ihm das Herz brach.

Er hatte den Riss zwischen ihnen gespürt, und dieses Gefühl der Distanz, das Melchior bei fast allen Frauen, mit denen er zusammen gewesen war, empfunden hatte. Es gab da etwas Unmögliches, das im Raum schwebte. Melchior spürte Tränen in sich aufsteigen, als er Edith ansah. Es musste ihnen beiden von Anfang an bewusst gewesen sein, dass es so weit kommen würde …

Jetzt war es geschehen … Und sie wussten nicht, wie sie damit umgehen sollten.

Die Journalistin breitete die Kopien der Artikel, die sie im Archiv gefunden hatte, auf dem Boden des Wohnzimmers aus. Sie hatte eine Lampe angemacht und ganz leise die Schallplatte von Stan Getz wieder angestellt. Ihr kleiner nackter Fuß mit den niedlich zusammengekrümmten Zehen deutete auf das vergessene Bilderbuch.

»Sieh an, da ist ja das *Teerbaby!*« Sie sah Melchior mit fröhlich gespannter Miene an. »Worum geht es darin?«

Melchior riss ihr das Buch aus den Händen. Es gab eine Sekunde unversöhnlicher Härte. Mulot sah den Kommissar verwirrt an. Dann setzte Melchior sich im Schneidersitz unter die Lampe auf den Boden und begann die Geschichte vorzulesen. Zu Anfang zitterte seine Stimme ein wenig, aber dann lockerten die Worte seine Zunge und seine Lippen. Sein Herz schlug heftig, aber die Sätze wirkten wie ein Trost.

»Eine seltsame Geschichte«, sagte Edith. »Sie scheint lustig zu sein, aber es schwingt da etwas mit, das einem bis zum Ende Angst macht ... und sogar noch über das Ende der Geschichte hinaus.«

»Die Geschichte hört eigentlich gar nicht auf. Man spürt, dass sie ohne den Leser weitergeht ... Vielleicht kommen noch ganz entsetzliche Dinge? Gnadenlose Racheakte ... Oder wilde und verzweifelte Liebesszenen.«

Sie sahen sich an. In Melchiors Gesichtszügen schien ein Flehen eingemeißelt. Aber das war vielleicht nur eine Täuschung, die von den harten Schatten der Lampe hervorgerufen wurde. Mulot wollte lächeln, wandte aber schließlich den Blick ab.

»Und wenn Sie meine Hände fesseln würden, so wie das Teerbaby die Pfoten des Hasen fesselt, bevor Sie mich ein bisschen vergewaltigen?«, fragte sie hinterlistig.

Aber das erinnerte den Kommissar wieder an seinen Fall, wenn auch mit einem Gefühl maßlosen Überdrusses. Es wurde Zeit, dass er zu einem Ergebnis kam, dass er diese Vergewaltigungs- und Aufschlitzgeschichten hinter sich ließ, diese Geschichten von Kindern, die man abtrieb oder entwendete! … Die Fontenille von Fontenay, auch eine schöne Geschichte! … In diesem Moment fühlte er sich schrecklich erschöpft. Seine Untersuchung ging ihm derartig auf den Geist, langweilte ihn, löste in ihm die Lust aus, sehr weit weg zu flüchten – mit Edith Mulot, wenn möglich. Aber auch da war er sich nicht ganz sicher.

»Gibt es einen Zusammenhang zwischen Ihrem aktuellen Fall und dieser alten Leiche am Cour Lachaux?«, fragte Edith und reichte dem Kommissar eine Kopie im Riesenformat früherer Zeitungen.

Melchior rührte sich nicht, völlig erstarrt in der Haltung eines antiken Schreibers.

Edith zuckte mit den Schultern, sah auf die Zeilen und stand auf, um ihre Brille zu holen. Als sie zurückkam, setzte sie sich an dieselbe Stelle. Die aufgestapelten Papiere lagen zwischen ihr und Melchior auf dem Boden. Edith begann zu lesen, und es war ein bisschen wie in der Kinderkrippe, als Joséphine Lacacia neben den Bücherkisten auf dem Teppichboden kniete. Er konnte seinen Blick nicht vom Gesicht der kleinen Mulot lösen, deren Brille ab und zu im Schein der Lampe aufblitzte.

»… Ein Arbeiter, der Saulnier hieß, hatte unter einem Kohlenhaufen am Cour Lachaux eine gut erhaltene, praktisch mumifizierte Leiche gefunden. Man hatte zuerst geglaubt, dass es sich um ein Kind oder um einen Zwerg handelte, ein missgestaltetes kleines Wesen … Und zwar wegen der Größe, wegen der Zusammenschrumpfung und der fötalen Haltung … So was wie eine Elfe aus dem Reich der Finsternis, ein Unheil bringender Kobold … Aber diese Fehleinschätzung beruhte darauf, dass die Mumie völlig ausgetrocknet war, dass das

Fleisch zusammengeschrumpft und Knochen zerbrochen waren. Der Unbekannte war ein Erwachsener, der an der Schädeldecke tödlich verletzt worden war. Vielleicht mit einem Brikett … einem dieser großen Pressbriketts, mit denen man die Dampfkessel anheizte …«

»Das war kurz nach dem Krieg …«, sagte Melchior mit leerer Stimme.

»Das war vor knapp zwanzig Jahren!«, berichtigte ihn die Journalistin. »*Dreißig Jahre* nach dem Krieg!«

Ein dunkler Schatten zog über das verwirrte Gesicht des Kommissars. Mulot ahnte einen großen Schmerz, und sie runzelte besorgt die Stirn. Sie setzte ihre Brille ab, um Melchior besser sehen zu können, und man spürte, dass sie bereit war aufzuspringen, um ihm zu helfen.

»Ein Journalist hat tatsächlich die Schlagzeile *Ein geheimnisvolles Teermännchen* formuliert«, sagte sie beruhigend. »Ihre Erinnerung war also nicht falsch …«

Sie zog ein anderes Blatt heran. Die Helligkeit des Papiers und der Lichtschein ließen den Kommissar hochschrecken, dessen Blick aus weiter Ferne zurückkehrte und sich erneut auf Edith Mulot richtete.

»Hat man die Leiche identifiziert? Wie hieß dieses Teerbaby?«

Edith fand die Antwort in einem anderen Ausschnitt: »Die Wahrheit wurde nicht sofort herausgefunden. Die Polizei hat Zeit gebraucht … Waren Sie das damals, die Polizei?«

»Ich weiß nicht … ich weiß nicht mehr«, antwortete Melchior verstört.

»Der Mann hieß Maurice Lancier. Geboren in der Gemeinde Fontenay, gestorben in Frankreich! … Angeblich von der Miliz verhaftet und im Lager verschwunden …«

»Maurice Lancier!«, murmelte Melchior. Doch seine Lippen waren trocken, und seine Zunge klebte am Gaumen, sodass kein Laut aus seinem Mund kam.

»Was haben Sie? Sie sind ja leichenblass! ... Kennen Sie diesen Mann?«

»Ein Freund ... ein Freund meiner Mutter ... glaube ich ... Damals muss ich ... Ich weiß nicht ... Ich habe es vergessen ... Es kam mir wie eine Kindheitserinnerung vor! Ich sehe etwas in sehr großer Ferne ... einen Schatten ... Vor zwanzig Jahren haben Sie gesagt? ... Ich hätte geschworen, das war fünfzig Jahre her ... Oder fast ... Aber nein, ich kann keine Erinnerungen von vor fünfzig Jahren haben ... Da war ich noch gar nicht auf der Welt, vor fünfzig Jahren!«

»Hören Sie auf! Sie machen mich ja ganz verrückt! Phantomgeschichten, und das mir! Ich flipp gleich aus!«

Melchior stand abrupt auf. Die Lampe wackelte, bizarre Schatten tanzten auf den Wänden.

»Ich muss unbedingt mit meiner Mutter sprechen!«

»Um diese Zeit?«

Melchior wurde sich bewusst, dass es Nacht war, dass Stunden und Jahre vergangen waren ... Er ließ seine Hände schlaff herabhängen.

»Wir kochen uns einen Kaffee«, beschloss Edith Mulot.

Sie zog den Kommissar in die Küche und nahm ihn bei der Hand wie ein Kind.

»Ich habe Hunger!«, sagte Edith.

»Wir sollten lieber ein kleines Weihnachtsfest feiern!«, beschloss Melchior und bekam wieder Boden unter den Füßen. »Ein Weihnachtsfest nur für uns beide!«

Instinktiv warfen sie beide einen Blick aus dem Fenster, in die mit Eisblumen geschmückte, kalte Nacht. Sie suchten am Horizont das Funkeln einer Lichterkette, die man vergessen hatte auszuschalten. Doch es war so dunkel, dass man befürchten musste, die Sonne ginge nie wieder auf.

Der Kommissar fand bald, was er suchte: eine Dose Gänsestopfleber, Entenpastete in einem Steintopf, ein Glas eingelegte Pfifferlinge und eine Flasche Champagner, die er vor Zeiten wohl einmal unter der Spüle verstaut hatte. Die Journalistin war im siebten Himmel und fragte, ob es irgendwo Kerzen gebe, und Melchior erklärte ihr, wo sie zu finden waren.

Freitag, am Morgen

Traumdeutung

[illegible]

[illegible]

Die [illegible] Morgen [illegible]
[illegible]
[illegible] noch [illegible]
[illegible]

[illegible] wenn [illegible]
[illegible] nur als [illegible]
[illegible], hatten [illegible]
[illegible] von der meist [illegible]
[illegible] es sodass [illegible]
[illegible] gewöhnlich [illegible]
[illegible] war. Man hatte [illegible]
[illegible] Weges des ehemaligen [illegible]
[illegible] um den Verlag [illegible]
[illegible]

[illegible]

28

Die winterliche Morgendämmerung hatte erst spät die Nacht zurückgedrängt. Ein leises Rauschen verkündete, dass die Menschen in der Stadt wieder arbeiteten – und Edith Mulot schlief immer noch. Melchior kniete am anderen Ende des Zimmers neben den Zeitungsausschnitten, die er immer wieder gelesen hatte, sodass manche Zeilen völlig verschmiert waren und die Druckerschwärze an seinen Fingern klebte. Ab und zu wischte er die Hände an seinem alten Morgenrock ab, wobei er an den vergilbten Kittel denken musste, den Edith überzog, wenn sie Fotos entwickelte. Zumindest die Leidenschaft für alte Kleidungsstücke, die man nicht wegwerfen konnte, hatten sie gemeinsam. Die ersten Artikel berichteten von der makabren Entdeckung am Cour Lachaux. Daneben gab es seltsamerweise eine Meldung von einem weiteren ungewöhnlichen Ereignis, das zur gleichen Zeit geschehen war: Man hatte in einem aufgebaggerten Graben eines Weges des ehemaligen Arbeiterviertels, das abgerissen wurde, um den Verlaine-Park anzulegen, die Leiche einer aufgeschlitzten und übel zugerichteten jungen Frau gefunden.

Die Mulot war zufällig darauf gestoßen, als sie versuchte, etwas zu Melchiors Erinnerungen an das Teerbaby zu recherchieren. Sie hatte alle Artikel herausgesucht, die sich auf diesen Fall bezogen. Aber trotz aller Aufregung, und so geheimnisvoll all das war, hatte man nur wenig herausbekommen: Das Opfer war nicht identifiziert worden, es gab keinen Verdächtigen, und die Autopsie ergab, dass die junge Frau abgetrieben hatte, kurz bevor sie so grausam ermordet worden war. Melchior zitterte vor Wut und Ungeduld angesichts der Leere seines Gedächtnisses: War er denn zu jener Zeit nicht Polizist in Fontenay-Central gewesen?! ... Wie kann man Dinge, von denen man meint, dass sie sich ins Gedächtnis eingebrannt haben, vollständig vergessen?

Eine weitere Meldung jüngeren Datums bezog sich auf die Vergewaltigung einer Striptease-Tänzerin vom *Midi-Minuit,* das damals noch nicht *Blue Moon* hieß. Was wirklich geschehen war, wurde nicht so recht gesagt (man sprach von *sexueller Aggression* und von einem *gewaltsamen Sittlichkeitsdelikt an einer Künstlerin aus einer Music Hall*), Melchior konnte jedoch leicht einen Zusammenhang herstellen: Die verwischte Aufnahme des Opfers, das vom gnadenlosen Blitzlicht eines Reporters überrascht worden war, ähnelte sehr stark dem Mädchen, das Marcel auf dem von Mulot gemachten Foto zuerst für seine Freundin gehalten hatte. Aber wie Marcel melancholisch philosophiert hatte: »Sie sehen sich alle ähnlich!«

Und ähnelten sich diese grausamen Geschichten nicht auch? Melchior hatte viele dieser Körper gesehen, die in der Schamlosigkeit eines gewaltsamen Todes entstellt worden waren, viele dieser zerstückelten Opfer, deren Augen in einer unerreichbaren Ferne nach den tatsächlichen Gründen suchten, warum ihnen dieser Schmerz und diese Erniedrigung zugefügt worden waren ... Die Teile dieses großen Puzzles waren austauschbar und passten nie richtig zusammen, wie die Teile einer weit verstreuten Leiche, die man wieder zusammenflicken musste, um eine menschliche Gestalt zu rekonstruieren, mit zwei Armen, zwei Beinen und einem

Kopf, die an einen künstlichen Rumpf montiert wurden … Ein Teermännchen mit einem Gesicht aus Bitumen, mit klebrigen Gliedern, schmierig wie Blut …

Edith drehte sich im Schlaf um und schob die Decke zurück, sodass Melchior ihren Körper sehen konnte. Dann zog sie die Knie hoch und schlief mit angezogenen Beinen weiter. Eine Hand lag zwischen ihren Schenkeln, auf ihrem Geschlecht, als ob sie sich schützen wollte. Die Morgendämmerung ließ blaue Schatten über die Wände huschen.

Melchior hatte Lust, ein Foto von der schlafenden Edith zu machen. Mehrere Fotos. Von Teilen ihres Körpers, um sie als Souvenirs aufzubewahren. In irgendeiner Schublade gab es bestimmt eine dieser so genannten »Instant«-Kameras … Dann dachte er an die Mädchen im *Blue Moon* und verwarf diesen Gedanken.

All diese unglücklichen und bösen Geschichten waren eventuell nur Teile einer einzigen Geschichte, einzelne Episoden desselben Szenarios, desselben Komplotts. Melchior sprang von einer zur anderen, als würde er auf Seerosenblättern hastig eine Furt überqueren, die jeden Moment unter seinen Füßen verschwinden könnte. Es kam ihm so vor, als gäbe es nur eine einzige zusammenhängende Geschichte, die wie Edith in sich zusammengerollt war.

Die junge Frau murmelte vor sich hin und drehte sich erneut um. Ihr glatter, runder Hintern schimmerte im fahlen Morgenlicht. Melchior ahnte, dass die kleine Mulot bald aufwachen würde. Sie bewegte sich noch einmal und versteckte das Gesicht im Kopfkissen. Der Kommissar fürchtete sich vor dem Moment, in dem sie die Augen aufschlug.

Plötzlich schreckte Edith hoch. Sie stützte sich auf einen Ellbogen und sah Melchior verwirrt an.

»Guten Morgen!«, sagte der Kommissar und verzerrte sein Gesicht zu einem Lächeln.

Edith Mulot lächelte zurück. Sie strich mit der Hand ihr Haar zurück. »Verdammt! Haben wir getrunken?«

»Oh ... nur eine kleine Flasche Champagner.«

»Wie spät ist es? ... Scheiße! Schon? ... Wie sehe ich aus?« Sie rümpfte die Nase. »Haben Sie die Gelegenheit genutzt, mich zu ficken?«

Melchiors konsternierter Gesichtsausdruck amüsierte sie sehr. »Aber, aber, das war doch nur ein Scherz!«, sagte sie und sprang aus dem Bett. »Ich habe nichts vergessen, was denken Sie denn? Wo ist die Dusche?«

Als sie nackt und selbstsicher durchs Zimmer ging, spürte Melchior, wie sich sein Herz zusammenzog, als ob Ediths Jugend und Schönheit für ihn verbotenes Land wären.

Als das Wasser zu fließen begann, sammelte Melchior die Zeitungsausschnitte ein und sah dabei weiterhin aus wie ein geprügelter Hund.

»Haben Sie alles gelesen?«, rief die Journalistin prustend.

»Mehr als das: Ich habe alles auswendig gelernt!«

»Werden Sie den Mörder heute verhaften?«

»Vielleicht ...«

Der Wasserhahn wurde knirschend zugedreht, und das Wasser hörte auf zu spritzen. Melchior stellte sich ihren nassen Körper vor, zart und rosig in der dampfenden Feuchtigkeit ...

Edith erkundigte sich weiter: »Sie haben nicht geschlafen?«

»Ich habe Angst im Dunkeln.«

»Sie hätten Ihre alte Nachttischlampe anmachen sollen, mich hätte es nicht gestört! Haben Sie keinen Teddybär?«

»Ich hatte ein Teerbaby im Kopf!«

Es blieb lange still. Melchior hörte, wie der Waschlappen über die nackte Haut glitt ...

»Die Polizei schläft nicht, das ist ja bekannt!«, fuhr Edith fort. »Was machen Sie, wenn Sie nachts nicht schlafen können?«

»Ich träume.«

»Wovon?«

»Wie jeder von einem Leben, das schöner als das wirkliche Leben ist ... aufregender.«

»Träumen Sie von mir?«

»Oft.«

»Träumen Sie von dem, was kommen wird?«

»Es wird nie so wie im Traum!«

Es blieb wieder lange still, sehr lange, ohne dass ein anderes Geräusch zu hören war als ein unterdrückter, vielleicht wütender, vielleicht enttäuschter Seufzer. Dann begann das Wasser wieder zu rauschen, diesmal sehr laut.

»Stimmt was nicht?«, fragte Edith unter dem Schauer.

Melchior antwortete nicht.

»Gucken Sie nicht so enttäuscht! Ich sehe Sie geradezu vor mir! Worüber sind Sie unglücklich? Sie sind sehr sanft, ruhig, liebevoll, warm und kräftig, angenehm, man fühlt sich wohl bei Ihnen, Sie können Lust erregen ... Wo liegt das Problem?«

Die Dusche hielt abrupt inne und gab ihrer letzten Bemerkung die klangliche Strenge eines polizeilichen Verhörs.

»Ich muss zu meiner Mutter!«, schien Melchior sich plötzlich zu erinnern.

Er hatte halblaut vor sich hin gesprochen, mit dem besonderen Tonfall derer, die es gewohnt sind, in ihrer Einsamkeit Selbstgespräche zu führen.

»Ah! So ist das also!«, sagte Mulot. »Mama ist der große Blockierer!« Sie war in ein feuchtes Handtuch eingewickelt. Ihre nassen Haare bildeten einen dunklen und glatten Helm hinter ihren Ohren – die ein wenig abstanden, was dem Kommissar bis dahin noch nicht aufgefallen war.

»Aber nein! Ich rede nicht von … Das hat nichts miteinander zu tun!«

»Und ist das wirklich wahr, diese Lüge?«

Melchior musste tatsächlich an Mama Gisèle denken, in ihren Ängsten erstarrt und fest auf unabänderliche Verbote beharrend, unter denen sexuelle Lust und Liebesbeziehungen einen gewaltigen Raum einnahmen, autokratisch und unbeirrbar! In seiner Kindheit und Jugend musste der Kommissar schweigen, durfte sich nichts anmerken lassen, musste sich verstecken. Die persönliche Rebellion gegen diese Finsternis konnte nur heimlich stattfinden!

»Und deswegen sind Sie die Nacht über aufgeblieben?«, wunderte sich Edith, als ob sie die Gedanken des Kommissars lesen könnte.

»Mit Ihnen fürchte ich mich nicht mehr in der Dunkelheit!«, fuhr Melchior lächelnd fort. »Aber sagen Sie mir, Mulot … Ich hab das Gefühl, dass Sie mit weiblicher Intuition ganz gut gewappnet sind?«

»Ja, schon! Ich mag es sehr, wenn Sie mich Mulot nennen.«

Sie sahen sich mit leicht gerunzelter Stirn fröhlich an. Edith begann, sich anzuziehen. Dabei verrenkte sie sich unter dem feuchten Handtuch wie eine Badende, die am Strand ihren Badeanzug auszog.

Melchior amüsierte sich gerührt über diese unerwartete und seltsame Schamhaftigkeit.

»Warum sind Sie bei der Polizei?«, fragte Edith.

»Um zu büßen«, antwortete Melchior.

»Um was zu büßen?«

»Nun … all meine Sünden.«

In der leisen Stimme von Kommissar Jean-François Melchior lag nicht der geringste Anklang von Ironie.

Als Melchior im Kommissariat von Fontenay ankam, war die Nachtschicht offensichtlich schon lange im morgendlichen Nebel verschwunden. Der Kommissar hatte gehofft, dass zumindest einer der Inspektoren auf ihn gewartet hatte. Zum Beispiel Quillard, der einigermaßen effektiv sein konnte und gelegentlich den Eindruck erweckte, dass ihm die Arbeit Freude machte. Melchior erinnerte sich an Zeiten, in denen die ganze Abteilung rund um die Uhr und Tag für Tag auf den Beinen war, bis alle zusammen den Fall gelöst hatten. Aber heute wurde der Schichtdienst genauestens eingehalten, mit Überstundenausgleich und Freizeitvergütung, falls der Dienst einmal die üblichen Zeiten überschritt. Die jungen Beamten waren keine schlechten Polizisten, aber man spürte, dass sie aus Zufall bei der Polizei gelandet waren. Sie wollten vor allem der Arbeitslosigkeit entgehen und nicht unbedingt Polizisten werden. Nur wenige Ausnahmen betrachteten es als ihre Berufung. Die Zeiten des sozialen Engagements und der Auseinandersetzung mit der Realität waren vorbei, und allen war klar, dass sie niemals *Miami Vice* oder den *Kommissar* spielen würden. Die jungen Küken suchten nur einen warmen und ungestörten Platz in einer Ecke des Hühnerstalls.

Melchior ärgerte sich über seine kleinkarierten Überlegungen. Als er bei der *Firma* angefangen hatte und ihm noch der Rotz aus der Nase lief, hatten seine Vorgesetzten auf diesen Grünschnabel den gleichen skeptischen und abschätzigen Blick geworfen. Hatte er sich überhaupt jemals *berufen* gefühlt, er, der nur zur Polizei gegangen war, um irgendeine, ihm nicht mal selbst ersichtliche Erbsünde abzubüßen?

Chemineau verfolgte mit den zuckenden Kopfbewegungen einer besorgten Glucke, wie der Kommissar sich hinter seinen Schreibtisch setzte.

»Was ist denn nun schon wieder mit dir los, dass du mich mit dieser Hühnervisage anstarrst!«

Melchior schaute gewohnheitsmäßig nach dem vertrauten und beruhigenden Kalender mit dem barbusigen Mädchen. Dann fiel ihm ein, dass er ihn abgehängt und weggeworfen hatte. Er stieß mit dem Fuß nach dem Papierkorb. Leer. Die Putzfrau hatte endlich mal ordentlich gearbeitet.

Chemineau trat näher und brabbelte Satzfetzen vor sich hin, in denen es vorsichtig, aber unüberhörbar vorwurfsvoll um die Abwesenheit des Chefs, die Vernachlässigung der Führungsaufgaben und Verwaltungsprobleme ging, die einen zu ersticken drohten, falls sie nicht gelöst wurden, sowie um gewisse Erkundungen des Geländes, die man besser den einfachen Inspektoren überlassen sollte, da der König am besten in seinem Palast aufgehoben sei!

Melchior beschränkte sich auf ein Achselzucken. Er handelte so, wie er es für richtig hielt. Er war niemandem Rechenschaft schuldig – zumindest innerhalb seines Reviers in Fontenay-Central.

»Ich habe gevögelt«, sagte Melchior. »Diese Nacht.«

»Ah? …«

Chemineau schlug orientierungslos mit den Flügeln.

»Und … war's gut?«, zwang er sich zu fragen.

»Das ist mir schon lange nicht mehr passiert …«

»Hm … ja, ich verstehe … du bist ja nun allein … Beziehungsweise, du warst allein! … Ich meine, du bist es nun nicht mehr, nicht wahr?«

»Im Moment«, sagte Melchior, »fühle ich mich noch einsamer als je zuvor.«

Er dachte an Edith Mulot: Würde sie in der Redaktion ihrer Zeitung damit angeben, »einen Bullen vernascht zu haben«? Schon nach den Rühreiern ihres zweiten gemeinsamen Frühstücks hatte sie den schönsten Moment, den sie zusammen erlebt hatten, eine »interessante Erfahrung« genannt …

Chemineau suchte mit ruckhaften Schnabelstößen nach

Worten, die der Situation angemessen waren. Irgendetwas Aufmunterndes und Optimistisches, das nicht wie eine der üblichen männlichen Anzüglichkeiten klang.

Bevor er etwas Brauchbares gefunden hatte, kam Belgrand herein. »Wir ham dasch hier gekrischt!«, verkündete der Inspektor durch einen Mund voll Marshmallows. »Dasch is am Schalter angekommen.«

Melchior nahm den Umschlag entgegen. Es handelte sich um einen jener gefütterten Umschläge, mit denen zerbrechliche oder kostbare Dinge geschützt werden sollten. Der Kommissar schüttelte den Inhalt auf seinen Schreibtisch: zwei so genannte »kreolische« Ohrringe; ein Ring »mit Elefantenhaar umwickelt«; einen weiteren Ring mit einem schwarzen Stein, der wie ein kleines Schiff geschliffen war; einen ziselierten Silberring, Marke Heiratsschwindler. Dabei lag ein liniertes Blatt Papier, das Melchior auseinander faltete: *»Wir sind keine Diebe. Ich geben S. ihren Schmuck zurück. Dem Baby geht's gut. Polizei, du nicht suchen, uns zufrieden lassen, is mein Baby!«*

Melchior las noch einmal für sich, bevor er den Zettel herumgehen ließ. Er untersuchte ausführlich den Umschlag und stellte fest, dass er nicht frankiert war und nur die Aufschrift *die polizei* hatte.

»War das im Briefkasten?«, fragte er.

»Weisch isch nischt! Lacacia sagt, dass dasch auf dem Schalter lag!«

»Guter Gott!«, knurrte Melchior. »Wie ich diese Spürhunde von der Polizei liebe!«

Belgrand steckte seine Hand wieder in seine Megariesenpackung mit Superdupermarshmallows – wie man der Aufschrift entnehmen konnte. Die zerknitterte Plastiktüte gab ein herzzerreißendes Geräusch von sich. Melchior hielt das Handgelenk des Inspektors fest.

»Sie müssen wissen«, sagte Belgrand entschuldigend, »Lacacia war mit einem Kerl beschäftigt, der ein paar Schlüssel abgab, die er gefunden hatte …«

»Wo denn das?«, unterbrach Melchior ihn.

»Ich glaube im Hafengelände! Lacacia hat dem Kerl gesagt, der das tatsächlich ernst genommen hat, dass man im Moment andere Probleme mit dem Hafengelände habe als einen verlorenen Schlüsselbund!«

»Himmel noch mal, verdammte Scheiße!«, brüllte der Kommissar. Er raste durch den Flur wie ein wild gewordener Elefant. Der Fahrstuhl hing fest. Melchior haute mehrmals mit der flachen Hand auf sämtliche Knöpfe und beschloss dann, die Treppe hinunterzustürzen.

»Wo ist der Kerl?«, schrie er den Brigadier an.

»Welcher denn, Herr Kommissar?«

»Man hat hier Schlüssel abgegeben …«

»Die da?« Melchior griff nach dem Schlüsselbund.

»Ich hab den Namen und die Adresse!«, sagte Lacacia stolz, während seine Stimme gekränkt zitterte.

Auf ein Zeichen des Kommissars reichte der Brigadier ihm die Fundmeldung. Hinter Melchiors Rücken war es totenstill. Niemand wagte zu fragen, warum der Personalausweis noch nicht fertig war, warum die Aufenthaltsgenehmigung noch nicht vorlag, wieso das Auto noch nicht gefunden worden war und wie es sein konnte, dass der Dieb des Autoradios noch nicht verhaftet worden war.

»Chef, ich muss mit Ihnen sprechen!«, sagte Inspektorin Mariani und berührte den Unterarm des Kommissars.

»Haben Sie einen Wagen?«, brummte Melchior, während er sich umdrehte.

»Nun … ja … Einen ganz kleinen!«

»Den nehmen wir, kommen Sie, ich nehme Sie mit!«

»Wie gestern Abend!?«, fragte sie begeistert.

29

Die »Junior-Version« – wie Mariani sich ausdrückte – war wirklich nicht sehr groß. Der Kommissar saß zusammengekauert auf dem niedrigen Vordersitz und hatte das Gefühl, sein Kopf liege auf den Knien. In seinen Dufflecoat gehüllt, versuchte er, ihre Position zu bestimmen, während die Inspektorin mit gleicher Hektik sprach wie sie fuhr.

»Ich hatte einen seltsamen, schrecklichen Traum ... Ich bin schreiend aufgewacht ... Aber die Bilder sind hängen geblieben!« Sie ließ den Lenker los und schlug ihre Hände entsetzt vor's Gesicht. Melchior schloss die Augen, hielt die Luft an und bremste mit beiden Füßen. Das entgegenkommende Fahrzeug fuhr ruhig und ohne zu hupen beiseite, sodass der Linksschlenker der Inspektorin folgenlos blieb. Das Blaulicht auf dem Dach des »Junior-Modells« war nicht eingeschaltet, aber immerhin gab es eines.

»Ich hab außer Ihnen niemanden, mit dem ich sprechen kann, Chef! ... Die anderen grinsen nur ... Bei allem! ... Die kleinste Kleinigkeit bringt sie schon dazu, hämisch zu grinsen.«

Trotz seiner verschlossenen Miene und seiner unfreiwilligen Meditationshaltung war Melchior diese Bemerkung nicht entgangen. Im Grunde missfiel es ihm gar nicht, die Kummerkastentante zu spielen ...

»Mariani, ich höre mit Geduld und Interesse Ihre brandheißen Enthüllungen über unseren geheimnisvollen Fall! Ich hoffe, Ihre nächtlichen Träumereien haben auch den Namen des Schuldigen offenbart?«

Die Inspektorin sah den Kommissar verwirrt an. In den folgenden Sekunden bemühte sie sich immerhin, ordentlich zu fahren und scharf nachzudenken. »Und dann ... gibt es da noch was!«, gestand sie mit unsicherer Stimme. »Ich bin im Rückstand ...«

Nun sah der Kommissar verwirrt aus. Ariane Mariani starrte auf die Ampel und lauerte darauf, dass sie auf Grün umsprang. Für den Moment blieb sie hartnäckig auf Rot – obwohl sie es eilig hatten.

»Ich teile Ihre Unruhe, Mariani! Aber wäre es nicht besser, darüber mit Ihrem Frauenarzt und nicht mit einem Polizeikommissar zu reden?«

Bei den Weiterbildungskursen für Polizeiangehörige hatten Psychiater oft Vorträge über die psychopathologischen Symptome gehalten, mit denen Untersuchungsbeamte sich auskennen sollten. Sachen wie Hysterie und Erotomanie: ein Krankheitsbild, bei dem der Patient sich für die sexuelle Zielscheibe von jemandem hält, den es gar nicht gibt, es sei denn, in einem komplexen Geflecht von verdrängten Wünschen und anfallartig auftretenden Hassattacken, die oft mit Schüssen oder Messerstichen endeten!

Melchior lehnte sich etwas mehr zur Beifahrertür und begann, die Inspektorin aus den Augenwinkeln genauer zu betrachten.

»Ich hab niemanden, mit dem ich reden kann ...«, sagte Mariani in dem Moment, als die Ampel auf Grün sprang.

»Ihre Familie?«

Sie verzog nur das Gesicht.

»Nun gut ... Worum ging es in diesem Traum?«, fragte der Kommissar.

»Ich hatte Bauchschmerzen ... Der Schmerz hat mich aufgeweckt ... oder die Furcht, ich weiß nicht mehr ... aber der Schmerz war da ... Er ist immer noch da!«

Melchior schüttelte den Kopf und bemühte sich, ein verständnisvolles und mitfühlendes Gesicht zu machen.

»Erzählen Sie mir Ihren Traum ... Das tut oft gut, das erleichtert. Ich verstehe es voll und ganz, dass man seine Träume erzählen möchte. Nehmen Sie mich zum Beispiel, in dieser einen Nacht, ich erinnere mich …«

Er erinnerte sich, dass er noch nie den leisesten Wunsch hatte, seine Träume zu erzählen, und dass er in Wahrheit Leute verabscheute, die um jeden Preis die ihren erzählen wollten.

»Ich lag auf einem Bett, ich schlief«, flüsterte Mariani nach einem Moment des Schweigens. »Ich hatte ein langes, weiches und viel zu weites Nachthemd an, wie ein weißer Bademantel … Meine Haare waren lang, sie hingen bis zum Boden herunter, ich hatte den Kopf in den Nacken gelegt, er hing aus dem Bett heraus … Um mich herum war es dunkel, nebelig, mit glänzenden Lichtpunkten, die vorbeikamen …«

»Irrlichter?«

»Ja, genau! Woher wissen Sie das?«

Melchior deutete ein Achselzucken an.

»Ich wollte *das Ding* mit den Armen wegdrücken, aber meine Arme waren auch zurückgefallen, auf beiden Seiten meiner Haare. Sie berührten den Boden, und ich konnte sie nicht bewegen … Dann wollte ich das Ding mit den Knien zurückstoßen, aber es saß auf meinem Bauch …«

»Was für ein Ding?«

»Eine Kugel … sehr schwer und hart, die auf meinen Bauch drückte … Eine Kugel aus Fleisch … und stark behaart … mit Fell … dann Arme, mit Krallen, spitzen Ohren … wilden Augen … die mich ansahen. Und ich, ich schlief und sah zugleich das Ungeheuer, das mich anstarrte. Und ich hatte Schmerzen und Angst, ich wollte die Augen aufschlagen und aufstehen, aber ich konnte nichts machen, das Ungeheuer saß mit seinem ganzen ekelhaften Gewicht auf mir!«

»Dieser Traum ist ein *Albtraum*, Mariani! Oder sagen wir eher … eine Reminiszenz!«

»Eine Reminiszenz? ... Ist das schlimm, Herr Doktor?«
»Biegen Sie rechts ab zum Rathaus.«

Der Konservator der städtischen Museumsbibliothek verstand die Bitte des Kommissars voll und ganz, brachte aber seine Verwunderung über den mangelnden kriminologischen Aspekt der Anfrage zum Ausdruck. Er war ein Mann mit einem wachsbleichen Gesicht. Er machte sich ein Vergnügen daraus, schnell zu finden, was Melchior suchte, und brachte eigenhändig ein dickes Buch herbei, das an der richtigen Stelle aufgeschlagen war.

»Da haben wir es! Das ist ein berühmtes Gemälde von Johann Heinrich Füssli, der um 1781/1782 mehrere Versionen davon gemalt hat. Es heißt *Der Albtraum*.«

Ariane Mariani blieb erstarrt vor der Reproduktion stehen. »Das kommt mir bekannt vor!«, gestand sie. »Das ist wie in meinem Traum ... Oder sieht ganz ähnlich aus!«

»Ohne den Pferdekopf«, bemerkte Melchior.

»Dieses bedrohliche Pferd mit den opalartigen Augen und der flockigen Mähne symbolisiert das männliche Geschlecht in Aktion ... ich wage kaum zu sagen, beim Eindringen!«, erklärte der Konservator. »Das bestätigt übrigens die Öffnung des Vorhangs in Form einer Vulva, durch die der Kopf des Hengstes hereingekommen ... eingedrungen ist.«

»In meinem Traum gab es kein Pferd«, sagte Mariani. »Aber ein kleines pelziges Ungeheuer, wie das da! Ein Zwerg!«

»Ein Symbol der Kräfte des Unbewussten, der Zwerg ist der Hüter von Schätzen, die in tiefen Abgründen verborgen sind!«, fuhr der Konservator fort. »Ein rätselhafter Vermittler an den Toren des Geheimnisses ...«

»Genau das, was wir suchen! Wissen Sie mehr darüber?«

»Hm ... nein, tut mir Leid ... Dieses neugierige Wesen auf dem Bild des Zürcher Malers stellt zum einen wahrscheinlich ein missgestaltetes Kind und gleichzeitig ein kopulierendes Ungeheuer, einen sexuellen Angreifer dar. Das erstarrte junge Mädchen ist in seinem Albtraum den Kräften des sexuell Unbewussten ausgeliefert …«

»Ich bedaure es nicht, hergekommen zu sein!«, beglückwünschte sich Melchior. »Ich freue mich immer, wenn ich etwas lernen kann! Ich erinnerte mich an das Bild, aber Ihre Gelehrsamkeit hat mich schwer beeindruckt!«

Der Konservator verbeugte sich, aber sein Gesicht zeigte, dass er die unterschwellige Ironie des Kommissars durchaus verstanden hatte.

»Jeder hat eben seine berufliche Kompetenz«, schlussfolgerte er förmlich.

Melchior wandte sich zu Ariane Mariani um. Sie war blass, und ihre dunklen Augen schienen zu bläulich roten Brunnen geworden zu sein. Die blutleeren Lippen schnappten mühsam nach Luft.

»Alles in Ordnung, Mariani? Guter Gott, versetzen Sie sich doch nicht in solche Zustände! Ich habe ja gar nicht gewusst, dass Sie so sensibel sind: Gestern die Kinder verschlingende Fontenille, und jetzt der Albtraum mit diesem mickrigen Zwerg! … Der Fall mit der aufgeschlitzten Frau ist wirklich nichts für Sie, er bringt Sie ganz durcheinander … Ich werde Sie davon abziehen …«

»Oh! Nein! Ich will dabei sein, wenn man den Mörder verhaftet, dieses Ungeheuer!«, schrie die Inspektorin mit Tränen in den Augen.

Der Konservator stand verblüfft daneben. Melchior bedeutete ihm mit einer Bewegung seiner Fingerspitzen zu verschwinden. Der Mann mit dem wächsernen Gesicht entfernte sich mit sichtlichem Bedauern – bereit für eine schöne Albtraumnacht, die ihm den tieferen Sinn dieses Auftritts entschlüsseln würde.

Melchior nahm die Mariani am Ellbogen und führte sie bis zum Garten des ehemaligen Klosters, das einen Teil des Gemeindemuseums beherbergte. Er zwang sie, tief durchzuatmen, bis sie wieder etwas Farbe ins Gesicht bekam. Dann verließen sie das Rathaus durch die Ehrenhalle.

Bevor sie wieder auf die Straße traten, blieb der Kommissar kurz vor der Gedenktafel stehen. Der Name *Lancier, Maurice* war tatsächlich in den Marmor gemeißelt worden. Melchior war in der Nacht über diesen Namen, der ihm nun im Gedächtnis brannte, hinweggegangen, ohne dass er etwas bei ihm ausgelöst hatte …

Er spürte seinerseits, wie er blass wurde, und ein seltsamer Schauder überkam ihn. Doch er war nicht mit dem zu vergleichen, der ihn befallen hatte, als er Edith Mulot in seine Arme schloss. Und auch die Angst war nicht dieselbe. Als er den Namen von Maurice Lancier las, wusste er, dass er es mit noch viel schrecklicheren Begierden zu tun bekommen würde.

»Er war genauso alt wie ich«, murmelte er.

Und als Inspektorin Mariani ihm einen besorgten Blick zuwarf, präzisierte er: »Genauso alt wie ich heute … als er starb.«

Die Schlüssel, die im Kommissariat abgegeben worden waren, passten genau zu Sylvaine Valentins Wohnung. Nur die Wohnungstür, die aufgebrochen worden war, hakte ein wenig. Aber der Briefkasten und die Haustür *(Ab 20 Uhr bitte abschließen*, stand auf einem angeklebten Zettel) bestätigten die Vermutung des Kommissars: »Der Bauchaufschlitzer hatte die Schlüssel verloren … Der Konservator des Museums würde uns bestimmt den verborgenen Sinn dieser exemplarischen ›Fehlleistung‹ erklären! Reingekommen ist der Täter trotzdem. Er hat einfach die Schlösser aufgebrochen.«

Die kleine Wohnung in der Rue du Vieux-Cimetière hatte

ihren Wachsgeruch bewahrt. Ein gründlicher Blick genügte Melchior, um sich zu überzeugen, dass seit ihrem letzten Besuch niemand da gewesen war.

»Was suchen wir hier?«, fragte die angehende Inspektorin.

»Das, was fehlt, seitdem jemand hier war: die Unterlagen und Erinnerungsstücke, die die Identität von Sylvaine Valentin beweisen und gleichzeitig Hinweise auf den Vater des Kindes geben, das gerade zur Welt kam.«

»Ihre Hypothese! Sie halten immer noch daran fest!«

»Sie hält von sich aus! Und zwar immer besser! Sehen Sie, das haben wir heute Morgen bekommen.«

Melchior zog die anonyme Botschaft aus der Tasche. Dabei fielen andere Papiere heraus, Fotos, das Phantombild, ein Haufen abgegriffene Schriftstücke, die trotz ihrer Abnutzung oder gerade deshalb von der Aktualität dieser Geschichte kündeten.

Mariani entzifferte den schlecht geschriebenen Text, während der Kommissar die heruntergefallenen Blätter wieder einsammelte.

»Haben Sie eine Ahnung, wer und was hinter dem Brief steckt?«, fragte Melchior, und bevor die Inspektorin antworten konnte, fuhr er fort: »Der Angreifer könnte durchaus der Vater des Kindes sein.«

»*Is mein Baby!*«, betonte Mariani, als sie den letzten Satz des Textes wiederholte.

»Aber es gibt auch Frauen, die in der Lage sind, das Kind einer anderen zu rauben, um es zu *adoptieren*, als wäre es ihr eigenes! In allen Entbindungsheimen gibt es Vorkommnisse solcher Art. Kindesunterschiebungen, Kindesraub ... Unglückliche Geschichten von enttäuschter Zärtlichkeit, zwanghafte Wünsche und Wahnvorstellungen ... Sie wissen nicht, wozu Frauen fähig sind, um ein Kind zu bekommen!«, sagte er und biss sich auf die Lippen – zu spät.

Aber die junge Inspektorin Mariani reagierte nicht mit der bitteren Wut, die der Kommissar erwartet hatte. Ein ruhiger und nachdenklicher Blick war auf Melchior gerichtet, der sich betreten abwandte.

»Inspektor Quillard bat uns, eine Krankenschwester zu suchen. *Caroline Jeanjean*, verdächtigen Sie sie?«

»Ist es gelungen, sie aufzuspüren?«

»Das hätte man Ihnen gesagt, als Sie kamen, was denken Sie denn! Oberinspektor Chemineau kam mir heute Morgen etwas ratlos vor. Er wusste nicht mehr, was er machen sollte, solange es keine Anweisungen von Ihnen gab. Er meint, Sie nähmen sich die Angelegenheit zu sehr zu Herzen, Sie sollten sich nicht so verausgaben.«

»Dieser Fall kotzt mich an!«, knurrte Melchior.

»Oberinspektor Chemineau wünscht sich sehnlichst Ihre Anwesenheit bei der Leitung der Operationen … Er hat jetzt bestimmt eine Fahndung nach Ihnen eingeleitet! Wir sind aufgebrochen, ohne ihm Bescheid zu sagen.«

»Verdammt noch mal! Rufen Sie ihn sofort an!«

Sie schlossen die Wohnung wieder zu und Melchior steckte die Schlüssel in seine Tasche. »Jedenfalls fehlt es unserem Täter nicht an moralischem Bewusstsein, was meinen Sie, Mariani?«

»Er hat alle persönlichen Sachen von Sylvaine Valentin, einschließlich ihres Schmucks mitgenommen, um eine Identifizierung unmöglich zu machen … Dann ist ihm klar geworden, dass Sylvaine noch lebt und nur zu sprechen brauchte. Er wollte nicht für einen Dieb gehalten werden. Gleichzeitig gibt er Neuigkeiten vom Baby bekannt und versucht, die drohende Mordanklage aus der Welt zu schaffen. Er fordert sein Recht auf das Kind und bittet darum, dass die Polizei ihn zufrieden lässt … Es steht eine ganze Menge zwischen den Zeilen dieser Botschaft.«

»Ihre Analyse und Ihre Zusammenfassung sind ausgezeichnet, Mariani!«, sagte der Kommissar lobend. »Aber ich muss immer wieder an den entwendeten Schmuck, an den nackten Körper und an die Wunde denken ... Ist das nicht auch so etwas wie ein Ritual, eine totale Bloßstellung, eine Erniedrigung, eine Strafe?«

Melchior verstummte und sah in den Himmel. Nach der kalten Nacht wurde es etwas milder und die Sonne sandte schwach aber beharrlich fahle goldene Strahlen auf die fröstelnde Vorstadt.

»Das ist die Seite der ›Fontenille‹«, sagte die Inspektorin als Echo auf seine letzte Bemerkungen. »Das Biest! Das Ungeheuer! Der Zwerg aus den tiefen Abgründen!«

Er spürte, wie die Furcht in ihr wieder aufstieg. Die kleine Ariane sollte nicht noch einmal von Ängsten und Schrecken erschüttert werden, die Jean-François Melchior niemals kennen lernen würde!

Sie fuhren wieder los. Der Kommissar hüllte sich in Schweigen. Er starrte auf die Schaufenster der Geschäfte und bemerkte plötzlich, dass die meisten Händler die Nacht genutzt hatten, um sich mit bunten Girlanden, Stechpalmen- und Tannenzweigen, Weihnachtsmännern und reifbedeckten Sternen zu schmücken, die mit Hilfe von Schablonen auf die Schaufenster gesprüht worden waren. Dieser Anblick beunruhigte ihn. Es war tatsächlich Winter.

30

Ariane Mariani verzog protestierend das Gesicht, als der Kommissar ihr an der Kreuzung Rue Traversière und Avenue Pierre-et-Marie-Curie den Befehl gab, ihn dort abzusetzen.

»Aber ich hätte auch gern ein Croissant!«, rief sie durch die Wagentür, als Melchior die Tür der Bäckerei aufstieß.

Der Kommissar nahm ein Croissant aus der Vitrine, kehrte mit drei großen Schritten wieder zurück, legte es auf die Knie der verdutzten Inspektorin und eilte zurück in die Bäckerei, bevor die Bäckersfrau auch nur daran denken konnte, die Polizei zu rufen.

»Hat einer meiner Inspektoren Sie gestern vielleicht um die Adresse von Monsieur Saulnier gebeten?«, fragte Melchior, während er das Croissant bezahlte.

»Ja, das stimmt«, sagte die Bäckerin. Sie zögerte, das Geld anzunehmen, das der Kommissar ihr reichte. »Der arme Monsieur Saulnier! Seine Tochter hat eine Menge Scherereien mit ihm. Ich hab ihr schon gesagt, sie soll ihm ein Pappschild mit Namen und Adresse um den Hals hängen, verstehen Sie? Sie hat mir geantwortet, dass ihr Vater weder ein Hund noch ein Koffer sei! Ich hab es doch nur gut gemeint. Aber so sind die Leute eben!«

»Wo wohnt Monsieur Saulnier? Ich erinnere mich, dass das in dieser Ecke war, aber …«

»Das ist leicht zu finden, gleich beim alten Waschplatz, Rue de la Fontenille.«

Melchior hatte die Rue de la Fontenille vergessen! Nicht die Straße, aber ihren Namen. Dennoch konnte er sich immer noch in dieser Gegend orientieren: Am Ende der gewundenen Gasse, zwischen zwei Avenuen mit Gehsteigen voller Schlaglöcher, lag der öffentliche Waschplatz. Plötzlich schnellte der Name dieser kleinen Straße wie ein blitzendes Schwert in seiner Erinnerung hoch. Sie war nach der Legende von dem kriegerischen Erzengel benannt, der am Steinsockel des Brunnens verewigt war, wie er das riesige schuppige Ungeheuer niederstreckte, während aus einem kleinen Bronzerohr gluckernd ein friedlicher Wasserstrahl floss.

Melchior erinnerte sich, wie sie früher an diesem Brunnen gespielt hatten. Man musste eine Runde auf dem glitschigen Rand des Brunnens drehen mit zu Flügeln ausgestreckten Armen und ohne sich vor den Wasserspritzern der wütenden Waschfrauen zu fürchten. Das waren rotgesichtige, stämmige Damen aus dem Viertel, die es nicht schätzten, beim Waschen von respektlosen Gören gestört zu werden. Einmal war Melchior dabei sogar ins Wasser gefallen – aber das gehörte eben dazu, wenn man das Leben auf der Straße lernen wollte.

Der Kommissar sah lange auf die sich im flachen Wasser spiegelnden Sonnenstrahlen. Am Überlauf kräuselte sich die Oberfläche. Der glatte Steinboden, der durch das klare Wasser gut zu erkennen war, hatte etwas Beruhigendes, etwas Geheimnisvolles. Melchior fragte sich, warum die Erinnerungen in bestimmten Momenten in ihm aufstiegen und in anderen wiederum überhaupt nicht – nämlich gerade dann, wenn es dringend notwendig wäre, dass sie ans Licht kämen: Hätte er diese Gegend nicht wie seine Westentasche kennen müssen? ... Offensichtlich war diese Tasche genauso löcherig wie seine Erinnerung! Seine eigene Vergangenheit spielte mit ihm Verstecken!

Monsieur Saulnier wohnte in der ersten Etage. Das Fenster, an dem sein Sessel stand, ging auf den Waschplatz, die Spitze des Heldenschwertes ragte über die Fensterbank hinaus. Monsieur Saulnier musste Melchior schon lange beobachtet haben, während er am Wasserspender vor sich hin gegrübelt hatte.

»Sieh einer an!«, rief Saulniers Tochter, eine dicke Dame mit rötlichem Gesicht. »Du mit deinen Geschichten, jetzt muss schon die Polizei ihre Zeit mit uns verschwenden!«

Saulnier zwinkerte Melchior zu. »Wie geht's dir, mein Colonel?«

Melchior sagte, ihm gehe es gut, und er hoffe, dass es Monsieur Saulnier auch gut gehe.

»Es geht ihm viel zu gut für jemanden, der nicht mehr ganz richtig im Kopf ist!«, sagte die Tochter bissig. »Bleiben Sie eine Weile da?«, fragte sie.

»Ein paar Minuten, wenn Sie erlauben.«

»Dann gehe ich schnell etwas einkaufen …« Sie band bereits ein Kopftuch über ihre fettigen Haare und nahm eine Strohtasche vom Türgriff. »Sei schön brav!«, rief sie ihrem Vater zu.

»Warum reden Sie mit ihm wie mit einem kleinen Kind?«, wunderte Melchior sich. »Glauben Sie, das macht die Sache besser?«

»Was soll's! Er hört ohnehin nicht auf mich und macht nur, was ihm in den Kopf kommt!«

»Dann hören Sie doch auf, so rumzuschreien! Das wird ihm gut tun … und Ihnen auch!«

Saulniers Tochter entschwand durch die Tür, wobei sie persönliche Betrachtungen über die Polizei vor sich hin murmelte, die sich aber auch wirklich in *alles* einmischen musste!

Melchior zog einen Stuhl heran, blieb aber mit einem verlegenen Lächeln noch einen Moment stehen. Er wirkte, als besuche er ein Familienmitglied, mit dem er schon seit langem keinen Kontakt mehr gehabt hatte, im Krankenhaus.

»Monsieur Saulnier, erinnern Sie sich an den Cour Lachaux? … Zu der Zeit, als Sie noch da unten gearbeitet haben?«

»Ich erinnere mich an dich, mein Junge! Du hattest kurze Hosen und aufgeschlagene Knie, du warst ein ganz schöner Langfinger, und niemand hätte je geglaubt, dass du mal Colonel bei der Polizei wirst!«

»Eines Tages, vor etwa zwanzig Jahren, haben Sie unter einem Kohlenhaufen einen Mann gefunden. Das haben Sie doch bestimmt nicht vergessen, oder?«

Saulnier schien sich gut zu amüsieren. Er sah Melchior an, kniff die Augen zusammen und klappte den Mund mit seinen gelben Zähnen auf und zu. Man hätte meinen können, dass er sich gleich kaputtlachen würde.

»Zwanzig Jahre, das ist ziemlich lange her, um mich daran zu erinnern, mein Lieber. Dieser Kerl war mausetot und völlig zusammengeschrumpft. Er hieß Lancier. Ein echter Schweinehund, was man so gehört hat! Im Krieg war er im Widerstandsnetz der Eisenbahner vom Rangierbahnhof in Plessis-Fontenay … Er hat viele Leute an die Gestapo, an die Miliz oder sonst wen verraten! Davon hat man lange nichts gewusst. Erst nach der Befreiung …«

Der alte Mann hielt plötzlich inne und sah sich entsetzt um.

»Die Befreiung … Die Befreiung von was eigentlich? Mehr weiß ich nicht! Wie heiße ich? Und du, kennst du deinen Namen?«

»Melchior … Jean-François Melchior, Monsieur Saulnier.«

»Ach ja! Der Junge von Charles … Dieser Maurice Lancier hat sich um deine Mutter gekümmert, als dein Vater im Lager verschwunden ist … Aber weißt du denn gar nichts davon, Colonel?«

»Nein!«, sagte Melchior mit brüchiger Stimme. »Mein Vater wollte nie groß darüber reden. Er sagt, dass er verhaftet und deportiert worden sei, wie so viele andere … dass er Glück gehabt habe zurückzukommen und dass seine Geschichte viel unwichtiger sei als die der Leute, die dort geblieben sind … Wenn wir auf diese Dinge zu sprechen kamen, geriet meine Mutter regelmäßig in Rage.«

Saulnier verstummte plötzlich, der Glanz wich aus seinen

Augen. »Wer sind Sie? Was machen Sie hier?«, greinte er wehleidig. »Ich rufe die Polizei!«

Er versuchte aufzustehen, doch Melchior drängte ihn, sitzen zu bleiben. »Haben Sie keine Angst, ich gehe jetzt fort.«

Melchior ging zur Tür, die er einen Spalt offen stehen ließ, nachdem er auf den Treppenabsatz hinausgetreten war. Er musste warten, bis Saulniers Tochter zurückkam. Er verspürte das Bedürfnis, einen Moment still dazustehen mit dem Rücken zur Wand in der Dunkelheit dieses alten Treppenhauses, das nach feuchtem Holz roch. Er hatte furchtlos die Tür von Monsieur Saulnier aufgestoßen, und jetzt erwies sich diese Tür als die Quelle der größten Gefahr. Eine Tür zur Erinnerung an die am weitesten zurückliegende Zeit im Leben eines Menschen, die Erinnerung an den eigenen Ursprung, dessen gewaltigen Schmerz man vergessen, der aber auch unvermittelt wieder auftauchen kann.

Der Geruch des Korridors beruhigte Melchiors Herzschlag. Er erinnerte sich an die Treppe, die zu Edith Mulot führte, und wünschte sich, dass er sie mit der Kraft seines Geistes, seines Willens hierher versetzen könnte. Er würde an die Tür klopfen, jede Furcht wäre diesmal wie weggeblasen, und Edith würde ihm mit herausgestreckter Zunge öffnen. Sie würde ihn in ihre Arme schließen, und er würde sich an ihrem Busen ausweinen. Und er würde sie Edith nennen, und nicht mehr Mulot, als wäre sie eine seiner Polizeikolleginnen.

Ab und zu warf Melchior einen Blick durch den Türspalt: Er sah die Umrisse des Alten, unbeweglich wie ein Felsblock; seine toten Augen starrten auf den Brunnen und den Waschplatz. »Nach Caroline Jeanjean muss ich suchen!«, schimpfte der Kommissar mit sich selbst. »Nicht nach der kleinen Mulot!« ... Caroline Jeanjean war der einzige Name, den er hatte, um eine gespenstische Hypothese zu stützen: Es könnte einen Zusammenhang zwischen dem aktuellen Fall und dieser alten Geschichte geben … Schon damals ein Kindesraub! Und dann diese geheimnisvolle Gestalt, die eine Krankenschwester mit seherischen Kräften auf den dunklen Alleen des Gemeindekrankenhauses erkannt zu haben glaubte! Vergangenheit und Einbildungskraft, das waren seine Inspirationsquellen!

Und Melchior sah plötzlich die prallen Müllsäcke vor seinem geistigen Auge, die Inspektor »Vielfraß« in seinem Büro abgestellt hatte. Die Umzingelung durch all diese Reste und diesen Gestank, das Ersticken im Abfall der Vergangenheit hatte er im Grunde verdient! Er wusste ja selbst, dass das Herumwühlen im Müll nichts und nicht einmal einen Zipfel der Wahrheit bringen würde. Die systematische Spurenermittlung sollte er lieber den Kriminaltechnikern überlassen. In solchen Momenten konnte Melchior seinen Ekel nicht zurückdrängen. Er verabscheute die Polizei, und er fragte sich, was er dort nach so vielen Jahren noch immer zu suchen hatte.

Schließlich beruhigte er sich und kam zu folgender Entscheidung: Er musste sich darum kümmern, dass Caroline Jeanjean verhaftet wurde, das Kind retten und es seiner Mutter zurückgeben … und nichts anderes! Die dunklen Schatten des Teerbabys und Edith Mulots hellblondes Haar gehörten zu seinem Privatleben und behinderten seine Ermittlungen. Das durfte nicht sein. Und er fühlte sich noch schuldiger für all das, was nicht lief.

Als Saulniers Tochter zurückkam, saß der Kommissar auf einer Treppenstufe und hatte die Stirn nachdenklich auf eine Hand gestützt.

»Stimmt was nicht?«

»Ich habe Ihren Vater in Ruhe gelassen«, sagte Melchior und stand auf. »Er fing an, sich aufzuregen!«

»Das wundert mich nicht!«, sagte die Frau völlig außer Atem. Und als logische Schlussfolgerung ihrer Worte fügte sie hinzu: »Es gab keine Hinterkeule mehr, deshalb habe ich Hochrippe genommen.«

»Das haben Sie gut gemacht. Wenn Sie ein Steak braten wollen, ist die Hochrippe ein unterschätztes, aber bestens geeignetes Stück«, sagte Melchior und stieg die Treppe hinunter.

Als er die Reste des ehemaligen Parks durchquerte, der zum Haus von Doktor Lemercier führte, wurde der Kommissar wieder von einer dumpfen Unruhe erfasst, die ihm zeigte, dass seine »Treppenhaus-Krise« noch nicht ganz überwunden war. Vielleicht wegen des unerwarteten Schweigens der Vögel. Es brachte ihm wieder in Erinnerung, dass der Winter begonnen hatte, was er am liebsten geleugnet hätte. Während er mit langen Schritten vorwärts strebte, schien die Villa in bedrohlicher Weise immer größer zu werden. Er stellte sich die auf ihn gerichteten Blicke vor, die hinter den dicken Vorhängen und ungeputzten Fenstern auf ihn lauerten.

Er klingelte und wartete ungeduldig darauf, dass ihm die Frau mit den Dauerwellen und dem sanften, traurigen Blick öffnete. Er war nervös und fühlte sich unruhig wie ein Kranker.

»Ah, Sie sind es? Gerade richtig!«, sagte Lemercier und öffnete die Tür mit einer gereizten Gebärde.

»Wieso gerade richtig?«

»Ich habe versucht, Sie anzurufen! Man hat mir gesagt, dass Sie außer Haus, nicht verfügbar, unerreichbar …«

»*Wenn du nicht zur Polizei kommst, kommt die Polizei zu dir!*«, versuchte Melchior schließlich zu scherzen.

Aber trotz seiner vorwitzigen Fliege war Doktor Lemercier nicht nach Scherzen zu Mute. »Es ist mir wieder eingefallen … wissen Sie, das Phantombild, das Sie mir gezeigt haben … dieser Kerl?«

»Sie haben ihn wiedererkannt? Sie wissen, wer das ist?«

»Teilweise … Ich hoffe, dass ich durch Caroline mehr erfahre.«

»Caroline?«

»Madame Jeanjean! Er ist ein Freund von ihr. Er hat sie ein paarmal nach der Arbeit abgeholt, aber ich glaube, dass war Madame Jeanjean nicht recht. Ich habe ihn lange nicht mehr gesehen. Er wirkte hier ein wenig fehl am Platz … Man könnte meinen, ein Bauer, ein Pferdehändler, mit einem Arbeitskittel und Gummistiefeln … und seinem 4L Renaultkombi, immer voller Heu, Stroh und Tiergeschrei! Einmal hatte er sogar ein Vivarium voller Schlangen dabei!«

»Man hätte Ihnen die Untersuchung dieses Falls anvertrauen sollen«, gestand Melchior muffig. »Ohne es zu wissen, haben Sie fast alle Trümpfe in der Hand. Sie waren von Anfang an bei diesem geheimnisvollen Fall dabei, und nun zaubern Sie die Einzelheiten der Lösung aus dem Hut! Wer ist Madame Jeanjean?«

»Meine Arzthelferin … Sie haben sie gestern Abend gesehen.«

»Ich nehme an, dass es für sie ein Leichtes war, die Krankenakte von Sylvaine Valentin verschwinden zu lassen?«

»Genau das wollte ich heute Morgen mit ihr klären … Ich hab gestern Abend nur ganz kurz mit ihr darüber gesprochen … Unglücklicherweise ist es mit ihr seitdem wie mit der Akte: Sie ist nicht mehr auffindbar!«

31

Als Melchior ins Kommissariat zurückkam, hatten die Inspektoren seiner Abteilung auf drei verschiedenen Wegen die Adresse von Caroline Jeanjean herausgefunden.

Melchior schüttelte den Kopf und sagte, es sei sehr gut, dass man den Wohnsitz der Verdächtigen gefunden habe, er selbst habe die Adresse ebenfalls aufgetrieben und sei gleich dorthin gefahren, das Nest sei leer gewesen, und Madame Jeanjean sei nicht zur Arbeit gekommen. Man könne nun ganz offiziell einen Fahndungsbefehl herausgeben.

Die Polizisten steckten ihre Niederlage ohne viel Murren ein. Der Chef hatte wieder einmal gezeigt, dass er der Boss war, das gehörte zur Ordnung der Dinge, unverrückbar.

Auf seinem Schreibtisch fand der Kommissar auch die behördlichen Auskünfte vor, die er zu Beginn der Untersuchungen über die Identität, das Umfeld und die Vergangenheit von Sylvaine Valentin angefordert hatte.

»Eine gute Polizei ist ein gutes Gedächtnis!«, beglückwünschte sich der Kommissar. »Und wenn man wie ich ein schwaches und unzuverlässiges Gedächtnis hat, dann geht nichts über das Gedächtnis des Computers!«

»Das sind ja ganz neue Ansichten!«, merkte Chemineau an.

»Ach?«, wunderte sich der Kommissar. »Das liegt daran, dass ich völlig vergessen habe, wie vergesslich ich bin!«

Er las den Bericht: der Lebenslauf von Sylvaine Valentin, von ihrer Geburt unter dem Namen X an einem 14. Februar, über das Schulende, bis zur Volljährigkeit und zum Sozialen Jahr. Daten zu Pflichtimpfungen, Schulanmeldungen, der ersten Menstruation, den Zeugnissen und vor allem den Adressen von Pflegefamilien, bei denen die kleine Sylvaine untergebracht war. Melchior setzte Chemineau und Quillard auf die Auswertung der Unterlagen aus dieser Zeit an. Quillard hatte nur wenige Stunden geschlafen, war aber trotzdem am späten Vormittag aufgekreuzt, und zwar sowohl aus Interesse an diesem Fall als auch, um den Kommissar davon zu überzeugen, dass bestimmte Grundwerte für Polizeibeamte immer noch Bestand hatten.

Ariane Mariani kam aus dem Viertel zurück, in das der Kommissar sie mit dem Phantombild des mutmaßlichen Angreifers der kleinen Jessica geschickt hatte. Mariani hatte auch das von Edith Mulot aufgenommene Foto dabei. Sie hatte Wohnungen und Häuser abgeklappert, Klingelknöpfe gedrückt und Passanten befragt. Natürlich hatte sie mit dem Haus begonnen, in dem das Ehepaar Lacacia wohnte, aber erst viel weiter die Straße hinunter hatte ein Ladenbesitzer auf der Aufnahme einen Freund oder Bekannten von Madame Jeanjean wiedererkannt …

Caroline Jeanjean wohnte in einem Backsteingebäude in der Nähe von Joséphine und Désiré Lacacia. Aber niemand kannte den Namen dieses Mannes, der sie zu besuchen pflegte.

»Ich hab noch ein Problem mit der Wohnung der Jeanjean!«, erklärte Melchior. »Als ich dort vorbeiging, war niemand da, oder man wollte mir nicht öffnen. Ich möchte so schnell wie möglich diese Wohnung durchsuchen!«

Er erinnerte sich an seine Angst vor der verschlossenen Tür, die noch stärker, noch spürbarer als gewöhnlich gewesen war. Er hatte geklingelt und geklopft, die großen Nasenlöcher seiner verdammten Bullennase geöffnet und geschnüffelt, ob es nach Baby, saurer Milch oder Windeln roch – immerhin konnte er hier aus seinem Erfahrungsschatz mit Benjamin schöpfen.

»Ist Belgrand noch auf dem Posten?«

»Er hat mich dort abgelöst«, antwortete Mariani.

Melchior warf einen erschöpften Blick auf seine versammelten Mitarbeiter. Polizeibeamte aus den Nachbarbüros hatten sich dazugesellt, als hätten sie das plötzliche – und dennoch gedämpfte – Fieber gespürt, das die baldige Lösung des spektakulären Falles ankündigte. Das war der magische Moment, in dem das Licht sich seine Bahn brach, in dem die Einzelheiten sich zusammenfügten, in dem die Rätsel der Nacht ihr Geheimnis verloren und im Licht des Tages zu Fußnoten schrumpften, banal und alltäglich. Nur solange sich der Mörder hinter seiner Maske verbarg, war das Vergnügen noch ungeschmälert.

Auf dem Schreibtisch des Kommissars türmten sich Papierstapel. Man drückte ihm bestimmte Dokumente in die Hand, er warf einen Blick darauf und reichte sie an Quillard oder Chemineau weiter oder legte sie auf die hohen, wackeligen Haufen, die beim ersten Luftzug durch die Gegend fliegen würden. Im ganzen Haus ratterten die Drucker, klingelten die Telefone und wurden die Türen auf den Gängen aufgestoßen und zugeschlagen.

Ein guter Teil dieser Aktivität bezog sich nicht direkt auf Caroline Jeanjean oder Sylvaine Valentin. Alle möglichen Vorgänge wurden bearbeitet, und die Informationen häuften sich. Es stand den Polizisten frei, nahe liegende Zusammenhänge herzustellen oder die unwahrscheinlichsten Ideen zu verfolgen. Plötzlich war es so, als hätten alle ungelösten Sexualdelikte, Kindesentführungen und Akten über notorische Vergewaltiger sich zu einem großen, entsetzlichen und flüchtigen Papierkarneval getroffen.

Chemineau begann, die ersten Zusammenfassungen zu erstellen, bei denen er mit rosa Filzstift die grundlegenden Elemente unterstrich.

»Da hätten wir es!«, rief Melchior, nachdem er die Notizen überflogen hatte. »Es gab im Leben von Sylvaine Valentin einen Frédéric Germain, geboren unter dem Namen X, am 28. Mai, Tag des heiligen Germain, Bischof von Paris. Die beiden Kinder waren eine Zeit lang in derselben Familie untergebracht. Die Pflegemutter sagt, dass Sylvaine sehr ruhig und gehorsam war, Frédéric dagegen eher düster und verschlossen, manchmal gewalttätig …«

Das Schweigen breitete sich von Melchiors Büro über die ganze Abteilung aus. Die Polizisten aus den anderen Büros blieben stehen, um sich die Geschichte anzuhören, und ließen ihre Akten, ein gescanntes Foto oder Fax am herunterhängenden Arm flattern. Alle, die vorbeikamen, blieben stehen und hörten zu. Das war die Fortsetzung der großen Sitzung vom Vortag, als man das Phantombild des Übeltäters ausgedruckt hatte. Nun hatte man einen Namen für ihn und konnte ihn aus der Gesellschaft eliminieren. Wenn alles erledigt war, würde man das Bild zerreißen.

»Diese Dame sagt, dass Sylvaine und Frédéric sich trotz allem gut verstanden und dass Frédéric Sylvaine für seine ›Adoptivschwester‹ hielt«, fuhr der Kommissar fort, indem er nach und nach aus den einzelnen Informationen, die man ihm vorlegte, eine zusammenhängende Geschichte konstruierte.

»Aber es kam zur unvermeidlichen Trennung, als die Kinder größer wurden. Frédéric empfand für diese *Schwester* eine allzu übertriebene … hmhm … Zuneigung! Die beiden Jugendlichen wurden getrennt, und damit begann Frédérics Kleinverbrecherkarriere. Seine Beziehung zu Frauen wurde sehr aggressiv. Ein Ausdruck seines Hasses auf die unbekannte Mutter, die Frédéric nach seiner Geburt im Stich gelassen hatte … Drücke ich mich verständlich aus?«

Die Polizisten nickten. Eine Stimme rief: »Chef, kann man schon voraussehen, auf welche mildernden Umstände die Anwälte die Verteidigung aufbauen werden?«

Hier und da flackerte Gelächter auf. Melchior gab den Polizisten ein Zeichen, wieder an die Arbeit zu gehen.

»Die Fortsetzung folgt bald!«, versprach er. »Das Jugendamt und das Sozialamt haben mir alles geschickt, was sie hatten.«

»Haben wir keine Adresse von dem Kerl?«, fragte Chemineau.

»Versuchen könnt ihr es ja!«, riet Melchior. »Aber lasst euch nicht auf eine falsche Spur bringen! Gibt's Neuigkeiten vom Staatsanwalt?«

»Ich halte ihn auf dem Laufenden«, sagte Chemineau beruhigend. »Es geht ihm vor allem um Zerbib und die Reproduktionsmedizin. Es scheint, dass Sainte-Cécile führend auf diesem Gebiet ist.«

»Aber sicher!«, sagte Melchior. »Kinder um jeden Preis! Abtreibungen zu jedem Preis! Kindesaussetzung zu jedem Preis!«

Er sprach so laut, dass die Inspektoren für einen Moment verwirrt verstummten.

»Ich hab was Neues über diesen Frédéric Germain«, sagte Quillard. »Er hat mit einer jungen Dame namens Aubriot, Michèle, zusammengelebt, mit der er ein uneheliches Kind hatte. Diese Frau hat den guten Germain nach einer Reihe von Gewalttätigkeiten verlassen, die zwar nicht strafrechtlich verfolgt wurden, von denen es aber trotzdem Polizeiprotokolle gibt. Frédéric Germain hat versucht, das Sorgerecht für sein mutmaßliches Kind zu bekommen, aber der Prozess zur Ermittlung der Vaterschaft wurde abgebrochen, da es an Geld für die notwendigen Gutachten fehlte … Ein Richter hat das Sorgerecht weiterhin der Mutter zugesprochen und Germain gleichzeitig wegen Gewaltandrohung und Beleidigung des Gerichts verurteilt. Es konnte nicht festgestellt werden, ob Germain wirklich der Vater des Kindes ist … Ansonsten zwei Verurteilungen, die erste davon auf Bewährung, wegen eines Sittlichkeitsdelikts und versuchter Vergewaltigung …«

»Gut!«, entschied Melchior. »Mariani, da diese Angelegenheit Sie so begeistert …«

»Absolut nicht!«, protestierte die angehende Inspektorin. »Ich verabscheue solche Typen! Ich kann mir schon vorstellen, wie der aussieht …«

»Aber sicher! Das können wir alle, da wir ja sein Foto und sein Phantombild haben … Trotzdem, Sie müssen dem Ungeheuer ins Gesicht sehen … Aber, aber! Die Fontenille von Fontenay!«

Die trotzige Miene der angehenden Inspektorin zeigte, dass Ariane Mariani sich nicht auf diese Weise von Melchior vereinnahmen lassen wollte. »Mariani, Sie werden den Fluss überqueren!«, schloss der Kommissar mit schelmischem Blick seine Ausführungen.

»Welchen? Von welcher Seite?«

»Von hier … Was liegt auf der anderen Seite der Brücke?«

»Von hier aus? Maisons-Alfort.«

»Und was gibt es in Maisons-Alfort?«

»Dasselbe wie hier … Häuser, Straßen, die Vorstadt …«

»Aber, aber, Mariani! Strengen Sie Ihre grauen Zellen ein bisschen mehr an! Sperren Sie Ihre Ohren auf, und es wird Ihnen in die Augen springen!«

»Die Veterinärmedizinische Fakultät?«

»Na endlich! … Sie fahren da rüber und … Fragen Sie, ob die in ihren Akten einen Frédéric Germain haben, als Stallknecht, Tierpfleger oder irgendwas in der Art …«

»Keinen Tierarzt? Oder Studenten?«

»Mit neununddreißig Jahren und seinem Lebenslauf würde mich das wundern! Es handelt sich um jemanden, der für das Institut arbeiten könnte genauso wie für den Botanischen

Garten in Paris, den Zoo in Vincennes oder irgendeinen dieser Tierparks, die man heute an jeder Ecke findet ...«

»Warum nicht einfach für einen Tierarzt in dieser Gegend?«

»Das wäre zwar denkbar, aber jemand, der Löwenkot, Geierfedern und Drachenschuppen zurücklässt, ist bestimmt kein Tierarzt von nebenan, der Hunde, Katzen und Kanarienvögel behandelt! ... Also, Mariani, an die Arbeit!«

Die junge Inspektorin machte immer noch ein mürrisches Gesicht. Melchior ging zu ihr hinüber und stützte sich auf die Kante des Schreibtisches, an dem sie saß. Mit leiser Stimme sagte er zu ihr: »Sie scheinen nicht zu begreifen, dass ich Ihnen damit ein Geschenk mache, Mariani! ... Finden Sie diesen Kerl, und verhaften Sie ihn. Nehmen Sie mit, wen Sie wollen. Von mir aus auch den ›Vielfraß‹, wenn Ihnen das gefällt. Sie müssen das einfach tun!«

Dann sah er der jungen Frau in die Augen und sagte schonungslos: »Sie wollen sich doch wohl nicht in die Ecke verkriechen mit Ihrer ... Scheinschwangerschaft?«

Die aufflackernde Wut gab Mariani ihre Tatkraft zurück. Sie schnappte sich ihre Waffe, die Handschellen und ihre Jacke und zog Türen knallend los.

»Glauben Sie, dass sie mit ihm zurecht kommt?«, fragte Chemineau.

»Jedenfalls muss sie sich mit dem Vater ihres Kindes auseinander setzen! ... Auch wenn es sich nur um das Kind aus einem bösen Traum in einer schlechten Nacht handelt«, sagte Melchior, während er aus dem Fenster sah, um festzustellen, ob es schon dunkel war.

Aber es schien immer noch die gleißende Sonne, die sich in den fernen Flusswindungen spiegelte.

32

Melchior hielt unterwegs an, nicht weit vom Gemeindekrankenhaus entfernt. Er lenkte den Wagen in eine Sackgasse, die an einer Betonmauer endete. Dahinter lag der Wirrwarr des Rangierbahnhofs von Plessis-Fontenay. Melchior drehte seine Scheibe herunter, da er hoffte zu hören, wie ein Zug pfiff, ein Triebwagen vorbeiratterte oder eine Lokomotive Dampf abließ ... Aber es gab nur ein fernes Quietschen, gefolgt von einem metallischen Zischen: wahrscheinlich eine S-Bahn.

In den Rissen des Asphalts wuchsen spärliche Grasbüschel. Erst hatten sich dort Pfützen gebildet, dann faulige Erde gesammelt, und nun wuchs in diesen kümmerlichen Spalten Gras! Das Leben klammerte sich fest, fruchtbar und optimistisch ... Melchior sah auf die verrückten, traurigen Grasbüschel, die trotz der Sonne verstaubt wirkten, sich aber dennoch stolz und dumm zum Himmel reckten. Er hatte die Wagentür geöffnet, als wollte er aussteigen, blieb aber sitzen.

Diese Sackgasse wäre der ideale Ort für einen Selbstmord. Man würde das Auto erst viel später entdecken, halb verborgen unter der wild wuchernden Vegetation.

Hinter der Betonmauer symbolisierten die Eisenbahnschienen die tausend verschlungenen Wege, die das Leben nehmen konnte. Die Weichen sahen alle gleich aus, manche öffneten sich hin zu großen, exotischen und luxuriösen Zielen, andere führten auf Abstellgleise, manche endeten an roten Puffern mit weißen Rändern.

Charles Melchior war eines Tages mit Kolbenhieben in einen Zug getrieben worden, der von hier in die Nacht und den Nebel losfuhr. In einem anderen Zug war er zurückgekommen, ein Überlebender der Hölle, ohne Jubel empfangen von

Phantomen, die ebenso blasse Gesichter hatten wie die Leidensgenossen, die in den Tod gegangen waren. Onkel Bertrand wurde zwangsverpflichtet und musste die Trümmer eines Zuges einsammeln, der voll besetzt in die Luft geflogen war: junge Deutsche, die auf Urlaub nach Hause fuhren, um denen, die sie liebten, zu sagen, dass sie aus dem Krieg als Sieger heimkehren würden und dass der Tod keine Gelegenheit bekäme, sie zu verschlingen. Kohlenzüge waren in alle Richtungen losgefahren, zu den Hafenanlagen, auf den Zubringern, zum Cour Lachaux oder sonst wohin ... Das musste so sein! Und die gelöschten Binnenschiffe, die mit schäumender Bugwelle dahinfuhren, konnten gar nicht genug herbeischaffen ... Heute war all das zu Ende: keine Kohle mehr, keine Züge, keine Frachtkähne. Es gab nicht einmal mehr das Teerbaby, das in den vergessenen Albträumen eines kleinen Jungen mit aufgeschlagenen Knien untergegangen war.

Melchior schlug die Wagentür zu, drehte die Seitenscheibe hoch und warf den Motor an.

Als Doktor Rodier den Kommissar von weitem erkannte, machte er ein fast freundschaftliches Zeichen. Er mimte die Dringlichkeit eines unmittelbar bevorstehenden ärztlichen Eingriffes – einer Geburt, wenn man die Aufblähung, die der Arzt in die Luft zeichnete, richtig verstand – und verschwand dann, indem er gebieterisch auf Zimmer 318 deutete. Melchior ging mit ruhiger Entschlossenheit durch den unendlichen Flur mit dem quietschenden PVC-Boden. Am Kopfende von Sylvaine Valentins Bett stieß er auf Zerbib.

»Es geht ihr besser, sehr viel besser!«, sagte der Doktor. »Das Fieber ist zurückgegangen.«

Er tätschelte die Hände seiner Patientin, aber sein Blick, der von einem verkrampften Lächeln begleitet wurde, flackerte besorgt in Richtung des Kommissars.

»Das freut mich wirklich«, sagte Melchior. »Vielleicht können wir jetzt ernsthaft miteinander reden?«

Sylvaine Valentin antwortete mit einem Lächeln. Melchior hätte ihr eigentlich sagen müssen, dass es Neuigkeiten von ihrem Baby gab ... gute Nachrichten! ... Aber er machte nicht solche groben Schnitzer, wie sie Oberinspektor Chemineau regelmäßig unterliefen. Die Zusendung dieses anonymen Zettels war kein Grund für übertriebenen Optimismus.

»Unser gemeinsamer Freund Marcel hat mir gesagt, dass er letzte Nacht mit ihnen gesprochen hat!«, gestand Zerbib sogleich, um ein anderes, unmittelbar anstehendes und vielleicht unerfreulicheres Gesprächsthema zu vermeiden.

»Dann können wir uns ja die Vorreden sparen!«

Melchior gab dem Doktor ein Zeichen, ihm auf den Gang zu folgen.

»Ich komme gleich wieder!«, sagte er zu Sylvaine Valentin mit einem Lächeln, dessen Herzlichkeit ihn selbst erstaunte.

Als Zerbib auf dem Gang stand, stieß er einen Seufzer aus. »Jetzt geht das wieder los!«

»Es ist noch nichts zu Ende, Doktor ... Guevara!«

Der Arzt sah Melchior überrascht und amüsiert an.

»Oh! Das sind doch uralte Geschichten! Wer hat Ihnen das erzählt? Marcel?«

»Barmado!«

»Ich weiß nicht ...«

»Madeleine, die Barfrau vom *Blue Moon*. Sie kennt Sie gut und weiß genau, wer Sie sind.«

Ein nervöses Zucken zog über das Gesicht des Doktors.

»Sie müssen ihr ... einen Gefallen getan haben ... zu der Zeit als Sie ein Pionier der Absaugmethode waren!«

»Schreien Sie nicht so rum, wir sind hier in einem Krankenhaus!«

»Ist das ein Stück Vergangenheit, das Sie vergessen wollen?«, fragte Melchior etwas leiser.

»Ich habe nichts zu verbergen … Das war eine Zeit der Kämpfe und des Aufbruchs, als man alles in Frage stellte. Eine schöne Zeit, die aber längst vorbei ist. Ich gehe nur selten ins *Blue Moon.*«

»Aber ich bin sicher, dass Sie sehr gut wissen, wer Barmado ist … Zumindest, wenn das *Las Vegas* Sie nicht alles hat vergessen lassen?«

»Warum beharren Sie so darauf, dass ich eingestehen soll, etwas vergessen zu wollen? Sind Sie es nicht vielmehr, der hartnäckig in der Vergangenheit herumwühlt, ohne etwas zu finden, mit dem Sie etwas anfangen können?«

Melchior fühlte sich ertappt. Zerbib hatte Recht: Er verirrte sich im Gestrüpp seiner eigenen Erinnerungen.

»Na bitte, da sehen Sie! Noch ein Stück zerfallene Vergangenheit!«, sagte er wütend und zog einige Zettel aus seiner Tasche. Er zeigte Zerbib den Artikel, den Mulot ausgegraben hatte und in dem von einer aufgeschlitzten Frau die Rede war. Schon als er die Überschrift las, hatte der Arzt begriffen. Dennoch schien er geradezu erleichtert zu sein.

»Nun sind Sie also doch dort angekommen, wo ich befürchtet hatte! Bravo, Kommissar! Dahinten ist ein kleiner Erfrischungsraum. Möchten Sie vielleicht einen Kaffee?«

Melchior erklärte sich bereit, einen dieser köstlichen Kaffees zu trinken, die nach ranzigem Karamell schmeckten und in schlabberigen Plastikbechern serviert wurden. Die beiden Männer setzten sich in eine Ecke, die mit drei Skailedersesseln, einem Gummibaum und zwei Van-Gogh-Drucken möbliert war.

»Das war vor dem Gesetz von 1975 zur Liberalisierung der Abtreibung«, erklärte Zerbib. »Wir hatten eine Diskussions- und Aktionsgruppe gebildet. Ein erster Ansatz von

Familienplanung. Hauptsächlich Frauen. Feministinnen. Einige Ärzte und Medizinstudenten ... Wir waren Maoisten, Trotzkisten, Situationisten, Castro-Anhänger und ich weiß nicht was!«

»Ach ja ... Guevara! Und nachdem die Illusionen zerplatzt waren, seid ihr alle Chefs und Kettenhunde des Kapitalismus geworden ... manche eher Schoßhündchen ... andere eher Kampfhunde! Nun seid ihr an der Macht, ihr kontrolliert die Stadt und leitet die Kliniken!«

»Sie haben wohl andere Vorstellungen, wenn ich richtig verstehe?«

»Es geht nicht um Vorstellungen, sondern um Verhaltensweisen, um Taten, also um das, was wirklich gemacht wird und nicht um schöne Flugblätter und Parolen! Die Parolen waren perfekt, und die Flugblätter oft gut formuliert ... Ihr wolltet die Welt verändern.«

»Sie doch auch, nehme ich an?«

»Ich glaube immer noch, dass man es zumindest versuchen kann. Ich gehöre zu Ihrer Generation. Bin ein Genosse, wenn man so will. Aber das wird nicht viel ändern. Ich bin noch mehr als Sie ein Kettenhund! ... Und zwar der schlimmsten Sorte!« Er fletschte die Zähne und knurrte bedrohlich, bellte und trank einen Schluck Kaffee. »Man sagt, dass Sie viel Geld mit illegalen Abtreibungen verdient haben?«, fuhr Melchior fort.

»Es gibt immer Leute, die das behaupten ... Wir haben unentgeltlich gearbeitet und freiwillige Beiträge in den Hilfsfond eingezahlt, für eventuelle Gerichtskosten ... Wir haben Frauen geholfen, die in Not waren.«

»Und diese hier, war die in Not?«, fragte der Kommissar und hielt dem Doktor den verhängnisvollen Artikel unter die Nase.

»Wie viele andere ... Sie ist gekommen, ohne dass ihr

Freund etwas davon wusste, vor dem sie sich fürchtete ... Als man sie einige Tage später mit aufgeschlitztem Bauch fand, habe ich gedacht, dieser Mann hätte sie getötet, wegen der Abtreibung. Sie trug das Kind dieses gewalttätigen Irren in sich, und sie wollte es nicht bekommen. Er dagegen wollte dieses Baby unbedingt haben ... Er ist vorbeigekommen und hat die Gruppe bedroht ... Ich wusste ... ich weiß nicht woher ... Er sagte, er würde diesen mörderischen Schweinehund von Arzt umbringen ... Ich kann mich noch genau an seine Augen, sein Gesicht und seine Wut erinnern!«

Zerbibs Wangen und Hände zitterten. Der Doktor schöpfte seinerseits Mut auf dem Grund seines Plastikbechers, dann sah er mit trauriger Miene auf: »Ist der Kaffee gut? Oder habe ich auf den falschen Knopf gedrückt?«

»Es ist Kaffee!«, sagte Melchior beruhigend. »Dieser Irre, ist das der hier?«

Er zeigte ein weiteres Mal das Phantombild und das von Edith Mulot aufgenommene Foto.

»Ich glaube schon! Dieses Phantom verfolgt mich seit zwanzig Jahren.«

»Sein Name?«

»Weiß ich nicht.«

»Und das Mädchen?«

»Wir haben nie nach Namen gefragt.«

»Sie hatten den Verdacht, dass dieser Kerl die junge Frau aufgeschlitzt hat, und Sie haben geschwiegen?«

»Ja ... Ich habe geschwiegen. Nach damaligem Recht war ich ein Mörder, dem der Prozess gemacht werden musste ... Meine Existenz stand auf dem Spiel ... Wenn ich geredet hätte, hätte man mich als Mörder abgestempelt ... Man hätte mich für den Tod einer jungen Frau verantwortlich gemacht, deren Namen ich nicht einmal kannte ... Und ein großer Teil der Öffentlichkeit hätte den Aufschlitzer unterstützt und seinen Freispruch gefordert! Es war nicht leicht für … Aber ich habe geschwiegen. Ich habe mein Studium in Montpellier beendet und bin später zurückgekommen …«

»Der Täter kommt immer an den Ort des Verbrechens zurück!«

Zerbib musste lächeln. »Man kommt zurück, um eines Tages zu gestehen, dass es einem gelungen ist, so lange zu schweigen«, sagte er und zerdrückte seinen Becher in der Faust.

Melchior schien sich über irgendetwas Sorgen zu machen. »Haben Sie darüber mit Staatsanwalt Chalgrin gesprochen?«, fragte er.

»Wie hätte ich es wagen können, ihn zum Mitwisser eines so schwerwiegenden Geheimnisses zu machen? … Eine Amtsperson, die die Gesellschaft verteidigen und für die Respektierung ihrer Gesetze sorgen muss! … Auch wenn all das nach so langer Zeit verjährt ist, kann die Justiz auf eine Strafverfolgung verzichten?«

Melchior versicherte ihm, dass sie das konnte! Vor allem bei Leuten aus besseren Kreisen. Selbst wenn sie früher den Spitznamen *Guevara* hatten und sich *Che* nannten … Seit dieser Geschichte war viel Blut geflossen, und es hatte viel Gemetzel gegeben. Aber das machte, wie der Kommissar betonte, auch nichts besser.

»Was wird mit mir geschehen?«, flüsterte Zerbib mit plötzlicher Besorgnis. »Muss ich in dieser Angelegenheit eine Aussage machen, ein Geständnis ablegen und ins Gefängnis?«

»Chalgrin wird die eigentliche Untersuchung durchführen. Er macht das gern persönlich … wie die Staatsanwälte im Fernsehen. Sie werden sich schon mit ihm arrangieren. Ich mache ja nur eine Voruntersuchung. Mit ein bisschen Glück, werden wir Staatsanwalt Chalgrin bald einen großartigen

Verdächtigen liefern, der in den Vordergrund gerückt werden kann. Meine Rolle in diesem Spiel ist bald zu Ende, fast schon vergessen ...«, versuchte Melchior ihn zu beruhigen.

Doktor Zerbib sah den Kommissar verwirrt an: »Aber ... meine Aussage ... meine Geständnisse ... mein Bekenntnis ...«

»Wir haben zusammen Kaffee getrunken«, sagte Melchior. »Ich habe Sie nicht offiziell vernommen; es gibt nichts, was vor einem Gericht zulässig wäre. Ich könnte natürlich einen Bericht schreiben!«

»Aber Sie müssen doch einen Bericht schreiben!«, protestierte Zerbib. »Es gibt keinen Grund, diese Affäre zu vertuschen! Sie haben eben gesagt, man müsse die Welt verändern!«

»Sie haben Recht«, pflichtete Melchior ihm bei, wobei er jedoch den Eindruck erweckte, nicht wirklich daran zu glauben.

Er stellte seinen Becher neben den Gummibaum und ging ins Zimmer 318 zurück.

Sylvaine Valentin lächelte wie eine rätselhafte Madonna, bescheiden und unterwürfig. Die junge Frau hatte die Hände über ihrem Bauch gekreuzt, ihre Finger sahen aus wie aus Wachs geformt.

»Sie kennen denjenigen, der Sie überfallen hat!«, sagte der Kommissar beim Eintreten. Er wollte ihr das Foto und das Bild zeigen, verzichtete dann aber darauf. Wozu sollte es gut sein, dadurch die schmerzhaften Worte zu untermalen, die grausame Erinnerungen wiederbeleben würden?

»Frédéric hat sich mir genähert, als ich Einkaufen war. Er wollte mit mir sprechen. Er zwang mich, in seinen Wagen einzusteigen. Es stank nach Stall. Frédéric hat mir gesagt, dass er sein Kind wolle. Man habe ihm schon einmal sein

Kind weggenommen, aber dieses Mal wolle er das nicht zulassen ... Ich wusste, dass es falsch von mir war, ihn wiederzusehen. Es ist einfach so passiert, nach so vielen Jahren. Und er hat mich ... er hat mich ... bedrängt, sodass ich schwanger wurde, bevor ich darüber nachdenken konnte. Danach habe ich überlegt. Ich wollte das Baby, aber nicht Frédéric! Ich bin umgezogen. Aber er hat mich ausfindig gemacht ... Ich weiß nicht, wie, ich konnte nichts dagegen tun. Das ist mein Schicksal ... Seine Mutter ist auch vergewaltigt worden. Und dann ist er zur Welt gekommen ... Das erzählt er jedenfalls ...«

»Frédéric Germain hat Sie durch eine Freundin wiedergefunden. Ein unglücklicher Zufall. Sie arbeitet bei dem Arzt, der Ihre Schwangerschaft festgestellt hat. Sie hatte Ihre Akte und Ihre Adresse«, erklärte Melchior. »Wie hat er es geschafft, dass Sie ... dass Sie das Kind zur Welt brachten? Wie hat er das gemacht?«

»Er hat mich betäubt, nicht wahr? Ich bin eingeschlafen ... Das haben mir jedenfalls die Ärzte gesagt!«

Melchior wandte sich zu Zerbib um, der sich in den Schatten zurückgezogen hatte, in die Ecke neben dem Schrank, dort, wo auch Chemineau sich so gern versteckte.

»Wenn Sie die Antworten geben, könnten Sie wohl auch die Fragen stellen?«, meinte Melchior. »Wussten Sie von all dem?«

»Ich wollte Sie gerade anrufen!«, behauptete Zerbib verlegen. Er winkte den Kommissar zu sich heran. »Täuschen Sie sich nicht, sie steht immer noch unter Schock!«, flüsterte er. »Man kann durchaus in Frage stellen, was sie uns sagt ... Finden Sie nicht, dass sie seltsam aussieht?«

Melchior zeigte Sylvaine Valentin das Phantombild. Er schloss die Augen und stellte sich vor, dass alles in sich zusammenbrechen würde, wenn die junge Frau gleich gequält fragen würde, wer das sei.

Sylvaine Valentin sah das Bild lange an und fragte dann: »Wer ist das?«

Melchior öffnete wütend die Augen.

»Man könnte meinen, das ist Frédéric!«, stieß die junge Frau aus und schreckte hoch. »Ist er das? … Das ist ein schlechtes Foto.«

»Das ist kein Foto! Das ist ein Phantombild, das mit einer höchst leistungsfähigen Software erstellt wurde! … Das hier, das ist ein Foto!«

Auf dem von Edith Mulot aufgenommenen Bild – auf dem ein Mann mit verschwommenem Gesicht an einer dunklen Mauer entlang flüchtete – erkannte Sylvaine Valentin sofort ihren Angreifer.

»Das ist seine Art zu gehen«, sagte sie. »Das ist typisch für ihn.« Und es lag so etwas wie Zärtlichkeit in ihren Worten, wo Melchior Hass und Entsetzen erwartet hätte.

Der Kommissar steckte das Phantombild wieder in seine Tasche, wobei er es endgültig zerknüllte – jetzt würde es nicht mehr notwendig sein, es noch einmal hervorzukramen –, und verließ das Krankenhaus mit der festen Absicht, nie wieder einen Fuß dort hineinzusetzen.

Aber bekanntlich werden solche Vorsätze ja nie eingehalten.

Vierter Tag,
von Mittag bis Mitternacht

Neugeborene

[illegible]

[illegible] Buchstaben [illegible]

[illegible]

Warum sammelt die [illegible] nachmittags [illegible], wenn doch [illegible]

33

Es war halb eins, als Melchior das Gartentor am Haus seiner Eltern aufstieß, begleitet von einem tiefen Glockenschlag der Kirche Saint-Michel-Archange. Die wunderbare Ankunft des Sohnes, pünktlich zur Mittagszeit, sorgte für Überraschung und Unruhe.

»Das haben wir ja noch nie erlebt!«, sagte Charles Melchior mit seinem breiten Lächeln. »Einfach so, mittags … Weißt du eigentlich, dass immer ein Teller für dich bereit steht? Deinen alten Serviettenring haben wir auch aufbewahrt!«

In einer Schublade der mit Schnitzereien verzierten Anrichte lag tatsächlich der versilberte Serviettenring, den ein Verwandter vom Land zu Jean-François Melchiors Geburt geschickt hatte. In einer verschnörkelten Schrift waren die Anfangsbuchstaben JFM ungeschickt eingraviert. Wahrscheinlich war der Ring damals jüdischen Mitbürgern gestohlen oder auf dem Schwarzmarkt für wenig Geld von Leuten gekauft worden, die auf der Flucht oder völlig verhungert waren.

»Warum kommst du sonst nie mittags vorbei, wo du doch allein bist?«, fragte Oma Gisèle. »Du musst doch trotzdem etwas essen!«

»Du weißt doch, Mama, ich habe nicht immer die Zeit! Ich hab keine festen Arbeitszeiten. Es kommt, wie es kommt …«

»Die Tochter von Monsieur Saulnier hat mir erzählt, dass du oft im *Rendez-vous des amis* tafelst … mit einer fröhlichen Bande!«

»Mit Kollegen, Mama, das sind die Kollegen aus meiner Abteilung!«

Gisèle Melchior kniff den Mund zusammen. Tiefe Falten zerfurchten ihr Gesicht, als sie missmutig zugab: »Ja … das hast du mir schon hundertmal gesagt!«

In der Tat hatte er ihr das schon x-mal erklärt, aber sie wollte es nicht begreifen oder akzeptieren. Sie brachte ihn immer wieder dazu, sich zu rechtfertigen.

»Bist du seit gestern Abend mit deinen Ermittlungen vorangekommen?«, fragte Charles und entkorkte zur Feier des Tages eine Flasche Cahors.

»Der Fall ist fast abgeschlossen!«, sagte Melchior.

»Donnerwetter! Jetzt schon? … Das klingt ja wirklich nach einem spannenden Krimi!«

»Spannende Krimis sind ziemlich selten … Unsere Fälle werden in der Regel schnell geklärt, oder sie bleiben für immer im Dunkeln.«

»Wie du redest! … Hier nimm, Kalbsbraten mit Karotten.«

Als Melchior den Deckel des Schmortopfes hochhob, fühlte er sich in die Kindheit zurückversetzt. Donnerstags gab es keinen Unterricht und alle zwei Wochen Kalbsbraten mit Karotten. Seltsamerweise ließ ihn dieser Duft an den Wachsgeruch in Sylvaine Valentins Wohnung denken, den er am liebsten für immer vergessen hätte.

»Ist der Täter schon verhaftet worden?«, fragte Gisèle.

»Noch nicht … Aber wir wissen, wer es ist.«

»Und du sitzt hier am Tisch deiner Eltern? … Bestimmt ruft gleich das Kommissariat an, das kenne ich ja schon! Und du fährst los, ohne einen Bissen gegessen zu haben …«

Melchior schmunzelte, als er daran dachte, dass er das Funkgerät im Auto gelassen und den Piepser in seiner Tasche abgeschaltet hatte. Er dachte an die kleine Mariani – die dem Aufschlitzer und seiner Komplizin vielleicht schon stolz Handschellen angelegt hatte –, und er dachte an Edith Mulot, wobei er plötzlich errötete, als ihn der Verdacht beschlich, seine Mutter könne seine geheimen Begierden erkennen und seine verbotenen Gedanken lesen.

»Also?«, fragte Charles neugierig. »Was steckt denn nun hinter dieser schrecklichen Geschichte?«

Melchior zerkaute sein Kalbfleisch, bevor er antwortete. Die zu lange gekochten Karotten verflüssigten sich dabei wie reife Früchte, deren süßer Saft die Magie glücklicher Tage heraufbeschwor. »Ein Typ, der Frauen vergewaltigt, um ihnen Kinder zu machen«, sagte er und wischte sich den Mund ab.

»Ich hab gedacht, er sei ein Bauchaufschlitzer?«

»Es ist jemand, der Frauen schwanger macht, damit er ihnen das Kind wegnehmen kann, wenn es so weit ist ...«

»Was für ein Irrer!«, kommentierte Charles, ohne sichtliche Erregung. Er schenkte Wein nach.

»Ich weiß nicht, wie viele er vergewaltigt hat ... Eine Kleine, die ich kenne, zumindest ... und sicherlich eine Striptease-Tänzerin vom *Blue Moon*.«

»Guck an!«, sagte Gisèle in einem Ton, der sich anhörte wie: »Selber schuld!«

»Er braucht sie sich ja nur zu schnappen!«, fügte Charles hinzu, nachdem er mit einem anerkennenden Zungenschnalzen einen Schluck Cahors getrunken hatte.

Melchior sagte nichts dazu. Er kaute weiter und fragte sich, welche Meinung er selber zu dem Ganzen hatte, was er von diesen bedauernswerten Schicksalen hielt, von diesen irrsinnigen Gewalttaten, diesen bösartigen Entgleisungen, bei denen Kindheitsenttäuschungen, mangelnde Liebe und eine geringe Intelligenz die dissonante Partitur einer dieser grausamen Symphonien bildeten, die die Öffentlichkeit so gern sensationsgierig beklatscht, bevor sie die Mitwirkenden verdammt …

Er hatte keinen Standpunkt. Seine Aufgabe bestand darin, die Übeltäter zu identifizieren und zu ergreifen. Das Urteil sprachen die Richter. Er fühlte sich, wie üblich, eher schuldig für all die Dinge, die nicht liefen.

Er wandte sich zu seiner Mutter. »Du hast eben von Monsieur Saulniers Tochter gesprochen … Ich habe sie vorhin gerade getroffen, diesen Morgen …«

Seine Stimme klang irgendwie abwesend, getragen von einer Emotion, die er zu unterdrücken versuchte. Die Stimme eines kleinen Jungen, der für etwas um Erlaubnis bittet, von dem er weiß, dass es ihm verboten ist. Er hüstelte und kratzte sich am Hals, als wäre dort etwas vom Kalb stecken geblieben.

»Die Tochter von Saulnier?«, wunderte sich Gisèle.

»Sie ist ein wenig … Und vor allem ihr Vater …«

»Der arme Alte, er hat den Verstand verloren.«

»Trotzdem habe ich vor kurzem noch Boule mit ihm gespielt!«, sagte Charles.

»Ich hab mit Vater Saulnier gesprochen … über den Cour Lachaux und die Leiche von …« Kalter Schweiß stieg Melchior auf die Stirn, er ließ ihn hinunterlaufen. »… Maurice Lancier, nicht wahr?« Der Schweiß lief ihm in die Augen, beißend und stechend.

Gisèle Melchior sperrte ihre Gefühle weg, so, wie sie eben die Schublade der Anrichte geschlossen hatte. Als wollte sie gleichzeitig den Serviettenring und die Andenken an die Kindheit des kleinen Jean-François einsperren.

Dann, als Melchior sich nicht rührte und auf die Antwort

wartete, die man ihm schuldig war, warf sie ihrem Mann ratlose Blicke zu. Aber das eingefallene Gesicht von Charles Melchior zeigte ihr zur Genüge, dass von seiner Seite keine Hilfe zu erwarten war. »Das sind doch alte Geschichten ...«, sagte Gisèle.

»Mama, ich will nicht hören, dass das *Geschichten* sind! Wie diese schönen Geschichten, die du dir zurechtlegst, wie es dir passt! Ich will die Wahrheit! ... Monsieur Saulnier hat den Verstand verloren, vielleicht, aber er hat mir Sachen gesagt, die er bis heute wahrscheinlich verschwiegen hat, Sachen, von denen er sich geschworen haben muss, sie nicht zu enthüllen ...«

»Was für Sachen, was für Geschichten?«, schrie Gisèle Melchior. Sie war kurz davor, in Tränen auszubrechen.

»Maurice Lancier hat für die Gestapo, die Französische Miliz, die Vichy-Polizei gearbeitet ...«, sagte der Kommissar mit zittriger Stimme.

»Nach der Befreiung hat man viele solche Sachen erzählt!«, wandte Gisèle mit schwindender Widerstandskraft ein. Sie musste wissen, dass sie ein Rückzugsgefecht führte, eine im Voraus verlorene Schlacht, aber sie wollte immer noch ihr Schweigen und ihre Märchen retten, sich tapfer und verbissen wehren.

»Maurice Lancier war ein Freund von dir ... Er hat sich doch um dich gekümmert ... um uns ... nach der Verhaftung von ... Charles, war das nicht so?«, fragte Melchior.

»Irgendjemand musste uns ja schließlich ein bisschen helfen! Meine ganze Familie war in alle möglichen Richtungen zerstreut. Ich hatte niemanden!«

»Hat Maurice Lancier meinen Vater denunziert?«

»Das ganze Widerstandsnetz ist damals aufgeflogen«, mischte Charles sich ein. »Wir sind alle verraten worden.«

»Dann musstest du also in das Todeslager fahren, weil

Maurice Lancier dich denunziert hat! … Und ich, wo war ich zu dieser Zeit?«

Auch Charles Melchior standen die Tränen in den Augen. Es gelang ihm offenbar nicht so gut wie Gisèle, seine Gefühle zu unterdrücken.

»Mein Junge, ich bin von dort mit dem Versprechen zu leben zurückgekehrt. Dieses Versprechen hatten wir uns, wir Kameraden gegenseitig gegeben … zur Erinnerung an all die, die nicht zurückkehren würden. Von nun an sollte nur das Leben für uns zählen und nicht die Geschichten von Toten, die uns immer wieder den Lebensmut rauben wollen … Ich weiß nicht, ob ich mich richtig ausgedrückt habe? … Ich möchte, dass du weißt, dass du mein Sohn bist. Du trägst meinen Namen, und ich habe dich aufgezogen, und deine Mutter und ich sind sehr stolz auf dich … selbst wenn ich nicht nur gute Erinnerungen an die Polizei habe, wie du weißt! Wir wollen uns nicht mehr darüber streiten, das haben wir früher oft genug getan … Ich frage mich, was dabei rauskommen soll, wenn man in dieser kalten Asche rumstochert?«

Charles stand auf und wirkte plötzlich viel schwerer, viel älter. Gisèle sah ihn zärtlich an, glücklich über diese unerwartete Schützenhilfe, die sie mit ihrem Sohn nicht allein ließ.

»Ich will das Gesicht des Teerbabys kennen lernen!«, sagte Melchior leise, selbst überrascht über diese Antwort, die ihm herausgerutscht war, bevor er es verhindern konnte.

»Du bist mein Sohn!«, sagte Charles und ging durch die kleine Tür in den Garten. »Du bist mein Sohn!«

Melchior sah, wie er langsam den Weg hinunterging, so schweren Schrittes, als klebten eine Füße am Boden fest. Hier und da riss er mechanisch verwelkte Blumen ab, die in der Kälte der letzten Tage erfroren waren.

Der Kommissar zögerte fortzufahren. Seine Eltern hatten ihr Leben auf Entscheidungen aufgebaut, deren Grundmauern aus Schweigen und Verdrängen bestanden. Durfte er das Risiko eingehen, dieses Gebäude zu zerstören? Charles und Gisèle waren alt, sie hatten zweifellos weder den Wunsch noch die Kraft, noch einmal von vorne anzufangen …

Melchior versuchte, sich zu überzeugen, dass er mit dem Schatten dieses erahnten und verdrängten Geheimnisses so weiterleben könne wie bisher. Der verkohlte, klebrige Fötus ohne Identität hatte schon immer in ihm gesteckt. Und er war plötzlich aus dem dunklen Inneren des Cour Lachaux ans Licht gekommen unter der unerbittlichen Klinge eines Bauchaufschlitzers, ohne dass jemand etwas dagegen tun konnte – mal abgesehen vom Schicksal.

Dann war es aber Gisèle, die sich zu einer Entscheidung durchrang, während ihr Sohn in seiner Verzweiflung umherirrte. »Weißt du, Maurice war ein Freund aus meiner Kindheit«, sagte sie und versuchte, Heiterkeit vorzutäuschen. »Als dein Vater verhaftet wurde, war er zunächst so freundlich … Ich war in einer ausweglosen Lage. Und allein! Schrecklich einsam! Es gab zwar die Familien der anderen vom Widerstand, aber jeder misstraute jedem. Maurice hat mir geholfen, mir neue Kraft gegeben … Er hat mir erklärt, dass Charles nie wiederkommen würde … Er hat mir gesagt, er sei hingerichtet worden … und dass er das von Leuten wisse, die für die Deutschen gearbeitet haben … Er hat mich getröstet. Ich war jung, weißt du, so jung! Eine junge Ehefrau, die bereits Witwe war …«

»Und zu dieser Zeit kam ich zur Welt?«, fragte Melchior mit erstickter Stimme, während sein Gesicht die flehende Bitte, mehr zu erfahren, ausdrückte.

»Ich wollte nicht, dass Maurice zu weit ging … und ich fürchtete mich vor ihm.«

»Furcht? … Furcht vor was? *Er war doch so freundlich …*«

»Ich fürchtete mich eben!«, sagte Gisèle in einem barschen, entschiedenen Ton, und sie begann, unter ihrem dunklen Kleid zu zittern.

In diesem Moment begriff Melchior, dass seine Mutter sich vor sich selber fürchtete, dass sie Angst vor ihrem eigenen Begehren hatte, vor der Leidenschaft, die sie in die Arme von Maurice Lancier getrieben hatte, vor der Gewalt und der Verzweiflung, mit der sie sich zugleich angezogen und abgestoßen fühlte. Er ahnte, dass Gisèle sich selbst nie verziehen hatte: Ihr ganzes Leben war in dieser Ablehnung verkümmert. Dieser Ablehnung des Begehrens, der Lust und der Wahrheit. Er begriff, dass seine Kindheit von all diesen Ängsten Gisèles erfüllt gewesen war – der Krieg, das Lager, die Drohung und die Hoffnung, dass Charles wieder auftauchen würde … und dass die Wiederkehr des Friedens niemals Frieden gebracht hatte. Gisèle hatte ihren Sohn zwischen dem Fehltritt und der Verzeihung aufgezogen, vollkommen verklemmt, wobei sie versuchte, ihm alle Wege zu versperren, die zur Leidenschaft der Liebe, zur Lust auf gegenseitigen körperlichen Genuss führten … Eines Tages war Melchior zur Polizei gegangen, als wollte er damit eine unbewusste Erbsünde sühnen. Ein Bulle, der die Polizei verabscheute, weil sie im Namen von moralischen Prinzipien, die kein Mensch wirklich respektieren will, unterdrücken und Zwang ausüben muss. Ein Bulle, der die Polizei verabscheute, sie aber nicht verließ. Zu kündigen erschien ihm unmöglich. Es war sein Schicksal, dort zu sein. Ein unvermeidbares Schicksal. Wie eine Strafe.

»Als Charles zurückkam«, fuhr Gisèle fort, »haben wir deine Papiere in Ordnung gebracht. Es gab kein Problem, die Daten stimmten überein.«

Und Melchior spürte, dass sich das Grab erneut über dem Schweigen schloss. Auf der Grabplatte befanden sich Keramikblumen und Marmorengel und mit Goldlettern eingraviertes, ewiges Bedauern. Man brauchte nicht mehr an düstere Zeiten denken. Oma Gisèle konnte wieder ihre *schönen Geschichten* erzählen!

Melchior hätte sich gewünscht, dass man ihm klar und eindeutig Aufschluss über diese Geheimnisse gab, die er schon seit seiner Kindheit geahnt hatte, seit den fernen und dunklen Zeiten, in denen seine *Berufung* Gestalt angenommen hatte: Er liebte die Untersuchung, die Nachforschung, das langsame Voranschreiten bis zum Verstehen. Er fühlte sich schuldig für die Verbrechen, die er untersuchte. Und wahrscheinlich wollte er auch deshalb nachforschen.

Aber Gisèle kehrte in ihre Welt falscher Gewissheiten zurück, in der die Sonne aufgehen kann, vorausgesetzt, die Daten stimmten überein, und der Schein blieb gewahrt. Wahrscheinlich ärgerte sie sich schon, dass sie es gewagt hatte, einen Zipfel des Schleiers zu lüften.

Viele Fragen brannten im Herzen des kleinen Jean-François: War sein Vater wirklich sein Vater? War er der Sohn, der aus dem Ehebruch mit Maurice Lancier hervorgegangen war? Wer war dieser Mann wirklich, der einen Ehemann beiseite geschafft hatte, dessen Frau er begehrte, indem er ihn bei denen denunzierte, die ihn in ein Todeslager schaffen würden? Und wer hatte dieses Teermännchen erschlagen und erwürgt, das danach so viele Jahre unter einem Kohlenhaufen begraben lag?

»Die Daten stimmten überein!« Kannte Gisèle ihre eigene Wahrheit? Hatte sie nicht in ewigem Zweifel gelebt, was die biologische Vaterschaft ihres Sohnes betraf? Und wenn dieses Abenteuer, wenn dieser Fehltritt *vor* der Verhaftung von Charles stattgefunden hatte? Die Denunzierung war am

Ende nur die Folge dieser Leidenschaft gewesen, für die alle Kameraden der Widerstandsgruppe büßen mussten! Und der Verräter hatte seinerseits den Preis für sein Begehren und vielleicht für seine Liebe zahlen müssen …

Dann dachte Melchior an die Furcht, die seine Mutter eingestanden hatte, bevor sie sich wieder in sich zurückzog. Und er fürchtete sich seinerseits, er flehte seine Mutter stillschweigend an, dass sie ihm nicht enthüllen möge, dass er das Kind einer Vergewaltigung sei!

»Warum hast du nichts davon erzählt, Mama, nach so vielen Jahren?«

»Aber ich hatte dir doch nichts zu erzählen von all diesen alten Geschichten! Du bist es doch, der uns befragt und verhört, als wären wir Mörder, dein Vater und ich!«, antwortete Gisèle mit jener heftigen Zurückweisung, die manchmal zwischen zwei Wesen aufkommt, die sich lieben oder die sich dafür hassen, dass sie nicht wissen, wie sie sich lieben sollen.

»Wo ist mein Vater?«, fragte Melchior möglichst ruhig.

»Im Garten! Siehst du ihn denn nicht?«

Melchior wandte sich zu der kleinen Tür um. Charles stand auf der anderen Seite der Fensterscheibe, und sie sahen sich wie in einem Spiegel an.

Und in diesem Spiegel erkannte Hauptkommissar Jean-François Melchior, wie sich sein eigenes Bild mit dem seines Vaters überlagerte. Ihm fiel auf, wie ähnlich sie sich sahen, und er wünschte sich, für immer an die Beweise dieser Ähnlichkeit glauben zu können, an dieses Phantombild seiner selbst, das sich in Licht und Schatten auf den drei Scheiben der Gartentür abzeichnete.

Oma Gisèle hatte die Servietten zusammengefaltet und trippelte mit kleinen Schritten in die Küche. »Wirst du Weihnachten vorbeikommen?«, fragte sie unsicher.

34

Als er das Haus seiner Eltern verließ, fühlte Melchior sich aus der Welt seiner Kindheit herausgerissen. Ein Wirbelsturm zog ihn fort, er musste endlich aufbrechen, und er wollte nicht zurückkehren, bis er wusste, wer er war. Er musste über die Brücke gehen, ohne zurückzublicken: wie an jenem lange zurückliegenden Tag, als er zur Polizeischule aufgebrochen war, obwohl seine Eltern diese Entscheidung verflucht hatten. Er fühlte sich plötzlich völlig nackt – wie am Tag seiner Geburt.

Als er bei seinem Wagen ankam, drehte er sich trotzdem um. Gisèle beobachtete ihn durch den Vorhang, der eine Handbreit aufgezogen war. Melchior deutete mit den Fingerspitzen einen Abschiedsgruß an, aber seine Mutter antwortete nicht. Auf diese Entfernung konnte sie wohl keine Einzelheiten mehr erkennen. Sie sah wahrscheinlich nur noch die stämmige graue Schattengestalt des Kommissars.

Melchior blieb eine Weile am Lenker sitzen und starrte durch die Windschutzscheibe nach draußen, auf die andere Vorstadt. Das gegenüberliegende Ufer der Seine, von dem er nicht viel mehr als die Brückenbögen erkennen konnte, erschien ihm grün und frisch, heiter und fröhlich, es roch nach Abenteuer und hohem Gras, nach frischem Fisch, der mit einer Grundangel gefangen worden war … Er nahm sich vor, sich dort ein wenig umzuschauen, sobald er Zeit hatte und seine Pflicht erfüllt war.

Er stellte weder die Funkanlage noch seinen Piepser an und überlegte, wie dieser Fall am besten abzuschließen war: Caroline Jeanjean war eine arbeitslose Krankenschwester und etwa fünfzig Jahre alt. Sie hatte kein Kind bekommen können, aber ihr Wunsch, eines zu haben, hatte schon einmal zu Kindesraub geführt. Später hatte sie einen jüngeren Mann getroffen – knapp vierzig Jahre alt –, der ihr ein Neugeborenes schenken wollte, und zwar als Beweis seiner Liebe zu ihr, damit sie ihn anlächeln würde, wie er es sich von seiner Mutter wünschte, die er niemals kennen gelernt hatte …

Und dieses Kind, dachte Melchior, war das Kind von Frédéric Germain – was allerdings noch zu beweisen war! Während die Zeitungen ihn bald zu einem ihrer »Ungeheuer« stilisieren würden, würde er behaupten, dass er nur wiederhaben wollte, was ihm gehörte, sein eigenes Kind, in der banalen Illusion, es glücklich aufzuziehen, indem er es zu seinem persönlichen Besitz, zu seinem Nachkommen machte …

Dann dachte Melchior an Marcel und sein verheimlichtes Kind, an seine verborgene Liebe zu einer Stripteasetänzerin. Er dachte an Barmado, deren ganze Geschichte in einer Ginflasche Platz fand, und an Jessica, um so schnell wie möglich die Gedanken zu verscheuchen, die ihm in den Sinn kamen. Er dachte an Vanessa, seine Tochter, und an Benjamin, seinen Enkel. Er dachte an Joséphine Lacacia, von der er fast nichts wusste und die … Er dachte an Moktar Barouf, der Polizist werden wollte, und an Kommissar Bazin, der zum Penner geworden war. Er dachte an Staatsanwalt Chalgrin, der seiner Frau bestimmt auch ein Kind versprochen hatte, aber nicht mit denselben Methoden wie Frédéric Germain arbeitete, um sein Ziel zu erreichen. Er dachte an Zerbib, an Rodier und all diese Halbgötter in Weiß, die – oft mitten in der Nacht – Müttern die Bäuche aufschnitten, um Kinder herauszuholen und sie als neue Erdenbürger zu begrüßen … Alle Personen, die mit diesem Fall zu tun hatten, versammelten sich in seinem Kopf, Schattenrisse, die sich überschnitten, abstießen und übertrumpften wie Spielkarten, Marionetten an verwirrten Fäden, die sich im Kreis drehten und gegeneinander stießen …

Melchior erinnerte sich, dass Chemineau Sylvaine Valentin versprochen hatte, ihr zu Weihnachten ihr Kind zu bringen. Er beschloss, alles zu tun, um seinem Namen alle Ehre zu machen, ganz im Sinne der Heiligen Drei Könige – wie man es von ihm erwartete.

An der Außentreppe des Kommissariats lauerte Ariane Mariani auf die Rückkehr des Kommissars. Sie wusste, dass Melchior es liebte, den ellenlangen Pfad an der Seite des Hügels zu nehmen, den ansonsten keiner mehr benutzte. Sie hörte das Surren des Wagens, das Geräusch der Bremse, das Abschalten des Motors und das Zuschlagen der Autotür. Sie hörte den leisen Schritt des Kommissars und sein Schnaufen, das mit zunehmender Höhe stärker wurde.

Melchior kniff die Augen vor der blendenden Sonne zu. Er beschirmte sie mit der Hand und erkannte die Inspektorin auf Probe.

»Ariadne wacht seit Urzeiten an der Steilküste über dem Meer!«, sagte er keuchend. »Sie hofft, das weiße Segel zu sehen, und fürchtet sich vor dem schwarzen! … Kennen Sie die Geschichte?«

Mariani antwortete, dass man nicht Ariane heißen könne, ohne diese Sage zu kennen. »Aber es ist nicht Ariadne, die auf die Rückkehr von Theseus wartet«, berichtigte sie, »sondern König Ägeus, der auf die Rückkehr seines Sohnes hofft. Theseus hat den Minotaurus erschlagen und ist am Leben. In seiner überschäumenden Freude, auch noch das Herz von Prinzessin Ariadne erobert zu haben, vergisst er, das weiße Segel als Zeichen des Sieges zu hissen. Verzweifelt stürzt Ägeus sich ins Meer, das seither seinen Namen trägt … Das ist die Geschichte von einem Vater und seinem Sohn … Pech für Ariadne!«

Melchior machte bei dieser Bemerkung eine finstere Miene. Und Mariani starrte besorgt auf das zerfurchte Gesicht des Kommissars, ohne zu begreifen, was in ihm vorging.

»Aber was hatte denn Ariadne in dieser Geschichte zu suchen?«, fragte Melchior.

»Sie führt den Helden. Sie gibt ihm das Fadenknäuel, mit dessen Hilfe er seinen Weg finden und wieder aus dem Labyrinth herauskommen kann ... Ohne den Ariadnefaden hätte Theseus nicht mehr aus dem Labyrinth herausgefunden.«

»Und sein Vater Ägeus wäre vor Kummer gestorben!«

»Er ist dennoch tot. Er konnte seinem Schicksal nicht entrinnen. Er hat den Faden ... und den Sohn verloren!«

»Eine idiotische Geschichte!«, brummte Melchior. »Wieso erinnere ich mich an eine Frau, die auf die Rückkehr des Mannes wartet, den sie liebt?«

»Wegen Tristan und Isolde, wahrscheinlich ... Das weiße Segel soll dem verletzten und kranken Tristan die Rückkehr der blonden Isolde ankündigen, in die er völlig verknallt ist, seit er versehentlich den Zaubersaft getrunken hat, der für König Marke bestimmt war. Es ist Isolde Weißhand, Tristans Frau, die auf den Felsen von Cornwall wacht. Sie sieht, wie das weiße Segel näher kommt, aber aus Eifersucht verkündet sie, es sei schwarz. Und Tristan stirbt vor Kummer ... Sie sehen, Chef, es gibt keine Frau, die auf die Rückkehr des geliebten Mannes wartet ... außer Penelope, natürlich! Penelope wartet treu und brav auf die Rückkehr ihres Odysseus, der seine Zeit damit verbringt, rund ums Mittelmeer zu vögeln und sogar noch darüber hinaus.«

»All diese Geschichten sind doch ziemlich dämlich! Diese Liebesgeschichten funktionieren doch nie! ... Beruhigen Sie mich, Mariani: Haben Sie etwa trotzdem auf mich gewartet?«

»Ich habe eine gute Neuigkeit!«

»Ja?«

»Meine Schmerzen ... da ...« Sie legte ihre Hände auf den

Bauch, und zwar mit einer zugleich schützenden und stützenden Gebärde, die Melchior schon oft bei Frauen am Ende der Schwangerschaft gesehen hatte. »Die sind weg ... es geht mir wieder besser. Sagen wir ... nun ... auf was ich gewartet habe, ist eingetroffen ... mit einem roten Segel.«

»Ach?«

Das war nicht das, worauf der Kommissar gewartet hatte, obwohl es durchaus mit dem Rest zusammenhing.

»Ich habe Frédéric Germain gefunden«, gestand Ariane Mariani mit einem noch harmloseren Tonfall. »Angestellter bei der Tierärztlichen Fakultät der Hochschule. Haben Sie das von Anfang an gewusst?«

»Ich hab gar nichts gewusst! Aber das hätten Sie sich ja denken können, auch Sie ... Verdammt! Die Fontenille von Fontenay? Das ist was fürs Fernsehen, für Sendungen wie *Akte X*. Die Bullen, wir, wir müssen uns mit dem Konkreten beschäftigen. Wir müssen im Dreck rumwühlen. Ein Geheimnis gibt es nur, solange man das Blatt noch nicht hochgehoben hat, das die Scheiße verbirgt. Die Wahrheit, die wir finden, ist kein schönes nacktes Mädchen, das aus einem Brunnen steigt! – Diese sexistische Metapher stammt übrigens nicht von mir! – Was wir finden, ist meist eine Wahrheit von entmutigender Hässlichkeit, abstoßend und ekelhaft. Sehen Sie, wenn Sie bei diesem verdammten Beruf bleiben, werden Ihre Albträume immer weniger wie die geleckten Bilder aussehen, die ich Ihnen heute Morgen in der Bibliothek gezeigt habe ... Und Sie werden sich nachts fürchten!«

»Trotzdem!«, beharrte Mariani. »Ich finde schon diese Affäre ziemlich hart!«

»Sie hat Sie erschüttert, Mariani, das ist mir schon klar. Aber dennoch ... diese Geschichte ist letztendlich auch nur ein Weihnachtsmärchen!«

Er stieß die Fäuste in die Taschen seines Dufflecoats und

ging entschlossen ins Kommissariat, und zwar durch die Tür mit der Aufschrift: *Zutritt verboten (Publikumsverkehr auf der anderen Seite).*

»Also, haben Sie den Bauchaufschlitzer nun verhaftet?«

»Ich habe seine Adresse, doch es war niemand da. Aber wir haben uns ein wenig umgeschaut. Es handelt sich um eine Art Baracke, die die Baustelle überlebt hat, zwischen Fontenay-Charbon und dem Verlaine-Park, am Fuß des Autobahnzubringers. Wir fanden dort einen Brutkasten für Frühgeborene, einen Wickeltisch, einen Sterilisationsapparat für Babyfläschchen, Bücher …«

»Was für Bücher? Krimis? Pornos?«

»*Ich erziehe mein Kind* von Laurence Pernoud zum Beispiel … und Schriften von Françoise Dolto. Wir haben auch die Sachen des Opfers gefunden, ihre Kleidung, ihre Papiere, ihr Souveniralbum mit Fotos von sich und Germain, als sie noch klein waren, im Kreis der Familie … Es gab sogar eine Rechnung vom Kaufhaus am Rathaus.«

Der Fahrstuhl rührte sich keinen Millimeter. Melchior klopfte mit der Faust auf die Knöpfe, bis Ariane Mariani vorschlug, den anderen Aufzug zu nehmen. Melchior wollte nicht durch die Schalterhalle gehen, die in der Regel voll mit Querulanten und Leuten, die sich beschweren wollten, war. Schließlich gingen sie die Treppe hoch.

»Was für eine Rechnung?«, fragte Melchior.

»Für den Kauf von Skalpellen, Kocher-Klemmen und Klammern.«

»So etwas kriegt man im Kaufhaus am Rathaus? Etwa im Heimwerkermarkt im Keller?«

»Es gibt eine Fachabteilung in der Rue de la Verrerie.«

»Und da kann jeder Beliebige chirurgisches Werkzeug kaufen, um Frauen in Stücke zu schneiden? Die Verkäufer haben heute wohl gar keine Skrupel mehr?«

»Aber, aber, Chef, das ist doch nicht gesetzlich geregelt wie bei Schusswaffen! Man geht davon aus, dass diejenigen, die medizinisches Material kaufen, es beruflich brauchen. Man fragt sie bestimmt nicht, ob sie das auch beweisen können!«

Melchior warf seiner Inspektorin einen schelmischen Blick zu. Er war zufrieden, dass sie diese Spur gefunden hatte, die sich später noch als nützlich erweisen könnte. Er erinnerte sich an das düstere Gebäude in der Rue de la Verrerie, an die Gittertür von Nummer 42 und das Emailleschild *Gaslicht auf allen Etagen*. Daneben glänzten im Schaufenster Prothesen und Hörrohre. Drinnen lag in Glaskästen ein ganzes Arsenal von funkelnden Gegenständen, die ebenso faszinierend wie Furcht einflößend waren. Die Verkäufer und Verkäuferinnen trugen grüne Kittel. »Caroline Jeanjean hatte bei Doktor Lemercier bestimmt alles zur Hand, was sie brauchte«, meinte der Kommissar.

»Ich frage mich, ob Frédéric Germain die Tat nicht allein begangen hat«, gab die Mariani zu bedenken. »Ich kenne diese Madame Jeanjean ja nicht, aber ich glaube nicht, dass sie diese Gewalt, diese Grausamkeit gewünscht und zugelassen hätte.«

»Möglich! Jedenfalls hätte Germain sich auch mit tierärztlichen Instrumenten versorgen können … Die sind doch bestimmt ganz ähnlich, oder?«

Der finstere Blick der Inspektorin zeigte, was sie von der Verwandtschaft unter Säugetieren hielt, die der Kommissar mit seiner Bemerkung unterstellte: »In der Botschaft heißt es: ›Wir sind keine Diebe‹, nicht wahr? … Niemand kann Frédéric Germain vorwerfen, etwas Böses getan zu haben: Und sein Beweis dafür ist ein Zahlungsbeleg!«

Als sie bei seinem Büro ankamen, blieb Melchior stehen, um zu verschnaufen und die grimmige Miene des Chefbullen anzunehmen, der keineswegs zufrieden ist. Er stieß schwungvoll die Tür auf. »Habt ihr diese Schweinebande endlich geschnappt?«, knurrte er.

Das Büro war leer, abgesehen von Belgrand, der in einer Ecke am Tisch saß. Der Inspektor drehte sich mit erstauntem Blick um, während seine Kiefer mechanisch weiterkauten.

»Wo sind die anderen?«, fragte Melchior und ballte die Fäuste.

»Sie überwachen die Wohnungen und Arbeitsplätze der Verdächtigen … Sie sind alle unterwegs.«

»Außer Ihnen!«

Belgrand wirkte höchst betroffen von der Ungerechtigkeit, die in dieser Bemerkung mitschwang.

»Irgendjemand musste ja die Kombüse hüten, Chef!«

»Das ist das richtige Wort! Was essen Sie da?«

Die Augen des Inspektors begannen zu leuchten, bereits entzückt davon, interessante Erklärungen liefern zu können. Er öffnete seinen vollen Mund. Aber Melchior stoppte ihn mit einer Handbewegung: »Diese Säcke voller Scheiße da! Sie werden mich sofort davon befreien! Ich will sie nicht mehr sehen, und ich will nichts mehr von ihnen hören! Was denken Sie sich eigentlich? Dass die Indizien und Beweise wohlig warm darin geschlafen haben und nur darauf warten, im richtigen Moment wie ein Schachtelteufel mit der Wahrheit herauszuspringen?«

»Aber Chef …«

»Bringen Sie all das wieder dorthin, wo Sie es gefunden haben! Und zwar sofort! Haben Sie einen Wagen?«

»Ich habe meine Karre da.«

Der Ausdruck passte noch am besten, um das zusammengebastelte und notdürftig geflickte Gefährt zu beschreiben, das Belgrand entgegen den Gesetzen der Schwerkraft und der Straßenverkehrsordnung immer wieder in Gang brachte.

»Laden Sie so viele Säcke ein, wie Sie können, und machen Sie so viele Fahrten wie notwendig ... Auf geht's, los!«

Der Inspektor wischte sich den Mund ab und warf einen konsternierten Blick auf seinen Futtertrog, den er verlassen musste. Er stand auf, nahm einige Säcke vom Fuß der aufgeschichteten Pyramide und zog sie hinter sich her. Die anderen Beutel rutschten nach und rollten durchs ganze Büro.

»Ich komme gleich wieder!«, rief Belgrand beruhigend.

Sobald das schleifende Geräusch der Plastiksäcke im Gang verschwunden war, sagte Ariane Mariani: »Der ist im Stande und kippt das alles wieder in den Verlaine-Park, meinen Sie nicht auch?«

»Tatsächlich? ... Die Fähigkeiten von Inspektor ›Vielfraß‹ erstaunen mich immer wieder! ... Ist die Fahndung nach unseren beiden flüchtigen Verdächtigen rausgegangen?«

»Alles läuft, regen Sie sich bloß nicht auf!«

Melchior zog die Augenbrauen hoch. Die latente Aufsässigkeit von Ariane Mariani zeigte ihm, dass er in den letzten Stunden zu viel Boden unter den Füßen verloren hatte. Er würde die Schrauben wieder etwas anziehen müssen.

Das Telefon klingelte, und Melchior hob ab. Chef-Brigadier Lacacia hatte immer noch Dienst am Schalter und war noch dazu in der Lage, Weihnachtsbaumschmuck mit himmlischen Rabatten anzubieten sowie jede Menge von Glückwunschkarten zu unschlagbaren Preisen.

»Und deshalb rufen Sie mich an?«, schrie Melchior.

»Aber nein, Herr Kommissar! Sondern wegen der Leute, die mit Ihnen sprechen wollen.«

Melchior ließ die Mariani mit dem Befehl zurück, die Stellung zu halten. Der Kommissar hatte immer noch heftiges Herzklopfen und war außer Atem, aber er versuchte trotzdem gar nicht erst, den Fahrstuhl zu nehmen. Er stieg die

Treppen hinunter und blieb einige Stufen vor dem letzten Treppenabsatz stehen.

Die Schalterhalle erlebte eine jener ruhigen Nachmittagsstunden zwischen dem Ende der Mittagspause und dem bevorstehenden Büroschluss. Trübes Winterlicht drang in staubigen Strahlen durch die Bäume des Parks, an denen sich vereinzelte Blätter festklammerten, bevor es mit letzter Kraft durch die schmutzigen Fenster des Kommissariats fiel. Die vor sich hin tickende Wanduhr zeigte eine falsche Uhrzeit an, aber das täuschte nicht darüber hinweg, dass man die Zeit nicht aufhalten konnte. Das Weihnachtsfest rückte näher, die Tage wurden kürzer, und die Finsternis begann ihre Herrschaft auszuüben.

Melchior blieb regungslos stehen und beobachtete das Paar, das auf der großen Holzbank wartete. Eine etwa fünfzigjährige Frau mit braunen Dauerwellen saß neben einem Mann mit Gummistiefeln und einem abgestumpften Kindergesicht. Mit der einen Hand hielt sie den Mann fest, und in der anderen wiegte sie, eingemummelt in eine weiße Leinendecke, ein winziges Kind, das friedlich schlief.

35

Melchior lächelte seinem Spiegelbild im Fenster zu. Draußen schien Paris in einer kalten Dunkelheit eingeschlafen zu sein, die mit dem orangefarbenen Licht der nebelumfluteten Straßenlaternen gesprenkelt war. Melchior wusste, dass die große Stadt dennoch weiterlebte, sie schlief wie er immer nur mit einem geschlossenen Auge. Er war einen Moment eingenickt, stand jetzt aber bereits wieder nackt – und glücklich – am Fenster.

In Edith Mulots Bauch hatte Melchior sich wie neugeboren gefühlt, wie ein gerade entbundenes Kind, voller Lachen und Wunder. Er war wieder bereit, zu leben und zu lieben.

Etwa weil die Trauer ein Ende hatte? Wegen der neuen Identität, die er sich aufgrund seiner zweifelhaften Herkunft erschaffen musste? Oder wegen der ironischen Befriedigung, mit der er die Glückwünsche des Staatsanwalts entgegengenommen hatte? Der Mensch ist so lächerlich und rührend, dass er die wichtigen und die unwichtigen Dinge, große Gefühle und kleine Sorgen in einen Topf wirft!

Staatsanwalt Chalgrin hatte seine Zufriedenheit darüber geäußert, dass dieser Fall wunderbarerweise in nur drei Tagen aufgeklärt worden war. Melchior hatte gebrummelt, dass daran nichts Wunderbares sei, die Schuldigen hätten sich selbst gestellt. Der große Fall sei allenfalls eine kleine Meldung unter der Rubrik »Vermischtes«. Ob die Mulot wenigstens eine kleine Notiz von sieben Zeilen daraus machen konnte? Aber Edith war über ihn hergefallen und hatte ihn an ihre Vereinbarung zur Zusammenarbeit erinnert, an sein Versprechen, einen Besuch bei diesem genialen Optiker zu machen, und daran, dass sie Lust hatte, etwas aus dieser Geschichte zu machen!

»Warten Sie bis nächste Woche, dann werden Sie schon sehen!«, hatte sie gedroht. »*Le Meilleur, Dérective, Qui, Police?* und die anderen Blätter! … Ich wette, dass die das als Aufmacher bringen und acht Seiten im Innenteil dranhängen!«

Melchior hatte angedeutet, dass einige dieser Zeitschriften bis dahin vielleicht nicht mehr existierten oder kurz vor der Pleite standen … Edith wollte trotzdem in die erste Reihe. Das war normal. Sie hatte Hauptkommissar Jean-François Melchior in seine eigene Wohnung geschleppt, um ihn ein zweites Mal zu verführen und dazu zu bringen, auf dem Kopfkissen alles zu gestehen!

Melchior lächelte seinem Spiegelbild und der nächtlichen Stadt zu. Er drehte sich um und beobachtete, wie sein Dornröschen schlief … Hatte er nicht schon ein ganzes Leben damit verbracht, sie so anzusehen? … Aber er war es, der beim Kuss der Prinzessin aufgewacht war …

Edith erhob sich vom Kopfkissen und klimperte fröhlich mit den Wimpern.

»Sie schlafen nicht?«

»Warum wachen Sie auf, mitten in der Nacht?«

»Ich weiß nicht … Um es wie Sie zu machen. Um Ihnen ähnlich zu werden.«

Sie schüttelte ihr kurzes blondes Haar, reckte die Arme und enthüllte dabei ihre Brüste und ihren Bauch.

»Sie müssen schlafen«, sagte sie. »Erzählen Sie mir eine Geschichte …«

»Eigentlich ist es umgekehrt; und der, dem man eine Geschichte erzählt, soll einschlafen«, meinte Melchior.

»Das werden wir ja sehen!«, sagte Edith unbekümmert.

Melchior schien nachzudenken und fragte dann: »Habe ich Ihnen schon erzählt, wie man mich zum ersten Mal als Scheißbullen beschimpft hat?«